国家出版基金项目
NATIONAL PUBLICATION FOUNDATION

1945—1949年

东北解放区文学大系

本卷主编◎金 钢

短篇小说卷②

总主编◎丛 坤

黑龙江大学出版社

《1945—1949 年东北解放区文学大

短篇小说卷②

刘志忠

刘桂森

刘德显

◇白　朗

顾　　虑

　　一到焦家村,立刻给了我一种异样的感觉,仿佛从狭窄肮脏的卧室走进窗明几净的书斋,神志感到突然的轻松,空气也清新多了。这里没有扑面的尘沙,也没有闻之疲倦的马粪气息,光洁的小径衬托着嫩绿的草原,疏落的茅屋规整地排列着,爽朗、舒畅,不似前此我所走过的一些村庄那末拥挤、窒闷,那大块大块的可耕的土地,伸展在无涯际的旷野里,是那末坦静和恬适。

　　然而,是春耕的时候了,为什么田野里却仅能看到寥寥可数的几付耕犁呢?竟让那么多的肥美的土地躺在阳光下无人理睬;让那末多可做燃料的谷根垃圾似的埋在沃土中,而一任野草野菜吸吮着土中的养份无限制地蔓延滋长,好像这些肥美的良田和人们并没有血肉关联似的,好像这里的居民并不靠田吃饭似的。

　　整直的田垄清晰可见,这证明了这些土地全是耕过了的熟田,也曾打下过无数量的食粮,哺养了无数人群的;也证明了这里的居民正和其他农村的居民一样,百分之九十是务农为生,靠田吃饭的。他们在地主、恶霸、封建势力的剥削与压榨之下,用血和汗养肥了这些土地。如今,这些土地已经从地主的手里讨还,他们自己成为这些土地的主人了,却为什么反而对耕耘如此消极;对这个可贵的季节如此冷淡呢？

分到了土地并没有使得他们的生产情绪提高，更不曾把自己看成土地的主人。如今，家家户户都缺少食粮，饥饿使得他们愁眉苦脸，叹气唉声，然而，他们除了希冀着政府的接济而外，谁也不把饱食的希望建筑在这块肥沃的土地上，他们竟忍心把土地抛弃了吗？不会的，我肯定地这样想，土地是农民的生命线，是农民用血汗一滴滴哺养起来的，正像母亲对待她的孩子一样，他是寄托她一切希望和幸福的源泉，怎能忍心看着他变成残废呢？然而，事实却告诉了我，他们对春耕却是如此的犹豫、观望，像有什么顾虑和等待似的。

等待什么呢？顾虑什么呢？住了几天，和我的房东混熟了以后，我开始向他探问了：

"你的地准备种吗？"

"当然要种啰，庄稼人不种地可指着啥吃呵！"他是一个老实的中年贫农，额头已刻上了过度辛劳的皱纹，眼睛里显露着诚朴温厚的光，然而他给我的回答却只有一半真实。

"那末，你的地撩荒不了吗？"

"撩荒不了！"

"粪，送到地里了吗？"

"没有。"

"槎子刨了吗？"

"没有。"

"籽种准备好了吗？"

"唔，籽种吗？可也差不九井（差不多少）啦。"

"你们的生产小组组织得怎样？你跟谁搭犋换工呵？"

"小组倒也组织起来了，搭犋吗？唔，是自愿……"他的头逐渐下垂，声音小得几乎听不见了。

其实，生产小组何尝真正组织起来了呢？那种形式的组织是丝毫不能解决问题的。不向公家人说实话是夹生地区普遍的现象，我

并不怪罪这个淳朴的农民,当我发现他一会比一会沉重的窘态时,我便改变了提问题的口气和态度,我大声地笑了,用轻松的语调说:

"呵哈,这一切你都还没有准备,你怎能保证你的地撩荒不了呢? 老乡,谷雨种大田,明天就是谷雨了呵!"

他的脸涨红了,但却故作镇静安详地回答了我:

"不忙,还早,立夏到小满,种啥也不晚哪。"说着托故走了出去。我们的谈话就这样结束了,我并没能探出他的真心实话,但是第二天他开始刨槎了。那是在我们的几位同志督促和帮助之下进行的,看得出来他并非自动,也不积极。

我们的几位同志虽然被繁忙的工作劳累得身体都不很好,但却都愉快积极地抢着锄头,手都磨起了血泡,一直到把房东的地刨完。他们是发挥了极高度的为人民服务的精神。完工的时候,他们和房东亲热地谈笑着,迎着夕阳走回家去,开始吃着我们准备好的极粗糙的晚餐。

接连着几天,他们都是不顾疲劳地帮助着老乡们刨槎、送粪、筑篱墙,早出晚归,就这样,他们在老乡们心目中建立了威信和情谊,老乡们对"共产党为人民服务"的精神有了深切的领会和充分的信赖,他们确信了我们之来并无恶意,是真正为解决他们的困难而来的,从此,才和我们毫无戒备地接近起来了。

这天晚上,我们的房里竟挤满了人,老乡们陆续地带着泥土气息,也带着一颗诚挚朴直的心,我们像一家人一样,亲密地挤在炕上,促膝谈起心来。

"去年的胡子可把咱这村祸害苦啦,"房东首先说:"种点庄稼不够这群狗杂种糟蹋的,慢说粮食,连一片菜叶也没给剩呵,土豆子刚长手指盖大就给挖出来吃啦,要不是咱队伍打得紧,咱这帮山沟里的黎民也快给杀肉吃光啦……"

"什么样的胡子呵?"我插问了一句。

"可不是早先晚那类穷人胡子呵,早先晚的胡子是穷逼的,可是他不抢穷人,还讲点仁义,如今晚穷人翻身,胡子也变样啦,专抢穷人,跟有钱的恶霸地主、汉奸特务倒亲哥弟兄似的,摽成帮来欺负咱穷哥们,打着'中央军'的旗号,势头可大啦,什么三军八军的,这帮走啦那帮来啦,一憋气一两个月,咱全村没过过安生日子,吃不了拿不动也给你糟蹋完了才走,这帮狗杂种,真是豺狼一般哪!"房东气愤地咬牙切齿,最后长吁了一口气,环视着他简陋的小屋深思起来。

"糟蹋点东西还是小事,倒是别把人拉走呵,咱这村一百多户,就给裹走了三十多个小伙子,麻子不叫麻子,真坑人哪!"民兵小队长有点诙谐的结语引得我们全笑了。

人太多,室内的空气有点窒息,但谁也不愿走开,大家在尽情地倾诉着他们的痛苦和愤恨,凌辱和损失,他们的谈话有时引起大家的痛恨,有时也博得全室哗笑。一个青年农民俏皮地说:

"中央胡子也不知是驴肚子还是马肚子,一听到明天有队伍来打啦,一夜就吃四五顿饭,一直折腾到天亮,好像知道没日子吃啦似的。"

像竞赛似的,在村小学当级长的房东的儿子接着说,他的语气更俏皮:

"人家还常去接收哈尔滨哪!"

"什么,接收哈尔滨?"马同志问。

"是呵,一听到队伍来打的信就穿上兔子鞋,临走就声言了,'咱去接收哈尔滨!'"

"接收了吗?"

"接收了,"他把眉毛一抬,认真地说,"过几天听听没动静就又回来,看吧,左一个大包袱,右一个大包袱,叽里咕噜地,他们就这样接收了哈尔滨。"

迎着笑声,外号叫傻老婆的隔壁女人傻里傻气地补充道:

"咱一辈子没见过金丝绒,这回可开眼啦,胡子接收一回来,他们那些养汉老婆们就穿戴起来啦,哟哟,亮腾腾的直夺眼睛,皮鞋穿起来咯噔咯噔地，屁股一甩多远，可抖神啦。"一边说一边就扭起来，惹得哄堂大笑，她自己却没有笑："嗳，你们笑啥，真把我恨得不知骂她们啥好啰。"

农民们为什么对春耕观望犹豫，消极等待？就在这个晚上的谈话里，得到了全部的解答——

因为焦家村是一个山林地带，胡子容易隐避，追剿也比较困难，所以焦家村去年受匪害最深，几个胡子头都是本村的恶霸地主，伪满牌长，有的根本没敢回来，有的回来了，看看风头不好又跑了；被裹走的虽然大部份全回来了，但没有经过斗争清算，谁也不敢相信他们是否真心悔过。何况去年还上过一回当呢？房东告诉过我这样一段故事——

"去年有一回，本村的胡子全带着枪回来了，说是回来保卫地方来啦。那夹当大家伙都信以为真了，杀猪宰羊地欢迎他们，还按户出了一千元枪钱，胡子们当场都痛哭流涕地悔恨得什么似的，还痛骂了中央军，咱钱也出啦，心也定啦，寻思着有了枪杆保护可该过太平日子啦，那承想没有几天就又原帮带着枪拉出去了。如今，这些胡子除开头头脑脑的，一多半是回来了，可那个敢惹呀，谁知道他们又安的什么心？又谁敢保他们不和跑的那些胡子头再勾结祸害咱？"

大家一致地表示：

"咱可都有心肠种地，打点粮食种点菜还不够胡子糟蹋的呢，一狠心不种啦，血一点汗一点地侍弄点地，到归终都喂了豺狼，可冤死啦，要是不斗中央胡子，庄稼人还能忍心看着地撩荒吗？又是自个的地，也是心疼得邪呼呀！"

话虽简单，这里面却含着无限的辛酸，农民们是吞咽着眼泪舍弃了这片土地的。怎样才能消除他们的顾虑呢？在闲谈中也得到了正确的答案，他们说：

"要不把胡子从根挖掉，咱们的地就非撩荒不可！"

"胡子像野草一样，刚一冒芽就赶紧割掉，等长高了可就

5

不易铲了。"

从此,挖匪根运动便在焦家村热烈地展开了,农民们亲自动手逮捕了村中未曾坦白的十几个中央胡子,同时他们更分头到亚勃利,到哈尔滨,侦查捕获了四个匪首,只要有政府做主,他们不但对消灭匪根有办法和决心,而且他们的嗅觉也是敏锐的,焦家村是依靠了群众自己肃清了势将再起的匪患,消除了生产的顾虑。于是,焦家村活跃起来了,田野里再也不似以前那么冷清宁静,在挖匪根运动中他们的生产小组也合理地组织起来,开始在积极地进行春耕。他们的愁眉苦脸变为了满面春风,唉声叹气换成了愉快的笑声了,看吧,满山遍野是锄镐的银光在太阳底下闪耀,到处是牛马拖着的耕犁,我的房东高兴地对我说:

"你们这几位公家人一来,咱这村的地可真撩荒不了啦!"

"还不是靠你们自己吗?公家人不过出出主意鼓鼓劲吧啦。"

他们计划着,等到匪首提齐,将开一个群众公审大会,过大堂来处置这群中央胡子,给他们以应得的归宿。

一九四七年四月末

选自《牛四的故事》,光华书店 1949 年

6

棺

　　四喜屯正月里煮了一锅夹生饭，虽说斗了地主分了地，可是农民却没有得到真正的翻身，因为地主的威风压根儿就没有打倒，他们还是耀武扬威地住在大院套里，见了穷哥儿们照样吹胡子瞪眼，不但没有向群众低头，更增添了对群众势不两立的仇恨，群众好像更怕起他们来了。

　　这个屯只不过五十多户人家，恶霸地主却有两个，一个是屯东头的伍时照；一个是村西头的马得镖，两个带炮台的大院套遥遥相对，把四喜屯五十多户人家夹在当中，简直透不过气来，全屯里整整齐齐的都是佃农和贫雇农，连个中农也没有。两个恶霸地主占有了所有的土地，也占有了全屯的劳动力，农民们就在这两个活阎王的统治下勉强地活了四五十年，受了四五十年的饥寒和迫害。

　　正月里工作队来到四喜屯，因为工作不深入，群众没有发动起来，只包办代替地斗了斗地主，草草率率分了地，不几天便到别屯去了，工作队一走，两个活阎王马上神气起来。伍时照就常常卖风说：

　　"你们这帮穷棒子不用臭美，等'中央军'来了，你们就是磕着响头把地给咱送回来咱也不收呵：咱地不要啦，要的是你们的狗命！"

　　马得镖也说：

　　"穷棒子分了咱的地，算不了什么，青纱帐起见面吧，管叫你们狗咬尿胞一场空欢喜，你们种吧，咱落得又省工钱又省心，到秋后保险得把粮食送到咱的粮仓里。"

这两个家伙都跟中央胡子有勾结,谁都知道,可是谁也不敢说,怕跟他结仇,送掉性命。一听到这些吓唬话,更是心惊胆颤,分到的地,种也不敢种了。这可把孟屯长急坏了,眼看春耕一过,地非撩荒不可,他了解了大家伙的顾虑不单是担心打下了粮食白送礼,最怕的是地主翻把连命也送掉了。

孟屯长是个老实的新农民干部,有耐性,负责任,办法虽少,可是为大家办事,可不怕自己吃苦受委屈,他懂得要想农民把日子过好,非种好地不行。虽说他自己心里也画混儿:"说不定今年青纱帐起的时候,中央胡子会跟着起来,地主也可能翻把,可也不能怕尿炕就不睡觉呵,说什么地也得种上,不能赊等着挨饿。况且现下工作队到处煮夹生饭,准也到咱这屯来,工作队一来,地主还翻得了把吗?"

主意拿定,他便动员了积极分子王海和宋庆帮着他挨门挨户去劝说,求爷告娘,苦口婆心,劝得唇焦舌燥,嗓子都哑了,好歹才算把大家伙的心感动了:"人家孟屯长他们为的啥呀? 还不是为了咱吃饱饭? 咱就种种看吧,不种也对不起人家的一片苦心哪。"

这样,才算把地对付着种上了,可就是提不起劲来,粪也不好好上,草也不好好拔,很多地都是草跟苗一般高,简直把孟屯长气炸了,只盼工作队快来。他想:救星一到,咱的心就该松松扣了,工作队的办法多,有啥疑难大事,他们都能给解决。

六月初,工作队真给孟屯长盼来了,他见了工作队的同志就像孩子见了娘一样,乐得眼泪都快流出来了,他抓住于同志的手说:

"咱这屯的一锅夹生饭都晾凉了,同志们可得多凑一把火呀!"接着他就把地主的威风和群众的不安都一五一十地告诉了于同志,说完之后,好像吐出了卡在嗓子里的鱼刺一样痛快。

消息像风一样,当天就传到伍时照和马得镖的耳朵里。他们听说工作队来煮夹生饭,知道事情不妙,想要远走高飞,躲过这临头的大难,怎奈工作队来得太突然,准备准备都来不及了,第一是没有路条就插翅难飞,即便能逃出本屯,半路上也定规出岔子,到处都是查路条的儿童团哪,那群小嘎,简直就是他们这帮人的死对头。怎么办呢?也只好暂时眯起来,听听风声再从长计议。

不怪孟屯长盼工作队像孩子盼娘一样,他们一来,真是立竿见影,办事爽急麻溜快,一点也不拖泥带水。当天晚上,于同志就叫孟屯长召集开了两个小组会,要大家诉诉苦,说说恶霸地主的坏事儿。可是大家伙都还有些怕,工作队是为人民服务的这点道理他们懂是懂得,但是他们认为工作队呆不长,要不把恶霸地主连根挖掉,工作队一走,他们还会照样横行霸道,眼下斗一斗也啥用不顶,春天不就是一个经验吗?特别是一些老实厚道,胆小怕事的农民,连一句话也没敢讲。

因为会开得不怎么好,怕有两面光去给地主报信,就先把伍时照和马得镖暗暗地监视住了,第二天早晨又召集了全屯的群众大会,于同志在大会上讲了话,针对群众的顾虑都给了肯定的保证,比方说群众怕不能把地主斩草除根就不敢再斗了,于同志这样解释:

"工作队是帮助你们来真正翻身的,你们的身翻不好,工作队就要负责任,应该受批评,可是也要靠你们大伙出主意,怎样斗法,怎样处置这两个威风未倒的坏蛋,要由你们决定,我敢保证民主政府一定给你们做主。你们愿意把他们斩草除根,这是一个好主意,有他们在,你们的身永久也翻不好,因为他们不但剥削压迫你们,还勾结中央胡子想翻把,破坏翻身运动,你们大伙合计合计,是不是先把他们抓起来好?"

这样一讲,很多人都胆大起来了,他们决定先把伍时照和马得镖抓起来,怎样处置,看斗的结果再说。还有些人叮问于同志:

"要是大伙要求枪崩了他们,你可得给咱们做主呵!"

"那当然,放心好啦,一切由你们决定。"

于是立刻派了十二个自卫队分头去抓伍时照和马得镖,由宋庆和王海带队。伍时照早闻风猫起来啦,搜了好半天才从柴火垛里把他扒出来,当时就挨了一顿胖揍。马得镖似乎比伍时照狡猾些,他没有藏猫猫，却正病在炕上，自卫队一走到窗户底下，就听见了他的哼哼。

"他得病好几天啦！"马得镖的老婆（外号叫马大脚的）哭唧唧地跟自卫队诉说，"闹肚子，一天一夜至少三四十遍，看吧，把眼窝都拉黑啦。"

王海一看，病倒是真的，眼窝确是一圈黑，抓还是不抓呢？真把他难住了。

这夹当，马得镖哎哟哎哟叫几声，说是肚子痛又要拉屎，他很吃力的样子挣着爬起来要老婆搀着他去茅房，看他走起来山摇地晃的，好像喝醉了似的。马大脚乘机说：

"就是这样呵，一天不住点地拉，把我也折腾死啦。"

王海看着这情形，没有主意了，他跟大伙合计："狗日的病得这熊样，要是抓去还得侍候他，谁有那末多工夫搀他去拉屎，他黑天白日不住屁眼地拉，可不能老放风呵！"

"还是等他好了再抓吧，反正病得这熊样，跑也跑不了。"这是大家的主意。

约摸十分钟，马得镖晃晃悠悠回来了，他一头就倒在炕上，接着就哼哼起来。马大脚央告王海说：

"老王大兄弟，你们有啥事找他等他病好了再说，眼下把他带走也给你们添麻烦，等他好了叫他自个去投案不好吗？"

这种亲热的称呼王海还是头一回听到，他明白她是黄鼠狼子拜年，没安好心肠，反把这个鲁莽的小伙子惹翻了，为了出出气，他故意抓起马得镖的胳膊向上拉，斩钉截铁地说：

"不行，不行，今天非带走不可，不的话，跑了算谁的呀？"吓得马大脚扑通就跪下了。马得镖也直往后挣，他有气没力地说：

"好兄弟，你放心，我姓马的至死也不能跑的，这样紧，我往那跑呵？再说，跑了和尚还跑得了寺吗？我有房子家当，有老婆孩子在这顶着呢。"

三说两说，便把自卫队对付走了。

王海回去一报告，于同志和孟屯长都没说啥，只嘱咐他们把马得镖的住宅周围监视好，防备他万一逃跑。

接着便开始讨论酝酿，一切都布置好了以后，便先斗了伍时照。伍时照的通匪罪恶和翻把阴谋都被群众揭发了出来，并起出了五棵大枪和六百多发子弹，至于财宝就更不可计算了，最后由群众公审判决把恶霸地主伍时照执行了枪决。

伍时照的家眷被赶出了大院，把财产查封了，大家伙决定，等斗争结束以后再挖财宝分果实。

经过了这次斗争以后，群众的情绪空前高涨了，仅仅两三天的工夫，便把伍时照斗倒，他们开始相信了自己的力量，也感到土地有了保障，几天来虽然开会斗争忙，可是也都抽空把地侍弄得像个样了，并没有谁去催促他们。

把伍时照执刑完了回来，大家伙马上要求处置马得镖，便先派王海去看看马得镖的病好了没有。王海回来的报告说：马得镖的病更重了，已经落了炕，不但眼窝发黑，脸全青了，马大脚守着病人哭涕抹泪的，据说三四天一个米粒也没下肚，说不定要见阎老五去了。

大家伙听听这消息，火热的斗争情绪，像冷不丁泼了一盆凉水，都垂头丧气起来，觉得马得镖要真的病死，可忒便宜了他，都后悔那天应该把他抓来，趁着他有口活气斗争一下，出出怨气，打死总比看着他自己死了解恨哪。

王海听着大家伙的埋怨，自个也后悔，就跳起来说：

"那次没抓来也怨我，算便宜了他，可现下去抓也不晚，几天之内还不至于就死了，我看还是抓了来公审一下，只要他有一口悠气就行，斗完了给他一颗卫生丸送他回老家，打下十八层地狱永不叫他翻身。"

"对啦，他妈的，不给他颗卫生丸，死到阴曹地府他还会大摇大摆唬情形，枪崩了也算个罪鬼呀。"这是宋庆说的。

这提议大伙都非常赞成，可是天快黑了没法开大会，便决定明

11

天早晨去抓马得镖,抓来就斗。

第二天一早,王海和宋庆带了六个自卫队去抓人,还套了一辆大车,准备把快死的马得镖拉了来。群众早吃了饭在广场集合等着开会公审了。

自卫队走到离马家大院还有两三箭路的时候,就听见了喇叭声,吹得很凄凉,就猜到了八成,大家好不失望,等走进马家大院一看,果然不错,一口大红棺材停在院当心,人是死定了,披麻戴孝的还不少,有的戴了顶孝帽子,有的扎了条白孝带,男男女女,穿梭一样,这些人都是马得镖的一家当户,住在大院里的。马大脚的孝袍子穿得整整齐齐,好像早已准备好了似的。王海跟宋庆说:

"他妈的,你看他们扎估得多快,才一夜工夫呵!"

马大脚一见王海带着自卫队进来,便咕咚跪倒,哭诉起来:

"昨个半夜就断了气,幸亏院里一家当户多,好歹把他捆登到棺材里,这样热天也不敢多停;再说也没钱发送呵!"

王海暴躁地骂起来:

"你养汉老婆哭什么穷?没钱还装楠木棺材?"

"哟哟,这棺材是五年以前就预备好的呀。"马大脚便辩驳着。

宋庆也冒火了,用脚踢着棺材说:

"把死尸掏出来,卷捆草埋了拉倒,他没有资格装这末贵重的棺材!"

自卫队几个人也哄起来了,你一言我一语的越说越生气,用扎枪头直往棺材上戳,把个马大脚吓得面无人色,跪地哀求道:

"这棺材让他带去吧,古话说人死不记仇,你们就修修好,高抬贵手放过死鬼,他今生对不起乡亲们,来生变驴变马报答吧!"

王海宋庆没有心思听她号丧,气呼呼地坐上大车回去商量办法了。

约摸一个钟头不到,马家大院拥进来六七十男女群众,都是怒容满面,还有几个手持板斧,带着战斗的姿势直奔棺材而来。这时棺材已经装好了车准备出殡了。

群众一拥而上，把棺材从车上抬了下来，觉得格外的沉，像千斤石一样，大伙就想到了棺材里定规装了不少护尸的贵重东西。于是挥动武器撬棺盖，棺材盖却钉了密密的大钉子，好容易才撬开了。

马大脚先是哭着叫着哀告阻拦，当棺盖快撬开的时候，她竟吓得昏倒在棺旁，王海一脚便把她踢得好远，披麻戴孝的人们急得满院子乱窜，等棺材盖起开的时候，却一个也不见了，孝帽孝带扔了满院子。

棺材盖咕咚一声撩在地上，无数只眼睛惊恐地往棺材里注视，女人们怕看死尸都退后了。鲁莽的王海第一个喊起来：

"这棺材为啥装得这样满呀？连个指头也伸不进去，死尸不压扁了吗？"

"傻子，死尸在哪啊？赶快翻，把大门关好！"宋庆下了命令，大门关起来了。

大家伙就七手八脚往外扔东西，一直翻到棺材底，也不见死尸影子，都莫名其妙地叫了起来。原来满棺都是财宝和武器，草草地检视了一下种类，大致有金条元宝、皮货和枪弹，总之，全是顶值钱的东西。

顾不得清理财物，先在院里院外布好了哨，然后把财宝照样扔进棺材里，勉强盖上了盖，钉了起来，派女人们看守着。

马大脚不知什么时候醒来了，而且不见了，王海宋庆便带着群众各处去搜寻马大脚和马得镖的踪迹。

今天的马家大院是人声吵杂，布满了开始翻身的农民，他们到处搜翻，马棚猪圈，草垛粮仓，什么地方都搜到了，最后王海的一队人搜到炮楼里，发现了一个方方的木盖，揭开一看，原来是个地窖，王海首先冲下去了，后边的七八个人也跟了下去。忽然一声枪响，子弹穿过王海的左胳膊，这时王海已经下到了窖底，发现马得镖拿着手枪蹲在墙角正在瞄准，马大脚伏在马得镖的身后。王海顾不得疼痛，便大喊一声：

"赶快捉住，小心枪子！"

七八个人跌跌撞撞地拥下地窖，第二次枪声刚响，马得镖便和马大脚一同做了群众的俘虏。

出了地窖马得镖脸色苍白，看样是吓尿了，这时王海才醒悟过来：那几天马得镖分明是有计划地装病，现在他的脸色既不发青，两个黑眼圈也没有了，原来那是故意抹黑的呀。

拳打脚踢把两个犯人拥到院当心，马家大院吵成了一窝蜂，真比出殡还热闹呢。

紧接着，一个群众公审大会便在马家大院热烈地开起来了。

一九四七年鲁迅逝世十一周年纪念日

选自《东北文艺》，1947 年第 2 卷第 5 期

老程的自述

一

讲起我的出身，我心里就难过，早先受的苦楚可就说不完了。

两岁的时候，爹妈把我从山东家带到关东城，桦甸是一片大树林，十里八里才有一户人家，尽是老荒地，我爹就在地主刘成家使镐头给他开荒，妈在他家洗衣裳煮饭，一气就干了十来年，荒地开了好大一片，气也受了无边无岸。我七八岁时，爹就常跟我说：

"咱家穷，把你姐都扔在山东家啦，咱家扛了几辈子活，也受了几辈子穷，来到关外还是给人家扛活，咱程家算是八辈子也翻不了身啦！"

那时候，我就当上刘成家的小猪倌了，我从小就好强，听了我爹的话，就常常想：将来长大，非改换门庭不可。九岁时和爹妈商量商量就上了学，我妈替我放猪，可是念了两个月的书，刘成就再不让念了，硬说我妈放猪耽误了别的活，猪放得不应时也掉膘了，非把我叫回来不行。小胳膊拗不过大腿，我哭了一顿就回来了，跟我爹商量：

"咱自个去刨地吧，何苦低三下四给人家支使，妈给人家做饭不是咸了就是淡了，不是酸了就是臭了，咱辈辈连条棉裤也穿不上，妈的腿都冻坏了，两个妹妹冻得吱呱乱叫，受这份洋罪干啥？"

我爹不听我的话，人老顾虑多，他拍着我的头顶说：

"傻孩子，咱家要啥没啥，你又小，我一个人刨地养得活这一大家吗？再干二年积下两个钱再说吧。"

15

又干了两年,我十一了,有了把力气,说啥也不干啦。掌柜的眼珠子瓦蓝,成天妈妈的混骂,为啥要受这种憋气呢? 我爹老实,不敢跟掌柜的说话,我说我去;挨了一顿臭骂,才把账算了,可怜三个人干了十来年只落得五石苞米。

随后就在小平房租了吴瞎子一块荒地,讲好五年后给他拿租子,我使小镐刨小树,我爹刨大树,刨了一冬,才刨了半垧来地,锯多少日子才锯倒一棵大树啊,我爹守着大树不知掉了多少眼泪! 种的苞米没够一年吃。刘成这时候又来拉拢了:

"他妈的,你们扛活扛长阳儿啦,可钱添脾气,在我那扛活那点屈着你们? 不愁吃不愁穿,自个刨地可连嘴也供不上啦,我看还是回去吧。"

人穷志短,我爹就有心回去,我可不干,我说:

"饿死也不让你偿命,用不着你发那份假慈悲,你是猫哭耗子呵……"几句话把刘成给顶走啦。刘成硌硬(讨厌)我,以后就再没来。

我一年年大起来,刨地也有了经验,地刨多了,就对付着够吃了。冬天套狍子,吃狍子肉穿狍皮,十六岁那年,小平房起了胡子,捐粮捐款,这时候,我妈腿疼得就不能动弹了。

家里有点粮,都给胡子捐去了,官捐又多,日子又熬煎起来,爹妈常犯愁:

"穷人穷到什么时候是头呢?"

我说:

"没有头,咱穷命,老人没占上好坟茔地!"

种地不够吃,冬天就给开粮栈的崔小鬼赶爬犁,冰里雪里,起早贪黑,罪也受了不少,还常常抓官车,一去就是八九天,我妈死的时候,咽气三天我才赶到家。那年我十八岁。

我妈一死,扔下两个妹妹,日子就过不了啦,山里胡子闹得邪乎呆不下去,和爹商量商量就上了县里,给杜家扛活,为的是少受胡子官两项气,因为杜家私官两项都吃得开。就这样对付着穿对付着吃,混吃等死地糊弄了几年,算是剩下了几石粮食,这时二妹也找了婆家。

二十四岁那年娶了媳妇,就又像一个家了,那承想,穷人摊不上好事,媳妇娶过一年就死了,我想再过一年半载回关里吧,我爹老了,总想着那地方,想着想着"九一八"就来了,日本鬼子进了桦甸县,非打即骂,连抓带杀,年轻人都不敢出门。秋天,一狠心把三妹扯着手脖就给人了,得了八十元老头票彩礼,我爹难过得什么似的,他老人家淌着眼泪跟我说:

"咱一家人死的死散的散了,如今只剩下咱爷俩,回山东家吧,受够大粮户的气,可不能再受鬼子气了。"

打了两张火车票,爷俩就回了山东,到了山东家我叔还是给人家扛活,日子很艰难,我婶一听我们没剩钱回来就往外呲搭,幸亏一家当户多,我辈数又小,上大爷家求了三根木头,弄了点坯,盖起一间小房,爷俩算是有了个遮身之处。

我姐呢?一打听,早叫我婶把她给人做了童养媳,挨打受气,又想爹妈,上吊死了十多年啦。

我爹好伤心,懊悔得不得了,说要是从小也带出去,就不至于死得那样惨,又怨我婶害了她。我说:"啥也不怨,只怨咱家太穷啦,她命苦,托生到咱这穷人家来。"

死的死了,没死的还得想法活着呵。从那我爹就挎个小筐卖烧饼,我给人家扛活,干了一年,心挺憋屈,活又累,挣钱又少,总惦记关东城,那里有两个妹子和妈的骨尸,想下几年力把妈的骨尸捆登回来,也算尽一点孝心。这样一想,活就扛不下去了,把剩下的三十块钱全留给我爹,我一个子儿没带,一路上要着吃又回了桦甸。

到了桦甸遇到佟五,和他多少沾点亲戚,三说两说,就到了他家去榜青,这样呆了三年算没受多少气,剩了几石粮,这时二十八岁了,想回山东,一打听不能带骨尸,带钱多了都不行,小鬼子好邪乎!佟五劝着我就又呆下了,第二年花了五石粮娶了个媳妇,我给人家榜青,她给人家做饭,干了一年,刚收了地,鬼子就叫归屯,不归就烧,场还没打完,两口子一年只剩下一石苞米。

归到永吉村,和人家住一个小破屋,连床被也没有,第二年要我参加义勇团,站岗放哨,五六天就摊一个工,活也扛不了啦,不出官工时就卖点零工,一年不够吃,老婆愁得哭天抹泪,看看呆不了啦,就跑到甜草岗以前那个老丈人家,给他赶爬犁,可是穷让穷赶上,他买卖赔了,我也没使出钱来,算是白干啦。后来又到贵二爷家吃劳金,二年挣下一百多块钱,置了点家当,在大沟里和人合伙住了一间房,我给人捆炭包,气受够了,不想再吃劳金。真是天不照应,好容易安了个家,不到半个月,着荒火把小房就烧了,把一石多苞米也烧在里边,只抱出来两个孩子,我回去的时候老婆正坐在沟里哭。没吃没住,怎么办呢?第二天,在街上碰到警察署长白玉亭,他说他正要雇人,我就去了,怕人家不用,一天没敢歇一会,劈了一天桦子,挣了三碗苞米,老婆孩子一天算没饿着,白玉亭给找了间五凤楼似的小破房,算把老婆孩子安置在里边了。干了一天活,累得腰酸腿疼,躺下可是睡不着,心里想:穷人活着真受罪,一天混吃等死,这样混下去,有啥意思呢?真的,要不是老婆孩子赘脚,我早远走高飞了。

从那就在白署长家吃劳金,老婆也在他家白吃白干。白署长是伪满的官,压力派,那神可就大啦,他娘们一天守着个大烟盘子,脸抹得红猴腚似的,动不动就发官太太脾气。我两口子在白家奴才似的干了一年,啥也没剩下,气可受饱啦,一年没敢歇一天工,半夜两点钟就起来,真把我熬坏了,去晚一点就把你骂个狗血喷头,我常常憋屈得吃不下饭,老婆总是劝我:

"别窝囊,对付把两个孩子拉扯大,多咱日本鬼子倒台就好啦。"

好,咱就盼吧,天天盼,夜夜盼,日本鬼子快倒台吧,他们要是亡了国,我一定烧香上供杀喜猪,可再不受这份亡国奴的气了。

那承想,亡国奴的气还没受够呢,一天,忽然一个姓马的汉奸来抓山东人的劳工,说山东人和八路军有勾通。我去央求白署长给想想办法,他把脸一沉,眼一斜:"那有那些闲工夫管你这些臭事!"我老婆上去就给人家跪下了,我火啦,把她扯到外头就踢她一脚,我说:

"要劳工就去,有个命够了,你低三下四地给人下跪,我人穷志还不穷呢,凭啥给他下跪,他够个中国人吗?……反正咱这个家啥也没有,不散也得散啦,你等我六个月,不回来你就嫁人,丫头随娘改嫁,小子你给我养着,好接续后代……"老婆哭得呜呜的,孩子吓得吱呱乱叫。

这时候,我的房东白海给我出个主意:

"事大事小,一跑就了,我看你蹽岗(跑)吧。"

我想了想,不行,怕连累了他,他却慷慨得很:

"不怕,你走你的,为朋友两肋插刀,姓马的要找我,我咬住白玉亭,就说他让你走的。"

只有穷人护庇穷人,这个好心眼的朋友(白海是个贫农,只有一垧来地三间破草房)半夜把我送到他磕头的王福才家去,王家害怕不敢留,他说不留也得留,救命要紧。

在王家呆了几天,白天给人家劈柴火,晚上连鞋也不敢脱,过小年那天,吃黄米团子,我还能吃得下?想到家里老婆孩还饿着呢。过几天人家再也不肯收留了,只好去钻秫秸垛,三天三夜没吃东西,差点冻死,走道头重脚轻,直卡跟头。快过年啦,心里惦记老婆孩,又没地方可去,左思右想还是回家吧,是祸躲不过,管他妈的!

趁着天黑,离了歪斜地摸回了家,家呀,更不像个家样了,连灯油也没有,摸着黑,墙白刷刷的,炕冰冰凉,老婆披头散发活像个疯子,她抹着眼泪告诉我:

"你走后我白天打柴,下晚就要饭,可现眼啦!"说着就把要来的剩饭给我热了热,我又冷又饿,含着眼泪吃了几口,那心哪,就别提多末难受啦!还好,白海告诉我,抓劳工的走了,我的心这才宽敞一点。

年底二十八了,家里连点盐也没有,到柜上想使点钱,白玉亭翻开账，把眼珠子一翻：

“你账上没存的！”像呲搭一条狗似的就把我呲搭出来了。

大孩子问我：

“爸，过年不吃饺子吗？”

“吃，等着吧，吃泔水饺子！”

孩子把小嘴一噘，眼泪就掉下来了。老婆眼圈也红了。

白海看着孩子怪可怜，三十晚上送来一碗饺子，算给孩子解了馋。他又量了几升米给我，才对付着把年过去了，可是我心多不忍哪，老白也是个穷人，也是勒着裤腰带过日子呵。这粮，他还是借来的呢！

过了年，白玉亭又去找我，要我给他打更带推碾子，给我带种一垧地，我想，晚上打更，白天推碾子，熬也熬死了，可是不去又怎办呢？回家和老婆商量商量，两个人干一个活，白玉亭说：“中。”那他还能不愿意？两个人怎么也比一个人干得多呀。

上了工，两口子脚打后脑勺地忙，鸡一叫就套上碾子，指定八斗不敢推七斗九，快种地的时候，晚下还得碾八斗，把眼睛熬得通红，饿了吃点，白玉亭就骂：“他妈的饭桶！”

晚上为了省省裤子，光着屁股干，有天夜里下大雨，光着腚去喂马（啥活都干），叫雨激着了，第二天病得不能起来，白玉亭说：

“你回家去歇着吧。”他妈的，有病就得回家。歇了一天，扣了我一个半工。秋天，用他的碾子推了三石谷子，就白干了一个冬天，碾子牲口都算了我的租钱，跟他讲情理，他却说：

“你们穷人就别攒（积）下，有钱就不干了，饿不着就中，你不是没有饿着吗？”

就这样又给白玉亭做了三年牛马，日本子就倒台了。

有一天，白海忽然告诉我：

“老毛子在周家站放东西，快去领吧。”

我心想，天底下还有那样好事情，老毛子又没有疯。可是日本子倒台，我心里真是说不出的高兴，看见人缕缕行行地往周家站跑，我也想去凑凑热闹，就插到人堆里去了，一边跑一边喊：

"这回可不怕掌柜的了！"别人还当我是疯子呢。

一点不错，果然是放东西，仓库那，人像蚂蚁翻蛋似的，我找了一转圈没找着衣裳，看见一捆一捆白花花的，以为是挂面，抱了几捆就回来了，走到半道一看，原来是药布条子。

白玉亭来找我干活，我说：

"署长，咱不干了，算账吧。"

"呵，你小子他妈的扬蹦起来啦，好，给你算账！"

一算账，倒欠他八百零一元，我和他讲道理：

"咱两口子给你干了三年，没给别人铲一锄头，割一镰刀，不给我钱也罢，怎么还倒欠下了你的？你摸摸良心，你不怕天雷轰顶吗？"

这回我可真不怕他了，指着他鼻子连吵带骂，两个人吵闹了一阵，怎么也跟他讲不清道理，最后我把脚一跺：

"得啦，得啦，咱就再吃个哑巴亏吧，反正日本子倒了台，看你这个署长还行几天阳？"

敢和署长骂架，可不是个好惹的，以后白家窝棚的粮户，谁也不敢雇我了，我只好卖点零工度度生活。

二

日本鬼子一倒台，大排就闹起来了，比胡子还邪乎，大家伙只盼"中央军"快来，好打走大排。先听说第三军来了，是"中央军"的前防，老鼻子了，从拉林一直住到连二红旗，那时候我也不知道"中央军"好坏，也跟大伙一起盼。

房东白海晚上就悄悄跟我讲：

"'中央军'来没有咱们的好，比胡子还凶，第三军不是正经军头，尽是胡子；八路军要来，咱可就得好了。这也是估计啦，听老人讲，八路军到那就给穷人分房子分地，还有共产党，都是关里人，像响马传一伙人似的，杀富济贫，替天行道，可不知这些人有没有？"

接着就给我讲响马传,他说:"听老人讲,八路军就是这样人。"

从那,我就不盼"中央军"了,整天想着响马传那伙人。那时候,地主宋凤友拉起大排,当了营长,有人劝我去当兵,我说啥也不去,心连动也没动。

有一天白海跑来告诉我:

"老程,这回可好啦,县里来了八路军,尽是你们山东人,老宋家把大旗也搬啦,到正白旗去接八路军了。"

"来了八路军,共产党八成就不远了,把大排队打垮可不错。"我问老白:"是不是八路军在前边走,共产党就在后边跟着?"

"根据老人讲,有八路军就有共产党。"老白说。

八路军没到我们村,可是从那大排没有啦,老百姓天天盼八路军,打听八路军上那去啦? 有的说,八路军是神兵,说来就来,说走就走;也有人说,哈尔滨来了猴子兵,穿红坎肩,拿大刀片,专打大排,那就是共产党。

"共产党不也是人吗?"

"不是,是猴子呵!"

传说很多,穷人到一块尽呛呛这些事,还有说共产党"飞檐走壁,来去无踪"的。

我不信这些瞎传说,还是信白海的话,八路军尽咱山东人,总想去看看。年底下,带了三十元钱,揣了点干粮,就和老白到阿城看八路军去了。

走到北门,就看见一个穿黄军衣的胖子跟兵们讲话:

"今天就在这宿营,到那家自己挑水做饭,不许让老百姓侍候,寸草不许动,老乡住炕,咱们住地下……"我听着可顺耳啦,就慢慢往前凑,想问问又不敢。

一个小勤务员到小铺买烟叶,我凑了过去:

"老总……"

"不要叫老总,叫同志。"他笑了。

"同志,你们是那军头?"

"咱们是八路军,从双城来。"

一听是八路军,心就有底了,非常高兴,老白说:

"咱们走吧,别让抓去,官项的事说不定。"悄悄地扯着我的衣襟就把我拉走了。

走到柴火市,碰到一个买柴火的小年青的,挎着匣枪,听口音是山东人,我便和他攀上老乡了。他问我:

"老乡,过来多少年啦?"

"可有年头啦,换了两回朝代啦。"

"做什么事呵?"

"足足扛了二十多年大活,咱这粗人还能干啥?"

"参加不好吗?"他上上下下打量我一阵子就笑着说。

我不懂得什么叫"参加",他说就是当八路军,老白一听就用胳膊撞了我一下,我就说:

"有家怎能当兵。"

他说以后分房劈地,家怕什么?我听了一个劲摇头,他看我不信,就急了,指着匣枪发起誓来,眼睛睁得溜圆:

"真的,我要哄弄你,就对不起这杆枪!"

我看他急得脸都红了,就装着信了的样子,又唠扯了半天才分手,那个小年青的真好,可爽快啦。

老白说:

"你们到底是老乡,说话该多热乎。可你别听他说得好,天下老鸦一般黑,兵还有不打老百姓的,等他们下乡再看吧。"

"你这人是怎么搞的?"我生气了,"你不是天天说八路军好吗?要不是你宣说,我知道个啥?"

"急什么,老程,我多咱也没说八路军坏呀,我是说,天底下不打骂老百姓的军队就没有,叫你别太实心眼啦!"

我心想,可也对呀,那个小年青的那末和气,也许因为是老乡的关系。

回到屯里,我就宣传开啦,逢人便说:

"什么响马猴子的，尽是我的老乡。"

我真想去当兵呵，可是到家一看就没着（法）了，气得就骂：

"都是你们娘们赘的，就是抬不动腿！"

老婆气得也骂：

"你就是个直肠子驴，人家说啥你就信啥，要走，先把我们娘们整死！"

不多天，咱屯就来了个金队长（那时候我已经搬到屯里给地主宋凤友卖工夫了），又减租又分粮，穷人家都摊上了，很多人不敢要，我可不管那些，去量了，宋凤友说：

"他妈的，给你，过来'中央军'，就怕你还不起！"

我心里也骂：

"操你血娘，你就看不起八路军，等着吧，还要分你的地呢。"

回到家常和老婆叨咕："八路军真好，还挂着咱穷人没吃，补充这五斗粮就宽绰多了。那个国家为过穷人？"心里真是感动，穷人得点利益老也忘不了，也忘不了参加八路军，老是埋怨：

"有了个破家，一辈子也好不了！"干活就煞不下心了。可是当八路军干什么呢？却不知道，也没有想过。

三

五月初四，咱屯来了八路军，人嗡嗡地跑，我没跑，想留在家里侍候侍候，省得打家里人。可是人家什么都是自个干，叫老婆给烧点洗脚水都不用。心想：那天在阿城那个胖八路官讲得一点都不是"说说好听"哪。

在我家住了几个山东老乡，过五月节，我把一瓶酒二斤肉送去想慰劳慰劳，人家说什么也不吃，吃了五个鸡蛋竟给了二十元，那时候鸡蛋才三块钱一个，我不要，打架似的非给不行，人家说得可好啦：

"老乡，你们的生活不容易呵，怎能吃你们的。"

说得我心像软棉花似的，挺难受，人家过节吃的是豆腐菜呵，看来生活并不强似我们，可处处为老百姓打算，真叫人感动，我就更从心眼拥护起来。

一个连长有空就跟我唠扯，问我老百姓的生活怎样？分粮分地没有？还给我讲为什么跟"中央军"打仗的道理，把我脑瓜说得开了好大的缝。一次他试探地问我愿不愿意参加？我嘴说不参加，心可痒痒的，回去又和老婆商量，老婆就骂我：

"你这个人怎么竟扯犊子呢？刚刚伪满倒台不受气了，你又要去当兵，你走了吃米烧柴怎办？说分地，那不是没影的事？"

一想，也对呵，寡听要分地，可还没分到手呢。

那批队伍走了，我真有点舍不得，一直把他们送到路口，泪眼婆婆地把他们看没影了我才丧胆游魂地回来，这一夜也没睡着，心里老恨这个家真败类，要是光棍多好，一拍屁股，想去那就去那，能够当个八路军，祖上也光彩。

不单是我，左邻右舍没有一个不说八路军好的，只有地主背地乱骂，还笼络一般年青人说："八路军破衣烂衫，不是什么正经军头，等'中央军'来，我带你们走，当个连排长啥的，一点不用费事。"

那时候，农民会是有了，可全是些二五眼干部，阴历六月来了工作队，把干部一个也不要了，工作队召集老百姓到学校去开会，不要地主。有人就说：

"老程，咱可别去开会呵，这都是稽查，一下子都给赶走了。"我心里也二意忽忽的，就溜边去听，听来听去，不是抓兵，讲的尽是搞大地主的事，会上没有一个吱声。

第二天，不打柴了，到学校去参加开会，老婆嘱咐我："别多言多语地扯犊子。"

开头，在大后边听着，越听越顺耳，就挤到中间去了，斗争地主我最同意；后来又说选干部，可是没有一个哼的，我想说话，就挤到前边坐下，我大声说：

"工作队来，给咱开了两天会了，讲的都是为咱穷人，大家明白不明白？"

这下子，工作队的严子玉就把我盯上了。问我当会长行不行？我说不行，他说帮着我，我还说不行。心想：你跟我开啥玩笑呵。严子玉就问大伙：

"老程当会长赞不赞成？"他早就做了调查啦。

"赞成！"这回都说话了，异口同声地喊。

我再也没啥说的，干吧，心想，反正就干这一天。当场就提议斗争老邢家，他当警察勒大脖子，还当过第三军营长，大伙都同意，马上去抓了来，斗完了我就带着人去查封了他的财产，觉得查封完了就没自个的事了，可是一回家，老婆就不给饭吃了，她说：

"人家老邢家跟你没仇没恨，你像个王八犊子似的领人去斗争，还不是八路军和地主有仇，叫咱穷人出头……"

说得我也没主意了，窝囊了一夜。

第二天，秦部长就找我，我心里直扑腾，老婆说：

"去吧，这回你就有饭吃了，官项又找上了。"

我也不知秦部长找我什么事，提着个心去了，他先问过了我的历史出身，接着就问对粮户有什么意见，干部谁好谁坏，我都说不知道，一个劲地拨楞脑袋。那时候，心里真还摸不着底呵，又怕说错了出乱子。

晚上开会选举干部，大伙就把我选上了。第二天到区上开农民代表大会，好几百人，全是庄稼汉，我心想：为什么尽要庄稼人当干部呢？庄稼人能干个啥？这不是硬赶鸭子上架吗？

开不几天会，都是讨论穷人怎样翻身，怎样斗争地主的办法，我真是从心眼里高兴呵，也愿意当干部了。

四

开会回去，就想斗争地主，整天东跑西颠搜集材料。秦部长来了，就一五一十地告诉他：老向家怎样，老宋家怎样，老邢家又怎样……秦部长问我：

"开会时你能讲不能讲？"

　　我心里合计：炒豆大伙吃，炸锅一人的事，得罪人的买卖，还是不干好，可是一想到"为人民服务要坚决到底"，那套道理，就干脆地说：

　　"能讲！"

　　到开大会那天，我就上了台，可讲多了，特别是老白家，他家什么事我都清楚，连他烧人骨尸上地的事都给搠出来啦，我问大伙：

　　"他把穷人的坟都剥削了，该斗不该斗？"

　　"该斗！"

　　"敢斗不敢斗？"

　　"敢斗！"

　　下边一条声地喊，大伙可拥护我啦，因为我把话都说到大伙心眼里去了。我老婆脸煞白，在一边直白楞我，我他妈的不瞅你，把脸转了过去。

　　我高兴得像疯了一样，饭也顾不上吃，领着自卫队把地主一个个抓来，交给群众去斗，只叫游街可不许打。我看见白玉亭气就满了，偷偷地打了两下，谁也没有看见。

　　老白家的浮物顶多，足足拉了两天，白玉亭央告我：

　　"给我留点吧，你能看见我挨饿？"

　　"你还懂得饿吗？他妈的饭桶！"他骂过我的话我还了他。

　　"我这末大岁数啦……"

　　"你过年过老的！"

　　有人给地主讲情，多留点东西。我一讲道理，大伙就不吱声了，都说：对呀，早先他们怎刻薄咱穷人来着。

　　斗争完了就参加了党，严子玉跟我谈了一天我才明白，从那更坚决了，干得也更起劲了，脑子里老转着：不怕死、不投降、坚决为人民服务到底十五个大字。就是有一个顾虑，就怕共产党呆不长，打定主意将来"中央军"要来就跟八路走，这思想在挖地道时最厉害，后来把"中央军"打远，地道不挖了，心才敞亮，坚决相信"中央军"不能来，共产党永远坐天下了。老百姓也都谢天谢地，杀猪还愿。

分了地劈了果实,家再也没有顾虑了,就脱离了生产一心一意搞工作,整理村农会又被选了主任,因为我做事公平,没有私心,老百姓都拥护我,信仰我,除了坏蛋、溜须的管我叫主任,老百姓都叫我"老程"或是"老更倌"。

五

那时还不敢放手,不相信群众的力量,可是没有当官的思想,只有一门朝前干,各屯都找我谈,一天也站不下脚,家也不回,老婆说:

"你犯了走马星,家也不要了。"

我也没工夫和她讲道理,就说:

"冻不着你饿不着你就行呗,你叫我在家里陪你望房笆?"

那时候的心真急,恨不得大伙鸣啦一下子都起来才好。事情太多,简直就不够我一个人张罗的了,又顾虑前方,又顾虑后方,看着前方民夫直往回跑,就要求去带一次民夫,要求了几次秦部长才答应,去了两次,竟一个也没跑,我自个吃苦,处处照顾他们,有时炕不够睡,我就睡在地下,让他们睡炕上,大伙都说:"咱们老更倌待咱们真好,要是再跑,就太没良心了。"

几个月当中,做了不少工作,可是一汇报时全忘了,为了不识字,不知掉了多少眼泪。从那时起,不管多忙,一天也抽空认几个字。

头五月节,到正蓝旗搞生产组,布置军属代耕,搞马虎了一家,反映到秦部长那里,秦部长就批评我"吃米忘了种谷人"。我可委屈了,哭了一场,思想就消极起来,心想,我向来对军属特别热心,没柴打柴,没水挑水,了解军队在前方打仗是为了谁,闹了一次误会,就挨批评,有多大好处都一笔勾销了,当干部还不是"有功不显,有过不小"?秦部长看出了我思想有毛病,就找我谈了一次,他和颜悦色地安慰解释了一番,思想马上转变过来,觉得上级也是接受意见的，又一心朴实地去干了。后来调到五区，整天扛个锄头，帮老百姓干活，谈话。晚上，人家都睡了，我还到农会去看看犯人。只要没有刺激，我思想上就不会起变化，那时候还不懂得接受批评的道理——现在就不同了，人家提意见，我都感激接受：有则改之，无则加勉，这是秦部长教明白我的。

做了一年多干部，学了不少能耐，懂了不少道理，心里真高兴。想不到一个臭扛大活的，也有翻身的一天哪！

整理区农会，大家又选举我区农会主任，我可慌了，斗大的字刚认识二斗，遇事全凭脑子记，这末一大摊工作，怎能领导得好呢？秦部长就劝我：多和干部研究，多和老百姓商量，没有个领导不起来的，命不是一个人革的，独裁包办工作就搞不起来。

这以后我才知道了非民主不行，过去包办独裁也出了不少毛病，也懂得了走群众路线，什么事一跟老百姓商量就做得好，得了这个窍门事情就好办多了。我常和老百姓一边干活一边谈话，老百姓都愿意和我接近，有什么话都跟我谈，都说："咱们老更倌真好，多和气，还帮咱干活。"

走群众路线真是工作的法宝呵。举几个简单的例说吧——

五月（四七年）间调到五区，孙家窝棚七十五户只有五家正经庄稼人，副县长带我们五十多人去了，可是老百姓谁也不讲实话，了解了两天，一无所得。那时候五区军属没人管，我便领着二十多人去帮军属邹老太太铲地，铲了两天，邹老太太便跟我悄悄地说了：

"咱这屯子有三帮磕头的，第一帮的头子是恶霸地主陈卫，第二帮的头子是地主杨纯才，第三帮的头子是村长佟喜，陈卫是总头子，这几个屯子他都说了算，他跟杨纯才、佟喜说：'现在闹斗争，大家要保护我，"中央军"过来，咱都错不了。'就委了杨纯才副营长，佟喜当参谋长，他自个是营长。拉拢了六十多个人磕了三帮头，这个小屯子可就严了，除开五家外来户的军属都是他们磕头的，谁能跟你说实话？"

晚上大家汇报，谁也没了解出情况，我便把我了解的和帮军属铲地可以了解出情况的经验告诉大家。第二天，大家都照着我的办法去做了，晚上汇报，情况都差不多，就动手抓起二三十，很多人都坦白了，起出来十几支枪，二百多粒子弹，这个斗争就展开了。

秦部长调我回三区，在北部担任工作组长，我又犯愁了，正蓝旗是个糟糕的村子，干部也不集中，工作很难入手。一个军属的地没人铲，我便扛了个锄头到她家去，她说使不得，我说没关系，咱是一家人，一边铲地一边问她：

"你们这村子怎么不帮军属铲地呢？"

她先叹了口气，随后说：

"别提啦，就村长一个人干，别人不管事，副村长章洪就是开妇女会有劲，尽和妇女打着玩，不是搞娘们，就是上地主家喝酒，别的干部叫他影响得也不干了，怕跟他沾包。章洪说，'我是个党员，到秦部长那说话好使。'大伙都怕他，咱也不知道党员这个官有多大？"

第二天，我就找村干部开会，没叫章洪来。干部们也都说章洪贪污腐化。

这个村子有"四大硬"，赵永楼最凶，是个挂彩的，外号叫"抗战八年"，自称抗战八年功劳不少，整天横着膀子走路，谁都怕他，跟地主阎八的姑娘勾勾搭搭，阎八的姑娘挑唆他：

"你就上农会去闹，把他们搞垮，你好当官，我就做你的一品夫人啦。"赵永楼就天天上农会横眉瞪眼找麻烦，弄得干部没有办法，工作消极得不得了。

另外，这村还有个流氓团体，啥也不干，尽说熊话，问他们为什么不铲地？他们说：铲地干啥，斗争出一个金镏子比铲多少地都有劲。

这些情况都是帮老百姓铲地了解出来的。

以后，我就找了穷而又苦的十五六个人开了个会，我问他们：

"章洪为啥不好好干工作，竟开妇女会？"

"四大硬谁也搪不了，不把四大硬搞下去，村子就起不来，什么干部也没办法。"大家都挺消极，不愿意多谈：

"说不说不顶事，工作队一走又完了，搭不上屁股，挨一腔尿骚，算了吧，四大硬没法搞垮！"

我动员了半天，保证工作队不把四大硬打垮就不走，大伙才积极起来，都说了话，想出不少斗争四大硬的办法。先把那个流氓团体教育了一番，把他们团结好了，然后就开始斗争四大硬。

只一个礼拜的工夫，便把四大硬斗垮了，还挖出了不少浮产，这是完全依靠老百姓的力量才斗垮的，没有主意的时候就找干部和老百姓商量，这个工作后来检讨还没出什么毛病；因为经常联系群众，了解情况，也没有侵犯到中农。

秦部长叫我注意培养积极份子带徒弟，我就犯愁：我自个还在学习，可怎么培养人家呀？秦部长告诉我：

"积极份子也不是一个一个培养起来的，在斗争当中你一次就可以发现不少，发现之后，注意巩固培养就是了。"

真的，后来我照着秦部长的办法，就培养了好几十劳而又苦历史清白的庄稼人——顺便讲一下，给我讲响马传的那个白海也当上生产委员了——，对我的帮助可大啦。

平分土地阶段，我真有点发懵，这末一大块事，怎能做得天衣无缝？一阵阵发愁，总是怀疑检查不够，工作做一段就怀疑一段，怀疑和老百姓接近不够，工作不深入，虽说这段工作没有出漏子，自个可没有一点自满的思想。我就是抱着我那一个法宝：掌握政策，走群众路线，外加个大胆放手。

我真感激秦部长，更感激毛主席，是他们领导得好，才把我这个扛了二十多年大活的庄稼人变成了老百姓拥护的农民干部，模范党员。我一定好好干下去，坚决为人民服务到底！

虽说我累得眼边通红，脸煞白，可是我的精神多好呵，三天三夜不吃不睡我也熬得起，我心里高兴嗫。

平分土地阶段，还有好多故事没跟你讲，可是马上要开总结会了，同志，过了年有空你再来，那时候我再跟你谈上他两天两夜，只要你不嫌絮烦。

对啦，我还得告诉你一件事，现在我那个爱扯腿的落后老婆也进步了，她已经当了村妇女会的宣传委员，整天动员落后妇女参加运动，那两片嘴也怪能白话的呢。

同志，你跟我谈了两天，是想给我上报吗？上报倒是使得，可别露我的真名字呵，人家管我叫模范党员，我真害臊，不够呵，还差得远呢。我今年三十八了，再跟毛主席学上个十来八年，到五十来岁的时候，也兴许够得上个共产党员，算得上为人民服了务。

一九四八年初平分土地以后

选自《牛四的故事》，光华书店 1949 年

牛四的故事

一

懒汉牛四的回笼觉睡得正香,可不知是什么声音,咕隆咕隆地震得炕洞子直响;他懵里懵懂地翻了一个身,捉摸了一会就明白了:"八成是打雷,要下头场雨啦,睡吧,正好过阴天。"于是,又把麻袋片往上拉了拉,蒙住了脑袋。

"牛四,还不起来,日头都晒着屁股啦。"外面有人敲门。

牛四迷里迷糊的没有听清是谁叫他,嘴里开始不耐烦地嘟囔起来:"去你妈的,别糊弄人啦,眼看大雨来啦,还什么'日头'月亮的!"说着把身子往下偎了偎。外面的人却烦了:

"不起来,我可要去告诉叶同志自个来叫你啦!"

这下子,牛四才听清了是叶同志的通信员,吓得一骨碌就爬起来:

"别、别,起来啦!……"来不及穿鞋,就把门开开了。他一边揉眼睛,一边笑嘻嘻地道歉似的说:"原来是同志你,我当是隔壁小嘎儿呢。你告诉叶同志,就说晌午我定准把柴火送去。"通信员笑了笑,说了声"好吧",就走了。

通信员一走,牛四闷腾腾的心可开了一道缝,等伸手往小衣兜里一摸,刚才开的那道缝坐窝又砰地关上了。

在衣兜里原来有两张百元票,这是昨天叶同志给他的柴火定钱。其实叶同志本不等着柴火烧,就是为了要治治他的懒病,鼓励他生产,才要买他的柴。可是有个条件,得要他自个亲手去打。在那当时牛四心里寻思着,叶同志一天脚打后脑勺子忙,那能够把这点点芝麻大的事搁在心里呢?说不定第二天她就忘到九霄云外去啦。可是偏偏这位叶同志记性好,妈的,一大早就打发通信员来喊叫,这多讨厌哪!人正睡得香香的、美美的,就给提拎起来,弄得筋骨发酸,还那有闲劲去打柴呢?可是说不去吧,叶同志定规要生气。人家昨天劝了自个一下晌,嘴说得直冒白沫子,人家为了啥,还不是为了咱牛四吗?……

他伸开胳膊,长了个懒腰,这当儿,他的儿子柱子也醒啦。他愁眉不展地跟孩子啃了几个窝窝头,算是早饭。懒可真是懒,浑身软得像散了架子,可是那柴火又怎样办呢?他急得抓耳挠腮地在地下直打转转,忽听隔壁的小嘎吵嚷:

"东头老朱家的小猪羔死啦,五十块一斤小猪肉……"

牛四眉开眼笑了,背起柱子就往外走,一边走一边跟孩子说:

"柱,爹今天给你炖大肉吃,真馋得够呛啦!"柱子乐得在他的背上直蹬腿。可是一出门就碰上了通信员。牛四心想:真倒霉,冤家路窄!不等通信员问,就先抢着解释:

"柱子吵着饿,回来吃点饭,这就上山去啦。"

牛四的心眼可是不笨,这个谎倒把通信员糊弄住了。通信员虽说是半信半疑,可是没有说什么就跟着牛四一块走出来。

有通信员的眼睛在身后盯着,不能去买肉啦,只好奔向山去,"这真是'逼上梁山'啦,妈的走吧,到山上再说。"

山上打柴的全是十多岁的小孩子,镰刀在太阳底下闪着一道道的银光。牛四把柱子放下来,爷两个坐在大树底下远远地看热闹,心里可还在想着五十块钱一斤的小猪肉。

二

顾家屯的穷哥儿们,自从斗倒了恶霸地主,分到了房子地以后,全屯的人都卷进了生产热潮里,他们砍柴拾粪、编炕席草帽、纺线喂猪、男女老少没有一个吃闲饭的,十户有七户都买了牲口和农具,都订了生产计划,编好了小组,准备搭犋春耕了。算来解放才不过一年多,穷哥们的日子就大大有了起色,如今大家伙已经合计好,往后再不叫穷哥们了,要叫劳动哥们,因为早先是受压迫剥削,有受穷的原因。如今是"民主国家,翻身年头"啦,再受穷可就难为情啦。因此,下决心要把庄稼侍候好,把日子过得更宽绰,不辜负领导穷人翻身的共产党,也对得起回来的老朋友(土地)呵!

唯独牛四可不这样想。好吃个好的,可就是怕动弹,一个结结实实的小伙子,却懒得像摊稀泥。也常有人劝他,无奈总把别人的话当做耳旁风,这耳听那耳冒了,一来二去,谁也懒得对牛弹琴,再也没人搭理他了,连他自个的亲娘,都管不了他,一气,出家去当尼姑了。谁都说:

"是狗改不了吃屎,牛四算没治啦。"

"牛四除了吃、喝、拉、撒、睡,啥用没有,不如叫他牛屎吧。"

于屯长的孩子小楞子给牛四起了这末个外号以后,马上就叫开了,特别是小孩子们一看见牛四就"牛屎""牛屎"地喊。牛四给大伙骂皮了,也不在乎,顶多说一句:"咱不跟你们小孩崽子一般见识,"白楞白楞眼珠子算做报复。小孩子看他傻里傻气,就越骂越有劲,常常就围上来一大帮,今天牛四上山来不敢往前凑,也就是这个道理。

牛四看着那一捆捆背下山去的柴火真眼热,心里嘀咕着:"若是我有这末几十捆就好啦。"

柴火全背走了,只剩下黑虎一个人在那手忙脚乱的还没捆好,牛四灵机一动,就跑过去帮黑虎把柴火捆好背好,黑虎憨头憨脑的,心里挺感激,可不知牛四打了他的主意。

牛四跟黑虎一块走下山来,东拉西扯地唠着嗑,快到家的时候,就把话归了本题:

"黑虎,你把这捆条子卖给我吧,别告诉你爹,我给你一百元钱留着你自个零花多好呵。"

黑虎叫他一串弄,这个买卖就做成了,于是黑虎的一背条子马上换到了牛四的肩上，不一会，就堆在了叶同志的窗外了。牛四心里挺高兴，啥力气没费就挣了一百元，叶同志还竖了竖大拇指头说："好小伙子，去歇歇吧，明个再去打。"

"你还要买吗？"

"你打够了一千捆我再交钱。"叶同志笑着回答。

牛四一想，她不先给钱，这个买卖我可是不做了。

"不行呵，叶同志，我自个没有镰刀，可怎打一千捆条子呵？"牛四做出十分为难的样子。

"这末着吧，"叶同志想了想说，"能借着镰刀就打柴，借不着镰刀就捡粪，怎么也得捡够上你一垧地的才行，捡到一车的时候，我送给你一把镰刀，好不好？"

"嗯哪，"牛四迟疑了半天才应了一声，心里说："你顶多住上个十天八日，还能老在这看着我？你一走我的傲就卸啦，谁希图你那把镰刀？"叶同志是县里的负责人之一，现在到各村各屯来检查工作，本不可能住得很长久的，因此，牛四心里有底。

晚上，牛四到底炖了二斤小猪肉，爷两个饱饱地吃了一大顿，心满意足地睡了。

三

第二天一早，通信员又来召唤牛四，他眯了半天眯不住了，只好咬着牙起来。

"捡粪去吧，晚上我来检查。"通信员催促着说。

牛四两眉扣一眉地提拎着粪箕和粪叉，背起柱子懒洋洋地走出来，脚像挂了千斤石，半天才捡了一粪箕底。

"一车粪，好容易捡哪？叶同志简直是狗抓耗子多管闲事，我种不种地可管她啥事？"牛四心里埋怨着，就回家睡觉了。睡醒了，太阳已经偏西，怕通信员来检查，赶快背起柱子又去捡粪。

房前左右溜达了半天，也没捡多少，他本不想捡粪，应景而已。心里只在盼望叶同志快点离开顾家屯。可是她在这的时候，总得把这差事搪塞过去呀。

家家门口都有个大粪堆，"要是在大堆里挖点唔，可不大离。"他转来转去地在找偷的机会。

于屯长住的地方顶僻静，牛四转过去一看，果然没有人，于是赶紧用手捧起粪来，一会粪箕子就满了。他又乐又怕，心跳得像要从嗓子蹦出来了似的，一溜烟就送回家去。

回来的时候，还是没有人，"运气真不离，懒人有懒福，今个一定多拾掇他几筐。"牛四高兴地想。

第二粪箕子又快装满了，冷不丁地却从矮墙爬出个人来：

"好小子，我早盯上你啦……"不由分说，小愣子揪着牛四的祆袖就走，"去见叶同志，不押起你才怪！"

牛四一下子汗就冒出来了，柱子哇地哭起来，牛四央告着：

"好兄弟，放了我吧，别吓着柱子，下次再不啦。"

"不行，懒病没治好又添了个偷病，非寒碜寒碜你不可！"小愣子气得眉毛都竖起来，一直把牛四拖到叶同志院里。后边跟着一大帮人，马粪拖拉了一路。小愣子老远就嚷：

"牛屎偷了我家的马粪，叶同志你治治他吧。"

叶同志微笑着听完小愣子的报告，就问牛四："你怎么倒偷起来了？"

"嗯哪！"牛四搭拉着脑袋，耳朵直嗡嗡，叶同志的话一点也没听清，只胡乱应了一声。他不敢看叶同志，他害怕那张和善得像弥勒佛似的笑脸，比打骂都让人难受。

"什么嗯哪，说呀，你为啥要偷呵？"小愣子推了牛四一把，叶同志马上给小愣子递了个眼色，叫他不要打岔。

"是这末回事，叶同志，你叫我捡粪，近处没有，远啦这小嘎儿走不动，背着又不好干活，我一思量，反正咱屯家家都有粪堆，一家一筐也就把我成全啦，大家伙帮补一个人容易哪，这半年多我要饭吃，还不是靠大家帮补？"

"呸，好不害臊呵，亏你觍脸说，不怕风大闪了舌头！"小愣子唾了一口。

"他就尽拿他孩子遮羞,懒人长个巧舌头。"老王太太说。

于屯长听不入耳了,也插了一句:

"帮补你也不是这末个帮补法呵,人家叶同志苦口婆心地劝你学好,你倒偷起来,谁帮补你个没出息的东西!"

人越来越多,都要看看叶同志怎样处置牛四。

"昨天的柴火你可是偷的?"叶同志疑惑地问牛四。

"那可不是,那可不是,人说话要心对口、口对心啦……"

"那末,是人家没看见拿的?"叶同志这一问,引得大家都笑了。

"坦白坦白吧,说偷了谁家的?"

"要说不是偷的,问问他打柴从那儿借的镰刀?"

"不说,把他押起来!"

"戴高帽子游街!"

"赶出屯去!"

大家你一句我一句地吵嚷着,叶同志劝住了大家,让牛四说话。这时的牛四心里害怕,声音也哆嗦起来,没有刚才那末理直气壮了。他说:

"镰刀是借黑虎的,人凭良心嗳,咱这屯顶属那小嘎儿,老手笨脚的,多咱也不欺负我。"说着,就溜了黑虎一眼,黑虎一碰到牛四的眼睛,赶紧把脑袋低下了。

黑虎的爹一听发火了,马上就逼问黑虎:

"是你借给他镰刀啦吗?说,撒谎撕了你的皮!"

老实的黑虎给他爹一吓唬就照本实发了。紧接着是一阵哄笑。牛四的鼻尖上冒出了冷汗。

"坑、蒙、拐、骗、偷,鬼魔道可多啦,我看把他撵出屯得啦。"于屯长一提议,大家就都随和上了,又是一阵乱嚷嚷。

太阳快落山了,叶同志叫大家回去吃晚饭,晚上,等着召集再来开会。

四

吃完饭,叶同志先召集屯干部和几个积极份子开了一个小会,首先打通大家的思想,和大家建立改造牛四的信心,以及不改造牛四对全屯的不利。叶同志着重地说:

"牛四是可以改造的,只要大家有耐心,态度诚恳,真心帮助他,不愁改造不好的。过去大家虽说也劝过他,但是没有耐性,而且方式也不对头,譬如起绰号啦,不拿他当人看啦,甚至把他看成仇人似的,这都不是诚心叫他变好的方法,越是看他不起,他就越破罐子破摔,大家检讨一下,是不是过去对牛四的态度有缺点?没有诚心改造他?"

大家一想,叶同志的话不错,句句有理,都检讨了自己的缺点。接着叶同志又讲了许多老解放区改造二流子的故事给大家听,最后她告诉大家:

"在延安,一年的工夫,就改造了一百多个二流子,还有十来个变成了劳动英雄呢。"

紧接着,就召集开大会,白天的人又重新聚到叶同志的屋里。牛四本不想来的,满肚子的不舒服,心想:"我懒我的,管你们什么事,饿死又不叫你们偿命!"最后还是几个人连拖带拉才把他弄来。见了叶同志他才老实了,因为他认为叶同志是县里的大官,有生杀予夺之权哪!叶同志让牛四坐在炕沿边上,叫他讲讲懒的原因。

牛四满不服气的样子,把六岁的柱子抱在膝盖上,就打开了话匣子:

"我可不是天生的游步荡子,是半路出家呵!在早懒是有点懒,干活可也顶个大半拉子;从打前年媳妇上吊一死,我就泄了劲啦,我寻思:我两口子苦熬苦掖,也免不了挨饿受冻,一家大小没穿过一件囫囵衣裳,忙到归齐都给人家粮户赶网啦,到归终,媳妇还不是让粮户逼死……"

刚说到这,话就给心直口快的王老太太打断:

"你媳妇是怎么死的？你好不害臊，那末大个小伙子，干活只顶个大半拉子，真好意思说啊，不怕风大闪了舌头，要是当初你多下一把力，你媳妇怎么至于给孙八去支使，不给孙八家当奶妈，也不至让孙八糟蹋啦！……唉，真可惜那刚强的媳妇！"

牛四翻楞翻楞眼珠子，没说什么，又接着说下去：

"媳妇一死，扔下这小嘎，就活活把我的腿扯住。我妈疼媳妇，哭了个死去活来，她心里憋屈，就天天找我出气，去年夏天就出家修行去啦……"

"你妈还不是让你逼走的？"王老太太又听不入耳了，"她就你这末个独丁子，你懒得屁眼里挑蛆，仰颏等着树上掉馅饼，她不走可指望什么？要不，她舍得你还舍不得孩子呢。"

"是听我的还是听你的？"牛四瞪了老王太太一眼又说下去："叶同志，人穷志短，从打我妈出家以后，我爷俩就没粮吃啦。可是说，自个的梦还得自个儿圆哪，没法子，就背上孩子跑大门啦，讨着吃要着穿，也就活过来啦。"

"现在还想要饭吃吧？"

"公家不让了啊。再说，没路条就寸步难行，儿童团那帮小嘎可邪乎啦，说啥也不让你过。"

全屋子的人哄的一声全笑了，牛四自个也笑了。

老王太太提议散会吧！她绝望地说：

"叶同志，你看牛四像个皮脸盘似的，完到底啦，怎么劝也是'老跶子看戏，白搭工'，睡觉得啦。"

老王太太的提议，马上得到大家的赞成，可是叶同志却说：

"大家想不想帮牛四改好呢？他好了大家高兴不呢？"

"要能改好还说什么，'兵打一处，将打一家'呀。大家伙都吃上饱饭，谁还愿意看他一个人挨饿？我看大伙都愿意牛四改好，是不是呢？"于屯长替代大家回答了并问了一声。

大家的回答是一个声音，"是！"牛四听了于屯长的话，却忍不住地说：

"你们大伙都瞧不起我,我可怎提起劲来干活,打架得向着力薄的,可你屯长也跟大伙一条藤……"

不等于屯长接茬,叶同志马上就问大家说:

"要是牛四从今往后学好了,大伙还瞧得起他不?"

回答的又是一个声音:

"瞧得起!"

接着叶同志就又把要翻身得靠自个劳动的道理讲给牛四听——其实早讲过好几遍了——再让他说说生产中有些什么困难。

这时,牛四的不愉快,在大家的规劝和感化之下慢慢减色了,于是,他说出了四种因素。叶同志对他说:

"只要你好好干活,这些困难大家伙都会帮助你解决,从今往后你有没有决心学好?"

"有决心!再不学好,就对不起小嘎他妈啦!"

会场的空气一会比一会和谐起来,大家你一句我一句地把牛四叮问得没有二话了,老王太太抢先说:

"好牛四,你要好好生产,我帮你带孩子,管保屈不着你柱子。"

"我叫我屋里的跟你轮班带,那家还不是养大拿小的。"黑虎的爹接着说。

"我借给你镰刀,咱轮着使。"李主任说。

紧接着就是于屯长答应给他解决吃粮问题,只要他打了柴来,屯农会就保证给他换小米。

最后一个牛犋问题就费了踌躇了,大家都怕他偷懒,那个小组也不愿意要他。牛四看看大家迟疑就忽地站起来说:

"大伙这样帮补我,再要不好好干活,可就是'狗咬吕洞宾,不识好人心'啦,再不学好,咋处罚我咋赔着。"

大家看着牛四态度还诚恳,于是问题很快就解决了,牛四被编入第二生产小组,在春耕以前牛四保证每天打柴拾粪。

今晚上,牛四确让大家感化了,看着他那又想哭又想笑的样儿,大家的心都挺敞亮,临散会的时候,牛四还给大家行了一个鞠躬礼。他憨笑地对小嘎们说：

"要是再管我叫牛屎，我可是不答应呵！"

这一夜，牛四没有睡好觉，第二天一起来就去找叶同志，他要求叶同志想办法把他妈劝回来。他眼泪汪汪地说：

"叶同志，不养儿不知父母恩哪，从我自个拉扯柱子，才知我妈拉扯我的艰难，我若是翻身学好了，我妈也该享点福啦，再说柱子也有个照应。老叫人家给照应也不像话。"

他缠磨了好半天，直到叶同志答应给他设法才走。

回到家，李主任亲自把镰刀给他送来了，他感动得直摇头，当天就打了五十捆条子。

五

牛四的生产情绪维持了三天以后，就慢慢低落了。到第六天，竟又还了原，躺在炕上不想动弹了。晚上于屯长来看他，问他为什么今天没打柴捡粪，他又撒了个大谎：

"肚子疼得厉害，连腰也直不起来啦。"说着就按着肚子哎哟哟地哼起来。于屯长信以为真，给他揉了半天肚子，还打发小愣子送来一碗滚热的姜汤，说是给他赶赶寒气。

牛四整整地在炕上装了两天病，老王太太照样替他照应柱子，于屯长一天还给他送两遍粥。直到第三天还是不想起来，可是他再也想不到，叶同志却来看他了。

"病了吗？今天可好些？"叶同志笑着问他，还摸了摸脑袋。站了一会儿就走了。

这一来，可把牛四吓坏了，他寻思着："叶同志会治病，不是常常给屯里人治病吗？她一定会看得出我是装病的！这回，她可再也不能饶我啦，看她那笑的神情也不像往常，这下折子啦！"他两眼直勾勾地瞅着棚顶，心像掉在油锅里一样，等着叶同志的处分。

傍黑，通信员来了，牛四心跳得像打鼓，心想定准是叶同志打发来叫他的，可是却猜错了，原来是送来两包白药面。通信员郑重其事地说：

"要不是真正肚子疼，可吃不得，吃了会药死的。"

听这口风，他确定叶同志准知道他是装病了，可是她既不呵斥，又不处分，还像哄小孩似的哄着他，什么道理呢？简直把牛四弄得"丈二金刚摸不着头脑"，心真像十五个吊桶打水，七上八下的，一夜翻来覆去睡不着，说不出那种难受的滋味。

他瞅着漆黑的屋子从头回忆起——想着叶同志的劝导，那天的会，以至屯里人待他的好处和帮助，特别是叶同志的感化……他简直后悔透了，差一点不等天亮就要去见叶同志，这一夜他起来好几次。

好容易盼到天亮，他拖拉着鞋就闯进叶同志的屋子，一进门，就跪在炕沿下捂着脸哭了。

叶同志刚穿好衣裳，一看牛四这样子，倒吓了一跳。赶忙把他扶起来，牛四好一会才抹着眼泪说道：

"叶同志，我真对不起你，对不起屯里的人，这几天我不是真肚子疼，因为懒得动弹就装起病来，如今我太后悔啦，叶同志，你要是能够饶恕我，可别把这寒碜事传出去，要是传出去，我真没脸见人呵。"说着眼泪又滚下来，接着又说："这回，我可下决心好好生产啦，再不学好，我就撒泡尿呛死！"

叶同志和蔼地劝了他一个多钟头，并且答应不把他装病的事告诉别人，他才高兴地回家。从那天起牛四又上山打柴了。

六

叶同志临走的时候，一再叮咛屯干部耐心帮助牛四，把劝他妈回家的事也交给了他们去办。牛四特意把叶同志送了五六里路，为的是表表心。

春耕开始的时候，叶同志又到顾家屯来视察了。牛四正在地里撒麦种，一眼看见叶同志，就张着胳膊飞奔而来，像小孩见了亲娘一样，眼眶里包着一股泪。他高兴地告诉叶同志：

"老王太太带着柱子去劝说我妈三趟了,妈说等我干活干得牢靠了,她就回来。李主任还答应妈回来以后再给补半垧地呢。我一定好好生产,让妈回来高高兴兴,叶同志,不信,晚上去看看我的柴垛和粪堆,秋后,我还要挣个生产模范呢。"牛四一口气说完,掉头又撒麦种去了。

一九四七年四月十五日

选自《牛四的故事》,光华书店1949年

死　角

　　三班里十二个人顶数苏海年岁小,也顶数苏海疵毛(调皮)。看样子他倒是个地道的庄稼孩子,粗手大脚,憨头憨脑的。可就是好要个贫嘴,一天到晚没个正经的,什么也不好好干,尽说怪话。行军的时候,总是煞在后边,不是说膀子扭啦,就是喊肚子痛啦,他的枪和背包经常是班里的同志给他背着。打起仗来更是吊儿郎当,像闹着玩一样。攻不好好攻,守不好好守,你叫他往前冲吧,他偏要向后捎,你推着他走,他却绕个圈又回来了。班长朱祥批评他,他却说:

　　"人谁不想多活两天,打死了可怎么吃饭哪?"

　　班长说:

　　"大家伙都争着要在战场上光荣立功,难道你就不想立个功?"

　　苏海却鼻子一哼,嘴一撇说:

　　"立功也吃饭,不立功也吃饭,立功又挣不下房子地,一朵破纸花有个屁光荣,谁稀罕那玩艺?"

　　他就是这样憨脸皮厚,满不在乎,打又打不得,骂又骂不得,批评他吧,他不但不接受,几句话会把你撞到南墙,顶得你出不来气。因此,大家伙就送了个绰号给他,叫做"滚刀肉"。苏海对这外号并不反对,反而得意地说:

　　"滚刀肉就滚刀肉,叫你们蒸不熟煮不烂,要是块好肉,不早就给你们馋啦?"他得意的是大伙没法治他。别人越生气,他就越高兴,他认为这就是他唯一的胜利。

　　他是本溪人,从八岁就给地主放猪,扛半拉活扛到十七岁,也是常常拿他的这种办法来治服地主的。凡是压迫他的人他都恨。但是又惹不起人家,人又小家又穷,连东家的狗都欺侮他。在他放猪的时候,那条大黑狗常常是冷丁地往猪群里一冲,猪就一哄跑散了,害得他东跑西颠,累得满头大汗,半天才把猪一个个圈回来。有一回一个小猪羔让大黑狗给冲到大水坑里淹死了,东家打了他三十屁股板子,肉都打飞了,他憋屈得连饭也吃不下去,一心想报仇。可是那时候他才十三岁,人小主意少,想来想去也想不出对东家报复的办法,后来他决了心:还是调理调理大黑狗吧。于是他就跟钓鱼的老王头借了套钓鱼的家伙,狠狠心拿腰里仅有的几个零钱买了个肉包子,把包子挂在鱼钩上,就蹲到树后去了。大黑狗来到,他把包子一扔,不一会鱼钩就挂在大黑狗的舌头上了。大黑狗脑袋越扑棱,他越使劲向后拉绳,两头一挣,血就从狗嘴里淌出来,肉也拉掉了,鱼钩可还是好好的,大黑狗搭拉着血淋淋的舌头嚎叫着飞跑了。幸亏狗不会告状,东家不知道这回事。从那,大黑狗可怕他了,一看见他,就把耳一抿,搭拉着尾巴远远地走开,再也不敢往猪圈里闯啦。

以后,苏海慢慢大起来,也琢磨出调理东家的道道儿,明来就要挨揍,只有使暗的。有一回他半夜里偷偷地把东家茅坑——地主连厕所也是专用的——上放脚的板子起下来,把架板子两头的土掏空了之后,支上两根秫秸秆,然后把板子照原样轻轻地浮放在秫秸上。第二天早上,东家就掉到粪坑里去了,弄得两腿大粪,臭气熏人。东家干憋气,可不知道是他干的。

这原是苏海对付欺侮他的人唯一的报复手段。天长日久就变得流里流气,调皮捣蛋,慢慢地就习惯成自然了。

十七岁那年,苏海被国民党抓了丁,在“中央军”里照样受欺侮,连长欺侮他,排长欺侮他,班长也欺侮他,反正是带“长”字的都欺侮他,张口就骂,举手就打,不单是他一个人,是兵就受欺侮。在“中央军”里,不仅是阶级分明,一层辖制一层,还是一层打一层呢;阶级越小越受气,连长打排长,排长打班长,班长打兵,兵打伙夫,伙夫打谁呢？他没有可打的，只好摔盆打碗，但是摔破了盆碗可得赔钱哪！

苏海顽皮惯了，到军队里一时还改不了，可就为着好顽皮不知挨了多少回打。他恨连长比恨谁都邪乎，因为连长打人顶狠，谁都挨过他的揍。他憋了满肚子气也无处可出，打伙夫吧，那他可不干，苏海有个好处，就是不欺侮比他还受欺侮的人。有一回他挨了班长的揍实在没处撒气，把枪搞坏了，还让连长给关了五天禁闭，以后他再也不敢破坏武器了。有气只好憋着，一憋就憋了二年。直到解放军打到辽阳那天，苏海才算把气出了。

那天，驻守辽阳的"中央军"，在城外就被打得七零五散，投降的投降，被俘的被俘。眼看解放军要攻进城了，可是苏海的连长还不肯放下武器，命令全连死守，士兵们早就动摇了，有的提议："降了吧！"有的就想逃跑。连长看形势不好，马上抓了一挺机关枪冲着士兵们就支了起来。他眼睛红得像猴腚，敞开破砂锅似的嗓子就喊：

"谁敢再提一个投降的字，我就把他就地正法，如果你们敢动一步便把你们用机关枪统统扫死！"

这样一吓唬，谁也不敢动了。

不一会，解放军就进了城。这时连长抖得已经像发疟子一样，还勉强乍扇起胳膊喊：

"守住呵，谁要是放弃阵地就以军法从事！"可是话刚说完，他自己却转身跑了。一个战士一看急了，冲他的脑后就是一枪："看你哪跑？"这一枪没有打正，打到连长的屁股上，连长挣扎着又跑了两步，接着又是一枪，又没打正，打到连长的脊椎骨上，连长再也跑不动了，伏在地上哼哼起来。这时大家伙就一哄而散了。

苏海恨连长恨得牙根铁直，早想出出气。所以他没马上跟大伙跑，就凑近连长，嬉皮笑脸地问道：

"连长，你怎么啦？"

"打伤啦，不知是那个小子开的枪……"连长又疼又气。

"打哪啦?"苏海故作关心地又问。

"打屁股啦!"

"疼吗?"

"怎么不疼呵!"连长哭咧咧地说。接着就央求苏海:"敌人上来啦,你快救救我吧!"

两年来,苏海只看见连长吹胡子瞪眼,可多咱也没见他和颜悦色过,现在他竟低三下四地服了软,苏海真痛快透啦。心想:"我救你,谁救我呀!"可是他嘴里却说:

"好,我救救你,那叫你是我的长官呢。"一边说一边就解下绑腿,把连长的两条腿紧紧地捆在一起说:"这样好背一点。"捆好了后又把连长的腿盘弯了跪起来,连长两手扶地吃惊地问:

"苏海,你这是干什么?!"

苏海站在连长面前,装模作样地把两手往腰里一插,笑嘻嘻地说:

"你跪着吧,这回就跑不了啦!"

连长知道苏海是乘机报复,这下可上了当! 急得脸红脖子粗,连哼带嚷:

"好苏海,以后再不打你了,快松开我!"

"好玄哪,以后想打也打不着啦,除非我死后到阴间再碰上你!"

连长像冷又像热,满头流汗,牙巴骨可又打得山响,一掉头,东边黑压压上来一大群,急得他乱蹬腿:

"苏海,快松开我,一辈子也忘不了你的好处,看,敌人上来啦!"

苏海往东头一看,哎哟一声:

"可不,敌人上来啦,我要跑啦!"一边说一边撒腿就跑,跑出两步回头还喊:

"连长,你撅着吧,我走啦,咱们来世再见。"

跑出不远,就碰上了解放军,于是苏海就被解放了。

他刚到三班的时候，虽然有点顽皮，还算天真单纯，也怪听话的。大家觉得他怪好玩，都喜欢逗他。可是过不多久，就变了样，什么事都捣蛋开了，而且越来越不像样。班里的同志都纳闷，怎么这家伙越改造越坏呢？问他这是什么道理，他却顽皮地说：

"道理吗？反正我自个儿知道，告诉你们干啥？"苏海不肯讲，怕大伙笑他脓包。

在"中央军"那边的时候，连长常讲："八路军那边可邪乎啦，俘虏过去就严刑拷打，打个半死再剥光了活埋。就是留下你也没个好，冲锋把你放在前边当肉弹，不然就是叫你下炸药，炸药一响，连个骨尸也剩不下呀。"

苏海刚解放过来的时候，就是怕的这些，才鼠眯了几天，慢慢地他就摸到了底，知道那边连长讲的都是胡说八道，尽吓唬人。这里俘虏过来的也不算少，哪个不是活蹦乱跳的。不但没听说活埋一个，连打骂的事都没见过，所以就慢慢胆大起来，拿出了本性，调开皮了。

中了国民党宣传的毒，苏海也有个正统观念，总有着个瞧不起八路军的思想。他自个儿虽说是个庄稼人，偏偏又瞧不起庄稼人，他想：八路军里的兵一色是扛锄头的出身，还能打胜仗？又没有外国武器；照那边一比，差老鼻子啦，那边不要说是当官的，就是兵里头念大书的都不少，这边的班长又能识几个大字呢？

苏海觉得八路军的好处只有一个，就是当官的不打骂士兵，当兵的不打骂老百姓。这个他最赞成。因此，他对这边的上级不怕也不恨，可是他顶瞧不起的也正是这边的上级。为什么呢？他有他自个儿的看法——他总这样认为："中央军"里的官凶是凶，他们可有官威，有本领，什么事都是独断独行，一个命令下来，谁敢不遵？本来嘛，当官的没有八面威风还行？八路军的官就不行啦，和气倒是顶和气，可就是一点官威都没有，说到本领，就更是马尾穿豆腐，提不起来啦，一点屁大的事，也得跟大伙商量商量，说什么这就是"民主"，屁民主，我看这叫"没主"，真是一点主意也没有呵。

单是这个瞧不起的思想，就够阻碍苏海的进步了，加上个"不怕"，更助长了他缺点的发展。他就是抱着个混世的态度在班里胡混。他想：混一天少一天，你们不要我才好呢。要是当兵，还是当那边的兵值得，有油水有熬头，挨打受骂是难受，可是常常有钱花，只要你愿意抢，花的吃的都不愁，要是能熬上个连长，威势就不小啦。这边可有个啥意思，没钱花也不许抢，还得给老百姓干活。当官的更倒霉，一天到晚忙个死，啥事都要"模范"，比当兵的还受气，像个没娘孩儿似的。

苏海就爱用对比的方法看问题，这样一比，于是下了决心不进步，不立功，他怕进了步立了功上级就要提拔，"要是当个班长就倒霉了"。

解放以后，总想开小差，就是没个机会，哨岗又多，儿童团盘查得也严，他怕跑不出去反惹出麻烦来。参加过两次战斗，每次都惦记着抽空跑过去，当别人向"中央军"喊"缴枪不杀，我们优待俘虏"的时候，他心里就暗暗祷告："你们可别过来呀，我好过去呀！"

可是这两次都打了胜仗，苏海的梦想没有实现。但他开小差的念头始终不死。班长跟他谈了好几次话，他把那一大堆糊涂思想紧紧地藏起来，一点都不肯暴露，他怕说出来大伙就要防备他，更跑不成了。

尽管他怎样调皮捣蛋，顽固落后，全班的同志对他一直很好，都把他当个小弟弟看待。开头苏海也被这同胞般的情谊所感动，跟大伙处得挺好。慢慢地，这个也来帮助他，那个也来给他打通思想，他便烦了。他心里说：真啰嗦透啦！渐渐地，便故意和大伙疏远，人家一来和他谈正经话，他便用玩笑岔开，使得人家没法和他谈下去。

班长朱祥是个根据地的老炊事员提拔起来的，识字不多，苏海自然看他不起，和他谈话虽说他还不大开玩笑，可是他却从思想上拒绝接受，这耳听那耳冒了，根本不起作用。

于是苏海一天比一天感到孤单，没有一个能谈得来的人和他做朋友,真闷得难受。

　　冬季攻势结束以后,三班补充来一个叫钱大发的新兵,也是辽阳解放过来的,更凑巧的是,在"中央军"时,钱大发曾经做过苏海的班长。这个人是小地主成份,念过初中,为人阴险狡猾,一肚子坏水,苏海原本不喜欢他的,但是在这个环境里却很自然地就把他当成亲人了,加上钱大发拼命地感情拉拢,两个人很快地就成了好朋友。

　　钱大发不但正统观念很深,而且是一脑袋反动思想,可是他表面上却装得挺积极挺进步,多咱也不说一句怪话。他拉拢苏海自然是有目的的,开头他是想用感情收买苏海不要泄他的底,因为他是隐瞒了成分的,填表时他把家庭成份填了个贫农。后来当他了解了苏海的思想表现以后,觉得苏海可以进一步地利用,便许给苏海不少好处,他悄悄地跟苏海说:

　　"我也是人在曹营心在汉,当这个穷兵真没意思,像当和尚一样,连个窑子也不许逛,苦死啦。咱哥俩将来找个机会就给他来个溜之乎也,留在这一辈子也别想回家了。别看这边老打胜仗,那是中央故意暂时放弃的。长春沈阳可死也不会让给他们哪,咱的家都在那边。在这边不打死也得穷死,多不值得? 咱哥俩是生死弟兄,应该比亲兄弟还亲,我也没有哥兄弟,等回去挑块好地给你,再娶上个媳妇,苏海,这一辈子你就不用发愁啦。再说在那边要是熬上个连排长当当,什么也有啦。这边说是优待俘虏,优待俘虏,怎么优待这个'俘虏'的臭名一辈子也去不掉呵……"

　　苏海听着钱大发的话,一个劲地点头,他觉得钱大发对他真好,像一奶同胞似的。娶不娶媳妇倒是末节,才十九岁,忙不了;"给块好地"对苏海倒是个挺大的诱惑。他家祖辈也没有过一条垄沟,总是穷得叮当响,要是有块好地,就再不受穷啦! 想到这,苏海就叮问一句:

　　"你说将来回去给我块好地办得到吗? 你家还有老人,你能做得了主?"

"这一点主做不了还像个话,我又没有三兄四弟,老人也不能把地背进棺材去,我说给,他还能反对吗?苏海,你放心,大哥还能哄弄你?可有一件,我跟你说的话,你可一句也不能向外说,让别人知道,不要说跑,飞也飞不出去啦。在这边就是别讲实话,讲了实话惹麻烦;再则,你说点怪话调点皮不要紧,我可得装得好点,要不然他们就不许咱哥俩接近啦。他们要问你我尽跟你谈些什么,你就说尽谈的要你学好的话,他们就不注意咱们啦。"

从那,苏海就一心朴实地把钱大发当成好朋友了,说什么信什么,叫他往东他不往西,百依百随,只十来天的工夫,苏海的思想就做了钱大发的俘虏。他不但调皮捣蛋照旧,更常常说一些反动的话,唱起反动的歌来了。别人唱:

"没有共产党就没有中国……"

苏海就唱:

"没有国民党就没有中国……"把歌词里的共产党统统改成国民党。别人唱:

"天下穷人要翻身……"

苏海偏唱:

"天下敌人要翻身……"

大伙质问他:

"苏海,你为什么随便乱唱,怎么叫没有国民党就没有中国?你是盼望敌人过来,让穷人翻不了身吗?你也是穷人出身,怎么也反对起穷人来啦。"

苏海没有让这质问憋住,他理直气壮地分辩道:

"国民党坐天下三十多年了,共产党才几天?怎么还不是'没有国民党就没有中国';说穷人翻身,扯王八蛋,穷人要能翻身,除非日头打西头出来……"

"那么,解放区的穷人分了房子劈了地,有吃有穿,不叫翻身叫什么?你知道国民党这三十几年把中国糟蹋成什么样子?共产党为老百姓流了多少血?"一个老战士忍不住插了几句。

"咱是个大老粗,咱不懂那些。咱只知道穷人那样的身翻不长,'中央军'打过来房子地还不都得退给人家,身翻不成倒惹一屁股骚。本来天下就没那样道理,人家好好置下的房子地,穷人齐忽拉就给分啦,这是仰颏掉馅饼的事,不牢靠。别说房子地一辈子也分不到我这个'俘虏'头上,就是给我我都不要,我还怕沾包呢。"

大伙挺纳闷,苏海从前虽说好说个怪话,可是像这样成套的反动话还没说过,怎么现在一来就是一套,什么道理呢?就问他:

"这些话都是谁教给你的?"

"我自个儿教给我的呀,我这么大个小伙子,连这点道理都不懂吗?真小瞧人。"苏海瞪着眼睛说谎,其实这都是钱大发告诉他的。苏海的脑子已经开始中毒了。

晚上,班长朱祥特意找苏海谈了一次话,用不少具体事实来说明共产党替穷人打天下的艰苦斗争和穷人翻身的保证,但是苏海一点也听不进去。班长说一句他就在心里说一句:"咱没见过!"除了钱大发的话谁的话他也不信。况且这个班长他压根儿就没瞧得起。他佩服的是钱大发,"钱大发比班长识字多多了。又有甩头,要是钱大发当了班长多带劲儿。这个班长老实巴交的,真不像个官样"。

他抱着这样一个顽固的想法,班长尽管苦口婆心,好说善劝,对苏海却起不了多大作用,他依然是原封不动,一步也不向前迈。班长急得不得了。可是他却有足够的信心和把握:慢慢地苏海一定会改造好,他成分好,会觉悟的。

班长是把这个希望放在即将开始的土改教育上了。

冬季攻势结束以后,部队有一个较长时期的休整。为了把战士变为阶级的战士,决定以土改教育为主要内容,进行一次整训。

第一个阶段是辩论问题,酝酿诉苦。钱大发一听说要整训啦,便背地里跟苏海说:

"又灌政治水啦!"他是有点胆怯,他心里有病。

"可不是,真讨厌!"苏海倒不是害怕,他嫌麻烦。

"共产党就是办法多,听说这回要大灌一场呢。你这个人没心眼,直肠子,一灌还不把你灌糊涂啦。"

"那才没有的事呢,他有千条妙计,我有一定之规,他灌他的,喝不喝可在我自个,我不喝不就完啦吗?"

"对,咱哥俩就给他来个坚决不投降!"钱大发把苏海一动员好,心里就有底了。

辩论问题的时候,出了三个题目——"谁养活谁?""地主有没有好的?""分地主的地该不该?"让大家讨论。第一天讨论的就很热烈,争得面红耳赤,各不相让。每个问题大致都有两种相对的意见,而正确的意见总是占压倒的优势。这是必然的,因为部队里贫雇农就占百分之五十左右,再加上老战士。但是这些正确的意见却不能说完全是他们思想真正的认识;有的是随风倒,也有不少是概念的,教条的了解。但是发表错误意见的却一点都不会掺假,倒是真正的思想糊涂、阶级觉悟不高,甚至没有;当然这里也有些地富成分的,为了维护本阶级利益而昧着良心狡辩的,那是他的阶级决定了他的思想。

这里面发表意见最个别的,要数钱大发了。他给这三个问题下的结论都是模棱两可的,比如说"谁养活谁"吧,他就说:"基本上是地主养活农民,要是没有地主的地,农民就没有饭吃,天上是不会掉下粮食的。可是地主要没农民给他种地,也打不了很多粮食——可也饿不着,少种点就是啦——要我说这是两相情愿,互相帮助。反正不管怎么说,地是个根本,没地就打不下粮食,地是地主的,所以说地主就是根本的根本。"

这样一来,有些思想本来就不明确顺大溜的人,就越发模糊起来了。

至于下边两个问题,他的解答也是一样。地主有好的也有坏的,好的多坏的少,坏的该分,好的要分那就叫不讲情理。

他的意见遭到大多数的反对,直到大家用许多具体事实把他质问得闭口无言了,他才说:

"我服从多数,服从多数!"他表示无可奈何地屈服了。

但那种模棱两可的意见却也不是代表他真正思想的,苏海的发言才是钱大发真正想说的。苏海这样说:

"你们大伙别瞎吵吵,听咱讲讲这道理,地主养活农民是铁打的事实,硬说农民养活那是倒反天干。地是谁的呀?说什么互相帮助,地主又不白支使你,人家是拿地吃租,拿钱雇人哪。咱说句良心话,咱家的祖祖辈辈都是靠地主度命,要是没有地主,咱家早饿断种啦。要我说,地主的地就不该分,地是人家自个的,你穷怨你命不好。外财不富命穷人,你要是八字注定命里该受穷,就是分了出金子的地到你手就长土垃坷啦……"

"照你这样说,地主是观世音一转啦,穷人全仗他养活,比毛主席还好啦?"一个新战士不服气地问苏海。他是翻身农民参军的。

"本来不错吗!"

"那你也是扛活的出身,你可见过几个好地主?"

"怎么没见过?……"苏海刚想说:"钱大发就是一个,他还答应送给我一块好地呢。"可是被钱大发拿胳膊肘撞了他一下,他才忽然想起:"说不得呀!"就把下半截话吞了回去。

后来,大家提出来很多问题叫苏海解答,比如——

"地主的地是哪来的?""穷人为什么没有地?""扛大活能不能发家?""为什么地主不动弹享福,穷人累死还挨饿?"等等。

苏海开头还瞪着眼睛浑辩,到后来被大伙的道理给他讲住了,他有点词穷理短啦,思想里也开始起了变化。可是他还在心服口不服,硬说自个的理对。班长朱祥说:

"苏海,你还是好好想想,别尽钻牛角尖呵。"

他却赌气地说:

"我钻进去就不出来!"

散会以后,钱大发悄悄地把苏海拉到一边警告他说:

"以后咱们开会少说话,他们人多,咱争不过他们,你看今天那形势,差点要斗争你啦。再说,言多语失,你今天差点就说露兜啦。"

从那，苏海就再不发言了。他不但是全班的"死角"，简直就成为全排的"死角"了。钱大发偶尔说上三言两语，也是跟着大多数人的意见尽量往正确讲。

到了诉苦阶段，会场的空气就变了，不是热烈的争论，而是悲愤的控诉了，大家在阶级弟兄的面前，控诉着地主的剥削和欺凌；控诉蒋介石的压迫和残害；控诉日本鬼子的残杀和蹂躏。是凡他们受过的，不管是经济剥削苦或政治压迫苦，各式各样的苦，压了多少年的苦，都在这时诉出来了。有些从前没觉得自己有苦的，听别人一诉，也勾起来了，想起来了。就这样以苦引苦，互相倾诉，会场里凄惨惨的，鼻涕眼泪甩了满地，除了诉苦人的哭诉和听的人陪着抽咽以外，一点旁的动静都没有，真是严肃的安静呵。在这样悲惨的哭诉里，有几个人不掉泪的呢？就是没有苦的也不能不被引出阶级同情的眼泪了。只有少数成分不好的，地主富农的子弟没有同情，也没有眼泪，他们是不哭的，但也有个别假哭的。

悲痛引起了愤怒，仇恨的苗生根发芽了，复仇的烈火烧起来了。大家捏紧了拳头喊：

"把悲痛化为力量，咱们一定要报这个仇！"

隐瞒成分的钱大发也哭了，他坐在苏海旁边直擦眼泪。这时苏海还挺硬，就是不哭。他说，男子大丈夫还淌尿水？真没出息。他看钱大发把眼睛都揉红了，就问：

"怎么，你也哭啦？"

钱大发用胳膊肘拐了他一下，然后把嘴放在他耳朵上小声地说：

"我用旱烟熏出的眼泪，大伙都哭，不装着点还成？你快把头低下吧。"

苏海摇摇脑袋说：

"你怕你装吧，我可不装！"

可是到了第三天的典型诉苦，当一班长诉到"他大妹妹让地主糟蹋个半死跳井自杀了以后,他爹一赌气把他的二妹妹也勒死了"的时候,这个"不装"的苏海却真哭了。他怕别人看见,更怕钱大发看见,跑出去偷偷地哭了半天才回来。但是班长朱祥早注意到他了。

钱大发也看见了,他申斥苏海:

"尿种,脓包,干你屁事,你不装哭倒真哭了?"

苏海没言语。傍黑的时候,他背着钱大发一个人跑到老乡的柴火垛后边想自己的苦去了。班长朱祥东找西找才把他找到,看见他眼睛都哭肿啦,便问道:

"苏海,你也哭啦?别自个难受,到会上跟大伙同志诉一诉,就不憋屈啦!"

"我没有哭,班长!"苏海嘴还是挺硬,"我也没有什么苦,我不诉!"可是说着说着眼泪就流下来了。

班长知道苏海一下子转不过弯来,还不肯说心里话。这是一个自觉运动,他自己思想不到成熟阶段,逼也没用。于是,安慰他几句便走开了。

这天夜里,苏海大半夜也没睡着,刚睡着就哭醒了。睡在他旁边的钱大发问他梦见了什么?他含混地说:"和人打架。"就把身翻过去不理钱大发了。

就从那天以后,苏海一句玩笑也不开了,变得忧郁沉闷起来。也开始觉得钱大发一天比一天讨厌,他便有意地和他疏远,开会也不再跟他坐在一块了。

领导上发现了钱大发的行动和苏海的思想变化,便立刻把钱大发调到三排去了。苏海离开钱大发觉得浑身一阵轻松,脑子也亮堂多了。有一天,当一个解放战士诉到蒋介石抓丁逼死他妈的时候,苏海竟哭出声来。那个战士诉完,他便自动哭诉起来:

"早先,我满脑子糊涂浆子,加上钱大发天天和我嘀咕,很多问题我都想不通,讨论会上尽钻牛角尖。我家几辈子受地主的剥削压迫,吃不上穿不上,我还说地主好,穷是命里该着,我把妈的仇都忘啦,想起来真对不起她老人家。我妈就是给大地主糟蹋了,爹逼她上吊死的,那时我才十岁。前年国民党抓壮丁,地主家三个儿子,该去一个,可是他们舍不得,要拿我顶缸,我爹就我一个,舍不得,卖了大妹妹才把我买下。可是过不了三个月,保长又把我抓来了,这回可没有妹妹可卖了,二妹才九岁,不值钱。我爹五十多岁啦,现在死活还不知道……"

苏海诉到这里,哭得再也诉不下去了,两个同志把他扶回宿舍,他更哭得厉害,连晚饭也不吃。天黑以后,班长朱祥来看他,好多同志来安慰他,还煮了挂面鸡蛋劝他吃下去。苏海在这种阶级友爱的温暖中感动得直摇头。想想自己解放过来以后的表现,就一头倒下去,蒙上毡子又哭起来了。

这不过是苏海觉悟的开始,在他脑子里,还有不少糊涂观念没有闹清楚,钱大发对他的利用和挑拨他还没觉悟。因此当班长跟他谈到钱大发的时候,他什么也没说。

仇恨是引起来了,但是他恨的只是逼死他妈的那个地主本人,对地主阶级还没有仇恨;他仇视的是抓他壮丁的保长,那与蒋介石有什么关系呢?他可一点不知道。

挖根算账当中,在许多同志的帮助和领导上的启发之下,苏海更进一步提高了阶级觉悟,认清了敌友,以及地主、保长和蒋介石的血统关系,他不但懂得了蒋介石是大地主的头子,地主剥削压迫农民有蒋介石撑腰,保长抓丁是蒋介石的主使,就连国民党和共产党谁好谁坏他也具体地了解了。

像做了一场大梦似的,苏海醒过来了,他在会场上宣布他的决心说:

"早先当的是糊涂兵,对不起爹妈,对不起阶级弟兄,更对不起毛主席,从现在起,我决不落人之后!"

接着就把钱大发如何拉拢他利用他,和灌给他的许多反动毒水都揭发出来了。最具体的是在整训刚开始的时候,钱大发还要他打死连长和指导员,然后两个人就带枪逃跑,回到"中央军"那边去报功的事。苏海气愤愤地说：

"幸亏我没干。我顶不愿意无故杀人，那于良心有愧呵。再说，连长指导员都是好人，跟我又没仇没恨，我可怎么下得手呵，我跟他说：跑就跑，杀人干啥？要杀你杀，我可不干那样伤天害理的事。这小子是怕死，也没敢下手，从那时候起，我就对钱大发有意见了，我觉得这个人不可交，心太毒辣，真是狼心狗肺，人面兽心，他还想借刀杀人呢，要是我不跟他一条心，他也会下毒手的。打那往后，我就防备起他来了。同志们，我看他这个小蒋介石，咱们应该把他弄来斗斗才出气。"

大部分同志立刻同意了：

"对，弄来斗斗！"

可是班长朱祥却很冷静，他跟同志们解释道：

"同志们不要那样激动，我们应该具体去了解钱大发是不是有严重的政治问题，总而言之，不管他是什么问题也好，都是可以改造的，敌人放下武器就不是敌人了，有多少政治上、思想上有问题的人我们可曾斗过一个杀过一个？现在不都变成革命战士了吗？共产党要是不能改造一切人就不成其为共产党了，眼前的苏海怎样？"

班长的一席话把大伙的气平复了。

经过了各方面的了解之后，班长的估计没有错，钱大发只不过是个严重的思想问题。班长朱祥肯定地说：

"我相信钱大发是可以改造的，不过慢一些就是了，这也要仗着大家去帮助教育他才行。"

苏海把胳膊高高一举说：

"报告班长，我去帮助他，我知道他的思想底细。"

班长笑着点了点头。一个同志带着满脸的喜悦跟苏海开了一下玩笑：

"好你个滚刀肉呵，两个星期以前你还是个死角呢，现在居然要帮助别人了。"

"我要争取做个毛泽东的好战士呵！"

"那么那天讨论做毛泽东的好战士的时候，你为什么只举半只手？"一个同志想起那天苏海举手时弯着胳膊不伸直的情景。

"我还不够呵，现在顶多只够一半。"

经过了整训的苏海，简直就变了一个人，调皮捣蛋变成了孩子似的天真，他不但对班长有了很高的尊敬和信仰，跟同志们也团结起来了，看出了血肉的联系。过去看不起庄稼人的思想连影也没啦，尤其对翻身农民的同志，他真是佩服得五体投地，他认为除了老战士外，就数他们懂得的多，他们对他的帮助太大了。那之后，苏海在劳动学习上，各方面都挺积极，再也不胡闹了。

在练兵中，他更是积极热心，起早贪黑猛练本领，并且把他在"中央军"那边学来的技术很耐心地教给新同志们。

就这样，他成了练兵的模范。

同志们都向他竖起大拇指：

"苏海真行，想不到你进步这样快，一转眼的工夫就变成模范啦！"

苏海一本正经地说：

"练好本领好报仇呵！"

选自《文学战线》，1948 年第 1 卷第 5、6 期合刊

孙宾和群力屯

一

今儿下晌在区上听鲁区长讲了"白毛女"以后,孙宾回到家里,心上像压着一块石头似的,挺憋屈,他扒搂几口饭,闷闷不乐地坐在院当心的磨盘上,一袋一袋抽着烟,一声不吱,只一个劲地傻想,这个老实人的魂儿,好像让"白毛女"给勾去啦。

孙大嫂喂完猪,看丈夫心不痛快,就抱着孩子凑过来,殷勤地问:

"你身上不舒坦吗? 进屋躺躺吧。"

"干你的去吧,咱好好的不舒坦啥呢!"孙宾不耐烦地回答。"人家好心好意问问你,你叱叨啥呀?"孙大嫂碰了个钉子有点抱委屈,把眼睛一抹打就噘起嘴走啦,刚走不几步却又笑噗嗤地转回来说:

"是的,还忘了问你,听王老疙疸说,今个鲁区长讲啥'白毛女',你还哭啦? 真是看三国掉眼泪,替古人担忧,那末大的老爷们也不害臊?"说着,就前仰后合地笑起来,她想把丈夫逗笑,一天云彩也就散啦,可是孙主任他没笑,就连点笑容也没有,又叱叨老婆一句:

"你老娘儿们家懂得个屁? 别瞎嘀咕,你让我好好歇会。"

爱说爱笑,口直心快的孙大嫂挨了丈夫两回抢白,心里怪不服气,往磨盘上一坐就数叨起来:

"你别瞧不起咱老娘儿们,咱老娘儿们可那点不及你? 你老是一扁担压不出个扁屁来，都把人憋死啦，有啥事你倒是说说，咱也好出个主意，还当主任呢，我看别给主任现世啦。"

"我不配当你当!"

"……"这夹当，王老疙疸吃完了饭溜达过来，听见孙家两口子在打唧咕，想解解围：

"你别跟大哥唧咕啦，他今儿个心里不乐和，那白毛女真是个苦命人，可叫人揪心啦!"

"哟，那是瞎话（故事）呀，也把它当成真的？我老说他有点傻，你们还说他有心胸，这不是傻是咋的？"

"啥叫瞎话，真事就没有？"孙宾忙拦住孙大嫂的话头，"咱这姜恩屯就出过这样的事儿，小时候常听讲。那咱晚可是没有八路军，'白毛女'还不是活活给糟蹋死啦!"

孙大嫂和王老疙疸要他讲给他们听，三个人就走进屋，坐在炕上，孙宾就讲起姜恩屯的故事来：他讲佃户吴万福怎样交不上地租，把女儿小环送给姜恩做压账，又是怎样挨打受骂……当他讲到吴小环让姜恩强奸以后，显了身子，孩子将要落草竟被赶走的时候，孙大嫂的眼泪刷地就流了下来。

"吴小环的命比白毛女还要苦，在荒郊野甸养下了孩子，连大带小都活活冻死啦!"

孙大嫂的眼泪越擦越多，她怕丈夫揭她的短，硬憋住不哭。孙宾倒没说啥，王老疙疸却逗她一句：

"你咋也哭了呢？这是瞎话呀!"

"别扯闲淡啦，说正经的，要不是你大哥说，这样的事我都不信，看姜恩那老头子，嘻嘻哈哈，面上还怪厚道的呢。"

"这就叫笑脸杀人哪，咱姜恩屯穷人的血都给姜恩喝干了，可是一到发动斗争的时候大家伙还说：'姜二爷没啥可斗的，他爱老怜贫，咱缺个三升二升的朝他借，多咱也没驳过回呀!'大家伙都让他灌了迷魂汤啦。"

孙宾越说越生气，他估量着这回的斗争说不定就要失败，一则本屯里姜恩的亲戚多,二则群众被他蒙蔽了这末多年,一时觉悟不过来,真正觉悟了的积极份子不过五六个人,力量太单薄。斗是好斗,要是到时候大家伙都不说话就斗不起来,那可怎么下台呢? 虽说算账会、诉苦会都开过了,老姜恩也抓起来啦——这是大家伙同意,大家伙动手抓的,可是有些人还免不了心里画混儿:"地主阶级邪乎是邪乎,应该斗倒他,可是老姜恩这个地主倒是个好地主,老实巴交,挺好说话的,他的地也早上赶着给穷人分啦,还斗个啥劲?"

孙主任越想越愁。他给姜恩做了八年佃户,受尽了剥削和欺侮,去年冬天才分了点地,他是一个公公正正的直脖子汉,做事又热心又负责,去年冬天被选做了姜恩屯的农会主任以后,总觉得自个的办法少,小事还可,一遇到这样的事就没有主意了。

"夹生饭可不是好煮的,火大了要窜烟,火小了又煮不熟,坏根要是不挖净,咱姜恩屯就别想过太平日子呵!"

"可不,要是不把这块老鲜姜的威风打倒,会把咱辣死的。"王老疙疸同意孙主任的看法,"姜恩一抓起来,他家娘们就饶哪挖门子,他们也走'群众路线',东家送一升米,西家送一块布,想买通穷人不斗他老头子,连我家还给送来二十个鸡蛋呢!"

王老疙疸话没说完,孙主任就着急问:

"你收下了吗?"

"你急的是啥,你想我能收下吗? 我可也没叫她拿回去,我抓起二十个鸡蛋就摔在院子里,流了满地鸡蛋黄子,隔壁的大黑子跑过来就舔啦! 我告诉她我王老疙疸是买不动的,你那鸡蛋狗才吃呢。她恼羞成怒啦,一边走一边骂我'你小子不用美,等我儿子回来再跟你算账!'她这一下子又把我提醒啦,姜文飞可是个大坏根,比他老爹还邪乎,咱也得防备他一手呵!"

"对,咱们想法抓住他,他爹倒还好治服,老面糊啦,打倒他的威风也就不敢再疵毛,姜文飞书念了一大车,一肚子花花肠子,坏道儿可多啦,明儿开会咱发动发动群众,老疙疸,你说好不好?"

不等王老疙疸表示意见，孙大嫂急得直瞪眼睛："你们真是，得罪人当吃馅饼，不怕人家砸你们核桃（脑袋）？"

"你待着吧，老娘儿们家家，那都有你！"

孙大嫂被抢白了一顿，再没吱声，她觉着丈夫近来改了脾气，一来那股劲老牛也拉不动，好像撞到墙上都不会回头似的。她想：多操心哪，一天到晚外边跑，说不定那天……心里一窝囊，搂着孩子躺下了。

孙主任和王老疙疸合计合计，就跑出去找积极份子开会去了。

二

第二天在区政府的礼堂里，开村屯干部和积极份子大会，孙主任把他所知道的和昨晚搜集的关于姜文飞的材料全向大会报告了，大会以多数通过决议把姜文飞抓起来。

会开得正热闹，姜文飞却气冲冲地走进了区政府，他没奔会场，大摇大摆闯进办公室，一屁股坐在椅子上，鲁区长正在看材料，他把眼珠一瞪就开了腔，像跟区长吵架似的：

"我说区长，你们打狗还得看看主人呢，何况他是我爹呢？他并没有触犯过民主政府的律条呵，我这个民主人士现在也变成公家人了，官官相护，你们总该有一面，我那点对不起革命，这样打击我？"

"我不懂得什么叫官官相护，我只相信群众，你爹是群众抓的，有理跟群众去讲。"

一提起群众，姜文飞的气就不打一处来："群众吗？他们不配跟我讲话，我冲你说。"姜文飞把头一扭，气昂昂地说。意思是：那些穷棒子，也配抓我校长的爹，你们要造反哪！

鲁区长并不动火，他有板有眼地说：

"那末，你想把我怎样呢？"

"痛快儿放出我爹，不然的话，我到县里去，县里不成，到省里也有人，到省里去告！"

这时，十来个群众跟在孙主任身后拥进办公室，孙主任大吼一声：

"姜大眼珠子，有话到会上去说，你不配在这疙疸讲话，这是办公室。"

这冷不丁的一下子，倒把姜文飞吓了一跳，愣了半天说不出话，不像刚才那末神气啦。

"你在这疙疸闹啥？想造反吗？"接着孙主任讲话的是王老疙疸，"睁开你的狗眼看看吧，这年头可不是你的天下啦。"

王老疙疸今年才十八岁，胆大心粗，愣头愣脑，从前给姜恩家放过三年牛，没少挨棒子，今个看见姜文飞，眼都气红了。姜文飞被他一骂，也气得够呛，他指着王老疙疸的鼻子骂道：

"你个臭牛倌，美什么？我叫你翻身拧了腰子！我爹一出来，非让你当牛把他驮回去不可。"

"嘿嘿，如今可不是给你当牛倌那咱晚啦，走吧，去陪陪你爹。"王老疙疸冷笑一声，揪起姜文飞的衣领就走，跟着的人你推我搡，像拉一口肥猪，这下子，可把姜文飞吓屁了，他一面挣一面喊："有话慢慢说，这是干啥！？"

是放风的时候，监狱的门正开着，大家伙把姜文飞拉到狱门口，一下就把他推进去了，他还想往外撞，被孙主任一顿耳刮子打了回去。

"姜大眼珠子，告诉你吧，你爹是我带人去抓的，有法想去，老爷等着你！"

孙主任说完，便集合大家回去继续开会，姜文飞却在监狱里哭天号地，连唱带喊：

"没有共产党，就没有中国……毛主席呀，你救救你的学生吧……"

三

孙宾和王老疙疸在半个多月煮夹生饭的教育中，提高了阶级觉悟,这回对姜家父子的斗争算是抓破了脸,以前不敢说的,这回全说了出来。可把孙大嫂懊糟得吃不下饭,睡不着觉,就怕丈夫得罪了人遭暗算,因为他那又耿又傻的性子,从前吃过不少的亏。这几天孙大嫂天天跟他打唧唧,惹得孙宾发誓说:

"你这娘儿们要是再嘀咕,我就到区政府跟你打罢刀,我不要你这路反动老婆!"

孙宾是说到那就能办到那,孙大嫂一听,可不是玩的,打罢刀还在末节,要是落个反动罪名,那多寒伧哪!从那以后,再不搭茬了。

这女人精明强干,又勤快又正派,实心实意跟孙宾过日子,挨饿受穷,她都没啥埋怨,只求个平安无事,也是伪满时候吓破了胆。平常孙宾对她也挺好,六七年没红过一回脸,大事小情都是两口子商量着办。这半个月来,孙宾可变啦,啥事都自做主张,不是想斗争这个,就是要清算那个,咋劝也不听,动不动就是"老娘们家家懂得个屁!"孙大嫂心里真憋屈,她想,穷人翻身脾气咋也变了呢?问他为啥,他却说:

"不是我的脾气变,是年头变啦,如今晚的事,不能让老娘儿们参加,老娘儿们耳软心活肠子短,斗争的事儿,要听你的,管保拉松,这个身可一辈子也翻不过来啦。"

孙大嫂一听也对,地主恶霸不斗倒,苦水就喝不完,如今这"解放社会"再翻不了身,就太丢人啦。再说,好容易有个报仇的机会为啥不报呢?凭他去闯吧,人多势众,又有民主政府做主,定规错不了。

这样一想,她心就宽绰多了,她信任民主政府和群众的力量。

孙大嫂是一个要强好胜的人,就怕别人瞧不起,如今老被丈夫褒贬,说她落后,她真不服气,"啥事我落到你后边过?非想法赶上你不可"。

因为有个孩子拖着,她总也出不去,除了家里的小会,什么群众大会也没参加过,要说落后,也许就是这点落了后。听说明个要过大堂啦,她想开开眼,壮壮胆,去参加参加,可是孙宾说啥也不叫去,怕她到那瞎嘀咕,末了还是王老疙疸左说右劝才好歹去成。

那天的人可真多啦,把区政府的礼堂挤得个风烟不透。孙大嫂怕挤着孩子坐在最里层,听得看得都真切,她一想到去年胡子进来糟蹋的那些东西受的那份罪,就恨得咬牙切齿,要不是怕吓着孩子,真想上去打几下;到判决的时候,她也跟着大伙喊:"枪毙!"她自个都觉得这回胆子可壮起来啦。

第三个过的是恶霸李阎王,上来过堂的是一个四十上下岁的妇道,她坐在桌子前面还拍拍惊堂木,做得带劲问得也带劲,末了竟问出两枝驳壳枪,当场她就对两个民兵下命令:"你们俩麻溜到李阎王家的牛圈里去起枪。"

孙大嫂都看呆了,心想:人家是人我也是人,不怪他爹说我落后,可真落了后啦。

该过姜文飞了,她看见很多姜恩屯的人都溜啦,过堂的是孙宾,她真替丈夫担心,心怦怦直跳。

姜文飞两只偷牛眼瞪得溜圆,孙宾问:

"你就是姜校长吗?"

"是我。"

"你做的坏事,自个先叨咕叨咕吧。"

"我在新民主主义教育下受训,那能做坏事呢?我没做。"

"你勾结胡子头王洪,想缴干部的枪,私藏枪枝,接济胡匪,做特务,害学生,有没有?"

"没有的事,那个知道?"姜文飞反问。

"你做过,我知道!"群众的回答,可是声音不多,和会场的人数对比,不过十分之一。

"不认账打个狗操的!"

"谁不知道我拥护民主政府,决心跟共产党走,那能做那种事呢? 去年我自动献出一枝七星子,区上的同志总该记得,献枪的那天我还请你们吃饭喝酒了呢。"吃人家的嘴短,两个去年吃过姜文飞饭的干部都搭拉脑袋,悔不当初了。

"给我打二十嘴巴!"姜文飞的四方脸更胖了,他被打急啦,冲着孙宾破口大骂:

"你诬赖好人,姓孙的。今天我打死在你手里也不能招认,老爷豁出去啦!"

接着他溜了溜围着的群众,乘机造起谣来:

"你当了主任,勒我大脖子,我没告你,你倒先来整我,你这个投机份子,你根本不懂得毛主席的宽大政策,都是你这样干部,共产党早垮啦!"

孙宾气得说不出话,他的脑子乱啦,只一个劲喊打。这时候,群众嗡嗡起来啦,有的说打得太狠,像似报私仇;有的说听姜文飞的话,孙主任还勒过大脖子呢,怪不得他不许犯人说他,一说就给打回去。

孙主任叫把早晨起出的东西抬来给大家伙看看,不一会,一枝大抬枪和两大包炸药都摆在姜文飞跟前了。

"这你还有啥说的? 今早在你家粪堆底下起出来的。"

姜文飞假装吃了一惊,连连摇头:

"我家可没这家伙,你又给我安赃好报功。你这个投机干部!"

孙宾气得两眼冒金星,谁的话他也没听见,孙大嫂可听见啦,她想去告诉丈夫,群众对他这样过堂有意见,应该换换人,少打点,可是看着丈夫正在火头上,她没敢上去。

很明显,孙宾的堂过失败了。好多人对他不满意,姜文飞反而博得了一般落后群众的同情。

姜恩被带上来的时候,群众喊着:

"慢慢地问,别打他,他老得禁不住打啦。"

老奸巨猾的姜恩,故意做出傻里傻气的神气,呆呆地站在那里,大伙问一句他答一句,到底什么也没承认,就连那棵摆在眼前的抬枪,都说不认识。孙大嫂看看丈夫气得直冒汗,说不出话来,就大胆地问了姜恩一句:

"二十五年前,你逼死吴小环的事还记得吧?"

"怎么是我逼死的呢？她跟野汉子逃跑摔死的。"

孙大嫂看看没人接她的腔，心又跳得邪乎，也问不下去了。这事年头太远，大家伙都不知底细，不问也罢。

就这样，姜恩没挨一巴掌，囫囫囵囵走回监狱。

今天上午，鲁区长没有参加公审，他在忙着准备明天到县里开会的材料，但是他很不放心，他怕孙宾掌握不好会场，闹出偏差，因为过大堂在安广区还是第一次呢。

下午，他抽了个时间来到会场，姜文飞的堂已经快过完了。为了了解一下群众的反应，他悄悄地挤到人堆里去，听到了不少对孙宾的意见，过堂的情形他大致也清楚了。散会以后，他便把孙宾找了去：

"你过堂的方式不对，你失掉了民众，反而给敌人造了机会，你知道吗？"

孙宾没有回答，他有点听不懂鲁区长的话。

"共产党是反对肉刑的，肉刑是野蛮民族的斗争方式，当群众激愤的时候，打两下倒也算不了什么，但是我们当干部的，绝对不能鼓动和支持打人，你个当主任的，怎好独断独行，发号施令大打其人呢？你忘了群众路线了！"

"我实在狠得他牙根铁直，群众没有我知道得清楚，怕他们找不到节骨眼……再说，在气头上，他蛮不讲理，只有打才觉得解恨。群众也一样恨他，这怎能说是脱离群众呢？"

孙宾不知道群众的反应，他还认为他没有做错，等到鲁区长把群众的意见讲给他听的时候，他才恍然大悟。鲁区长最后嘱咐他：

"这次的经验教训应该常常检讨，要改变作风，掌握政策才行，失掉了群众，我们会遭受失败的！"

孙宾承认了错误，垂头丧气地走回家去。

孙大嫂的埋怨他也接受了。

明天，县里召开区村干部大会，安广区的干部都去参加，除了少数干部留下看家而外，有些积极份子也去了，姜恩屯只剩下主任孙宾和积极份子王老疙疸。姜恩父子的案子只好搁下,等十天以后大家伙回来再办。

四

姜文飞在伪满时代上过哈尔滨的大学,跟好多特务警察换过帖,依仗他爹当区长的势力,在安广区胡作非为,整天吃吃喝喝,玩玩乐乐,啥也不干,专靠欺负人过日子。他长了一对偷牛的大眼,两眼一瞪,真把庄稼人吓得直哆嗦。有一年他过生日,孙宾没给他送礼,他就骑着马把孙宾的坰半瓜地给糟踏得一点没剩;孙宾找他去说理,他把眼珠子一瞪:"我的马让你地边上的瓜给滑了一交,惊啦,差点把我摔死,我没找你,你倒来找我,你说,是你的瓜值钱还是我的命值钱?"气得孙宾真想揍他个鼻青脸肿。可是姜恩在屋里听见了,跑出来把儿子大骂一顿,下了话,不准他再骑马乱跑,姜恩这一套孙宾明知是假的,他明里对儿子严加管束,暗里却纵容儿子作恶,可也不好再翻脸,那年头,要是惹翻了姜家,就休想有地种;再加上怕事的孙大嫂一拦,他也只好自认倒霉吃个哑巴亏。这口气一憋就是五年。五年当中,他宁肯挨饿也没借过姜家一颗粮,他看透啦也受够啦,姜恩这老家伙人面兽心,笑里藏刀,假仁假义假慈悲,他惯施小恩小惠剥削穷人更多的劳动力,那些直心眼的庄稼人可怎能斗得过他呢?

鬼子倒啦,国民党来啦,姜文飞马上参加三青团;国民党跑啦,民主联军来啦,他就变成了地下工作者,他的特务活动,那咱晚的庄稼人还看不出来,有一件事可瞒不了安广区的老百姓。去年春天他亲自套了一辆大车给胡子送去一车猪肉白面,回来时带回三棵匣枪,把胡子头王洪窝藏在他家里。胡子进安广时,他爷俩打着小旗子去欢迎,天天大米白面地招待,还设了赌局。他爷俩带着胡子大摇大摆到区上缴干部的枪,幸而干部走得早,枪没缴成,姜文飞大大地发了一顿脾气,把区政府的牌子摘下来砸个稀碎,还咬牙切齿骂道:

"看你们还怎么翻身！"

那几天，爷俩的威风可大啦，袒胸叠肚，横着膀子走道，直到胡子溃走，干部们全回来了，爷俩才眯起来装好人，胡子们的枪和钱都藏在他家啦。

这些事不光是姜恩屯的人知道，全区老百姓也有不少人看见过。孙宾跟他住隔壁，啥事都知道底细，一发觉姜家鬼鬼祟祟，他就夜黑里起来偷听声。

去年分地清算的时候，各村各屯闹得热气腾腾，不少地主给群众斗倒啦，姜文飞见形势不好，眼看"穷棒子"翻身就要翻到他家的头上，就给他爹出个主意，自个偷偷留下二十垧好地，其余的一百来垧全自动献出给大家伙分了，可是他的一家当户多，分来分去还是便宜了自家，穷人分到的也无非是边边拉拉，不好干啥。就这样，姜恩却落了个开明地主的美名儿，刁买了老实庄稼汉，大家伙都说姜恩这个地主与众不同。工作队来到姜恩屯，他爷俩的坏事谁也没提，都说："咱屯的地主是个老好，他多咱也不剥削穷人。"

孙宾气不过，告了一状，可没敢说大的，只把姜文飞糟踏瓜地的事向工作队诉说一番，要求姜家赔偿，结果折价两万元。孙宾没敢当账要，因为他知道姜恩的威风不但没打倒，反更神气啦，一个人势单力薄，得罪不起，只叫姜文飞请全屯吃了顿饭赔礼完事。姜恩爷俩在孙宾面前栽了跟头，结下了不共戴天的仇，因为他有刀柄在孙宾手攒着，孙宾又当了屯主任，他没敢疵毛。可是那口气憋得真难受。

那时候的群众是夹生群众，干部也是夹生干部，姜家爷俩又行了几个月的洋，去年冬底中央胡子交了断头运，胡子头消灭了不少，姜文飞估计着王洪也难逃法网，怕他犯事连累自己，就想了一条水不来先叠坝的锦囊妙计，拿着一杆七星子到区政府去献枪，他说："枪是去年为了防匪买的，眼下胡匪完蛋，枪没用了，在政府号召之下把它献给前方，也增加一份杀敌力量。"

当天还在区政府大请其客，讨好干部。那时区上的干部全是新参加工作的,农民出身,世故浅,阅历少,没有经过复杂的斗争,也还不大懂得掌握政策,加上姜文飞能说会道,花言巧语,打着个大学生招牌,满嘴革命道理,假积极,假进步,装腔作势,把一些老实人都给迷惑住了,竟把姜文飞看成了进步人士,给他当了吕良村的小学校长。

自从当了校长以后,他的神儿就更大啦,自个捐出几个冤孽钱修理校舍,收买学生。学生被他麻痹以后,就制造"中央军"快来了的种种谣言,说"中央军"如何如何好,并下令学生保守秘密,谁泄露了,"中央军"一来就叫他家破人亡。就这样,不懂事的孩子们全攒到他手心里了。

这些材料都是群众讲出来的,也不过只反映了他爷俩罪恶的一半。如今,他连这一半也不肯承认,还反咬一口,说孙宾给他安赃,勒他脖子,把孙宾气得回去病了好几天,发誓要跟他们斗到底,拼了命不要,也不能叫他翻了把。

可是姜文飞这小子诡计多端,被打以后,利用了区干部都不在家的空子,在监狱里便活动开了。现在区上负责的只有个万助理员,那天过完堂看他打的那样子,表示了怜恤,给他揉了半天腿,还说:"这叫什么民主呵,往死里打人!"这个干部刚来不到两个月,小商人出身,意识有点落后,姜文飞就利用了他的落后意识和他套起交情来,常讲些革命大道理来掩护他的反动面目。万助理员看他青年有为,竟佩服得五体投地。有一天,姜文飞跟他商量:

"我的伤老也不好,想取保出去养好再回来,要是你能答应,我就写封信叫家里打个保条来。万同志,你待我真好,一辈子也忘不了你!"

万助理员这人架不住感情拉拢,几句好话就上了圈套,第二天就把姜文飞放出去了。

保条有啥用呢?姜文飞不是傻子,他知道没有路条是跑不出去的,他不想冒那份险,再说他爹还在区里押着,一跑,他爹的命定规难保!他取保出来,主要是做翻把的准备。

干部们全不在家，这是个好机会，姜文飞一回家马上把他的心腹都找来，一些地痞流氓又得了宠，他们得意洋洋，奉了姜文飞的命令走出姜家大院。

天傍黑的时候，孙宾和王老疙疸在孙家门口给几个流氓抓住了，开头他们还当是遇了胡子，等到进了姜家大院才知道是姜文飞的嗾使。

他们奇怪，姜文飞怎么出来的呢？是逃出去的吗？不管怎样，俩人的命是难保全了，等着这贼子发落吧。

姜文飞很简单地对孙宾说了：

"把我爹放出来，马上撤回你们的报告，啥事没有，要不，你们今天就别想活命！"

两个人早把生命置之度外了，没有什么考虑，干脆地回答：

"那可办不到！要杀就杀，要剐就剐，叫老爷向你求饶吗？别做梦啦！"

姜文飞再没说话，命令他的狗腿子把两个人关进地窖，狠狠暴打了一顿，留下活气，还在梦想着两个人服软呢！

这天晚上，孙大嫂等到多半夜还不见孙宾回家，就跑到王老疙疸家里去找，王老疙疸的门锁着，她知道事情不好，一直坐等到天亮，还是没有影子，便断定给人暗算了。她爬着姜家大院的墙看看，正看见姜文飞往屋走的背影，这一下她什么全明白啦，马上找了她的娘家兄弟到县里给鲁区长去送信。

鲁区长听到信当天就赶回安广区，一查问，先把万助理员关了禁闭，怕走漏风声，在神不知鬼不觉的夜里，抓住了姜文飞，并派了两个民兵把姜家大院给看住了。

姜文飞抓回之后，他还装懵懂，问起王老疙疸和孙宾的下落时，他竟是一问三不知，他心里有底，知道鲁区长不能违反八路军的纪律，随便打人的。

鲁区长看看逼问没用，也不再追问下去，就把他送进了监狱。姜文飞今天可害怕了，大概是估量事情有泄漏的危险，他脸色煞白,腿直哆嗦。

第二天一早,鲁区长就召集了一个群众大会,各屯的人都到了,就是姜恩屯没有人来,因为鲁区长怕姜恩的三亲六故给破坏大事,没有通知他们。

鲁区长很简单地向群众报告了姜文飞拉拢干部取保出狱的前前后后和孙王两个人失踪的消息,然后问群众:

"大家伙好好想想,姜文飞活动出狱有没有什么阴谋?"大家伙都想了一会,就接连地发言了:

"他想逃跑?"

"他想家啦!"

"他想报孙主任的仇!"

估计姜文飞想逃跑的占大多数。鲁区长又用启发式的问题发问了:

"你们看姜文飞到底是不是个好人呢?要是个好人,真正革命的,为啥想逃跑呢?难道民主政府不给好人做主吗?"

"他不是好人!"这回答的声音虽说不多,却是一致的,没有一个相反的回答。

"既然不是好人,该不该放了他呀?"

"不该!"

"不该!"这声音又是一致的。

"大家伙再想想第二件事儿,孙宾和王老疙疸到底跑那去啦?会不会去当胡子。"

"不会。"这声音特别响亮,因为孙王两个人在安广区是有名的好人,谁都知道。

"那末,到那儿去了呢?"

这问题大伙考虑的时间最长,有的说"让姜文飞给暗害啦",有的说"藏在姜文飞的家里",还有人估计"他不敢放在家里,一定关在他亲戚益发屯的老金家"。

鲁区长听完了大伙的估计,想了想便说:

"这些估计都着边,都得去找,那末,大家伙就辛苦辛苦,分头去找好不好?"

大家伙立刻同意了,于是分了三个大队,一齐出发,分头去找。

第一队到了益发屯,在老金家没有找到人,却翻出了十石小麦和六匹布,据金家老太太自供,是去年冬天姜文飞送来叫她给藏起来的。

第二队到荒郊野甸去找尸首,跑了半天什么也没找到。

第三队的收获算是顶大,不但找到了要找的人,还挖出了七棵连珠枪,三百多粒子弹,这一回,对姜文飞好坏莫辨的人才恍然大悟:姜文飞的罪恶比孙主任报告的还多!孙宾的冤枉可洗清了,那天过大堂对孙宾不满意和怀疑的人也转过劲儿来了。

孙宾跟王老疙疸的伤势都很重,大伙怪难过的,幸而还不至有性命的危险,姜恩屯的李医生说,好好调养两个月就会好的。李医生十分关心两个人的伤,天天自动跑来上药,给他钱说啥也不要,连药本全捐了,他说:

"孙主任是为大伙受的害,我要是拿钱,也忒财黑了,那还有一点天良吗?"

开头,孙大嫂整天哭眼抹泪,像个泪人似的,后来,她想开了,不哭啦,起誓发愿:要亲手枪毙姜文飞给丈夫和王老疙疸报仇!

过了五天,到县里开会的人全回来了,就召集了个群众大会公审姜文飞父子。孙宾和王老疙还不能起炕,没有参加,孙大嫂看着丈夫着急,劝他说:

"你别着急,去不了也好,要去,一生气伤会大发的,我'代你的表'好啦。"孙宾被老婆的话一下就逗笑了。

这回的会可和前回不一样,人来得特别多,斗争得非常激烈,仇恨在他们心里生了根,特别是亲身参加搜查的群众。在群众的威势之下,姜恩父子再也不敢抵赖了,什么全招认出来了,姜恩还自供出在他兄弟家掩藏的三十石高粱。

大家伙又继续开会,讨论怎样分配果实和改换屯名,大家伙都主张应该多分给孙主任和王老疙疸一份，叫他们好好将养将养，可是孙大嫂却不同意，她说：

"那哪能呢？大家伙都出了力啦，说真格的，要不是多亏大家伙，两个人的命也没有啦。你们要是那样办，他爹一定要骂我，我可担不了那埋怨！"

可是孙大嫂一个人争不过，还是照提议决定下来。

讨论改换屯名的时候，多数人提议改为孙宾屯，大伙都说要不是有孙宾坚决斗争，咱大伙还在鼓里蒙着，这个屯还是姜恩当令呢，穷人的身也就翻不过来。

就是这样决定下来了，大伙都觉得这个屯名又响亮，又亲切。

孙大嫂回到家里，举起两只手跟丈夫显摆：

"你看，我的手打姜文飞都打红了，我替你出气啦，你老说我落后，这回可跑到你前边啦，我变成斗争坏蛋的积极份子了呢。"

又把孙宾逗笑了，他说：

"打这往后，再不说你落后就是，可有一宗，骑着毛驴看唱本，得走着瞧，寡这一回不算。"

孙大嫂只顾讲她自己，开会的事还没来得及告诉丈夫呢，成群结队的人却来啦，一帮接着一帮，把个小草房都快挤倒。他们是来慰问孙宾的，是那末诚恳，亲热，把孙宾感动得眼泪都流出来啦，大伙告诉他，把屯名改成孙宾屯了。

"可是的，我得告诉你，"孙大嫂急忙说，"大伙硬要分给你和王老疙疸两份果实，我不答应，他们硬决了定，你可别埋怨我呀。"

孙宾一听，急得要起来和大伙解说，但是给大伙劝住了。他郑重地说：

"斗倒姜恩父子，不是我一个人的力量，要单凭我个人，一辈子也斗不倒，还不是大家伙齐心努力才斗倒的，所以不该叫孙宾屯，我看就叫群力屯吧。至于果实，我决定一点不要，我算是个干部，要是也分果实，那成什么话呢？"

大家伙的嘴都叫孙宾的道理给讲住了，回去各屯开了个会，就决定依照孙主任的意见,把姜恩屯改为群力屯。

至于果实,孙宾是坚决不要的,于是大家想了个办法,提出一部份果实变成钱,做为孙主任的养伤费。

孙宾拗不过大家伙的情谊,只得收下。

从那以后,群力屯真正团结起来,群众的觉悟在斗争里也提高了,孙宾在大家伙的心目中建立了很大的威信。都说:"孙主任真是咱屯的一杆大旗,不着他,险些上了姜恩爷俩的大当呢!"

一九四七年五月三十日

选自《东北文艺》,1947 年第 2 卷第 3 期

◇冬 苇

天会晴的

一

鲁大个子的妈今晚抽搭抽搭一个劲哭，比往日更利害。

孩子他爸明天就是"三七"啦！什么也没预备，香、蜡、纸，半点没有，上哪去弄钱买？"头七"多亏西屋他大叔，不枉死鬼和他交往一场，死后还给他几个钱。明天呢？唉！活着是穷人，死后是穷鬼；活时价受地主一辈子压迫，死后挡不了叫阎王爷活剥皮。有俩钱还可将就，现在可怎办？死挺子挨吧！他那把瘦骨头，哪扛得住？……

鲁大娘越想越害怕。她仿佛看见阎王爷坐在阎罗殿上瞪着吓人的大眼珠子；仿佛看见孩子他爸叫人家打得鼻口蹿血，不会动弹，脸白得像一张纸……就和那回没交上租子叫分所打得一样……

"哎呀！老天爷呀！"她迷糊了！最后到底挺不住劲啦！呜、呜……哭出声来。

"妈，妈，你怎么还不睡呀？"二小醒来看见妈又在难过，他搓着眼，蒙蒙眬眬爬下地，撒了泼尿。

"二小，今儿吃饱啦！好好睡吧！我这就睡。"

"你可不吃？饿得睡不着。这阵子，我肚子溜满。妈，赶明个我就不去要啦！"七岁天真的二小，什么道道也不明白，他觉得爸爸

78

死了就死了呗！妈干吗天天老哭，哭得叫人不耐烦，自己也不敢和妹妹闹子玩啦！话虽是这么说，但是当他饿得小肚咕噜咕噜直叫，也会想起爸活着时，光着脊梁豁上命去干，也叫他们吃饱那滋味。可是，今晚他吃顿烧苞米，就把爸爸忘到脑瓜后，满不在乎啦！翻翻身，又呼呼睡去。

鲁大娘擦擦泪，看看二小，再看看小翠，光膀露腿蜷蜷着！一对不懂事的孩子。自从他爸死后，到如今整整二十天，孩子们吃了几顿饱饭？临死的时候一粒粮没有，她自己哭耳乎啦！也不知饿，光看俩孩子，天天躺在炕上，头朝下，搭拉到炕沿。她寻思着他们病就病吧，也没稀答理。一等等三四天，她才清楚点，看看孩子，可不行啦，只有出气，没有进气，这才着了慌，跑上邻家借瓢苞米面来家，熬点稀粥，给孩子喝下去，兄妹俩第二天才爬起来，颤抖哆嗦拉着棍去要。

今天早晨，鲁大娘正在烧火热热孩子们要的冷饭，抬头看见门口走过王秃驴的伙计，赶牲口往家驮苞米。她冷丁想起自己北洼那二亩大概熟了吧。饭后，收拾收拾扣上门，娘三个二十多天来头一回有了笑样。二小挑着小筐前头跑，小翠想到嫩苞米，把小指头伸进嘴去舔出唾沫来。他母亲满心指望着能收拾青苞米来家，多少不管，先糊弄吃几天，等儿子鲁大个子回来再想办法。

到地里一看，完啦！只剩下片光秆，苞米不知叫谁剥去啦！这下可踢蹬了！鲁大娘凉半截子，一屁股坐在地头上，心里像刀搅似的，号天嗥地哭起"老天爷"来。两个孩子，天天要不饱，掐着肚挨，今儿心寻思可好啦！苞米剥来家，就不用遭那份罪，天天叫狗咬啦！小翠腿还没好得了，这回子，也可养活养活，想不到那没良心的偏偏给剥光。孩子们见口粮没了，妈妈又哭，兄妹俩瞪眼啦！跳高子哭，躺在道旁，顺着地打滚哭。"叫天不灵，叫地不应"，娘三个哭半天，爬起来，把剩的几穗小崽子剥来家，带湿剥有斗数。

"往下怎么办？大儿老不回来，王秃驴地也抽去啦！天天逼着要棺材钱，明天又是他爸'三七'……"

鸡叫第二遍了。外面鸦没悄声,屋里冷飕飕的。两个不知事的孩子,呼哧呼哧直打鼾睡,鲁大娘显然乏了,一头倒在土炕上,昏昏沉沉地睡过去,梦中时常抽搭抽搭哭。

二

鲁大个子在通化修火车道,每顿端起碗来,就想起离家那天父亲的话:

"孩子,不着挨饿,我也舍不得叫你走,去吧!出去一天好歹两顿饭,别在家等饿死。留你这条命,久后别断咱老鲁家后……"父亲嗓子眼像给东西塞住,不能再说下去,他痴痴地瞅着孩子走了,伸出干枯的手,一把把抹眼泪。

他永远忘不了他又老又病的爸。"爸为一家五口把腰都累弯啦!"他天天干活,光惦记着家,"爸爸病不知好没好?大概好不了啦!妈和弟、妹,也不知饿死没?"当他每次想到这些事,心里就直蹦乱跳,热乎拉的,干焦急。过去他是个爱说爱笑的人。虽说已经十九岁了,个子长得也挺高,却是一团孩子气,自从来通化后,挂着家老吃不下去。半年来工夫,一条莽壮汉子,瘦得活像个痨病鬼。工友们和他逗逗笑,他强打精神,只是呆呆的。

昨晚上鲁大个子接到家信说:"父亲病重了,现在还没死,可快啦……"他看了信,夜里翻来覆去合不上眼,心里像塞团乱草,闷闷乎乎的。今天蒙亮就爬起来,好歹请下假,回家看趟,穷工友们你三块、我两块、他五毛……大伙凑付三十来块钱,给他做盘费。

从早到晚,他没喝口水,叫火架的,没住脚,背着小破行李卷,一气赶到桓仁。傍到家,日头已经靠山了!他远远看见那三间小草房,死板板地快要坍了,烟囱没丝烟。"坏啦!没人吗?"他疑惑起来。撒开步就往家跑,跑到房后,听屋里乱吵吵。他一愣,心里转个弯:"听听再进去。"把小行李卷放在地上。

"你说!你说!说呀!这份棺材钱有多少日子啦?"是个公鸭嗓,鲁大个子听着很熟,可一时没想到是谁。

不过"棺材钱"这几个字却像把锥子,刺进他的耳朵,他跟着打个冷颤。他慢慢听下去,公鸭嗓又响了:

"你说个没钱?没钱还得行啊!你还要熊我东家不成?"

这回听明白了,正是地东王秃驴扯着嗓子在喊。他头发梢发麻,不敢听。那破锣样骇人的声音,使他浑身起层鸡皮,坐在地上气得乱颤颤。屋里又传出来一阵微弱而纤细的语音:

"王财主,你给我打算打算,我上哪弄五块钱?再说那四面虫嗑的破板也不值那么些呀!"鲁大个子听出这是母亲在说话。

"妈的,我凭吗给你打算?我又不给你当管家。不值!你说不值吗?你男人死那阵,你为什么偏求我?哼!嫌破!破你自己有也不用和我打这份麻烦。"王秃驴的声调真横,他简直要吃人!

"王财主,你老眼皮往下攒,看他爸才死几天,家什么没有,你大侄又不回来,你叫我上哪去拿?二小和小翠天天饿得哭,二亩苞米也不知叫那个鳖羔子剥去啦……"

母亲的话,把鲁大个子一肚子冤屈都挑动啦!他眼泪汪汪地咬紧牙根,心窝鼓得快炸了!

王秃驴的声音越来越大:"放屁!你指鸡骂狗,骂给谁听?我王财主还稀偷你那点?你骂谁?用不着扯淡!快给钱好啦!哼!给你好脸不要,真他妈不识抬举!"

母亲没放声。接着屋内东西乱响一阵,像有人在翻什么。

"你这个臭老婆,净撒谎,这哪来的苞米!"

"财主,大爷!你可怜俺,你别拿!你别拿!这些不够你的。俺一年就剩这点粮……"

"你再说!你再说!揍你!"

坐在外面的鲁大个子,急了眼,心想:"反了!这家伙还要动手打么?"小行李卷也不顾了,急忙绕过山墙角,一高蹿过去,呼隆一脚踢掉扇门,正好王秃驴背着口袋要往外走,母亲拉着口袋死也不放,鲁大个子上去一把扯住王秃驴背的苞米,他颤抖地说:

"你用不着这样对待穷人,不就是五块钱吗?给你!五块钱,你还能把我妈逼死么？"

王秃驴吓了一跳，母亲也愣了，撒开了手。

看鲁大个子回来，王秃驴的凶气去了一半。眼瞅着鲁大个子眼睛红红地瞪着他，也着实怕人。光棍不吃眼前亏，若真动手打，王秃驴恐怕真要不成，苞米口袋顺着肩头溜下来，嘴里可还带点硬气：

"哼！有钱当然成啦！"

王秃驴揣起五块钱，一溜烟走了。

鲁大娘看看苞米口袋，又看看儿子，忍不住抽抽泣泣哭起来："孩子，你可回来了……"鲁大娘像有一肚皮心事诉不完。

三

鲁大个子吃饭、干活、睡着觉都惦记的家，这回可看见啦，破破烂烂仍是那样，但却冷清了不少。父亲在日前就死了，母亲头发已变成苍白，说话也颠三倒四；弟、妹焦黄的小脸儿，深凹的眼眶……显然已没从前那样欢实。特别是他自己，瘦得叫母亲差点不敢认。一家人见了面，放长声大哭，各人满肚苦水，也不知从何说起。

鲁大个子坐在半明不灭的油灯下，静静地听母亲说：

"孩子，从你走了，你爸病就一天重似一天，咳嗽得直不起腰。没有个钱，叫我怎办？眼瞅着他病吧。没吃的，他叫我去借碗小米，我拿个碗在秃驴家门口转转半头晌，费好大劲才腆着脸走进去，唉！穷人还是人吗？人家狗钵里溜满的小米粥……"母亲叹口气，又接下去，"我这么说，人家连摆没摆，他大媳还说风凉话：'病就病呗！穷人就是病多，吃这口那口的，越穷越花花。'把你妈撵出来。孩子，我就不好一头碰死，回来我哪敢告诉你爸，只得哄他说人家没小米。"鲁大娘的眼泪像串线般掉下来，抹了一把，又说：

"你爸是个明白人，什么还不知道，从那天起病又加重。八月间，秃驴逼着要去年欠的租。你酌量酌量，叫你爸拿什么给？千说万说等下年吧，他不但没答应，倒下个毒手，叫分所把你爸抓去，又

82

打又吊。他那把瘦骨头哪扛得住,回来不上半月就死啦!那狼心狗肺的王秃驴,看你爸死啦,你又不在家,二小和小翠孩子家又做不得主,他就想个穷道眼,托人给我搭勾找主,把我卖了给他顶饥荒,我……我……"

鲁大娘伤心得再也挣不出一个字来。

"妈,哭是没用的,'人穷志不穷'。还有咱抬头的日子,哪一天晴了天,非和他算帐不可。"

"孩子,你爸临死还叫你长'志气',报仇哪!"

"妈,你放心,你儿子是有把穷骨头的志气。王秃驴害了咱们,不能叫他白害,我不能叫爸白死!"

鲁大个子握紧了拳头,在大腿上捶了一下,心里像块铁。他把眼睛出神地望着灯光,自言自语着:"走着瞧,有他没我,有我没他!"

他把眼光挂在母亲脸上,母亲脸上也好像挂了一个苦笑。母亲慢慢张开嘴:"孩子,天会晴的。"

选自《白山》,1946 年第 4 期

◇冯　乙

不打倒老蒋誓不休
——记战士王宝玉的诉苦

　　唉！我一记事就受穷。

　　一年三百六十天穿着八面透风的破棉袄,爸爸再三地嘱咐:"别弄烂啦,你爷爷受一辈子苦,就留下这点产业……"天热啦,我穿,爸爸就光脊背;冬天爸爸穿,我就不出门。春天、冬天吃糠衣,夏天捞蛤蟆吃,碰上阴天下雨就断烟火。

　　我六岁上,妈有病就死啦,爸爸急得抱着我哭。爸爸好像疯啦,抱着我往各家跑,一进门就按着我脑袋给人家磕头,好容易凑一领破席子,把我妈一卷,埋在"乱死岗"上。

　　我家只剩下爸爸跟我,我爸爸有心口痛病,腿上还有毛病,我只会吃不会干,爸爸低着头只会哭。后来他背着我一拐一拐到姥姥家。

　　姥姥家也是吃上顿没下顿的。没等几天,爸爸就背着我,眼泪汪汪的,挨门乞讨。

　　听人说:"东边粮米贱。"我爸爸领着我离开老家新宾县,走南闯北,过流浪的生活。

　　走着讨着,财主家的狗也欺侮穷人,从财主门口一过,就扑着咬。财主本人呢,更是连骂带打,一点也不可怜你。穷人家心眼好,老大娘端着稀饭,送到手里,问长问短,拿衣襟擦着眼泪……

过了几年，我到地主家扛活。地主说一年给八块钱。爸爸说："十四岁小伙子，一年八块钱，太少啦……"东家把眼一楞："小猪倌还嫌赚得少！"

讲好本来是放猪，等到一上工，还得帮放牛，一个人放不过来；猪往西跑，牛就往东奔，光着脚板，扎得腿脚直淌血。铲地也叫我去，铲地时让我跟打头的一样干，跟不上就不给饭吃。

一天放牛回来，割的草少一点。内掌柜的把草捆一夺："这点草够你吃的，再割去，——真是个'吃货'！"我说："天黑啦……"她指着脸骂："放屁！这是阴天，——吃我饭就得给我干，端我的碗就得属我管。"等我割草回来，人家都睡觉啦，我又饿了一宿。

天一冷，真冻得难受。脚上没鞋，怎么办呢！等牛一拉粪，两脚都插在粪里，把牛粪往脚上一抹，就好一点，牛撒尿，就急忙用尿温一温，就这样也挡不住脚裂大血口子。

忍饥耐寒地干了一年，等到算账时，七折八扣才给两块钱。爸爸跟我一样，给人家扛大活，他一样地受着气活着，父子俩一见面总是哭。

日本鬼子要劳工，掌柜的叫我替他们家，说得可甜啦："给你多少钱，再给你娶个媳妇……"给我一件破衣裳，我就到了抚顺。劳工罪更难受，日本人不把我们当人看，就是哭都不敢大声。事变啦我才逃出虎口，我趴下在水坑里喝水，往水影里一看，吓我一跳，真害怕，活像鬼。我到了掌柜家，他一切都不承认。一打问爸爸，乡亲说："你爸爸，——唉！死啦！"连个坟头都没看见啊！

我记着老财们常骂穷人"没良心"，真冤枉人啊！说句良心话："穷人真有良心。"可是这又跟谁说理去呢?！

八路军一到，我也没用谁拉着，自己就参加了。我一定要跟同志们一起，打倒地主头蒋介石，报这二十年的仇！

选自《擦干眼泪复仇》，东北书店 1948 年

亲兄弟

于占有是六六部一连伙房做菜的。他担着他的油桶、盐包、刀、勺……跟着部队翻山过水,跟战士们一样,在山岗上、树林里度过了五天五夜。

于占有老实厚道,不笑不说话。因为他长得个子高,战士们都叫他"大个子"。这个称呼是包含着战士们对他的友爱和尊敬的。他一到班、排上,战士们都亲热地招呼他:"大个子来啦!""来!请坐,抽烟吧!"……

于占有同志常亲自问战士,他做的菜是不是太咸或太淡,是不是大家都能吃得好;对病号,他更是想尽办法安慰。但是他最令战士们钦佩的却还不是这些,战士们最钦佩的乃是老于在战场上抢救伤员的阶级友爱精神。

※　※　※

十七日上午十二点开始攻击,部队向敌运动,在狭窄的小山石路上拥挤地走着。于占有什么也没拿,腰里多了两个手榴弹,也在部队里挤着走。他的个子大,人们很远就可以看到他,有的战士就跟他开玩笑:"你们伙夫也在队伍里穷挤什么?"于占有很严肃地说:"我有任务! 我不能丢在后边。"说完就哈哈哈地笑起来,战士们也随着他笑了。

一连战士向下章党冲锋时,他也紧跟着冲了进去。

蒋匪军在地堡里向人民的勇士射击。何立修像一只雄鹰似的径直向地堡冲去,眼看就要接近地堡时,突然被一颗子弹打伤了。老于没等指导员叫他,冒着暴雨般的子弹跑到何立修身边,斜着身子,一手拉何立修便往身上背。何立修急地连说:"老于,快给我下去! 敌人火力这样猛,别再伤着你!"敌人的炮弹一排一排在身旁爆炸,弹烟呛得嗓子生疼,眼直流泪,但老于不顾这些,背起何立修就跑,一气跑到救护所。用袄袖擦了擦头上的汗,老于又大踏步找队伍去了。

黄昏时候,部队决定拿下西山上敌人的碉堡,老于两只手捧着红高粱米饭又跟战士们出发了。

部队冲到西山坡的时候,一班副胡德仁腿上负伤,老于跑上去,两腿往硬石上一跪,拉了班副一下又点点头,意思说:"快上我身上来,我背你走!"一班副不明白他的暗示,着急地说:"老于,你快下去吧! 你别再带了花,咱们谁也出不去。"老于安慰他说:"咱们死就死在一起,活就活在一堆!"胡德仁还想争论,敌人的炮火在左右直炸,不容许多说了。老于两手一拉,胡德仁便无力地躺在老于身上。老于头也不回,在敌人尾追的枪弹中,直奔救护所跑去。

老于又一次跑上火线。"恐怕还有伤员吧?"他一边想着,一边顺着山沟往上爬。这时,前面黑黑的地方传来低微的呻吟。虽然看不见人,老于心里明白:"这一定是受伤的同志躺在那儿!"天黑得什么都看不见,他只能朝着那越听越近的声音爬去。但当他爬到一个土坎上时,才发觉那声音却在土坎的那边。

老于心中又急又喜,不顾是什么路,从土坎上往前一跑,扑咚一声正掉在河里,裤子全湿了。他蹚过河,爬上河堤,顺着声音往前找时,一不小心从土岗上滚了下去,脸、手都被草根刺破。但这时他终于在一堆草旁看见一个黑影子。老于赶上两步,小声问:"你是哪一部分的?"躺在地上的人低声说:"一区队,一小队。"老于一见是自己的战友,两手摸着伤员说:"不管你是哪部分,你是伤员我就救你!"说罢伸手就往身上拉他。大概他这一拉正碰到伤口,伤员急得说:"老于,我×你娘,×你妈!"老于不管他嘴里骂什么,仍旧把他背好,嘴里咕哝着:"你打我,你骂我,你就是枪毙我,我也得完成任务!"

老于把受伤的同志平安地放在救护所床上时,伤员看着老于说:"老于!刚才我骂你,你可别放在心上……我好了再谢你!"

老于又回来,朝着枪声最激烈的方向走去。刚走到山半腰时,看见前面有两个黑影一摇一摆地走过来。老于问:"谁?""我。"老于一听口音,急忙跑上几步,看时,来的正是最关心他的指导员。老于一见指导员受伤,急得直跺脚,问扶指导员的任常福说:"指导员怎么挂花啦? 要紧不? 妈的,蒋介石老王八蛋!"他两手扶着指导员,脸上流下热泪。指导员虽然受了伤,可是没忘掉自己的任务。"老于,山坡上有受伤的同志们的武器,你去把它拿回来。咱们是人民的军队,不能损失一粒子弹! 这也是任务!"指导员的声音很低,可是充满了对敌人的咬牙切齿的仇恨。

老于扶指导员下山时,身上已添了两支步枪、子弹袋、手榴弹。

现在,老于已经又在漆黑的夜里爬过了山路,蹚过了泥沟,忍耐着寒冷、饥饿、疲乏,把担架找来了。这一共是七付担架。

送走了指导员,又送九班长……凡跟老于一块走的伤员此刻都已安安稳稳地躺在担架上了。

指导员紧握着老于的手说:"老于! 你的任务完成了,你真正发扬了阶级友爱,我给你立大功!"负伤的同志都忘了伤口疼痛,举起手来喊:"我们都同意!"

…………

第二天天刚蒙蒙亮,老于又担起菜担子,给在山上的几夜没睡觉的战友们送上他亲自做的喷香的肉菜去了。

选自《阶级的硬骨头》,东北书店 1948 年

◇西 虹

擦干眼泪复仇！

五四大队战士管世勋，在连的诉苦会上，哭成了泪人，哭诉他那些难忘的苦事。

那时候，哥儿几个，他年岁最小。他亲眼看着全家的一点地产——一块能种点土豆、青菜的房基，平平白白给姓王的大地主抢占了五尺。父亲找地主说理，挨了一顿打回来。父亲上衙门打官司，地主就买通县长，判了老汉二年罪，坐了笆篱子。日子没法过，他就和哥儿们讨饭。一次，他和哥哥到有钱的姑家去，想要点剩饭吃。他姑说："你有事赶快说，没有事赶快回家去，别在这儿待着。"管世勋没有张嘴，转身出来，和哥哥坐在姑家大门口哭开了，随后，表侄出来了，一见他俩就气汹汹地说：

"看你俩这个穷样儿，别在我门口给我丢人，小心穷腥气沾了我的地皮！"脚踢手打地把他俩赶走了。

再糊弄几年，管世勋长大了，开始给一家当区长的地主放羊。他一个小孩子，赶四十多只羊，四十多匹马，哪能看得过来呢？地主老爷每天晚上要摸摸羊肚子，看看吃圆了没有。要摸着一个羊肚子小点，他就得挨熊，挨打，挨饿，难免每月都有这么几回。雪地挨冻，雨里挨淋，这些苦就不提了，单说那次叫马踩死一只羊的事儿，也够气人了。

掌柜的问他："你把我的羊踏死，怎么办你吧？！"明摆着是地主的马，踩死了地主的羊，小世勋有何罪过呢？ 逼得没法儿了，管世勋就答应赔钱。

掌柜的揍他一顿，吹开胡子："这是一个日本羊，你赔得起么！你光赔大羊还不行，这是母羊，你还得赔羊羔，你怎么赔吧！ 赔钱？你的臭钱不好化，你的命也不值我这个羊钱！"又把世勋揍了一顿。

小世勋连哭带怕跑回家，父亲急眼了：

"人越穷你越惹祸，快给我回去，去晚了咱惹不起人家。"他就又哭着鼻子往回返。

地主在大门口等着他，拦头就骂：

"小子！ 你不是往回跑么，让你跑个够！"劈头劈脸又把他揍一顿。

小世勋正想寻短见，父亲来了，领着他给地主赔不是，说好话。他一年赚七十元工钱，赔羊就扣合三百六十元，这还不算，爷儿俩又给拴在村公所，坐了八天笆篱子才完事。

这是年幼的管世勋在他的老家——双城县区偏落的姜家屯所受的苦情。以后，日子不能过了，一家人就投奔肇源县四站古鲁屯姓管的地主——他的堂叔伯家，给扛大活。正好管家修江坝，该着地主老九——他的堂叔大爷出劳工，老九跟牌长一串通，来了个抽梁换柱，他哥儿几个全叫抓走。

标准是每人每天挖五方米，这那能干得了！ 他累病了，哥儿几个累得一天只吃一碗饭。有一天，哥儿几个只挖了三方米，姓常的区长就给鬼子说："他们不干活，光磨洋工。"哥儿们挨了一顿打，大哥气得长病死了。

兄弟们卖了两床破被子，雇了两个人，把大哥抬回家，父亲就哭着去找牌长：

"牌长哪！ 不该我家去劳工，你非叫去，看，他死得多可怜哪！"

牌长冷冷地说："哈！ 你们这穷小子，人口又多，死一个要什么紧。"

"牌长哪！人死啦，你老人家别念太平歌啦！"管老汉这么一说，牌长就翻了脸：

"你这个小子是抗日红军吧？你反满呀！好，走着瞧！"当下领来警察，把老汉抓走，又判了二年笆篱子。

家里零儿把碎都卖光，埋了大哥，赎回他父亲，哥儿们又多做了二十天劳工，几个月以后才放回来。

大哥死后，一家人为了吃饭，他二哥就给地主家干活。讲的是收多收少，每年给两坰半地的粮食，种子是春天借一斗，收了还三斗。如有歇工，折合大的工钱扣粮。

那年下工的时候和地主算账，种粮该还五斗，地主硬合成六斗。买了他五尺布，说好是一尺四十元，地主硬说是一百二十元。两坰半地，打了十七石粮，官家规定出荷粮一千公斤，地主却把他家的十七石粮食都拿走。

管老汉找地主说理，地主就运动他的姑爷——协助员，冤说老管家不满意拿出荷粮，并说他家还藏起十几石。那姑爷领来警察，就把老管家所有的口粮尽数拉走。管老汉找区长作主，区长骂道："谁管你这些狗屁事！谁叫你家有粮食呢！活该！"

老汉把冤枉事回来一说，他二哥哭了，全家哭了，二哥也给气病了。二哥哭着说：

"为地主出劳工，死了我大哥。我扛活没有赚到粮食，还给地主倒回十二石去，这……这哪有咱穷人的路呢……"以后，病越来越重，二哥在年前二十七死了。

他二哥的尸首没地方装，管老汉就跟地主老九商量：

"九侄子，咱们也是很近的叔伯侄，你把那无用的破板子卖给我几块，给你二哥做个棺材，把他埋了吧。"

地主摇摇头："我那板子还搭羊圈哪，不行！"

他二哥的尸首没地方埋，管老汉又去跟地主老九求情：

"九侄子，你二哥也三十多岁了，也不能让他给狗啃了，埋在你的荒草地里不行么?!"

地主又摇头:"我的荒地明年还开地哪,别叫他臭了我的地角子。"

※　※　※

管世勋哭诉了他的苦事以后,一个人躺在班上呜呜直哭,不想吃,不想喝,各排写信安慰他,同志们又买鸡蛋,挂面,给他保养精神,声明要为他报仇。过两天,管世勋又收到从遥远的江北寄来的家信。父亲在信上写道:"……咱家田苗旺兴,小麦已熟,所有家中困难,农会竭力援助。上月所分斗争地主物品,将咱参军家属,均列入特等,共合洋数九万元之谱,除应分外,还有特配上好棉布九尺,西洋座钟一架。端阳节时,农会、妇女会、儿童团,鼓乐喧天,送到家中肥猪肉五斤、白面九斤、粉条五斤、青菜等及应用食品,一概送到屋内,家中无有困难情形。你只管在前方努力学习军事战术,坚决革命到底,打垮蒋美,以达革命成功之目的,是父之所愿也。"另外,屯里农会、儿童团、妇女会,也给他写来几封信。儿童们写道:"我们给你家打槎,送枝草,拥护咱们军属,你只管在前方保护咱们的胜利果吧。"妇女们写的信很长,还把过端午节的事告诉他。信上说:"我们把葫芦、小笤帚及树枝均按时送去,给你家将树枝插上,葫芦笤帚挂上,完成一切任务。"妇女们又写道:"不久夏去秋来了,你们的被子、褥子、棉衣,应当拆洗的我们帮助拆洗,该做的我们帮助做,你只管努力消灭蒋介石,早日革命成功。"农会的信和他父亲所写的事大体一样,至于他家的地,信上写道:"种地时先予你耕,铲地时也不能落后。"所有同志们的安慰和家庭的来信,使管世勋破涕笑了,他记起他离家的情形来:

前年,他二哥死去不久,父亲就领上一家人回了双城,正好,"八一五"到来了,他家很快就分到三垧半地、三间房、九石谷子,以前让地主占去的房基也收了回来,父亲给他说:

"世勋哪!你要饮水思源,今日民主联军,共产党,才是咱们的救命恩人哪!你参军去吧,把那些王八蛋,反动派给我打走,你要开小差回来,我就把你捆起来,送到队上,你要好好记住,你哥怎么死的,咱家怎么穷的……"

管世勋就在一家人笑喜喜的欢送之下,参加了民主联军,这是他生平最高兴的一件事。

这天,管世勋给连里写了一封信,表白他的心情,信上说:"……我要变眼泪为仇恨,永远跟着共产党走,坚决在民主联军干到底。为人民服务,为人民立功,保护翻身果实,和蒋介石拼死活!"

选自《擦干眼泪复仇!》,东北书店 1948 年

单人作战

——记四人部战斗模范赵文才

　　黑马虎天，突击班打进于家大院西头，赵文才一手持枪，一手抓手榴弹，顺秫秸障大步跑，奔大门进院子啦。

　　当院心瞅着一个车，车上装的麻袋，赵文才一寻思：备不住是敌人的。往前一瞅，上屋的灯照得窗户通亮，房门跑出五六个敌人，看得清楚。敌人慌慌张张往外跑，和赵文才碰到一块堆啦。赵文才打四五枪，敌人也打枪，赵文才端起刺刀正要扎，敌人跑东院去啦。

　　赵文才瞅西面明明白白，没有敌人啦，奔东面大墙，隐在柴火垛后面，一腿跪着，一腿直着，往大墙那儿瞅。敌人跟大墙缝往院里打机枪，火溜子哧哧哧来回飞，还在柴火垛后面瞅着。当街隐隐惚惚有四五个人，跟大门往院里跑，赵文才跟敌人正打对面，待不住啦，奔当院大车后面隐着打。心里骂：你来吧，你一进大门我就打！你打不死我，我就赚你们两个"垫倍"①！看着敌人刚进院，赵文才一扑身，爬在车轱辘底下瞄着打，敌人不知道人多少，都退啦。

　　赵文才站起来，端枪往外瞅。"砰——"一声眼睛一闪亮，瞅着头顶打起个照明弹，溜圆发蓝，院子照得通亮。往大墙一瞅，瞅着敌人啦，敌人也瞅着他啦。他照敌人打一枪，敌人翻墙蹦过来了，一个一个散开，往他跟前跑。他一闪身，穿到烟筒后面，探出半拉脑袋朝敌人打枪。敌人围住大车，扑了空，扭身顺枪声，机枪口一闪一闪出火。气得他心发抖，掏出个手榴弹，甩在大墙那面，机枪

---

　　① "垫倍"——双倍之意。

不响啦。他怕敌人顺大墙跳过来，就把枪端起来。"砰——"一声，眼睛一闪亮，瞅着头顶打起个照明弹，溜圆，发蓝，院子照得通亮。他来回瞅瞅院子，听得大墙那面机枪响，一看，三个人伸出脑袋，抱着挺机枪正往院里打，赵文才心里有气："满洲国"时受日本人的压迫，现在你勾引美国，压迫穷人，打你"二满洲"！扯过来就是一枪。射手哎哟一声，折过去啦。那两个人也不见啦。他还在柴火垛那疙疸往大墙来回瞅，一个人从墙露出半截身子，瞅着隐隐惚惚端起冲锋式就打。赵文才探起脑袋，打几枪，那人不见啦。

这时候外面没有枪声，赵文才也说不上部队来没有，来就往北跑。敌人从柴火垛后面打他，他从烟筒后面打敌人，相隔二十多步，谁也看不清楚谁，敌人不敢往上冲，趴在那里不动了啦。赵文才往后瞅，房夹空有个秫秸障，障空子不大，能过去一个人。寻思：咱们这头枪也不打，备不住撤啦。其实他猜对了，部队已在屯外集合好，要执行新的任务。他走几步，钻过秫秸障，奔出大街，在屯外追上部队。这时，天亮了。

选自《战斗小故事》，东北画报社 1948 年

贺　喜

薄雾蒙蒙的早晨，街道上响起了格楞楞的马车声，哨兵急急慌慌，连喊带笑，把马车领到深绿幽香结了彩缎的松坊下，大院里立时涌出来一些精壮的军人们。

"哈……王老太太来得真早！"

"大娘，快进屋里坐，辛苦啦！……"

几个胸脯上挂了红布条的军人们，忙从车上迎下来衣衫肥大，体态发胖的王老太太，前引后送地把老人家领进大院套，往那间在门框上贴着"来宾招待室"号牌的正屋走去。

"啊！我给同志们贺喜来啦。"老太太抖抖身上的尘土，扭头瞅了瞅那位年青的剪发女人。"这是我孙媳妇，她陪我来的。"便再也不说什么，望着满院光辉迎人的彩旗花朵，瞅了又瞅，看了又看，肥腓腓的身板左右晃荡，两足像陷在沙窝里一样。

"老大娘，进屋歇着吧！"谁在她耳边轻声一招呼，老太太就呵呵地笑了，掏出手帕，擦了擦发肿的老眼，念叨道：

"我给同志们贺喜来啦！很好！很好！哟！我再看看……"话还没有了，军人们已经把老人家搀进屋里来。

北炕上铺着毛茸茸的黄军毯，当炕摆一张小方桌，壶碗干净利落，老太太有点拘束，背向窗户在炕沿边斜坐着。招待员动一动壶，她老人家就站一站，招待员抽出香烟，她老人家就举起双手道谢。这个人问一声，老人家就点点头，那个人走前几步，老人家就颤动着嘴唇准备答话。屋里人多，老太太看着都很眼熟，一时欢喜得不知该从哪里说起。

"哟！我今年七十五岁，这还是头一回出门，快死的人啦，还交下一门队伍上的亲戚！哟……哈……同志们可别嫌弃我呀！"说着说着，她见屋里人笑得跳起来，便将手帕捂在脸上，笑下两眼泪，笑得咳了几口痰，一旁站着的孙媳妇赶快把老人家扶坐炕上。

过一会，方才的一帮人走了，屋里又进来另一伙高矮不等的年轻人，有的挂了照相机，有的提了"埃姆"（拍电影用的摄影机），后面还跟进一堆军人，这些人进门就笑哈哈的：

"王老太太来啦！哈……"

老太太放下茶杯，赶快站在地上，跟他们谈叙起来。

"老大娘，你还认得我吗?"老太太看着那位挂照相机的年青人，愣眼想了一阵，忽然想起什么似的，指着他的鼻子说：

"噢！你到过我家，你不就是那姓常的同志！是吗?"老太太抬起另只手，看着众人招了招：

"同志们听着，我可要生他的气啦！"人们听她这一说，以为出了什么事，有的退坐在柜上，有的靠着墙，眼睛直盯盯地看着老人家，谁也不吱声。

"好呀！你给我登了报啦！有名啦！你把我说得那么丑呀！说我是红眼圈儿！我那是照顾伤兵累的，我那是火眼，这你都给我写上了，哎！好你个姓常的同志哪！哈……"原来老人家是跟我们的记者说笑哩，人们紧张的心情这下才舒展了，屋里跟着就响起了呵呵哈哈的欢笑。

老太太见大家这样喜欢她，话也多了，声调也亮了，她不让别人有插话的空儿，一直涨红着脸，喘着气，讲她想讲的一些事。

两个月前，咱们的部队在江南打了胜仗，伤号路过她家往后方运，正是风雪寒天冷煞人的天气，她看着伤号坐在担架上，心疼他们的伤，怕他们受了冻。那些日子，人们冷得不大出门，街上冷冷清清，她老人家心急得坐不住，挂了根拐杖，冒着风雪，东街走西街，南街转北街，招呼四邻老太太，动员姑娘媳妇，把伤号领到自己家里，给他弄吃弄喝，用心照顾。王老太太便是最热心最辛苦的老积极分子,白天有伤兵她白天忙,黑夜有伤兵她忙到天亮,哪一个伤兵她都要亲口问一问,亲手摸一摸,她多少日子就没有得到休息,再加上心里急等着伤员早点恢复元气,她老人家的眼睛上火了,眼边痒痒的一天比一天发红。因为她工作好,能团结妇女们,给伤员留下很深刻的印象,区政府和兵站奖了她一面锦旗,称她为伤兵的母亲,这有多光荣啊!

那天,有位年轻人找她去了,正就是她面前挂照相机的这位记者同志。老太太让客人坐下,像有什么事,年轻人随便说几句,就转到正题上。

"老太太,听说你老人家爱护伤兵很好,这是为什么呀?"年轻人这样一问,老太太的心里凉了半截。看模样,这个年轻人穿的军衣,可不像军人,老百姓吧,也不像,口音也不对,这是什么人? 还怕是密探来探我啦,要不他问这些干啥? 正心里没主张,那年轻人又笑着脸问了:

"老大娘,你把你跟八路军的关系仔细说一说,我好听一听!"

"不对,不对!"老太太心里越觉着不是味道,便支吾了几句:

"我跟八路军没有关系,我没有说的。"心里却说:我是穷人,我就是跟八路军亲密,你想探我,我就是不答复,看我到区政府报告你,马上把你抓起来!"媳妇呀! 快给客人烧水,我一下就回来!"老太太扭身对年轻人说:

"你等会,我上街买茶叶去!"年轻人紧挡慢挡,老太太早闪出院子不见了。

老太太对区政府一报告,谁想是闹了场大笑话,人家是东北日报的记者给她登报来啦,给她名扬四海来啦,她把心给操歪了。她赶快回了家,这件事也没有对客人说,这回对客人招呼殷勤了,又是说,又是比画,什么都给说了。年轻人抓住自来水笔记了半本子,记得累下满头汗,临尾,又给她照了个相,就走了。王老太太心里多欢喜! 七十多岁的人,还上报! 活出名来啦!

又过了一些日子,她到东街去看伤兵,一进屋子,十几个伤兵围了一炕，一个识字的拿着报纸正在念，大家听得入神。

"王老太太，脖子上长了个肉瘤子……"

"是说我吧，我脖子上是长了个瘤子。"老太太听着，心里暗暗猜摸着。

"肥腴腴的脸上，老太太的眼圈是红的……"

听的人高兴地抿了抿嘴。

"谁说我是红眼圈？我就那么丑！这是火眼，是我照顾伤兵累的呀！"老太太心里有点不平，但还是默默地听着，她怕一吱声，人家不是说她，又该怎么着，世上同名同姓的人多呢。

往下，那个拿报纸的一口气把文章念完，伤员们全都笑了，有的议论，有的还拍手。

"王老太太真好！哈，伤兵的母亲！"

"我还没见过她呢！"另一个有点失望，愤愤地说："这么好的老百姓，我们打仗牺牲了也光荣！"

"嗳，嗳，"又一个挥了挥手。"咱们过几天打问一下，报上说，她就住在这地方。"

老太太听着听着，心里鼓了一口气，颤颤巍巍地走到炕沿跟前。

"哈呀，同志们，不会错吧，我就是王老太太。我听见啦，别的都像我，就是那眼睛呀……"

伤员里有一个见过王老太太，当下跟老人家头头尾尾一谈，果然不错，伤员们乐了，王老太太也乐了。以后，王老太太的名字，很快在伤员们之间传开，又经过伤员的口信传到前方……

部队回江北休整来了，这一带驻军这些天正忙于开庆功会。王老太太时常接到区政府的通知，说某某部队请她老人家讲话，某某部队请她老人家吃饭，她一辈子没有出过门，又没有好穿戴，不想去，区长劝说几次，她才答应下来。说好今天一早赶来这儿，怕误时间，区政府还派了一辆马车送她来，不想她老人家来八路军这门亲戚贺喜，还能意外地遇上常同志，她觉着这是双喜！

"哎哟，姓常的同志，就是你呀！"老太太又一次哈哈带笑地指着那位挂照相机的年轻人，吐了口痰，停止了她的讲话。听的人一时都说不出什么话来，完全被她老人家宏壮流畅的声调和那生动活泼的言语抓住了。老人家端起茶杯，咕咕喝了几口，又拿手帕抹了抹汗，这才缓了口气。

紧接着，院门口爆响起噼噼啪啪的鞭炮，嘹亮紧促的号音吹得人心里直跳，王老太太爬上炕，顺窗玻璃往外瞅着，只见金星般闪光的刺刀下，数不清有多少张喜笑颜开的人脸，满院披红挂花的年轻人，几乎都成了花人。那几个挂照相机的早跑到那儿啦，左一照，右一照，忙得东跑西跑。呀！人也老啦，这也算开了开眼界！哟！

老太太见会场安静了，这才爬下了地，年轻的孙媳妇赶忙给老人家整整衣扣，扯扯大褂衣边，这时，门里闪进来两个粗胖胖的人，望着老人家慢条斯理地说：

"老大娘，请你老人家就席吧，开会啦。"

老太太看了他俩一眼，不说不笑，紧跟着走出屋门，又不说不笑，默沉沉地走向来宾席，侧身坐在条凳上，眼睛直看着桌上的茶杯。

会场上有的功臣们熟悉王老太太的面孔，他给左右邻指点着，咬着耳朵介绍着，人们便点点头，笑着，尊敬地往来宾席瞅她。许多不认识王老太太的功臣们，其实早从报纸上认识她了，并且在会前就有点耳闻，说王老太太也来参加庆功会，这阵儿满会场就那么一个老太太，猜也猜着了。因此王老太太的到会，引起功臣们极大的愉快，都在低声议论她，看她。至于王老太太这一面，她也顾不上一个一个分辨，哪些年轻人她认识，哪些不认识，再加上她还是初次参加这么隆重的大会，心跳得眼睛也上了火，直淌泪，就是瞅也怕是瞅不清。她有时抬眼看一下整个会场，向会场笑一笑，心里说：都是同志，我都认得。此外就静静地坐在席位上，像一位仁慈的老妈妈。讲话，鼓掌，热闹了一个时候，主席台上又有人说话了：

"现在请伤兵的母亲，王老太太讲话。"

王老太太从席位上摇摆出来，台上早伸出几只胳臂把她老人家扶上来了。

"同志们，我给大家贺喜来啦！"老太太在掌声和呼喊声里，笑哈哈地说了第一句话，晃晃闪闪地又走前几步，一只手往台下压了压。

"同志们！我走亲戚来啦，八路就是我的亲戚呀！"会场上又扬起一片哄哄的笑声。

"我叫大家认识认识我。我是粗脖子，可不是红眼圈，那是照顾彩号累的，你们可记着。哈……哈……啊！"

"记住啦！记住啦！"台下笑嚷嚷地说。

老太太望着旁边那位挂照相机的年轻人，玩笑似的抿了抿嘴，又转向台口，老妈妈似的拉开家常，讲她想讲的一些话。

她讲她怎样好心地给伤员喂饭，把饼干咬碎，喂小孩似的，一口口喂我们的重伤员。伤员痛苦得动不得，她老人家一手端便盆，另只手帮助伤员小便。有一次，一位十九岁的小媳妇正给伤员喂饭，见她进来了，有点害羞，她老人家当下说了她个好，夸奖了她，小媳妇才继续喂饭，这些都是在老太太动员和影响之下的妇女们，她们都变得跟她一样好心肠了。

这时，台下连连喊叫："你是我们的母亲！""王老太太长命百岁！"

散了会，功臣们一拥一拥围上王老太太。

"老大娘！你还认得我吗？"

"老大娘！我在你家还养过伤呢。"

"老大娘！……"

"老大娘……"

老太太在这群年轻军人面前，很明显的是一位被尊敬的老人。是呀，她还认得他们，他在她家养过伤，她喂过他们饭，她日夜照顾过他们。眼前，他们还是那样精壮结实，还都是戴了花的功臣呢，老太太欢乐得没什么说的，随便把哪位功臣的手，用她厚胖胖的手掌紧紧抓住，不舍得丢开：

"我给你们贺喜，慰问你们来啦！哈，哈，都好！"正在这时，几架照相机对准了她，那个摄影师的"埃姆"，也瞄着她咝啦啦直响。

"奶奶！上车吧！"孙媳妇有点摸不着头脑，扯着老人家的褂襟就走，老太太在功臣们留恋的目光下，颤着身子走开了。

四天以后，这是庆功大会最热闹的一天，会场已移在村边一处广场上，搭起席棚，摆起战利品，布置得辉丽庄严。满场功臣在鼓乐声里，吸烟，喝茶，说说笑笑，单等贺喜的客人来。

呜呜呜一阵风，会场边停下一辆汽车。

功臣们开开车门，一左一右刚搀下王老太太，一伙随来的妇女会员早跳下车厢。王老太太的穿戴，还跟那天一样古气，青布大褂套一件对门马褂，足腕上缠的窄腿带，只是后脑心短秃秃的发球上还插了一条银簪，耳垂上还吊的环子（据说是做媳妇时候的首饰）。妇女们有剪发，有圆头，有姑娘，有媳妇，长衣马裤，打扮得好齐致，这都是老太太影响之下的妇女，跟着老太太给功臣们贺喜来啦。

来时，区政府给王老太太带了些贺礼，一些香烟，大捆粉条，老太太本想要求带一条肥猪，因猪肉捣坏了，只得带这些东西来。一下车，老太太就扭头招呼：

"姑娘们！把咱的洋烟、粉条快带上。"她见功臣们早给她拿上了，便从袖口抓出手帕，擦擦眼，一步一点头，一步一点头，"很好！很好！"乐得摇摆着走。

会场上非常热闹，老太太走着，功臣们扶着她，妇女们跟着她，照相机追着她转，场里人望着她喊，一直把老人家迎进大席棚里。

大会秘书处把老人家的贺礼落了登记簿，主席团给老人家致了谢，缓缓气，招待员便领着老人家和妇女们参观会场。

老人家看着整整齐齐，威威武武爬在一旁的机关枪：

"呀！这多武器，真给咱们壮胆子！"妇女们也瞅着机关枪笑了。

老人家摸着粗胖胖的炮筒，左看右看：

"这炮真大！不怪前方打胜仗，后方听着轰隆轰隆响！"妇女们也看着大炮笑了。

老人家趴在炮镜后面，像看西洋镜似的久久不舍得离开：

"哈！真是千里眼！蒋介石藏在哪儿，咱们都能瞅见。"妇女们也好奇地挤过去，撩一撩发绺，笑盈盈地抢着瞅。

王老太太转回席棚，会议刚好进行到献花，满会场红花绿叶，就像荞麦地开花。

"快拿花呀，姑娘们！快呀！"王老太太往席台下一望，妇女们已经手执鲜花，面对面地和一溜功臣们排站好了。

席棚两边是两班吹手，笙管唢呐呜里哇啦吹起来，会场上哄哄哄哄，老太太不管人们听清听不清，扬起一只手只管喊叫：

"这些是妇女会，都是我手下的徒弟，照顾伤兵挺好啦！嗨，嗨，姑娘们！戴上花，快给功臣同志们施个礼！"

姑娘们在鼓乐喧嚷声里，什么都听不见，面前的功臣们都以立正姿势，挺出胸脯站着，她们正用心用意地给他们戴花。王老太太急得拍巴掌，又喊几声，才看见姑娘们飘洒洒的发绺一摆，笑着给功臣们鞠躬，功臣们赶快还她们礼。

"哈哈哈……都是有功之臣！"王老太太笑得合不了嘴，直往会场扬手：

"都是有功之臣，给我们立下汗马功劳啦！比古人比了几个比啦，昔日包老爷挂花也不比这个呀，哈哈……给同志们道个喜！"老太太两手一打拱，拿手帕擦擦眼，才欢欢喜喜地转身坐下。这时，一群功臣，扑到席棚来，把老人家四面八方围上，一时，老人家胸脯上，肩上，脖子上，头上……到处堆满了大花朵。

"哎哟，担不起！我没有功劳！我是来给同志们贺喜的！"老太太摆摆手。断断续续喊叫，围会场哇哇哇，伸出千只拳头，张开千张口：

"王老太太有大功！""王老太太是我们的母亲！"

"同志们！哈哈……"老太太两只手直往会场摆："你们要说八

路军是我的八路军，我七十五岁啦，哈哈，我是穷人，我就是喜爱八路军……我来看同志们还没有看饱呢！"

满场功臣用宏大的声音和老人家对了一阵话，笑声，喊声，掌声，一时不见停止，老人家喘口气，揩揩口沫，指着台边的妇女们：

"姑娘们！谁来替我说几句，哎哟，我累得不行啦！……"

妇女们将脸扭在一边，谁也不去看她，老人家看着会场，喘喘息息地笑着：

"给同志们贺喜！贺喜啦！哈哟，保住咱们穷人的江山哇！"眼看老人家实在累得没劲儿了，几个功臣便把她扶回凳上坐下。一时，会场鲜花点点，彩旗飘飘，刺刀闪闪，人海里雷滚着雄壮洪亮的吼声：

"我们是人民功臣！"

"坚决为人民立功！"

"功上加功！……"

一九四七年冬于哈尔滨南岗

选自《军中记事》，东北书店 1949 年

妻　　子

这一带是驻扎着军队的市民区,街巷里都是三五成伙,架枪瞄准或操练步法的战士们。哨兵肩着枪,站在圆圆的地堡顶上,注视着进出巷口的来往行人。

一位满脸胡子的老年人,跟哨兵打了声招呼,指着身后那位年轻妇女说了几句什么。哨兵向这两位乡下人模样的男女盘问几句,信任地望了几眼,扭转头往近边一个小院门噘了下嘴,老人便领上女的顺那里去了。

满院闪闪的窗玻璃,映花了老人的眼。院的半边,晒绳上挂着冻硬了的军用衬衣、袜子;门口窗户台上,又摆了几双军用胶鞋。老人望着这些熟悉的东西,就手拉开了门。屋子是窄条形的小房间,顺炕墙摆了一溜豆腐块形的背包,门畔粉墙上吊挂着一面黄缎锦旗,上题:"钢铁班"。屋里没有人,老人大大方方地坐在炕边,女人也跟了进去。

门外走进来一位小个子军人,他向老人恭敬地行个军礼,顺手放下他的冲锋枪,找个凳子坐下,亲切地说:"杨同志一时就回来,快下课啦。"

老人见他未注意身旁的女人,嗯嗯几声就转了话:

"班长,这是他屋里的,我领她来连上看看。"女人眼盯着鞋尖,神气放得很稳。小个子军人又一次望着老人,说:

"他就来,快下课啦。"

这时,院子里响起不齐整的脚步声和喳喳的谈笑声。小个子夺门而去,慎重地摆了摆手,低声说几句话,院里马上静下来。这班人都转向隔壁房间,小个子跟前只留下一位战士。

这战士沉眉沉眼地下了枪刺刀,狗皮帽沿扯得压住眉毛,一步一步跟着小个子进到屋里。他向老人敬过礼,扭身在屋角枪架子跟前摆弄枪支,不愿转过头来。这女人的头也转向一旁。

小个子见老人一时无话,自己也很难插嘴,提着个水桶走了出去。

半天,那战士才向炕上发出一句话:

"你坐车来的?走路来的?"又慢慢地卷好一支烟,递给老人,打火点着。

"走来的。"只听女人简单地答了一句话。

战士大概觉得这句问话太无意思了,家里没房没地没牲口,哪来的车呢?两年前她过门的时候,还是雇了人家一挂破车拉来的。战士一屁股坐上凳子,紧闭了嘴。停了停,才又抬头望着老人:

"我告诉你老人家别告诉她,怎么她也来了?"

老人支支吾吾,说不成连句的话,一劲喵喵地吸烟。原来老人家从连上领到军属证回去之后,高兴地把儿子的消息到处传扬,她是他儿媳妇,当然也知道了。她来他能挡住吗?

女的见老人很难为,扬手整了整头发,黑大的眼睛正视着对方,刚强地反问道:

"我来看看你就走,你防我干啥?"男的闷坐一旁无话可说,老人才松了口气。加上小个子提桶拿碗地闯进来,给他们倒好开水,说几句关心话,屋子里的僵劲儿跟着也就改变过来。此时,老人家觉得为大人的一份心思尽到了,慢慢下了地,老声老气地说:

"我上你姐夫家去,你俩在吧。"开门就走。

院里涌出一堆战士,强留老人家在此吃晚饭,老人家执意不肯,抽身走了。

于是,屋子里只剩了战士跟他的女人。女人看脸庞顶多二十岁,一身乡下妇女的朴素衣衫,因为她长年在庄稼院过生活,人长得高大结实。两年前,她刚刚过门第三天,蒋匪军闯入她家的破草屋,连踢带打地抓走了她的新郎。不想两年以后的今天,她在沈阳城里找到了他。眼前,丈夫比离家时间长胖了,人也粗大有力,他穿的不是"中央军"那遮不住肚脐的鬼衣裳,而是从头到尾一崭新、好看的人民解放军的服装。这样的衣裳她在乡间看见过,这样的军队也在她家住过,喊她翁婆大爷大娘的就是这军队,吃百姓一点大酱还要先给钱的也是这军队。她看着丈夫,谈着这些事,也是夸这军队,也是夸丈夫。她家也住过"中央军",一个个横眉竖眼,园子里的辣椒还发青,他们就偷了个精光;茄子刚长下鸡蛋大,他们就骂声:"老家伙!给老子摘下来!"吃了你东西抹抹嘴,伺候不好还揍你,害得民间连苞米都不敢种,种上就要被生搬硬抢。他们大摇大摆的,向老百姓摆出一副大地主、大资产的架势。她也愁苦过:丈夫是个正经老实的穷庄稼汉,逼着干那份差事,学不了好不算,还要给祖上造孽,真是养大的孩子不认亲,枉为人!她万万想不到丈夫早走上了明光大道,也万万想不到他乐哈哈的,没有了扛活那些年的愁眉眼。她把丈夫从头瞅到足,从足瞅到头,一下瞅着他的胸脯上那个银光闪亮的花牌子,眼睛不动了。

"这玩艺挺好看,多少钱买的?"她心爱地抓着花牌子不放。

"啧,怎么是拿钱买的!"他怕她把牌子弄脏了,赶快收在衣兜里。女人愣眼想了想,追问:

"是那个朋友给你的?"

"啧,你们妇道尽瞎扯!这是我战斗上立的功。连个奖章也不知道!"

"噢,就是,就是……"她若有所思地惊叫起来。她想起在乡下看见过这东西,不过没问过人家,这今儿她才摸了底。她又一次心爱地看了看对方的奖章,她关心地盘问着丈夫的英雄故事,她笑呵呵地毫无一点忧虑。这跟丈夫被抓去当兵时候的情景完全两样,那时是妻离子散,哭干眼泪,现在是夫妻团圆,又光荣又快乐。

"你瞅那是啥玩艺?"丈夫指了指墙上的黄缎旗,像小学教员考问学生的神气。

"匾呗，也挺好。"她不在乎地应道。

丈夫因为在队伍上学会好多生字，他骄傲地指着旗上的一行小字念道：

"献给光荣的王德兴班。懂了没有？"她点了点头，眼盯盯地瞅着那面旗。他又念开旗子正中的几个大字：

"钢铁班！钢铁就是厉害的意思，就是老打胜仗。知道吗？"她又点了点头，向对方噘噘嘴，意思是说："看你多牛气！"

往下，丈夫又告诉她，这个连是钢铁连，打仗打出了名，他在的这个班，正是钢铁连里的钢铁班，钢铁英雄王德兴的故事就出在这里。他来班上以后，钢铁英雄就牺牲了，可是英雄的故事，他早先听人说过，现在还头头尾尾地记得很清楚。他们这一茬人，就在英雄牺牲之后，把这个班打出来个钢铁班的好名气，这名气跟这面旗，也有他一份光荣。

"人家前人留下的光荣，咱们决不能给人家丢掉。"他在妻子面前，发挥自己的见解了，看起来，他的军人的自尊心很强的。

"好，这挺好。"女的又是一句简单真诚的话。

也许因为这一双年轻夫妻的新婚生活太短，感情还不怎么深厚，俩人乍然见面，谈话间都有点害臊，还不能把各人心底里的事挖出来。男的方面的神气，简直跟班长找他做个别谈话一样，许多事都提到了原则高度。女的方面就更不用说了，男的说什么，她也顺着来，很少在一旁打岔子。以致在里间屋里的大嫂子，忍不住趴到自己丈夫耳边，叽叽喳喳地说：

"人家年轻媳妇害臊，可老实哩，呆在那儿就不说什么话，可是挺腼腆的媳妇儿！"

街上忽然传出几声长长的哨音，战士正想去隔壁房间，找班长办理客饭手续，不想刚拉开门，小个子班长正端着满瓷盆馒头撞进来，他后面还跟着几个战士，分别送来炒菜、烩菜、碗筷、开水。女人不知该说什么好，男的对班长他们的关照也感到很窘。

小两口围着小炕桌，不言不语地吃着。女人的筷子像黏在桌上一样,轻易不拿它夹菜吃。男的也不去催她。如果他俩的父母在场,一定会这样说:"好我的孩子,你俩办喜事的时候,也没有这么好一顿吃喝,怪不得人说这队伍待咱民间真好。"

男的实在忍不住了,从鼻子里说:

"你再吃一个馒头。"

女的把筷子轻轻搁下,说:

"饱了,我吃不下去。"推开饭碗就退后去。

里间的大嫂子又在给丈夫喳喳地说:

"人家媳妇害臊,吃几口就想放筷子。"

男的刚要收拾碗筷,小个子班长正好又赶来了,他一个人包揽了这些事。

战士因妻子来到连上,给大家添麻烦,想把她送到街里姐姐家去住。不想团里已知道了这事,团政委手把电话机,给营里说道:

"告诉连上,快给人家找间房子住,一定好好招待。"这一指示很快由营部通信员传到连上,连上又很快在前院腾出一间屋子,小个子班长早从事务处抱去柴火烧暖了炕,几位战士也送去铺盖,壶碗,洒水的洒水,扫地的扫地,就像整理内务似的,一切事都进行得认真严肃。

第二天,这战士把班里同志们晾干的衬衣、袜子,一拦手抱进屋里,叫女人来到班上,给大伙缝补。一些该洗的,该缝的,他都主动从战士们那里抢抓了来,交给女人料理。战士们见盛意难却,又加这几天正忙于开会学习,便也不去争执。

女人坐在炕头,静声静气地赶做针线活。她身边摆着袜子、布片、衣服,还有洋线、剪刀、面糊,如果屋里再有一架缝衣机,人们一定会说她是开裁缝铺的。她那双非常熟练针工的穷人家女儿的手,不管是收拾线缝,或是上补绽,补袜底,他不管是自己丈夫的活儿或是别人的,她都针到心到,做得很仔细。

她隔壁是忙于开会的战士们。因为两厢只隔着薄薄的一道墙,战士们的发言,又是高声朗气的,许多话她可以听得清楚。有时,她出于好奇,想听听到底是说些什么,可是一听之下,不是声音听不清,就是听不懂,她只听到左一个"包袱",右一个"包袱"的,听得她脑子嗡嗡响,"包袱"是啥玩儿?啥叫包袱呢?她愣瞪着眼睛不摸底。

这一回,她又侧起耳朵听了。她想听听自己的丈夫说些啥,她自信能听懂他的话。可是,她没有听到他的声音,她只好低弯了头赶做针线。

这时,她的丈夫正在寻思着一件事。部队很快要上前方作战了,连里普遍组织战士们讨论这事,许多同志都把自己的顾虑和困难说出来了,也经过大家的帮助,解释,放下了思想上的包袱,只有他还在那里发愁。以前,他顾虑家庭困难,这事已得到了解决。这两天,他又提出个走路困难来,说是跑长路他身板子吃不消,即使能走到,离家太远了,将后难回来。

战士们友善地抢着说:"我替你背枪。我替你背背包。走不动我用胳膊架上你走。"至于回家一事,战士们也看得很到家:"将来前线后方,火车直来直往,一下就回来了,看到那时候多光荣!"

他觉得大伙的话也挺在理,就是心头抓抓痒痒地有点事丢他不下,是怕苦吗?他的自尊心决不让他这样说。是离不开小媳妇吗?一个五尺长的年轻汉,钢铁班的功臣,死活他也不会说这句丢人话。那么究竟是为了什么呢?只见他帽檐遮了眉毛,低头红脸地在背包上浸出满头汗。

"杨德山同志!"小个子班长关心地看着他,说:"是不是有人扯你的腿?对不对?我想问一问。"

"是也没有关系,咱们帮你打通打通。"一位战士紧跟插了一句。

"绝对不是,我绝对不是恋家的人。"这是杨德山干巴的嘴唇里发出来的坚决话。大家也就不再追问他了。

散会以后,他到隔壁找到了自己的媳妇。

"你们说的什么包袱?是啥样的包袱?……"媳妇像请教老师似的,连连向丈夫发问。此时,女的发现他脸色红红的,绷起嘴,不想答理,便适可而止地停止了问话。

对方觉得不说也不好,待一下,就慢吞吞地照实说给她:比如想家,不愿意上前方,再比如老婆扯腿……都叫包袱。

女的一下明白了,笑说:"那才不好呢!到大地方去,出息出息挺好的,家里你不要惦记。"

"你的脑筋倒开通!"男的带点惊奇地说。

"根本咱们家是穷人,不把大地主蒋介石打光了,咱们房子地,能保得稳吗?"女的出口之后,便做起针线来。

这天晚间,夫妻俩在电灯下坐着,男的为了解解闷气,顺手拧开了电匣子的开关,一时,好听的歌声激动着他俩的心。她笑呵呵地说:

"解放军的无线电挺好。"

歌声停止后,广播员清朗顿挫的声音,又紧紧牵住了这俩人的心。听的听的,女的咋唬起来:

"解放区这么大呀!将后你回家也方便。"

"啧!静一点!"男的生恐她压住广播员的声音。

"家里别惦挂我,等我的大喜报吧。"男的口气不小,信心很强,跟开会时完全两个人样。

一时,女的又说明天要上姐姐家找老人一道回去,理由是家里还没有人煮饭,男的也痛痛快快地刺她一句:

"回去吧,你在这儿馒头猪肉也吃不饱,还得挨饿。"

正说间,指导员打着手电进来了,一来是问问她俩的冷暖,二来连上刚领来喜报,把他的就便也带来了。

女的从丈夫手里抢了喜报,心爱地看了半天。

"这挺好,拿家去也有个名誉啦。"说着,很快卷成个筒,装进衣兜,而后分辩道:

"我正好有个镜框子,跟这报一般大,回去我就把它镶起来。"男的当然乐意。

夜很深了,屋里电灯还铮亮。女的在低头弯腰地拼命赶做针线。男的在一个小本子上，写几个字就皱着眉撕掉重写，一直抓着支铅笔，喘气费力地在那里写着。

大概是夫妻俩商量好的，第二天天一明，部队集合出操之后，这位小媳妇就整了整头发，紧了紧衣服，向房东大嫂说了声：

"他回来，就说我走了。"一个人轻沙沙地走出房门，不见了。

早饭时，事务处炒好的小锅肉菜没有人吃了，杨德山也回到了班上吃饭。小个子班长忙问：

"老杨，怎么回事？"杨德山说：

"我告诉她回去了，家里还没人做饭。"

指导员原准备到时候雇个车送他女人走的，不想她连饭没吃就走了。指导员找到杨德山抱怨了几句，杨德山随便说道：

"她大脚片，能走动路。我给她带了一点干粮路上吃，饿不着。"一说罢，他伸手从衣兜抓出一块纸片，交给指导员，说声："我下的保证。"打个敬礼转出去。

指导员翻开看时，是一份保证书，写得歪歪扭扭，别字不少，但一字一句都是他坚决进军的誓言：

一、保证在最困难时，不拉全体分数；在走路时，角（脚）上打泡不能走时，以大家同志发言，有三人说能走，坚决根（跟）上队伍。

二、保证不对家里挂念。

以上条件与（以）身坐（作）主，立书为证。

战士杨德山

年轻的战士还在自己的名字上，连压了几个红色指印。

指导员谨慎地收起这块纸片，心里暗说："有种，好样的。"

此时，日头已高照沈市。在沈市郊外东北方，一位老年人，伴着一个小媳妇，沿着平宽的大路，正往不远遐那个小小屯子走去。

十二月于沈阳

选自《军中记事》，东北书店 1949 年

巧　遇

　　十一月，东北人民庆解放，东北人民大劳军，成批成批的猪肉、干菜、烟草……千封万封的慰劳信，平安家信，装上飞快疾行的长串列车，从远后方赶路沈阳，发送到我们部队。战士们或在乡间的小草屋，或在近代化城市的洋房里，逢年过节似的，剃了头，刮了脸，换上新衬衣，缠上新绑带。老张要抢着和面，老王要抢着砸肉馅。面是运输大队长蒋介石送来的，还是美国加拿大洋白面。肉是后方人民好心慰劳的，又是不缺头蹄的整猪，全连同志又包饺子，又蒸包子，说不尽的满心欢喜。看看那红纸片上个挨个的蝇头小字，都是后方人民祝贺胜利的感激话，慰问话。撕开那父母妻子的来信，一封封都嘱咐儿子丈夫打进关里，早日灭了蒋家贼。年轻坚决的战士们，吃过庆祝胜利的肉饺子，马快就开始了进关前的准备工作。他们写回去一封封平安家信，向亲人们表白决心：现在报恩的时候到了，关里老同志帮助我们得了解放，我要到关里，帮关里去消灭敌人。他们还在信封里附上一张纪念性的照片，告诉亲人他永远年轻健在，用不着把他挂在心。这简直是大军出征的英雄誓言，这誓言更是东北人民的千年光荣。

　　就在这样的日子里，我们部队中迎来了一位军属老人。这老人看样子有五十上下年纪，细长的身板子，穿一件黑布面羊皮袄，从他身上脸上的风尘看来，一定是走了远路的。他在这一带访查了许多部队，说是要看望自己的孩子。孩子三年前，也是这个时候，离开家参加了我们部队，到现在一直没有音信，他只知道儿子所在部队的大番号，要问那团那连，他老人家就摇头不知。被他访查的军人们,都耽心地替他到处奔跑,到处问,他老人家也信心满强地叨咕:"他一定在队伍上,我定能找着他。"

至于这位老人家的身世,只要是帮他打问儿子的军人们,他都主动地头头尾尾地告诉他。他说他家住开原乡下,今年才正式平分了土地。国民党在开原当权期间,他一直不敢说自己的儿子在解放军里,为着他家里留宿过来往的我军人员,"中央军"一口咬定他是八路,勒逼老人家在沈阳第一监狱蹲过十一个月笆篱子。老人家生性是个铁心肠人,抵死不招,终于被折磨下个吐血病。这期间,他很想告诉自己的儿子,叫儿子为他报仇,但写好家信又无法投寄,他只好另打主意,逢着我军人员从他家过往,老人家就热心照顾,并咬牙痛骂蒋匪军,他一直把报仇的心愿寄放在我军。

十一月初二,东北全部解放的日子到来了。城里乡下都开祝捷大会,后方人民热烈劳军优属,他老人家精神也大了,走路时腰杆也挺直了。可是,他家里还没有军属证,他想在部队进关之前,跟儿子见见面,往家要个参军证件,当他打听到儿子所在部队的大番号住在那里,老人家就赶路铁岭,又乘火车到沈阳。

他老人家在军人们热心帮助之下,恰好找到了我们部队的司政机关。茶饭招待,自不用说。组织部门忙于查看花名册,登记表,宣传部门又想给老人家登个寻人启事,其时,老人家随手拿起桌上的一张油印报,意外地在那里发现了他所熟悉的人名字。

"这就是我孩子!这就是我孩子!"老人家突然惊叫了几声,便愣起眼,一言不发。一旁发出的关心的话语,老人家几乎没有听见。

在他老人家的意想中,孩子离家的那年,不过是个十七岁的傻孩子,身板当然结实,完全是力大气壮的庄稼人孩子模样。三年以后的今天,他会长成个啥样子呢?在队伍上这几年,孩子学会些什么本事呢?他只记得孩子离家的时候,不识几个字,扛活马马虎虎可顶个半拉子,文不成武不就的。可是报纸上登的那些光荣话,碰巧就是说他儿子吗?世上同名同姓的人挺多,这事可能吗?此后不久，他老人家在通信员引领下，很快看见了自己的孩子，老人家的心才落了底。

这是沈市居民区一座小小的洋房，地上摆着几只卧床，桌上放着电话机，墙边挂几支驳壳枪，一位温和沉静的年轻人，正跟老人家对桌谈话。门外走进来一位高大胖实的人，脸儿圆圆的，眼睛黑大深情，论年岁不过二十上下，从前看，他穿一身普通战士棉衣，顺后看，靠腿掉着支匣子枪。不知怎的，这人一进来就把老人家的眼光吸住了，老人家似认识，非认识，想开口，又说不成话，那双老眼像呆了似的。这位年轻人倒痛快，桌边刚发出"申民合，你父亲来了"一言，他的眼睛已经碰上了那老人，凭他明显的记忆，开口就朗声喊了声爸爸，抬手向他敬了个军礼。老人家一时两眼浸湿，差点抽噎起来。

桌边的年轻人让出位子，移坐床铺上，意思是给这两位久别的人儿方便。几个人各有各的心思：老人家看着自己的孩子变成胖大汉了，比离家足足长高一头，想不到还在队伍上当了个什么员的干部，高兴之余，忽然又想起被抓到沈阳蹲笆篱子的冤屈事来。因为这就是给他做主的军队，面前也是为他做主的人，除此之外，又谁能为他报这份仇呢？他儿子这方面，因为经过几年艰苦斗争的锻炼，性体变得很硬，父子之情的一些事，他知道也发自阶级的爱，不是什么了不起的大事。他只以为老人家是为他伤心，不好去解劝，冷静地坐在桌边，陪着老人家，至于父亲蹲笆篱子的屈事，他还不得而知。床上那位年轻人，看着屋里冷冷的，又看着自己战友的父亲悲喜交杂，他便以上级的负责态度说话了。

他连气给老人家诉说些儿子的事，意在激起老人家的欢乐，因为他儿子的事，老人家应该欢乐。真的，老人家的脸色渐渐泛了红，眼色也有了神。

"教导员，给他说这些干什么！"冷静的年轻人说这话的时候，忍不住用手指掩着嘴，只恐别人看见他的笑脸。但，老人家眼尖耳灵，会看事，老人家先笑了。

很快,老人家的话也多了,也不在他两人之下。

煤炉子上壶水烧开,通信员拿烟递碗,人们饮水笑谈,完全像亲人相见似的。

这天晚间,老人家正式去儿子所在的连上住下来。他真连梦也没有做过,他的家世,地位,会改变得这样快,也跟在梦里一样,他几乎不敢相信这些亲眼所见,亲耳所听的光荣事。

铮亮的电灯下,儿子俯身桌子上,手抓黑杆子钢笔,在一个厚本子上唰唰唰不停地写字,忽儿,儿子又翻开一卷纸片,看过来看过去,有时就皱起眉眼想一想,再找张白纸写几个字,看起来是很忙迫的。这还不算,门外左一个喊报告进来,右一个打敬礼出去,都是找儿子谈事情的,儿子对他们很亲热,他虽摸不着部队里的日常工作,可是不知怎的,他从这里就想起区长来。那一次,他到区上登记自己是军属的时候,区长也跟他孩子一样忙,也是没点官架子,区长是为人民服务,他儿子也是为人民服务,一个小孩子,几年不见就当了指导员,负起责任来,解放军里真是栽培人才的好地方!又一寻思:他来到连上,就没有看到一个人闲着,战士们出操、开会、唱歌,又讲规矩又紧张,都是为的多做工作,叫革命早日胜利,都是为人民服务,不管什么人,他都得进步,都得学好,当老人家的贪妻恋子有什么意思,这不比叫孩子在家强十倍吗!他见儿子忙得无时间跟他老人家谈心,不但不感到心闷,反而对儿子更喜欢了。看,他比为大人的还会拿事!看,他比为大人的还有学问!一下,他慢慢凑身到桌子跟前,眼睛跟着儿子的笔尖转。

儿子抬眼看看他,低头又唰唰地写字。老人家笑面呵呵地说:"民合,我考查考查你写的字儿。"他从儿子手里接过厚本子,蓝蓝的字体写得周正不说,那些话的意思他简直看都看不懂。止不住老声老气地喊道:"解放军真会教育人呀!"此时,夜已静了,儿子把文笔事做完,才抽出时间跟他老人家谈叙家常。

儿子从包袱里翻出两面彩缎锦旗,一面是"无坚不摧",一面是"钢铁连队",老人家看着光彩闪闪的旗帜,一时傻了眼。只听得儿子平平常常地介绍道：

"去年五月底打昌图，我们连完成了主攻任务，上级奖励我们'无坚不摧'。"接着，儿子又插进去一些往事。

那是部队打下昌图之后，上级叫他赶路看看家，并给家里批了一万元，表示部队对军属的关心。当他赶回家去的时候，连父亲的下落打听不到，只好托乡邻给家里留个信，转路回了部队。这些事忽然引起了老人家的悲痛，因为那个时候，他正在沈阳蹲笆篱子，受折磨。此时，儿子对父亲的遭遇从心里引起同情，使他更加深了对敌人的仇恨心。

儿子又指着第二面锦旗说：

"这面是今年打义县得的，上级奖励我们是'钢铁连队'。"接着，儿子只简单地把战士们的英勇顽强劲讲了讲，也未提到自己在战斗中的表现。听着，听着，老人家揪着胡子叫道：

"同志们一个个都像铁塑的人，打得真硬气！不成想就是你们，真不成想……"往下，老人家说起了下面一件事：我军在辽西攻下义县的时候，他老人家遇着前线下来的民工担架，想探听些主力部队的消息。民工们闹闹嚷嚷的："老部队在义县打得真硬，那个×师更硬，一连人就在城边跟'中央'打了一天，到底是老主力部队……"谁知，这个被民工夸奖的部队，正是他儿子所在的这个连，更不知他儿子这个连，上级还给起了这么一个英雄的名字："钢铁连"。这场合，他这当老人家的该怎样乐才好呢？当他思考到钢铁连这个不平凡的名字的时候，接着就想到这个连队也不平凡，他沉眼望着儿子，似乎在问："你一个二十岁的孩子，凭你那一份本领，配当人家的指导员吗？"

儿子依然很沉着，他正在考虑：如何才能一针见血地叫父亲知道，上级怎样培养他？他为人民做了些什么？他领会了父亲的眼色之后，将手伸进小衣兜，摸出一块花纸片来。这是一张毕业证书。儿子让上级送到哈尔滨，在总部教导营整整学习了半年政治工作，今年五月才卒业回来。老人家心爱地端详着证书，以后又捏在手里不放,强说要带回家里,给祖上争个光。儿子只好答应了。儿子又伸手小衣兜,掏出个花闪闪的银牌子来。这是英雄指导员的光荣标记,彩色花纹里有毛主席的像,靠边还刻画着半圈子:毛泽东奖章。是十月初打过义县得的。儿子在这些东西面前,并没有说自己这好那好的,只是为让老父亲从这些上面了解他,并从他身上了解革命军队。老人家忽然变成个热心的贪事人了,看着奖章,眼热心热,追根究底,恨不能马快拿到家里叫乡亲们挨门看看。此时,他才信实了那片油印报上所写的事,他才明白自己的儿子出息了。

"民合,快戴出来! 光荣……"往下,老人家的声音就听不清了,只见他老眼泪糊,抽着鼻子,自言自语地叫了几声毛主席。门口有手电闪了闪,轻声走进个笑微微的人来。儿子挺直身子,立时打了个敬礼。老人家刚看着来人,儿子就作了介绍:

"政委,这是我父亲。"老人正拘束地穷于应付,政委先向老人家问安,并热心随便地拉些庄稼话。

政委原是来连上查铺的,因部队来了家属,责任感使他在此停留了好些时间。他安慰了老人以后,顺便问问连上的情形。这两天,连上正讨论时事,讨论打进关里,儿子一五一十向政委汇报各班排的发言,并归纳了几个问题。老人家在一旁听得怪有味,他听到个别战士还惦挂家庭,不乐意进关,心下有点不乐,遂多事地插了嘴:

"蒋介石的天下快完了,老部队一进关,就能配合关里军队把北平、天津震动下来。按理说,也该换个班了,关外人该上关里报恩了。"

儿子低着头,似乎不高兴父亲插嘴,但政委立时笑出声。

"老大爷,你乐意他进关吗?"政委刚说完,老人家就对答如流:

"咱们不是那贪妻恋子的人,看看他就放心了。再说,后方待咱们参军家属各方面优待,吃穿根本不困难,我这件皮袍还是农会上优待的。上级给我办个证件,我就回家。"老人家瞅了眼儿子,儿子正在暗暗发笑。

政委连连点头，夸他老人家脑筋进步。看看夜深了，政委为叫老人家早点休息，当即起身告辞，并约老人家明早去团部吃顿便饭。

第二天早上，老人家跟着警卫员到了团部。饭桌摆好，老人家席坐正面，团长政委陪两边，少不了让菜让饭，并给他介绍些儿子的英勇故事，工作能力，言行表现，都是些负责的言谈。老人家忽然明白解放军里真是上下一个心，就像一个大家庭似的。过去，他只听人家这样说过，这回是他亲眼看见了。高兴之余，老人家也说了几句心肠话：

"这全归上级栽培他，领导正确，凭他个孩子啥都干不成！他进关我挺放心，首长们见他有错误，不客气地给我管教他。为后咱们在北平天津会面，再来交换意见。"

本来老人家这天就想回家，政委他们热心挽留，老人家才答应多住一天。不想第二天一早，老人家被请到营部，营部教导员也来给老人家敬酒，劝饭。

老人家头次见面的那位年轻人——营的教导员，给老人家递去一份文据，这就是他急于拿到手的军属证。老人家细看过后，小心收了起来。

教导员又把一个卷着的纸筒儿递给老人家。老人家刚刚摊开，双手发了抖。他看着上面的彩色花边，关防大印，简直花了眼。怎么在那里又写了自己的名字？啊！看那两个大红周正字：喜报。是给申家送的。儿子呢？儿子的名字也在上面，那不是写得很清楚：贵子申民合为人民服务，在战斗中英勇顽强，经评定立三大功，……这不是跟前清年间，科举中状元一样名誉吗？

"老大爷，麻烦你把他带到区上。"教导员话还未了，老人家就抢说道：

"我把它拿家去，着大镜框镶起来。"教导员说声："老大爷，别急！"遂解释了老解放区里喜报到家的热闹劲：政府里请上吹手，敲锣打鼓地给军属送喜报，送花，送慰劳品；男女老乡开大会，扭着秧歌,给军属贺喜,一直贺到家门,全家、全区都光荣。

老人家乐呵呵的,不知说什么好,也不知把这东西搁那里好。这一天,老人家又被教导员他们挽留住了。

在部队这几天,连上工作很忙,战士们没有时间跟老人家谈家常,老人家这方面,也很想跟战士们见见面,因为他是钢铁连的家属,儿子又是钢铁连的干部,他老人家格外想看看战士们。再说,钢铁连不远日要打进关里立功劳去了,老人家在回家前,很想给这帮英俊的年轻人说几句欢送话。这天晚间,部队收操回来,就在巷口整好队。老人家在砰砰啪啪的掌声里,出现在大家面前。

老人家的精神挺大,嗓门也特别亮。不过,他身子单薄,又是上了岁数的人,好几次因为咳嗽中断了他的说话。他说他能当一个钢铁连的家属,是他最大的光荣。他向大家表示,他愿意自己的儿子入关,坚决消灭蒋介石,并嘱咐大家不要惦家,说后方待军属各方面优待,家小绝无困难,他的皮袍就是农会上优待的。以下,他说了一个理,说得很干脆,他差不多是在喊叫:

"现在是东北子弟跟关里的同志团结起来,帮助关里解放的时候,头三年,关里同志来关外,跑得两脚撩筋大泡,雪里来雨里去地打胜仗,为的那一个? 现在关外解放了,关里正需要人,这份恩情能不去报答? 不报能行吗? 我要是倒退三年,我也要在这个节骨眼上,参加咱们队伍,为人民发挥一份力! 咳,咳……"老人家吐了一口痰,结论似的说道:

"同志们打下北平,天津,我还想去关里的大世面看看你们,可要给为父母的老脸上争光呀!"

战士们听了他的话,频频鼓掌,因为他所希望于大家的,也是东北人民所希望于自家子弟的,这正是父母们的嘱咐,正是革命人民以恩报恩的好品格。

紧跟着,儿子在父亲讲完之后,几步穿到队前,当着年老的父亲,当着他的全体战友,表达了自己的决心。他说他是钢铁连的指导员,是东北人,他决不给东北人丢人,也决不给钢铁连抹灰,他愿

120

意领着大家一同入关，将后再一同回来，不打倒蒋介石，父母之仇报不了。往下说，他气愤昂昂地喊道：

"我一九四五年十一月三号参加咱们部队，四六年三月加入中国共产党。我父亲的话，就是人民给我的命令，我首先决心打进关里立功。三年来，我们在关里老同志的帮助下，解放了全东北。我又叫上级培养成指导员，现关里还受蒋介石的压迫，我一定要报答这份恩情！一定要报答这份恩情！"

他的话简直是宣誓，说得那样坚决有力。大家静静地听着，忽然行列里发出抽泣声，谁不是激动得眼热心跳？谁不想急于打进关，去报答这份恩情？只听老人家在一旁说：

"可真是，咱们钢铁连一个个人强马壮，打仗都不怕牺牲……我儿子也还像个铁塑的人。"

这场欢送话讲过之后，老人家当晚早睡觉，第二天早起身，炒菜，馒头装满肚子，就展开一块布片收拾包袱。内有喜报，军属证，儿子的毕业证书和照片，还有两份饼干，十万元路费，小小包袱里，完全是纪念品，一件比一件光荣，老人家越老越光荣。

送行的人挤了一满屋，儿子见父亲提着小包袱要起身，亲切地喊声爸爸，哗地打了个敬礼。满屋人也都立正致敬，老人家满脸欢笑，连连点头：

"同志们打到天津、北平、华北、华中、华南，身体都健康。到时候我去给大家贺功。"

老人家出了门，转入小巷，身后还跟着欢送的人。

"再见！申老大爷，路上保重。"

"再见！申老大爷，在北平，在天津……"

十一月于沈阳

选自《军中记事》，东北书店 1949 年

信

　　一位短粗黑胖的青年战士,跟着指导员走进连部。这战士不言不语,手提美式铁把子冲锋枪,在桌旁坐下,胸前那两颗一大一小的白银奖章,花闪闪明光净亮。指导员在文件包里翻了翻,取出一张立功喜报,也在桌旁坐下。"好吧,你说我来填。"指导员望他一眼,毛笔头在墨盒里打了个滚。三下五除二,这张喜报就填好了。

　　这战士收起喜报,愣瞪起眼坐着,一时在衣兜里摸一摸,一时又找纸片卷黄烟吸。最后,他抬眼看住指导员的金星笔,亲切地说:

　　"指导员,我想往家打封信,抽空再照个相,连喜报邮回家去。"

　　指导员知道对方不识字,这几句请示性质的说话,明摆着是想请他代劳写信,便顺势说了声:"我给你写。"拔下钢笔,装饱一皮蛋墨水,向对方玩笑似的发问道:

　　"是不是家庭观念来了?"

　　这战士举出几条写家信的理由,而后喊口号似的说:"我是共产党员,我决心永远跟着共产党走。"

　　指导员刚俯身桌上,对方已经把信纸掏出来了,递到指导员眼前。

　　"我的信指导员一定能写好,指导员联句联得好。"从这句简单真诚的话听来,这战士是非常相信指导员的。而后,这战士简单说了说信的内容,指导员嗯嗯点头,笔尖在纸片上运动起来。

　　屋里很静。这战士也俯身桌上,眼盯盯地跟着指导员的笔尖转动。他虽一字不识,可是从指导员那认真的神气上看来,他对指导

员所写的字句,是放心而满意的,每当指导员问他往下再写什么的时候,他只固执地说道:

"指导员看着办吧,我的信指导员一定能写好。"

这场合,指导员也就更加强了为战友们写家信的责任心,甚至连对方一时想不周全的事儿,他都能给他写上去。指导员很愿意把战友们的家信写长点。眼下,指导员替战友写家信,简直变成了为对方的父母做汇报,汇报自己的战友,从入伍以至今天各方面的表现。

指导员一连气写了个多钟头,老大一块信纸上,挤满了蓝色小字,因对方不识字,指导员便摆出宣读文件的姿势,一字一句念给他听。

究竟写了些什么呢?……信的开头,当然是什么以崇高的革命意志,向二老严肃地敬礼。以下,便是战役总结似的,把部队秋季攻势中所参加过的历次战斗,各次歼敌数字,缴获统计,像总部的战报似的写了上去。讲到战士自己,气魄就大了,他写道;

"……我师到了义县城下,我在义县战斗中,我打得敌人上不来,英勇顽强地坚守吴家小庙阵地最前沿,我自己那时本着共产党员的战斗意志,来完成了伟大的任务,战后经全连的评论,和上级的批准,我给人民立了三大功,我现在戴上毛泽东奖章了。在平时行军时,埋头苦干,不叫苦,从未掉过队,对同志团结帮助好。到沈阳后,儿又成为全团的模范同志,又戴了一个艰苦奋斗的小奖章。上级非常爱护我,提任我当班长,现在我手使美国的铁把子冲锋机,在全团开大会时,上级都叫我当主席和上台讲话,我的思想现在是更加努力,更加油地干工作,以回答上级对我的关心和爱护。"

这还不算,指导员生恐战友的父母得不到全面材料,便像军人登记表上的某些格式似的,补充写道:

"我参军以来,没跟同志闹过意见,没吵过,没犯过错误和纪律,没受过处分,我们班现有十三个同志,团结都很好。"

写到军队生活,指导员老实写道:

"到沈阳后,我们吃的是美国运给蒋介石的洋白面,又加上后方人民慰劳的猪肉,食菜上是油水顶大的。我身体现在很胖了,一直没生过病。请二老好好保重老年身体,希我哥很好生产,积极支援前线,这是儿的希望。"

信的末尾,差不多就是时事分析了。归终一句话,那就是信上写的:

"父母你们放心吧,我是光荣的中国共产党党员,我要永远跟着共产党走!"

祝二老跟兄长努力生产,支援前线!

儿 王凤江敬礼。

这一篇话语,是指导员想告诉战友们的家庭的,也是他的战友们想告诉自己父母的。指导员边念边征求意见,王凤江默声静听之后,就笑得合不上嘴,在地上跳了一下。

"指导员写得真好,这都是我的实事,他老人家看着,不高兴才怪哩!"说着,这战士抓起喜报和家信,三跑两跑地奔到了班里。

班里战士们正在收拾内务,见他扬起胳膊闯进来,一下就排成圈子围住他。王凤江大大方方地说:

"你们看着吧,这都是我的事实。"

战士们便抢去喜报跟家信,一堆一堆分班看着。

抢信的那位战士,昨晚刚来到班上,看着看着,他高兴地连笑带叫:

"这若是寄到后方,四班喇叭也吹不下来,不,不,得他八班喇叭吹……兴许政府还慰劳一口整猪呢!"他的话,句句反映着他在后方时所见到的真实情况。跟他一起来的几位新战友,也趁此凑了半天热闹。这一来,几位年轻的解放战士也被光荣心所刺激,其中一位戴勇敢奖章的小战士,就地跟王凤江比起功来。那战士说道:

"班长,我虽是人小,我要追上你。"

王凤江答道:"好好干! 你要不服劲,咱俩就比比看,你一大功,我四大功,你往上撵我!"

"我也往上攥你!"

"班长!我也不服劲,我也攥你!"一时,屋子里七嘴八舌,全班人从比功转到争功,从立功说到光荣,又从光荣说到打入平津,真是一个赛一个,一个个都想进关立功。

第二天,王凤江原想去照相馆照相的,不想全师正在这天开祝捷大会,他被推举为大会主席团之一,在军乐声中,他稳步走出队列,跟师首长坐在一起。参加了大会的主席团,他觉得万双眼睛注意他,万双手为他鼓掌,各界代表也都是为他来祝贺胜利,来献旗,来扭秧歌,止不住心跳眼热,感动得浑身打抖。至于他的战友们,都在台下羡慕他的光荣,口讲手指地不断议论他,探着脖子瞅他。加上钢铁连在这天又得了纵队的漂亮奖旗,散会到家后,战士们一直议论纷纷,议论王凤江,议论新奖旗,议论……房东老乡们也参加了这场热闹。

王凤江又一次走到连部,他想叫指导员把今天的事也写在家信上,但是,话一出口,意思完全变了:

"指导员,你是东北人,我也是东北人,你戴了毛泽东奖章,我也戴了毛泽东奖章,我敢跟你挑战,跟全连挑战,条件是行军走路不掉队,再就是战场立功,好不好?"

指导员马快说了个好,王凤江又说:

"我的信也可给大家公开念,叫大家也光荣光荣,赶照好相再邮走。"

一九四八年十二月于沈阳

选自《军中记事》,东北书店 1949 年

英雄的父亲

春暖化雪的日子,部队从江南回来了。一封封平安家信,很快又传递到深远散落的农村,落到军属们手里。

战士们的家信,惯常是简单扼要的,就像在一片白纸上拟了几条富于战斗性的标语,或者是他在哪次战斗中的缴获数字,至于他自己呢,那就是身体粗壮,工作顺利,充满年轻的革命乐观主义者的气概。家属们拿上这些信,到处背诵着,这些信也往往像群众会上受到热烈拥护的口号一样,立时就会在全屯引起议论和骚动。于是,老大娘扭着小脚笑扁了嘴,小媳妇低头红脸地偷着笑,老汉们则摸着胡子,点着头,给战士们编造许多神秘英勇的故事,传播在每一个人的耳朵里,军属们自然是心满意乐,喜笑颜开的。

胜利屯里只有张老汉一个人不好受,别人家的孩子都往家里捎信,就是他的孩子没有写回信来。

"张大爷,德志哥在队伍上好吧?"

"大叔,你给德志哥打个信吧,不晓他在队伍上变成个啥样儿了。"

张老汉最怕人们这样问他,这些话,常使老人家苍老的脸上感到热辣辣的,不知是痛呢,痒呢,还是臊呢,各种味儿都有。

"德志哪!"张老汉一个人闷在屋里,近乎回想地说,好像他面前就站的是儿子,他这位做父亲的正在给儿子讲说什么老年人的心事呢。

"德志哪!"张老汉从胡子底下吹出一口气来。"你走的时候我吩咐你什么来?你给你老子也争口气!我说,现下房子也有了,地也有了,还差什么呢?还差个名誉。人过留名,雁过留声,人家年轻人都能有个名誉,你也不要枉活这一辈子。你倒也听话,就到乡政府报了名,参了军。乡亲们请了吹手,扭起秧歌,村长给你拉马护镫,妇女会给你唱歌献花。参军光荣!给乡亲们立功!又喊又闹,连你爹也给乡亲们高抬了!不管怎么说吧,好赖你也升了个班长,给家里捎了个口信,乡亲们也都知道了。可是你呀,这又快半年天气了,你一个字也没有写回来,到底儿你是怎的啦?敢是做下对不住乡亲们的事了?哎呀!就是你独个儿心里没有长牙!……”

这天起,张老汉就怀了个心事,他也不见乡亲们,也不到乡上打听儿子的什么。只要你是有心人,就会给爹捎信来:他抱着这个主意等了好几天,实在坐不住了,就到屯边大路口上转一转。

“同志!你认识我那德志吧?”遇着穿军衣的人来往,他就这么样跟人家打听。

“同志!你给他带个话,叫他好好儿干!”

军人们摆摆手走了,表示不知道的样子,他老人家还在后面添凑这么一句。

张老汉打听到部队离这儿不太远,现下也还不到耕种时候,自家到队上找找他去,看看他出蜕成啥模样了,也还值得。主意既定,老汉就换上青布棉袍,靰鞡鞋里添絮了些苞米叶子。因为他岁数大,比起连上年轻的军人来,他还是老一辈的人物,空手去不大好看,随手就挟了一捆烟叶,装在布袋里,走亲戚似的出发了。

遍处是黑油油水汪汪的田地,杨柳树都抽出油条,小丫头们在荒草岗上拔什么婆婆丁,老牛舌,眼看就临近耕地的日子。他的脚步很快,也不管满路泥水,又湿又滑,总想早去早回来,拿心侍弄家里分到的那一片地。几年来,他因为年老力衰,还没有出过远门,这阵儿,他的神气比年轻人也差不了多少,走起来就是大步流星,没有休息。头天走八十,第二天紧赶了一天,当晚就在队伍上像亲人似的受到招待。

这是一个很窄巴的小屯子,看样儿住一个连队也就够挤了,可是指导员特意给老人家腾出半个火炕,让自己睡在地下的谷草上。战士们的被服本来就够单薄,可是各排都纷纷送来大衣,强制老人家盖了一大堆,老人家急得直往一边躲。

"哎哟!同志们,我又不是着了凉,这要发滚身汗啦!"

"老大爷,你累啦,黑夜凉气大,哈哈……"战士们一件也不往回拿,宁愿意大伙挤紧点睡。

从张老汉一来连上,指导员心里就压了一块石板。他尽管大爷长大爷短地跟老人家问长问短,单就是有一桩事他提也不提。张大爷呢,老人家走了长路,腰酸腿痛,吃饱睡好是头一件大事,他也不急于马上就喊来自己的孩子看看。他现在是在部队上做客,一些事还得在心里有个层次,沉着点气,好叫人看着他这老一辈子的人,亲自劝子参军的人,到底儿还是看得开公私,分得开轻重的。

"指导员,这回又抓得中央不少吧?好哇,给我也报一份仇!"

"老大爷,咱们连上抓了二百多活的,还得了一批枪炮,小意思,哈哈,大胜利还在以后呢。"

"同志们都立下大功啦!我常说,年轻人都是好样儿的,一个赛似一个啦……"

"立功的倒不少,可是,唉……可是……"

于是,谈话就这样僵住啦。指导员的声调有点悲伤,眼睛沉沉地看着老人家,老人家也没当回事,就着灯火抽着一袋烟,疲劳地歪着头,连连打了几个呵欠。

吃过饭,喝了几碗茶,通信员催老汉烫了烫脚,给老汉用钢针穿破脚掌上的水泡,就安身老人家休息。班排上给老人家送来铺盖,又派代表慰问老人家时候,指导员把他们善意地劝走了。这是为得使老人家得到足够的睡眠,还是有什么别的原因呢?

营部通信员赶夜来了。小胖子气喘喘地带来营上的信,和一些猪肉、鸡蛋,还有几斤白面。信上写得清楚:请你好好照顾军属老汉,不要引起老大爷过分的伤心。这封信,这些东西,给指导员心里那块石板压得更沉更结实了。他看看睡着的老人家，正在香甜甜地打呼噜，不由得对他起了一种怜爱的感受。大爷呀！你已经是失掉儿子的人了，你对革命是有功的人！可是，我们不能填补你的损失，这是革命问题呀！他替老人家担负着悲痛，长时间望着黄黄的灯火不发一言。忽然，他抓起红皮挂包，从那里拣出一封待发出的白皮信。这是一封家属通知书，那些在火线上出生入死的烈士们的名字被写在上面，他们能告诉家属们的，不过是他的儿子、她的丈夫，英勇顽强，在战斗中为人民事业光荣牺牲了，全体指战员悲痛万分，并为家属们致哀一类话语。在革命战争中，这是最普通最光荣的事，革命的美丽花朵，正是鲜血培植起来的！他如果把这信早发几天，那他的心会比现在轻快许多，一定在家属们抱着信痛哭的时候，会在多少乡亲们心中燃起复仇之火。只因这是一位烈士英雄，需要寄发家属们的东西，不光是这封通知书，还有别的更宝贵的东西呢。这东西会使家属们变得更坚强，更光耀，更会很好地生活下去。现在家属们自己先来了，看他那年轻活泼的孩子来了，这使他又一次悲痛地记起他的战友们，记起他们在激烈战斗中英勇地光荣地牺牲了，在敌人面前始终不屈地倒下了。这个不可免的事，同样在人们心里引起不可免的悲痛，这悲痛就是以后的勇敢和顽强，就是向敌人复仇！但是，他对他面前的老人家该怎样说呢？说的语气，时间，话的分量，都需要他斟酌。他把白皮信捏在手里，看了又看，他想即时把老人家喊醒，把信交给他。

"看，老大爷，德志同志牺牲了。"可是他没有这么做，还是把信装进挂包里去了。

这夜，营团指挥所的电话铃，丁零丁零响了好几次。头一次，团主任叫营上给老人家领来些肉面，这已经送到连上了。第二次，电铃又响了，教导员从被窝伸出手，把耳机抓在耳朵上。

"喂，喂，嗯……已经上师部领去啦？嗯，什么？谁来呀？"

耳机里一下没有了声音，只听见刚才这个熟悉的口音，又跟别一个地方通了话，他听不清说些什么，就把耳机挂起来。

这时候，团部通信员正骑了快马，从师里回来。他领回来一个纸卷和纸包——精印深蓝色图案的烈士功劳状，和一颗五彩辉丽的总部英雄奖章。主任把这些荣誉和忠实的结晶，珍爱地放在文件箱里，又一次抓住电话机的把手直摇。

"喂，喂。"营教导员第三次又拿起耳机来。"什么？嗯，嗯。你明天来？嗯，好的。"

于是，指导员这里又收到营部的一封信，时间正好是夜十二点。指导员张开睡眼，就着灯把信看了一过，疲困和烦躁都被一扫而散，他心里轻快了。他对于张德志的牺牲，并不看作是一个家庭的事，这是全部队的一个张德志，全部队为他的死哀痛，永远地纪念他。张老汉，也正是许许多多把儿子贡献给革命的，我们战士们的一个家属，部队里为他担负着的悲痛，也是深刻而沉重的。他失掉了儿子，战士们失掉了亲爱的战友，可是他牺牲得名誉，牺牲得有价值，人们反而比他活着的时候更爱他，更尊敬他。明天，主任要来了，他要代表几千个人跟老汉说话，这比他的话要有力得多，效验得多！还有什么呢？……指导员渐渐入睡了。

天色朦朦糊糊，似亮非亮，张老汉蒙在被窝里被什么声音吵醒了。他翻了个身，屋里清清静静，没有一个人，四外是一片壮年人的呼叫欢笑，还夹杂着跑步，跳脚，和些刀枪的哗啦声。他舒坦地睡了一夜，浑身筋骨也松快了，一撩衣被，里面还热气腾腾，温温暖暖，多少年来这样舒服的睡觉，还是少有的一次。他穿好衣服，外面热闹的声音牵动着他的心，他一个人走了出来。

小小屯子的新鲜景象，清清利利摆在他眼前，昨晚来的时候他还没有分明看见呢。他住的这座院门口，高高地飘摆着一面丹红色的锦旗，另一处院门口也挂着一面比较小些的，这些旗在沿街疏疏的杨柳枝桠间，显得格外动人。

哨兵面对着老人家，脚后跟咔地一碰，来了一个敬爱的持枪礼。老大爷来不及招架，连连给他点头，年轻的哨兵笑了。

"同志哪！嗨，这面旗是谁给挂上的？"

"这是我们连上得的，打仗立了功，师里奖给的。"哨兵的声音自信而满足。

"你看，那一面又是怎么回事？"老大爷扬了扬手臂，翘起胡子又问。

"也是奖给的，哈哈，"哨兵扑哧一下笑红了脸。"这是咱们一排的光荣，老大爷，明白吗？"

老大爷点点头，转身就走。他忽而感觉到那面小些的红旗，也是奖给他的。他孩子就是一排二班长，二班长定规也有一份儿，他是二班长的爹，他也跟着他沾光。这时，他大胆地对孩子下了个断语：他真的争下名誉啦，没有给家里丢人败气，孩子还不赖，一些离家时候对孩子的推断，慢慢地给挤出了脑外，他好像已经转回了家，遇着了乡亲们。"看，德志那孩子还得了一面旗，这比给我捎十回信还好哩！做大人的盼他个什么呢，这也就够好了。"于是，乡亲们都羡慕他，都拿出儿子的家信，噘起嘴，发出了不满足的议论。"鬼个信！你也没有得面旗，这有啥味儿呢！人家张大爷才是光荣军属哪！"接着，家属们便央求会写字的人，他口说，让他照着写，叫儿子给家里争回名誉来，不然乡亲们对家里的照顾和关心，都给枉费了心，甚至还决然给儿子写道，你不争个好名誉，就别往家里写信！这样，张老汉便成了众口夸说的好老汉，他在屯里被光荣和尊敬包围着，快快活活地过着日子。

"哈哈，才三十五米，看我的！"

"我要来四十米！不是吹的！注意啦！"

嗖！嗖！扑拉！"三十八米！"

嗖！嗖！扑拉！"三十七米！"

张老汉一抬眼，这是在一个打扫得干净光滑的大院里，许多战士光着臂膊，头上冒着热汗，正在抢着，嚷着，投掷着木制手榴弹。街道边还散着几个战士，把枪架在树条支起的三脚架上，对着墙上涂抹的红点儿瞄来瞄去，一句话也顾不得说。一下，街那头又像打锣鼓似的敲起铜盆和洋油桶来，一些战士在这些声响里，弯了腰，端了枪,跑几步卧下,跑几步卧下,冲啊,杀啊地呼喊着。张老汉起先心里发跳,以为出了什么乱子,一想,才断定是部队在打野外。他望着这些跳动着的人群,左瞅右瞅,一个一个地端详着他们的脸儿,有什么事放不下心来似的,直然在街口站定,惶惶惑惑地思考起来,德志呢?跑哪儿去啦?敢是我眼花了吗?

"老大爷,靠边点,看撞着你!"一位高大黑胖的战士,轻轻提醒着老人家。他后面正跑着一行行战士,连刚才投手榴弹的那群人也都来了,他们一直往村口涌动着。

"同志,你是谁呀?"张老汉抓住黑胖子的手不舍得放开。

"大爷,我是二班长。我们打野外去呀!"说着,黑胖子抽手就跑,追赶着部队。

张老汉的心好像叫什么东西猛然抓了一下。是他听错了,还是他说错了?德志不是二班长吗,怎么二班长是他呀?他想追上去重问一下,可是已经来不及了。还在刚才过队伍的时候,他也没有把眼光离开战士们的脸上,他就是没有找着德志,这件事他一直没有理解开,反而越弄越摸不着头脑,他的惶惑和烦闷,更深一步地抓撕着他的心。这到底是怎么一回事?他自己是无从解答的。

"张大爷!起这么早干吗?你老人家真……"指导员活泼亲昵的声调,给他老人家愁呆呆的眼光怔住了。年轻的指导员,不由地也以同样的眼光看着他,话音抖抖颤颤地说:

"跟我来吧,大爷!……你老人家别难过吧!"

一种不祥的预感,紧压着张老汉,他见指导员低着头走,他也默默地紧跟着他。

这是屯外大路边的一个小小的荒草滩,滩上直竖着深灰色的尖塔。在杨柳遮罩里,在烟色的浓雾里,尖塔挺立在重重云雾里,似隐似现,可望而不可即,充满庄严雄大的气势。

他两人肃静地走向塔前,身影浸没在晨雾里。这是什么地场呀,我的天!张老汉惊愕地凝望着,一声不响地凝望着。

的确,这是一个新天地,张大爷生平还是头一次看见它。那深灰色的塔，像一个大扎枪头子似的直穿上去，上面还密密地刻画着公正的靛蓝色的小楷字，雾气把它浸湿得润泽明静，一丝灰尘不沾。塔下是几排花圈，白蓝相间的花朵上，亮晶晶地闪动着露水珠，这花就像从湿润的草地上刚才开放。至于那些荒草丛下，不也是早伸出尖尖的茸茸的绿芽了吗？这是多么年青活鲜的地场啊！

他俩人静默了许久，指导员才讲解了这座塔的由来，和它的全部修建过程。

"张大爷，这位就是德志同志。"最后，指导员才指着塔上第一行靛蓝色小楷字，沉痛而兴奋地说。他怕张大爷对他坦白的言语引起过深的刺激，但也顾不了他老人家此时的心绪如何沉痛，一连气诉说了他儿子在激烈战斗中的超等功劳。为了纪念他，师里给一排发了一面旗，而且把一排二班授名德志班。至于这座烈士纪念塔，也是部队在最近赶工修起来的。他儿子正是烈士英雄，名字列为塔上第一名，这样的荣誉，是万代千秋不会被人遗忘的。他这样说，是想安慰这位年高的军属，好让这些光荣真实的故事，扫散他老人家的满身愁云。他的言语，像是对塔上的烈士们的誓词，生者死者都会从这里找到满足的微笑的。

他身旁的张大爷，静静地望着尖塔，这些话像铁锤子一样打击着他的心——他是孤老汉了。他是失掉儿子的人了。他再也看不到他年轻的脸儿，听他爽利的话语了。昨天，他还有说有笑，在他脑子里活现着，这时，仅仅由于指导员的一句话，儿子已经不再活着了，永远安息在黄土里了，他真该伤心痛哭啊！可是，张老汉对眼泪是非常吝惜的，它就是不往出流，号吧，他也号不出来。

孩子，你死得好！死得名誉！爹就盼着你这样活，这样死！你没有给我丢人，也没有给乡亲们丢人！你的名字留在大路边，留在塔文上，过往行人都会看见你，都会从你身上认得你父亲，想不到做了一辈子牛马的穷小子，也还有咱们出头露面的这一天！你妈是怎么死的？穷死饿死，骨头棒子包了一片破席，找不到地方埋，失落了。你哥是怎么死的？出劳工，压死在煤窑里，落得尸首也不知道撂在那里了。就是你死得值当,死得有名,爹舍得你! 爹会尽这条老命干你这份差事! 你等着吧,爹会给你复仇的……

他不识字,发烧的眼睛凑近指导员指点的那行小字,看了又看。他看着那一行新崭崭的楷字,就像看见了儿子,他当他还活着。

雾气在阳光里淡薄起来,暖阳的金色光芒花纹般地织在尖塔上,给塔上的字镀上了金箔,越看越闪光,无数白蓝色花朵也格外鲜嫩,塔前的他两人也渐渐恢复了镇静,现在,这儿一切是清醒的,健康的,富于生长力的。

不知过了多少时间,指导员和张老汉又出现在一排宽大的房间里。

斜阳顺窗玻璃射进屋里,战士们在耀眼的光线里谈笑,吸烟,又像在漫谈,又像是非正式的集会。

"大家注意啦,肃静点。"指导员两手摆一摆,把张老汉让在地当中,"这是咱们二班长张德志的爹,英雄的父亲。"

张大爷露出慈和的笑容,给大家点了点头,然后就捧起一布袋烟叶来。"张大爷硬要慰劳大家这个,我说不收也不行。"指导员补叙了一句,就把布袋递给左臂上缠红布条的值星排长。

屋里是不间歇的掌声,咳嗽声,张大爷刚刚摘掉皮帽,屋里就没有声息了。多少双眼都在尊敬地瞅着他,有人还用指头点他。

"大家同志,咳,咳。"张大爷开始说话了。他的声音有点发抖,话语里满含着豪爽和愤慨。

"我儿德志,原先二班的班长,他死得名誉,死得好,我不难过。我问候同志们个好,咳,咳……"

一位浓眉黑眼的青年战士,他伸出胳膊直晃,气呼呼的像在喊口号:

"我们后方的家里,房子有了,地也有了,德志班长是为咱穷人的江山牺牲了的,咱不给他报仇,谁给他报仇?!"

"对呀!"另一个战士呼隆一下蹦起来,他看着大家说:

"咱们是才来的,老同志给咱们争下了光荣,咱们要保持住光荣！坚决给张大爷报仇！"

这当儿，好像还有人气昂昂地说了许多话，可是张大爷似乎是没有听见。他在这群青年人面前站着，心却早跑到别处去了。他看见戴船形帽的猴子兵，张牙咧嘴硬要往山上爬，他们要来山这面香喷喷嫩淋淋的果木园里抢桃儿吃，这时，猛然有一个人就在山顶上把他们打倒一大片，以后，他们成群结伙一次一次又来，那个人就倒下了。他正要分辨倒下去的是不是德志，紧接着，身后呼隆呼隆，小老虎似的扑上来数不清的队伍，把猴子兵吃掉了，他高兴地站在山顶上，正想跟着小老虎们奔下去，忽然谁们来撞了他一下。

"张大爷，你还认得我吧。"一位高大战士走近张老汉，他一手持着红旗，一手握住老人家的手。

张老汉看出是那位黑胖子，而且是他顶替了他儿子的职务，便对他格外亲昵地笑了笑。"张大爷，我们全班要为德志同志报仇，还要保住排上这面光荣旗。"说着，黑胖子把那面旗随手展开晃了晃，他后面立时爆发出来掌声来。

之后，屋里是这样静，人们都用光亮的眼睛望着张大爷。这是最严肃的尊敬，这是高尚的爱，这是众人的心在默默地赞美他。可是张大爷，他也不慌不忙，平平悠悠地转圈看了看，又一次抓住黑胖子的手，紧紧不放，激动地说不出话来。

"张大爷，"指导员从旁边走过来。"你看见我们就当是看见德志一样，我们一定为你报仇，为德志报仇。"

"我，我也……我还行，我不老。"张大爷看着指导员，抖动着他的胡子。

院里咔嘚咔嘚传来一阵马蹄声，顺门闯进来一位矮胖年幼的警卫员，他劈头给指导员敬个礼。

"报告，主任来啦，叫你同他去呢。"他把嘴向张老汉翘了翘。

张老汉难舍地离开战士们，被指导员领着出来，对面是匹桦皮马，衣帽整齐的一位瘦脸人，笑微微地牵着马缰，迎着他。他就是主任？我来这儿才一天，主任怎么知道的？主任还知道我的名字？……

张老汉正在走着想，指导员已经把他介绍给主任。主任热情地握着张老汉的手，几个人一并走入连部，于是，重要的谈话开始了。

主任的言语是非常慎重的，他一字一句，慢慢地谈说着，他的每一句话，给张大爷带来真诚的安慰，他要叫老人家把心放宽点，他要叫老人家从孩子的牺牲里，看出孩子永远不会死去的意义，他要叫老人家把悲愁和眼泪，变为光荣的复仇的力量。张大爷默声听着，点着头，这些，他都有了，他正是这样做了的。

忽而有什么东西在他眼前闪闪烁烁地放出彩光来。他抬起头，被什么力量，催促着，他站起来了。

"张大爷，德志同志为人民立了功，你老人家也光荣。"主任望着手掌心那颗放射异彩的物件，他说出多少人想跟他说的话来，张老汉在这个场合，无形也感到自己是处在人海的包围之中，多少只手同情地挽着他，多少双目光，敬爱地望着他，他受到最高的荣誉，他受到人们的无限尊敬。

"老大爷，你把它收下吧，这是你永远的光荣！"张老汉以激烈的发抖的手，抚摸着这颗宝石似的彩亮的奖章，老眼里立时糊满了泪水。"我，我不回去了！我也参军，我要给儿子报仇！"

选自《东北日报》，1947 年 12 月 23 日

战　友

　　新战士周凤桐，个子不高年纪小，记性好，人都叫他小周。小周在家给人家放猪、放马，扛半拉活，又打杂，一小没有父母，亲人就一个叔父。头年，他家分一坰地，小周就不乐意当小打啦，情愿"参加"。一到三连，他就跟班副赵俊廷编一个组。班副问他会擦枪不，他说不会。班副把小周的枪卸开，说："我擦，你瞅着。怎么卸，怎么上，记住！下回你好擦。"小周在跟前瞅着，班副上一件，他瞅一件，都记住啦。班副问他会压子弹不，小周说不会。班副说"我告诉你。"拿起枪就压，压上又掏出来。小周在跟前瞅着，记住啦。班副问他会打枪不，小周说怎么不会，推上子弹一搂火就响啦。班副说："会打可得瞄着打呢，不瞄你往天上打吗？"小周不哼了。班副问他会打手榴弹不，小周说不会。班副说："我告诉你。铁盖拧开，铁圈挂小指上，一撇就响。"小周记住啦。以后，班副教小周瞄准。班副画上靶，瞄完叫小周看。再把枪一活动，叫小周瞄，小周一瞄就歪，班副给他正过来，完了再叫他瞄。班副教小周瞄三角，小周一瞄，瞄不一块去，班副又教他。班副教小周刺枪，小周在屋先学迈步叉腰。班副拿起枪先刺，小周在跟前瞅着。小周刺不好，班副正他的腿、胳膊和手。班副说："咱们演习三三制战术。"小周不懂，摇头。班副搞铅笔在纸上画圆圈，说："这是你，这是我，你走这儿住下，我再走。"小周不懂，糊涂啦。班副抓把豆粒在炕上摆，这豆粒送那儿，那个豆粒送这儿，送完了说："送这是前三角，送那是后三角。"小周心里亮堂了，这回记住啦。班副见小周不认字，问他学字不，小周说学。班副就拿报纸，拿"十大公约"本，一天教他五个字,两个月时间,班副每天教,小周每天学,越学越爱学,什么都会了。小周感觉班副比亲哥哥还亲。

那天,日头一落,部队在门口站队。班副把小周招呼一边,说:"今黑打仗,咱们是突击班,你害怕不?"小周说:"害怕啥?战术都学好啦,枪会打了,手榴弹也会放了,我跟着你怕啥呢?"班副说:"你不怕,跟着我就行。"

走到耿家窝棚屯东,对面枪打得厉害,电光火嗤嗤地乱飞,部队趴下。

小周侧卧着一趴,背着的菜盒子窜到头上去。小周扭头问:"班副,菜盒子老往前面跑,怎么办?"班副说:"解下来,背着,紧点结子。"小周解下来,另外背上。

对面打来个照明弹,照得地通亮。小周看着屯子挺齐整,想站起看看。刚一跪起,班副扒拉他一下,说:"快趴下,看电光火打着你。"小周赶快趴下啦。班副跟小周趴一起,在地上画三个小地堡,小声说:"这是咱们突击班,一组拿这个,二组拿这个,咱们拿这个。拿下时候不要动,坚决守!"小周说:"我也坚决守。"

部队往前运动啦。班副说:"看住头里那组,别失掉联系。"小周说:"看住啦。"运动一会又回来了。小周问:"怎么咱不打呢?"班副说:"不要着忙,布置火力呢,上级说不要犯急性病。"小周往身后一摸,手榴弹拿不出来,就问班副:"大衣穿外头不行,手榴弹拿不出来。穿里头行吗?"班副说:"行啊,赶快穿。"小周脱下大衣,解开子弹袋,摘下手榴弹,又穿上大衣。"班副,子弹袋那钮儿解不开!"班副说:"你隔一个解一个,要不丢子弹呢。"部队往前运动,对面子溜子嗤嗤乱飞。小周说:"我打枪吧?"班副说:"没命令不准打。"部队又转回来,趴在大炮后沿。小周说:"怎么又回来啦!又不打啦!不给咱任务是怎么的?"班副说:"你没看着调炮吗?"小周说:"咱在这边,炮在那边,有啥关系?"班副说:"冲锋道路选不好不行!"小周知道了,不作声啦。

突击班又一人领一挂三颗手榴弹,小周连班副的背上,班副有冲锋式,怕他带不了。突击班运动到前面趴下,小周一点不困,想起冲锋。问班副:"上刺刀行吗?"班副说:"行是行,怕你拿不动。"小周说:"拿动了。"就上好刺刀。小周又问:"手榴弹盖拧下行吗?"班副说:"行,行,怕给挂响了呢。"小周说:"我给那铁圈咬扁塞住啦,挂不响。"小周柠开手榴弹盖,又问班副:"揣大衣兜一挂行吗?"班副说:"行,怕你揣不住,不丢了吗!"小周说:"大衣兜很深,丢不了。"班副问:"你冻脚不?"小周说:"不冻。"寻思:你也没有靰鞡,我也没有,现穿不赶趟啦。班副说:"你尽胡扯,还有不冻脚的。我穿棉鞋还冻脚,你穿夹鞋能不冻吗?"小周故意说:"你棉鞋可湿,我夹鞋可不湿呢。"

走到秫秸垛跟前,停止了。小周看着前面房子很近,一溜黑,问班副:"不是在这冲锋吗?"班副说:"在这冲。一会冲锋你可跟上。"小周说:"跟上了。"班副说:"你跟着我呀!我这冲锋式子弹打完,你给我压梭子。"小周说:"能给你压,我压得还快。"班副说:"你尽胡说,我有劲还压不快,你能快吗?"小周说:"急眼就能压快啦。"

炸药组上去了。班副说:"准备冲锋,你跟上头里那个,三角队形摆好。"小周说:"跟上了。"前面轰的一声,炸得烟很大,乌黑一团。班副一说冲,小周就上旁边摆队形。班副说:"不行,摆不了啦,交叉火力正打着,各个前进吧。"小周说:"你等会,我先跑。"就弯腰穿着跑,跑到缺口停下。一回头,看见班副,小周问:"不是教你等会跑,怎么你跟上来啦?"班副说:"你不用管我,我好看着你。"

进缺口了,院里敌人乱跑,墙角炮楼敌人往屋里打抢,子溜子嗖嗖的。班副小声说:"小周,快下!"小周赶快蹦下窗台,贴墙站着。一个敌人正往儿跑,小周一摆手,不叫班副下来,班副就站在屋里打冲锋式。看看敌人跑近了,小周端着枪一跳脚,喊道:"缴枪!"敌人愣住了。小周一枪打着他。那家伙哎哟一声,乍着胳膊往小周跟前扑,小周说:"你这么顽强吗!"就一闪身,闪到一边,那家伙扑空窝倒门后啦。小周问:"子弹袋解下来不?"班副说:"不用解,等会再说,快往前运动。"小周说:"走!我跟上你。"

跑到西下屋门口,班副站在左边说:"你站那边。"小周就站在门右边。班副在那里打冲锋式,喊口号啦:缴枪不杀!优待俘虏!屋里不作声。班副说:"打手榴弹!"小周抓住手榴弹说:"我打。"打头一个,里头没有动静。班副说:"再打!"小周又打一个。屋里招呼:"别打啦!缴枪。"班副说:"快出来!"小周端刺刀说:"一个一个拍巴掌出来!"出来四个人。小周找不到路,班副说:"小周,我送俘虏,你看住那个炮楼,别让他出来!"小周说:"看住了。"就往炮楼那儿跑。班副招呼:"小周,别往那儿跑。"小周就转回来。班副告诉他:"你身子贴墙,眼睛往那瞅,看着他别跑了就行。"小周就赶快贴墙站着,往那儿瞅。

班副回转,跟小周说:"咱俩拿那个炮楼去。我上那边跑,你上这边跑;我站那边,你站这边。看我怎么跑你也怎么跑。"小周点头说:"是。"

小周看见班副弯腰穿过去啦,他也弯腰穿过去。炮楼敌人朝外打枪,打得高,打不着他俩。班副从门里打冲锋式,小周从门里打手榴弹,楼子上枪也不打啦,下边也没有动静啦。班副说:"算解决啦,咱们俩可不能搜索!"小周说:"怎么不能搜索呢?"班副说:"咱俩不能进去,要是外边来敌人堵住门口不糟了嘛!咱们在外头守着。"

部队向东院发展啦。班副说:"小周,咱俩在头里,你跟上!"小周一拍大腿,说:"你走吧,我要不牺牲,决意跟上你!"班副一笑,说:"跟上我好!"两人就跑了。跑到东下屋,班副站门北,小周自动站门南。班副往里打冲锋式,小周跟着也打枪。班副招呼:"缴枪不杀,优待俘虏!"屋里不作声。班副说:"打手榴弹!"小周抓出手榴弹说:"我打。"咔咔几下,八个敌人乍着手缴枪啦。班副说:"我送俘虏去,你看着东南那个炮楼子,别叫他跑了。"小周说:"看住了。你走吧,快回来!"班副一走,小周就在墙角,隐蔽着身体看炮楼。

顺炮楼跑出个敌人,弯着腰提着冲锋式上北跑,个子矮实,跑得很快。小周端好枪看住他，一跳脚就喊："缴枪！"对面说："是连部的。"小周问："你他妈哪个连部的？"他说："我是五连连部小白。"小周喊："他妈小白，小黑也得缴枪！快点！"他过来啦，瞅小周。小周寻思：我着刺刀扎你，你穿得很厚，我跑得挺累，怕扎不进去，我拿刺刀砍你！就扬起枪，照他拿枪的胳膊砍下去，小白哎哟一声，没有扔枪。小周喊："枪给我扔下！"枪就扔下啦。小周喊："把梭子给我！"梭子就摘下啦。班副一回来，小周说："我把小白抓住啦。"班副说："我送去，你还在这看着。"

小周贴墙根看着，炮楼又出来两个敌人。小周寻思：这回得趁早儿打啦，不能像小白那么好抓啦。轮起冲锋式就打，把敌人打回去啦。小周听见班副在西院招呼缴枪，招呼几声就听见打枪，寻思他把敌人抓住啦。待一会，班副还没有来，小周心里发急，就贴墙根招呼："班副，班副！"招呼几声，他也没作声。小周又招呼："班副，班副！"这时，西边有人说："班副挂彩啦！"小周往西一看，一个人在地上躺着，就不招呼啦。小周急忙告诉排副，炮楼还有敌人，排副就把炮楼拿下来啦。

小周提着枪跑到班副跟前，弯腰瞅着他，大声招呼："班副！班副！你挂彩打哪儿啦？"班副不作声。天气黑麻糊眼的，小周也看不清楚他的脸儿，又招呼几声，班副还没有作声。小周用手摸了摸他的头，滚热，尽汗。寻思：这是挂花疼出汗啦。小周一下蹲在他跟前，解开他的钮儿，伸手摸一摸他的胸脯，热火的，还跳呢，摸了一手血。寻思：这是挂重花打蒙了。小周趴他脸跟前，摸着他的头又喊："班副！班副！"一声比一声大。班副挺长地哼了一声，小周吓了一跳。寻思：这一定是挂重花打蒙啦。又伸手摸了摸他的胸脯，不跳啦。小周心里说：这是把你冻的，我背你回屋去。小周又背着枪站起来，扶他的肩膀，挺沉，没有扶动，就叫了一个人和他抬。那人抬他的腿，小周扯住大衣抬他肩膀，一筛一筛地走，直打晃。一边走一边招呼："班副！班副！班副！……"

抬进屋来，小周还班副班副地招呼。屋里有灯，二连几个同志问小周:"你几连的?"小周说:"三连的。"二连同志说:"你真二虎,傻了似的,那不牺牲了吗,你还招呼他干啥!"小周一听,又看看班副,班副搭拉着头。寻思:我就是不信服你牺牲!就把班副放在外屋,赶快上里屋搜索。

小周找着个电棒,一捏就着了,铮亮铮亮的。心里说:班副,我捏着灯再瞅瞅你。一瞅,他脸铁青啦。寻思:班副牺牲啦。就气呼呼地说:"这不是国民党打的吗!"又寻思:班副没有牺牲,这是电棒照的不是色啦。自个嘟嘟哝哝地说:"班副,咱俩拿了一个炮楼子,还没有搜索,我得去看看有枪没有。"说着就走出屋子。小周一边走,一边寻思:班副,你没有死!这都是你教给我打枪,瞄谁,放手榴弹啦,队形啦,要不然我能会打吗?

小周贴炮楼墙站着,用电棒往里照。一看,有人爬着,这一个,那一个,细瞅,看着血啦,都叫打挂花啦。小周走进去,抓起一挺机枪,很乐和。一看,梭子没有多少,就捏着电棒找梭子。以后,他手提机枪,跑到屋里,站在班副跟前,高兴地说:"班副,机枪拿回来啦!"班副不哼。小周又说:"班副,机枪拿回来啦!"二连同志在一边嘟哝:"你瞧那小活宝,他班副牺牲啦,他还跟他说话呢。"小周没有理他,还是说:"班副!机枪拿回来啦!班副!机枪拿回来啦!……"

天明了,部队要离开那儿。临集合前,小周背好一枝冲锋式,两枝美式步枪,手提上那枝三八大盖,走到班副跟前,心里说:"我到底儿看你牺牲没有牺牲!"小周蹲下,摸摸班副的头,冰凉;又伸手摸摸他的胸脯,也冰凉。小周的心像折了个儿似的,肚里的肠子像割半截似的,心酸啦!小周气得浑身打转,说:"班副!一会儿担架就来抬你呀。我忘不了你!你教给我打枪,投手榴弹,战术队形,教给我学字,我对付着能打仗啦。看见国民党我就把他打死,给你报仇!"

一九四七年春季于东北前线

◇ 师田手

大风雪里

粗暴的大风雪搅闹着旷野,树木和田地全在拼命地吼叫。秋姐子的棉衣大襟被高高地卷到背后,她吃力地顶着狂烈的北风走,怎么也不容易抬起头来。肩上是雪了。胸前是雪了。破烂的四喜帽子上尽是雪了。垂在背后短短的小辫,红辫梗上也是雪了。她的脸埋在黑布围巾里,只由狭狭的缝儿,用半闭起的黄眼睛向外看。广阔的雪烟包围着,她像个逆流的小船帆,缓缓地向前移动。

到骡子屯附近,她被两个穿羊皮大氅的哨兵捕住。高个的,凶恶的黑脸从黑皮帽子望出来,粗声地喊着:"准不是好东西,这大雪,小兔崽子,跑什么?"

没由分说,那高个又说了:

"你先在这里,我把这小兔崽子送到团里去。"

畏缩得哆嗦着,秋姐子被带到一个宽敞的大院落,在西厢房的房檐下抖掉了身上的雪,大个子便把她拉进去,她的四喜帽子被大个子翻来翻去地看了又捏,捏了又看,最后狠狠地摔在地下,接着翻她的围巾,她的上身,她的内衣,她的裤子。不一会,又来三个吵嚷着的大兵把她围住,帮助大个子来翻。她几乎被剥光了。她看见这些兵士是最凶恶的所谓"满洲国"的靖安军——红袖头,她吓得

心像要跳出来,脸色惨白了,毫无办法地嘤嘤地哭着。忽然大个子从她的耳朵眼扯出个小纸球来,如获至宝一般,大声地叫道:

"翻着了! 翻着了!"

突如其来的袭击,使她镇静了。正如一般的孩子一样,当秘密未被人发现时,恐惧得不知所以,但秘密一被人发现,倒觉泰然。她很后悔,怎么这么不中用呀! 把藏在牙间的两个小纸条吞到肚里去,就害怕得把耳朵里的纸条忘掉,这不是糟糕吗? 立刻,新的恐惧又占据了她。抗日联军的行动被他们知道了,可不好,不就一切全完了吗? 一切全是她一个人弄坏的,真是罪大恶极啦! 抗日的义勇军,要被这些没人心的卖国贼打败,那可不成! 她激动得不知如何是好了,没命地向大个子扑去,要抢回那条子,撕毁它,吃掉它。但被大个子一个嘴巴打翻在地上,半个脸蛋红肿了,她挣扎着,又去扑,又被打倒。不自主地号啕大哭起来。

"还得翻,剥光了她翻,一定还有东西!"

穿狐皮大氅的连长走进来,阴险地微笑着,指手划脚地下命令。

秋姐子的四喜帽子,棉衣棉袄,和棉裤,全被挑开了,棉花也全被撕烂了,零乱地扔了一地。她冻得哆嗦着,无力地哭着,浑身隆起数不清的鸡皮疙瘩,怯弱地躺歪在地下。他们将她的红辫梗也打开了,她的黄绒绒的头发披散下来,盖住了满是泪痕的脸和眼睛。最后,在连长的命令下,她的生殖器也被搜寻了。那大个子蛮开心地张开大手去搜查,南瓜似的面孔上充溢着得意和满足的神色,秋姐子的绝叫和痛苦的挣扎完全未觉得。

秋姐子被带到上屋去了。

兵丁们全忙乱起来。他们给秋姐子换新衣服,拿炭火盆,煮饺子,一时爱护和怜悯她的空气,使整个的连部都欢腾起来了,和平起来了,屋子暖烘烘的。大雪片平静地在满了霜的大玻璃窗外缓缓落着。风息了,四处没有一点声音。一分钟前,好似这里并未发生什么意外的事。

"好姑娘,不要怕……"

秋姐子正怯生生地吃下一碗饺子,心里像浮云一般狐疑着——这是怎么一回事呀?那躺在炕里,同连长一起吸鸦片的日本指导官,下了地,徐徐地走到她跟前,亲热得像对自己的孩子一样,对他安抚着。

"这些王八羔子,混账东西,不知好歹的……"

他去抚秋姐子头。她一巴掌把他的手打开,慌慌张张地站起来,想要跑,拼命地大叫:

"吃人的日本鬼子,滚开!"

她被一翻身便从炕上蹦到地下来的连长挡住。那连长,大饼一样白得像羊羔的脸,谄媚地笑着,摆在她的眼前。日本指导官做个无办法的手势,向连长递个眼色,就倒在炕上,呼呼地吸起大烟,连看都不向地下看一眼。

"你这小姑娘,真不懂事,皇军大人是仁慈的,给你好的吃,好的穿。你说那些义勇军住那里呀?你到那里去呀?你把义勇军的情形说出来!皇军大人送你到东京去观光,去享福哩!"

"汉奸卖国贼,不是你妈养的!"

秋姐子立刻被两个马弁拖到东耳房。那里阴森得像个地窖。除了靠东墙放一张木桌,旁边挂起长短的皮鞭子和铜鞭子,地下是几条长木凳子杠子,和一些稀奇古怪的刑具。秋姐子吓得从头心一直凉到脊梁骨底,打个大冷战。一切要来到的,她全意识到了,恐惧得战栗着。然而她却横了心,紧闭着嘴。

她加入义勇军二年多了,由于年龄小,作过许多这样的工作,全在敌人眼前混过去。这是她第一次被捕,她的小心灵鼓舞着她,她要做抗日英雄。从九一八起她看到日本人杀人发威风,打人,奸淫,把什么东西全抢到他们手里去……她心里就生长了一个切切实实的疑问!中国人为什么要被这些小矮个的鬼东西欺侮呀!她加入义勇军之后,她知道日本是帝国主义了,她决心同他拼命,在义勇军里工作,战斗,学习。她父母早死掉,哥哥在义勇军里作战士,家庭是一无所有,父母所遗下的财产,就是把她送到邻家做童养媳,挨打受气,吃不饱。她跟义勇军出来了。她一无所想,只是一条肠子,与义勇军共生死。义勇军胜利了,便天下太平了,人人享福了,大家自由了;义勇军不胜利,鬼子赶不走,那可不成功! 这时这些威吓自然动摇不了她的,她觉得这是她不可免要遇到的,她不顾一切了。

"你到底说不说呀? 不说就打死你!"

"说! 说什么?"

"纸条上写的是什么! 什么意思呀? 你通通说出来! 什么'我们弄好了,准时见吧!'这是什么意思呀? 你说! 你说!"

"他们没有告诉我,我不知道!"

"你不知道? 好! 那么你从那里来,到那里去。快说! 快说!"

连长猛力地击打桌面,秋姐子被震动得心咯噔咯噔地跳,心思一时慌乱起来,还未等到她镇静,连长的吼声又迸发了。

"快说! 快说! 不说要你小狗命!"

她紧闭着嘴,抽噎地哭泣着。

"不说,不说,给我打!"

一个马弁在她腿上一踢,她立刻跪下去。他们将她的头用手巾绑紧,上衣全剥下来。踢她的马弁拉紧在她前额结起的手巾结,另一个兵士把皮鞭子在门边的水桶里蘸一下,板起面孔,走过来,闷闷地牢牢地站在她身旁。她哭着,呜呜地哭着。

"说! 说不说!"

回答的是更沉痛的啼哭。

"好! 不说,给我打!"

第一鞭子打下去了。当鞭子扬起时,她细嫩的小背脊,突然隆起红红的鞭痕,她的死命的惨叫在这房屋里乱冲撞。但在第二鞭子打下去时,那马弁用一把破布把她的嘴堵上,哭声和叫声全闭塞住,鼻孔向外进着粗气,她浑身的肉暴跳着,她支持不住了,要倒下去,但被那马弁紧紧地拉住,怎么也倒不下去。鞭子又不住地在她背脊上飞舞,不一会,肉皮绽开来,血条向棚上飞溅。她听到连长

又在大喊:"说不说!"她已昏厥过去,什么也不知道了。人们用冷水在她头上喷,她苏醒过来,又听到那横暴的问讯:

"说! 说不说!"

她仍是哭,什么都不说。鞭子又开始了。不一会,她又昏厥过去,这样反覆三次,最后她苏醒过来时,天已快黑了,她是被放到一个空冷的草房里,草的潮湿气扑入她的鼻孔,四面黯淡得看不清墙壁。外边刮起大风雪来了,树梢在哨叫,窗纸嗞嗞地吼鸣,风雪向各处突烈地袭击。她疼痛得呻吟着,寒冷得缩成一团。绝望了,她什么全想不出,瞪着惧怕的眼睛,丰满而美丽的面庞,显得有些枯瘦难看了。但她的仇恨同时更沸腾起来了。

一个村妇把她带出去,带到简陋的点起洋油灯的小屋子里。

"……你这孩子,怎么不知道好歹呀! 咱们老百姓,谁来就听谁的算啦,日本人不是也很好吗? 只要我们对他好,他们那才和气呢! 吃的,穿的,全肯拿出来,他们问你什么,你就快说吧,那些义勇军还不都是土匪,成不了大气,为他们吃这苦头,多不上算!"

秋姐子扑在胖胖的村妇的怀里痛哭起来,抽噎了好久,才抬起眼睛,搔着蓬乱的头发,慢吞吞地说道:

"婶婶,你可不明白呀! 日本鬼子打到东北来,不是杀就是奸,再不就给抓走了。日本鬼子一点好良心也没有,他要灭亡我们中国,让我们像高丽一样呢,做他的牛马奴隶,没有义勇军,咱们早没有今天了,日本鬼子那就更兴扬了……"

"哟,你可别说了,小心他们听着,日本大人来使咱们满洲变成'王道乐土'哪,不像那红胡子张作霖,不作好事。"

"婶婶! 你太胡涂了! 张作霖怎么不好,他是个中国人呀,日本鬼子,日本鬼子是外国人,不怀好心的狼,他要亡我们中国,那不成,婶婶! 我们是中国人,那不成!"

"哎哟! 你这小孩子可真硬气,问你什么,你就说吧! 你这一把子年纪,懂什么,听我的话就没错,不会吃亏!"

"不说,谁说什么,我也不,我是中国人!"

秋姐子推开那村妇,要跑到屋外去,在门口被两个马弁抓住胳膊,硬押着她走向上屋。

风雪骚乱地冲击着,雪地被他们踏得喳喳地响,已经大黑天了。

上屋里,连长在大声说着:"非逼问出她来不可。这两天这些匪徒,一定又要有动作,今天晚上问不出来,不成的呀!非问出她来不可!"

秋姐子被带到屋中,连长便暴跳起来,活像个要吃人的饿狼。

"孙大娘跟她说好的还不成呀!好,给我带下去,还是得打,不打是不成的,带下去,打!"

然而,当马弁们要把秋姐子拖下去时,日本指导官从炕上走过来,在明亮的灯光中他的假笑,使脸上堆满了粗杂的皱纹。腮间刮光的须根,青得怕人,两眼如豆儿一样闪烁着。

"不,小姑娘!可怜的!"

他指着桌子上的糖果,橘子,梨,罐头之类的东西,又说:

"小姑娘,吃吃,玩玩,谈谈,日本人好哇,不打你……"

说着,他去拉秋姐子的手,秋姐子猛力挣脱开,大声地叫喊:

"不吃你们日本人东西,不吃,不吃!"

"你好孩子,不打你!你们中国人不好,打你!打得凶哇!"

"还不是跟你们鬼子一样!一样!"

秋姐子摇着披散的黄发,她愤恨得大喘着气,拼命地向日本指导官跳。日本指导官不耐烦地打个手势,立刻几个马弁拥着她走了。

冒着风雪和黑暗,她冻得战栗,不觉间又到了那耳房。里边只点起一盏马灯,在灯近前,桌子和凳子,魔怪一般地伸展出幽暗的身影,像黑夜的山群,狰狞地伏压过来,灯光显得渺小了,仿佛在一个深不可测的洞穴,她浑身打着痉挛,紧闭住眼睛,迎接目前就要来到的一切。

鞭打使她尖利地惨叫,同大风雪的搅闹声混在一起。兵丁们包围着她。日本指导官和连长坐在长桌的后边,每当鞭子从她背上抬

起时,便问她:

"说,你的说不说！ 小杂种！"

"小杂种,你说不说？"

秋姐子第三次昏厥过去,被喷醒的时候,她听见日本指导官说:

"小杂种,不说！ 给我的灌辣椒水！"

"对！ 灌辣椒水！"

疼痛使秋姐子屈服了,再也没有勇气面对着更加利害的毒刑。她失去了自信力,她觉得在最后一次昏厥前的一分钟,难忍的疼痛,使她把一切实话全部涌到嘴边上,而且她的神经几乎完全迷乱了,有时她不自觉地要说胡话,说不上就会说出一切真情。但是她还大半清醒着,她的天真而确实地爱护和信任抗日联军的意志,痛恨日本侵略者的愤火,使她把自己内心的一切动摇的东西完全打碎了,毁灭了。她一直紧闭了嘴。她的眼目中,恍惚中,似乎看见了常常给他们小孩子讲话的大队长黑大的个子,充满笑容和冻疮的大脸盘,他有时摇着他的脑袋,有时则对他们孩子全体打开洪亮的大嗓门说:

"中国的孩子们,就要为中国去干,去死,绝不投降日本人,作小汉奸,作亡国奴！"

她更利害地打起疼挛了。她记得清清楚楚,她从狼窝一早出发时,队长按住她小小的肩膀,低沉而微笑地说:

"秋姐子,路上要加小心,若是被敌人抓住,什么也不能说,死了也不能说……"

死,这时紧紧抓住了她的心,毒刑她再也忍受不住了,真情实话,不能说,绝对不能说,但发昏起来,神经一错乱,保不定就会乱说出来。秋姐子十四岁了,她的小心灵能思索并判断这些事,她失去对自己昏厥时的信心,她是意识到了的。生活和战斗锻炼了她,死！ 她未放在心上,在敌人的手里,她是不怕死的。但是不能死啊！ 也不叫死啊！ 总是不死不活的受大罪啊！ 她迷失在雾中了,眼前的一切就靠她小小的心机来摆布,而义勇军的胜败得失完全捐在她的肩上了。她脸色惨白了,黄眼珠放出尖利的坚决的光辉来。

歇息了有五分钟的光景,好似一切都准备好了,她便被两个马弁从地下拉起来,拿过一个板凳,开始要给她灌辣椒水。她立刻号啕地哭出来,可怜见的样子给日本指导官和连长跪下去,抽噎地说:

"我,我说,皇军大人,我我我说……"

"好孩子,你说,给你好的吃哪!"

"我我怕,我我害怕,让他们这些兵,兵,都都站远一点,他们,他们,我,我怕,我不敢说……"

"站远点,混账王八蛋!"

十几个兵士全站到门外去了。日本指导官和连长得意的笑脸在灯火下辉耀着,他们切切的眼光望着秋姐子,屋中静得一点声音也没有,黑暗似乎越扩展起来!外边的风雪每一号叫,就使黑暗打起抖来,有些畏缩了。就在这时,秋姐子含混不清地惨叫一声,突然倒下去。而日本指导官还正在假温柔地说:

"好孩子,你说,好好地说!"

秋姐子打着滚,一种难忍的疼痛使她抖颤着,堆缩成一圈。兵士们将她包围起来了;他们看到她嘴角不住流血,大家即吃惊地叫起来:

"怎么啦!怎么啦!快快看!"

一个马弁提过了马灯来照,日本指导官和连长,木鸡似的站在那里,混乱中,一个兵士忽然叫到:

"她把舌头咬断了!她把舌头咬断了!"

日本指导官立刻暴跳起来,瞪大了眼睛,发光的脸上充满着怒气,他猛力地拍了一下桌子,狠命地大叫:

"拉下去!枪毙!枪毙!小杂种,不是好人,不是好人的!"

连长骇得脸发白了,也跟着叫。

"枪毙!枪毙!"

然而日本指导官的嘴巴打下来了,跟着便大骂她:

"你他妈的,混蛋,兔崽子王八蛋!"

秋姐子被拉下去了。

大风雪痛哭着,夜痛哭着,黑暗在雪的光辉里踟蹰,人们正在酣睡。一声微弱的枪声后,随之而起的,还是大风雪和夜的更沉重的痛哭。

早晨快来了,大风雪还未停止。

最残酷的所谓"满洲国"的靖安军的连部,开始阴沉起来,兵士们的脸上都显出了愁苦和不安,生命力都像完全失落了,宛如大家正准备着送葬。人们的心里全搅扰着一个几乎相似的思想:我们全是中国人哩,为什么要做日本人的刽子手,连个小姑娘全不如呀!工作和生活全是无心搭肠的了。仿佛风雪上边的阴云,一切全变做凝冻的灰色的丝毫没有活气的了。

天还没有亮,捕秋姐子的大个子,就跑到后沟去,看她被雪掩盖起大半的尸身,不觉鼻子一酸,大颗的眼泪从隆肿的脸上落下来。他抽噎着,神经质地站在那里,自言自语地说:

"小姑娘,都是我害了你,我……"

他痴立着,一动也不动。

一阵大风猛然地刮了起来,雪片便被搅乱,树梢,房屋,大地,全一齐呼哨,雪烟绕着秋姐子的尸身吼叫,雪片不住向她身上落,也不住被她的血渗透,变成一大片通红的了。屯子里鸡叫着,狗也在吠,大风雪中,东方发亮了,秋姐子的血像从地平线上升起的太阳照耀着,早晨就来到了。

一九四〇年九月五日

选自《燃烧》,新中国书局 1949 年

炎夏的高粱地头

三傻子又叫愣头青。

他姑妈那副可怜相，使他生气，并不是对他姑妈生气，对自己生气。地平线东边绕搅着紫藤、彩裳、葡萄架、红绫、蓝缎、青锦，太阳还未升起，原野吐出一夜的闷气，像秋水一样清朗。他半跑着离开两家子，他姑妈瘦成一把骨头的样子和脏污破烂得皮儿片儿的青布裳，仍转动在他眼前；仿佛她对他说的话还在他耳边嗡嗡地响。

"六儿哟，你可快走吧！住一宿就吓死我啦！屯子里谁不知道你，正吵着要抓你呢，三傻子，三傻子，抓住了千刀万剐！"

"我是抗日义勇军啦……"

"哟，可别说啦，我老天拔地的忘性大，他们说抓住你送到日本皇军那里去，火点天灯！"

"谁这么狗胆，跟我说！"

"你快走吧，别给我惹祸啦！"

他激愤地咒骂自己，拿出揣在怀里的酒瓶，边走边仰着脖子咕嘟咕嘟喝几口，恼怒地提着酒瓶，脚不着地地飞奔。红红的眼睛冒着金星，头在膨胀，大路像松花江一样上下翻滚。他坦露酱紫的胸脯，猪肝那么油滑的脸庞上咧起宽长的大嘴岔。大地宛如橙绿的海，充满着郁浓浓的气味。夏日早晨的太阳出来了，空际荡漾起淡乳似的薄薄的烟云。

三傻子走入高粱地的深处，一头躺下，胡乱地睡了。

在梦中，他仿佛还看见那二百多骑义勇军，在大庙，像被洪水冲淹，一下午工夫，为一千日军和伪军突如其来的围攻打得七零八落，人星都不见。落得他自己，甩掉枪马，趁乱空儿，化装逃跑。星夜走到两家子他姑妈家，那老寡妇骇得竟说不出话来，脸都惨白了，满地里打哆嗦，给他作饭。眼看这不过是昨天的事。"我好比虎雕山，我好比困水龙……"他半睡的模糊的意识里，浮起这样的苦恼。当他完全醒来，高粱地下着惊人的暴风雨，高高照耀的太阳光辉，一个流星一个球儿一个闪电在奔驰，击撞，飞舞。他禁不住失笑了。早先，在高粱地里是热火燎的一群，今儿却狼狈得孤零零地剩他老哥一个！这一觉使他在激愤苦恼中悔恨，心里又上下乱咕噜着，他潜在的自己对自己的生气更明显，更扩大，甚至咒骂自己了。气死！队伍为什么要乱抢？自己也由着大家性儿呢！老百姓翻脸啦，日本兵来到都不送个信来，不坍台又怎么！把抗日联军的话当耳边风，什么脸见他们！山林队，山林队总是碰这个钉子！

坐起来，抽出别在黑布腰带上一尺长的小烟袋，装一袋烟，闷闷地抽，眼睛好奇地看大烟袋锅里一冒一冒的火星，很久很久纹丝儿也不动。过了半天，他才拨开划到脸上的高粱叶，把挂在腰间的苇帘头抬手扣在长着长长乱发的脑袋上。磕掉烟袋里的烟灰，仰身躺下，他望着高粱叶外的蓝天，抓住一片高粱叶，不住地撕扯。

抗日联军旅长高秉义的仪表，引起他衷心的欢喜。那魁伟的身躯，大方的举止，耐心而老成的样子，正切合他的身份和习惯。一句话，他跟他合得来。他来和他联络，大伙儿一块打日本，他很赞成。高秉义的勇敢和威名，在松花江下游一带已经不亚于他"三傻子"。他很看得起他。但是，高秉义一同他谈道理，不管打仗的，抗日的，他全不理会，而且越听越头痛；有时，简直不耐烦。谈这些有鬼的用处，打日本打就是啦！尤其谈到叫他加入抗日联军，编旅，他更焦躁了。这是干什么，叫他去受这个指挥，那个约束，他可来不了。象当牛倌和长工，受闲气，不得自由，他是早已熬够了的。他爱自由，愿意自由自在地带领他这一伙，天下无阻地东打西杀，凭他"三傻子"这三分能干，有能碰得了他的，他不相信。日本鬼子厉害，还没叫他遇上，那就活该他们侥幸，不的话，还不打得他们稀里哗啦吗!

这回,第一次同日军接触,他自己却被打得稀里哗啦了。高秉义旅长的话,就特别响亮地转绕在他耳边。仿佛听不够,他失悔当初为什么不听得更清楚些。这些话好像还有道理,怎不早听取他,遭这大的毙子!

"我也是庄稼汉,跟抗日联军这些人跑了这多年,字也识得几个啦!这些人也有那份心思来教,不止我,兵士们都一样。道理听到有两大车,可真是头头是道呀,照着作去吧,准没错。不管是打仗,是同老百姓打交道,是讲究讲究打日本的出路。可不像硬着脑瓜门子在地里作活的时候啦,一天左不过是挨打挨骂,受气,给人家下菜碟罢啦!"

高秉义摔破瓦罐子一样的高笑,又冲撞到他耳朵里。那家伙像一只母牛,在地下来回晃荡。粗胳臂长腿的,真如自家骨肉,拿自己当亲弟弟那么看待,不客气,没虚假,两个人总是难舍难分的。

"红胡子的一套,打日本可不成啦!我在梭路屯那次,叫七八百日本兵围上了,不是老百姓给带路,神不知鬼不觉地跑掉,一百多人一个也不会剩,都得被切了大萝卜,没跑!兄弟们可也实在坐实,一个都不慌张,没有胆怯的,大家伙踏踏实实,卖命到底。不是平常教导得好,全懂道理,可太不易啦!红胡子到这节骨眼,还不得跑得乱七八糟,屁滚尿流啦!……"

好像高秉义早给他料到一样,他的绺子这一次就这么完蛋啦!高秉义方宽橘红的脸盘,突出的下巴,高大的额头,像叼个肉瘤子的嘴,一双愣愣的眼睛,在他面前浮动一下,就消逝了。清楚涌现出来的,是去年冬天那个雪天的傍晚,高秉义跟他谈完这些话,他送他到山口,冒着白茫茫的雪花,高秉义枣红色的蒙古马摇摆起黑油油茸嘟嘟的尾毛,带着他高大健壮的身姿,跟十几骑兵士的黄马、灰马、青马、白马向辽远的雪原跑去。有什么脸去见高秉义呢?作了这大毙子,死吧!很久没有皱过眉发过愁了,他今天却深深长一口气,圆滚滚的身子用力一翻,结结实实地站在青纱帐里,脸孔特别难看地歪斜着。他红肿的眼泡下多血的眼睛闪着凶恶的光。死？不可能，担个打日本义勇军的虚名，倒叫日本鬼子打哗啦了，不成，一定要报仇，不愧是个人，是个英雄好汉！冬天的雪天里，万马奔腾地攻打大围子小围子，夏天青纱帐中翻江倒海地战斗，他已经惯熟。好汉死在战场上，英雄作事作到明处，死个什么劲！他大踏步慌慌张张向高粱地外边走，没十几步，立刻站住。谁不认识他呢？叫人看见了，可不是玩的！平时如猛虎一样，这回却猫似的，老老实实坐在地下，掏出他姑妈给他作的凉水饼和一块咸菜疙疸，就着酒，大口大口地吃喝起来。晌午啦，肚子正饿，越吃越香，他甜甜地咧开大嘴岔，吃着喝着，得意而开心地笑着。四外蝈蝈拼命地叫，太阳高高地照在当空，风不吹，高粱叶也都懒得动，热得干巴巴的，旷野像喷着火。

三傻子不知不觉地睡去了，醒来日头已经偏西。微风不时吹动，高粱地响着闹着，大地的热力渐渐减低。他浑身有些酸软，懒懒地站起来，用劲伸展懒腰。冥冥地毫无所想，无意识地抽出小烟袋，蹲下去装好烟，很久很久地吸着。

忽然他想起，今儿晚上到那去呀？姑妈老天拔地的，可别再叫她担惊受怕，活不安顿。并且，她家已经去不得了！睡在高粱地里，也不是办法。姑妈说两家子正吵着要抓三傻子，奉送日本人，火点天灯。不足奇，一定是刘三爷那些坏种，光吃不作的汉奸干的，恨三傻子恨入骨髓，只想抓三傻子，就给日本。这一回，听说他的绺子散摊儿了的风声，抓得一定更急。这一带全是他们的势力，天罗地网，日子多啦就要走投无路，不是好玩的！他的脸孔凶恶地歪斜起来了，瞪视着眼前错落落的高粱秆像他要杀人时一样，他心里一盆暴怒的火在燃烧。

刘三爷是两家子的大地主。他一家全是大烟鬼，连七八岁的小孩子也能熏几口。三傻子从小给他家放牛，放猪，大了作半拉子，到十六七岁当长工。作牛倌猪倌时，旷野里奔跑一天，晚上回来吃一口剩的冷饭，还要听他所不愿听的上上下下的叫骂。

"小傻子，真能吃，一会工夫就是三大碗！傻吃傻喝的！"

刘三爷则更毒，骂过之后还要狠狠打他两个嘴巴，瘦瘦的脸上，闪着一双灯笼似的眼睛望着他，打完了，又叫骂：

"小杂种，净贪玩啦！牛没饮水，猪也没吃饱！明天就撵了你，回你那狗窝的家挨饿去！"

这些，也就是他童年时代每年每月每日的工钱和报偿。他母亲在镇子里给人家作厨子，他父亲在屯里作短工，很少管到他。他在这样黑暗的生活里，唯一的快乐是漫山遍野地跑，跟其他猪倌，牛倌，马倌，羊倌们在一起玩，打架，吵嘴，交朋友。因为他胳膊粗，力气大，打起架来不管不顾地直冲，而且他也特别好打架，三句话不来就伸出拳头，把别人打得鼻青眼肿，又自以为没事似的，大家给他起个外号叫"愣头青"。他自己以这个外号为骄傲，常常拍胸脯。

到他当半拉子起，刘三爷家不知怎的，竟都叫他"三傻子"了。而小时候叫他愣头青的野孩子们全都长大，多半见不到，不知那里去了。有三个在本屯的，互相碰上也都木然的，有时淡淡的，或者半开心地叫他一声愣头青，便滑过去，不像儿童时代那么有兴头。包围他的是三傻子这称号。全屯的人，无论大小男女老幼，都这么叫他。未当长工时，他就感到刺耳朵，精神上担负着莫名的痛苦；但是，他总隐忍在心中，皱皱眉头，用鼻子哼一下，过去算了。

刘三爷小老婆的弟弟袁福，到他家作管家了。他瘦窄的脸上天天充满着愠怒和骄傲。两只扇风耳朵向外支棱着，一双薄薄的嘴总在吵嚷。三傻子作坏了，就骂道：

"傻头傻脑的，不是好种！三傻子，懒虫！你看你那死不了的傻相！"

事干好了又骂：

"瞅你那傻样子，会作出这样的事来！"

刺激、压迫、毒骂，汇成仇恨和愤怒。穷人就傻，有钱就精明，那的道理！还得受小舅子的气，任他摆弄，核不上！三傻子再也忍受不住，他的脸天天难看地歪斜着。

156

　　一天，袁福回家去，在晚上才可以转回来，他便偷偷地拿了一根粗木棍，到路上堵截。星星满天了，四外黑洞洞的，他以为袁福不回来了，想回去，正在这时，从地岗上闪出一个人影子，瘦伶仃的，匆匆地，慌慌张张地走着。就是袁福！他不由分说，蹿上去，把袁福压倒，没头盖脸地乱打，乱踢。袁福本是个大烟鬼，那有力量回击，只能呼叫，哀求。一失手，一棍子打到袁福的太阳穴，咕嘟咕嘟地冒开血。袁福躺在那里，软瘫瘫的，一动不动了。他原想教训教训他，怎么这么脓包，死了！他四外照了照，没有人，拽着粗棍子，大踏步，从荒野地逃走了。

　　二年以后，三傻子的名字在这一带轰动了。他成了著名的红胡子。他父亲因为他的事，被判成无期徒刑。他母亲仍是东跑西颠的，给人家作厨娘，洗衣服。他曾几次派人给他们送钱用；但他自己却一直未看到他们。

　　日本人占领东北，他就跟一些高攀义旗的抗日官兵和胡子头，一起浩浩荡荡地抗日。但是他并未同日本兵接过火。不到一年，这些人失败的失败，进关的进关，逃跑的逃跑，他便模模糊糊的，仍然当胡子。他看到东北一天天成为日本鬼的天下，他看到刘三爷之流的人物都狗儿似的服服帖帖地投降了，而且肆意地帮凶。他愤怒，他想打杀刘三爷这一流人，他就一天天同抗日联军接近。于是，刘三爷企图抓他把他送交日本皇军的传闻，老早就传到他的耳朵。他自从当胡子，十分给刘三爷留情面，因为彼此总算有多年主仆关系，而且好马不吃窝边草，怎能抢自己的家乡，没什么光彩，于是，一次也未曾麻烦他刘三爷，而他却这样无情，要出卖三傻子！他正自己纳闷，竟被日本人打垮了！这不是完全落到这些人的血手里吗？

　　三傻子搕掉烟灰，把酒底喝完，吃两块凉水饼，走到高粱地边，向外窥看。贪黑往东山里去吧！这一天，被打垮的消息一定到处都传遍！好汉不吃眼前亏，一到眼擦黑就动身，是上策。他看黄带子似的大道上，没一个行人，便站到地头上，向四下张望。忽然，远远地传来马蹄声,他抽身走进高粱地。马蹄声渐近,而且渐缓啦。高粱地尽头走上个背大枪骑白马的人。人马似乎疲劳不堪了,马摇动长长的银白的鬃毛,边走边打鼻喷,人在马身上平稳地坐着,腰有些弯曲,松松懈懈地低着头。

哦,是刘三爷的大儿子刘福财!他已经作县里保安队副分队长,给他妈伪满洲国干事情啦!他一家就他好。从小跟三傻子一起长大,他管三傻子叫过愣头青哩!在小时候,常分好东西给三傻子吃,常称道三傻子有胆量,勇敢力气大。现在竟作日本鬼子的狗腿了,风闻也是捕捉三傻子最上劲的一个。怪,人都变了!

人马走得越近了。刘福财显得比六年前苍老些。但短矮矮的,仍是原来那个样子!啊,胸前还别着个匣枪!是什么鬼事情,就一个人!三傻子眼睛冒火了,脸歪斜得比任何时候都难看。他略略又向高粱地里退了退,不由自主地蹲下去,两眼牢牢盯住大道。

人马倏地站住。一个大手勒住马缰绳。刘福财感到背脊上硬硬地顶着手枪嘴。他脸色苍白了,眼前站着的是三傻子!他是被派回来布置搜索逮捕三傻子的。而且他说了大话,只他家和本屯的人,就够拿住三傻子的了。其实他想向日本人报头功。三傻子的绺子完了,捕拿他不像猫捉耗子一样吗!现在竟落在这愣头青的手里!他浑身骨头都软了。他看着三傻子暴怒得红红的眼睛,紫肝色的腮上咧起的大嘴岔,从脚心凉到头顶,打起哆嗦来。

"匣枪!"

打炸雷似的怒吼袭击着刘福财,他赶快颤颤地把匣枪递给三傻子。

"大枪!"

他又把大枪套在三傻子的腕上。

"子弹带,放到马鞍前边!"

他吃力地将子弹带解开,搭在鞍桥头。一闪眼,他被三傻子推下马来,歪歪斜斜地坐在地下,马上骑着的却是三傻子了。三傻子响亮地连串地哈哈大笑起来,眼睛都要流出眼泪。

"刘老大,今天对不起,我是用大拇指头劫你的呀! 用大拇指头!"

三傻子左手搬起匣枪的狗头,右手高高举着大拇指,满脸是喜洋洋的嘲讽。谁不知道三傻子的两只手能够一齐打枪,而且抬手见物呢! 刘福财傻傻的,瞪着两只眼睛,山羊似的瞅着三傻子,大张开嘴,丧气地想——他的大拇指头像手枪一样硬!

"告诉你! 因为拿了你的枪马,饶过你的命! 你要学好,当个抗日的好汉! 三傻子栓马一齐还你! 如不学好,小心你的狗脑袋! 有人如问,三傻子那去了,你告诉他们说,三傻子改邪归正啦,去参加抗日联军! 这一带人要学好,抗日! 不的话,三傻子打回来,可不留情! 你们爷儿们,也别做好梦,再吵着捉三傻子,帮日本鬼的凶,好好摸摸脑袋,长得牢不牢,可别瞎了眼睛!"

波喇喇,三傻子催马向大路奔驰而去。他颠簸着宽大的背影,一边把子弹带系在腰际。高粱地招展千万只手,点着百万个头。旷远的绿野铺展起引人的金辉。白马摆动着丰满美丽的银尾,四蹄拨起卷旋的灰尘,如海涛里高飞起的激荡的浪花,兴高采烈地飞奔着。马与人合成一个了,三傻子得意地想:

——马和枪的本钱有了,再拉起一股人,不愁抗日联军不要啊! 找高秉义去!

马小得像个白茸茸的球儿了,向到东山里去的小路拐去,一闪耀间就消逝。高粱地窸窸窣窣地响着,绿野上的金辉越来越淡了。炎热的天到这时才透过气来,轻快而凉爽。香气伴着虫声,天像湖水一样宁静,西北方渐渐抹起一片闪闪的红霞。

一九四〇年于延安

选自《燃烧》,新中国书局1949 年

一　天

一

二毛愣星刚刚闪亮地，独自在半明半暗的天空向冷清清的平原窥望，一百多骑的游击大队正没命地往小四站沟飞奔。像一条猛然涨起的河流，滚滚的浪涛的黑影子，卷掠着沉重的连串的雷声，箭似的把平原遗留在后边。平原寂静了，大地闪露出绿茫茫的身姿，东方浮起微薄的鱼肚白。

这平原，这大路，已经叫这个游击大队的大队长赵明阳抗日的马蹄踏遍，比一个老农熟悉自己的庄园都更强，他熟悉这地带的每一个大路，小路，山头，山沟，地岗，河流，村镇，城市和人物。他能计算从那到那的距离，和用各种车马或步行所需的时间。在敌人的网罗中奔驰，却仿佛蜘蛛巡行在自己织起来的蛛网上，很少迷失了方向或者吃什么亏。他同老百姓紧密联系着，敌人打不着他，他却时常打击敌人。

一部大汽车，隆隆的声音传过来，到达小四站沟口的游击大队，便迅速分散开，隐藏在草丛和山石后边。大汽车恐怖地急驰过来，但不一会被游击大队包围了。大汽车像个大乌龟似的，畏畏缩缩地停在大路上。乘客都被押送到沟里小四站沟屯。大队长赵明阳闪着眼光，胜利地笑了。

太阳迟迟地升起，小四站沟口平静了。

一个半钟头后，这部被劫的大汽车插起伪满洲国旗，将二道河子警备旅吴连长和二十名兵士，开到草帽顶子。

坐在孙保董的客室，吴连长喝着茶。十几个兵士站在外屋吃西瓜。孙保董拿着荒木一本的名片，肥大的身体战抖着，无论怎么想笑，也掩饰不住突兀的慌乱。他在地下打转转，后脖颈堆堆的肥肉像煮熟的螃蟹那么红，左手不住地抚摸嘴上几根稀疏的灰白胡须。

"真的吗？真的吗？"他慌乱地问。

"快吧，九点钟以前就要到。紧急军事联席会议哪！今天是九一八，匪贼出来了七八百，这一带都危险，说不上攻打那疙疸呢！指导官请你们去，迟了，吃不了可得兜着哇……"吴连长急切地催。

"从这到二道河子，坐汽车得一个钟头，是不是？"

"唔，差不多……"

细高挑的高乡长，李大爷，王仁丹，刘膏药，李老三等等十五个有头有脑的乡绅地主到齐了。带匣枪的，手提式的，马大盖的，手枪的，争前恐后地，跟吴连长和二十名士兵，匆匆走出围子。三十几个人把大汽车挤得满腾腾的。汽车嘟哇嘟哇地开动了，一直开向到小四站沟去的大路。

"喂喂，吴连长，不是都到二道河子吗？"

"匪贼正在那条路的附近，我们来时就是从这条路绕过来的。"

田地从车窗外接连不断地飞逝，车棚里热得喘不过气。突然兵士们的枪嘴对准孙保董等每一个人。孙保董张开鱼一样的大嘴，惊愕地瞪起一双铅弹子眼睛，畏怯地问：

"你们这是干什么？"

"缴枪！"

"干啥缴我们的枪呢？这是！"高乡长眨眨虾米眼，有些不满。

"你们带着枪去见指导官，那可有些不妥当吧？你们带着枪是打算回来自卫的。为要保护皇军大人，可不能叫你们带枪到二道河子！缴枪！等回来再发给你们！叫你们带枪去，我吴连长是什么脑袋，可担不起！诸位请高抬贵手！"吴连长温和而诙谐地看着每一个人。

十五个乡绅地主这才安心舒了一口气，满意地把枪和子弹带交给兵士们。有的还谆谆地嘱咐道：

"那红皮套的大镜面匣子是我的呀！"

"错不了请放心！"

一片连绵的山岗闪露在前边，离开绕到二道河子去的大道已经老远，有几个人不禁失望地问：

"这是往那开呀？吴连长，路不对吧？"

"什么？"吴连长从汽车夫旁的座位上翻过身，一条腿蹬着座位的靠背，微显憔悴的梨黄神色中洋溢着胜利的愉快，大眼睛闪耀着，讥讽似的微笑一下，说道："你们不是专同抗日联军作对吗？今天特为请你们大家伙作对来了！我想你们会知道，我就是赵明阳！……"

十五个乡绅地主知道是上了当，你看着我，我看着你，最后全把怨恨的眼光集中在孙保董身上，脸色都白了。孙保董肥胖的下巴堆堆到衣裳的前襟上，深深地低下头去。谁不知道呢？赵明阳是个打日本的能手。这回算活不成了，死亡在敲击着他们每一个人的心。后悔，自怨，什么全来不及了，每个人面前展开个黑洞洞恐怖的深渊。汽车的声音听不见了，车棚外的一切看不见了。

山上响起两声迎接的枪声，人们向旁边一栽歪，汽车猛然停止下来，蠢笨地动了几晃。

二

小四站沟各村庄，活动着游击大队的人马。赵明阳带领十几个兵士和三个队长，把大汽车上的乘客、押车的和车夫送出小四站。一个学生乘客儿先开腔了：

"这些老顽固，是得给他们个颜色看看！"

"是啊，这些人可太不像话啦。应当，应当。你们这么一说，我们就明白了。这是怎么说呢！还留我们吃饭，可太破费啦！太破费啦！"几个商人，笑的眼睛在肉眼泡里像星一般闪烁，应声虫似的说着，一边虚伪地客气着。

"这五块钱我还是不要吧,开这一趟车,算什么!"汽车夫拿着一张票子向一个兵士手里塞。

"小意思!小意思!"

赵明阳站住了。他挺直身躯,叉着腰。平常所穿的灰袄,到处是大大小小的皱褶。平顶草帽遮掩起狭窄的头额,半面脸遮下个黑影子。他挥一挥左手,畅达地向乘客们道别:

"别客气吧!诸位把我的话记住,纪念九一八,中国人要作本本当当的中国人!人心不死,什么都有希望!今天打搅诸位了,对不起,耽搁诸位的路程!"

"那里话!那里话。"

汽车呼呼地开走了。

这时,孙保董们坐在一间老百姓的房子里,正都各怀沉重的心事,沉默得找不出话来说。赵明阳迈进门坎,一大群眼光集中在他笑眯眯的脸上。但高乡长却装作没看见,尸骨似的从炕沿上站起,黑瘦的手指指点着孙保董肥大的鼻子,愤愤地说:

"都是你!都是你!我早说跟抗日军作对不得!一点子给养算什么!你总说不要紧,你有办法,抗日军算不了什么,要取好日本皇军。都是你,没有你那有今日!"

"是啊,都怨你!孙保董,你是一乡的头子啊!净是你使坏心眼!"一群恶蜂似的,声音,眼光,手势,下巴,包围住涨红了脸喘不过气来的孙保董。

"别埋怨啦,你们不愿意,我一个巴掌也拍不响啊!"

"你不领头,我们……"王仁丹摸摸仁丹胡把话立即咽回去。

赵明阳走到地当心。乡绅地主们像各式各样的大石头,痴痴坐着不动,互递着失神的眼色。赵明阳严肃起来,头额上绷紧一根粗壮的筋。他左手按着腰间的手枪,右手挥动草帽,沉重地说:

"诸位不用你怨我,我怨你的。有眼睛谁都看得明白,咱们还是说老实话吧。适才我跟车客宣布你们的罪状,你们也都听到,自己也承认了不是。不管好歹,咱们总算全是中国人,我也不能把你们怎么样。叫你们自己好好商量,把自卫队的枪缴出来,欠的给养通通办到,那就放你们回去！……"

"回去,缴了枪,叫日本人知道了可怎么得了呀！"高乡长害怕了。

"那不要紧。我们绝对给你们保守秘密,事情办妥当了,就说你们偷跑的。日本人,哄得过去呀！"

"是是,就是这么的才好！"

"可是你们回去可要守信用。别当抗日联军就没法治你们！硬了不跟你们碰,想个法子就会让你们上道！再一次没这样的了！摸摸你们脖子长得结实不结实！日本都打得藏猫猫,何况你们！"

孙保董们又是喜悦,又是感激,畏怯不安地望着赵明阳。屯中的马队活动起来,准备开动。赵明阳大踏步走到门口,急匆匆地又回转头来向大家说:

"你们好好商量商量,我有事,过一会再谈！"

三

入夜,小四站沟的兵马大半四散。

孙保董们打着哈欠,涌出酸倦的眼泪,东倒西歪地坐在炕里,炕沿边,瞅着地桌上的豆油灯台发呆。高乡长悄悄站起来,拿过一个茶碗,偷偷把夹在指缝的黑东西送到嘴里,一扬脖,同水一齐喝进去,又痴痴呆呆坐在那里。

"高乡长,给我一点吧！"王仁丹贼溜溜闪着眼光。

"什么,喝口水又是好的啦！"高乡长去给王仁丹拿茶碗。

"不是,你适才不是喝大烟来吗?"

"那里,那里,我不过就喝一口水罢哩！"

"高乡长就是这么吝啬！就你机灵,身上带着货！大家都瘾得慌,是什么时候,拿出来吧,给大家提提精神！"孙保董半命令似的说。

"噢,不怪我,都是你呀！"

赵明阳同两个兵士走进来。兵士把一大堆被褥放在炕头,匆匆出去了。赵明阳坐在地桌旁,灯光将他身影映上墙壁。墙壁上挂着蒜辫子,马鞭了,小筐。屋角尽是塔灰。孙保董们都低着头,当赵明阳一进来时仿佛震惊了一下,这时都病人似的沉默着。

"诸位都犯瘾啦吧?"赵明阳失笑地问。

"可不是,大家伙出来的太匆忙啦,谁都没有带!"高乡长故意献殷勤地说。

"啊,没什么,抽,我们供不起,喝一点倒好办!"

有几个用力打起哈欠。赵明阳叫进一个兵士,吩咐道:

"去找二两大烟土来!"

"我可不要哇,我不抽! 我这有两张上好的膏药,贴在腿腋折上,就精神不少!"刘膏药扯住细细的小辫,黄黄多皱的脸,笑嘻嘻地从人丛中伸出来。

"又是你的膏药,三舅!"李老三不耐烦地摸摸尖鼻子。

大烟拿来了,有的欣欣然喝一点点,有的不得已地迟疑一下才喝一点点。

赵明阳来回踱着,狭窄的屋地,他只四步就走到尽头,再转过身,斜歪个肩膀仍是走。这是他有话要说,又不能立即就说的一种习惯。有所决定,而却又无所思的样子,使人看了打寒噤。

"怎么样? 你们商量的!"

"差不多。不过吗,不过自卫队的枪,有一些日本人登记的,不能缴,缴了就要命呀!"孙保董看着赵明阳森森的样子,声音有些颤抖。

"能缴多少呢?"

"连我们自己家的,总有一百多吧!"高乡长抢着答。

"其余的缴不来,怎么,留着好打抗日联军呀? 是不是?"赵明阳愠怒地提高了声音。

高乡长缩缩回去。屋子被威严的声音压服,立时又寂静得可怕。

"不是那意思,不是!核钱好不好呢?"孙保董半吞半吐地问。

"只要你们抗日,肯帮助抗日联军,你们看着办吧!不难为你们。"

"对待我们好,我们知道……"高乡长脖子又伸长了。

鸡叫时,三十多骑的队伍带着孙保董们,向青山沟抗日联军密营出动了。傍晚,大森林的骚音流传在山间。赵明阳到家了,立时感到身子有些疲倦。然而,脸上却仍飞舞着喜悦。他在平原上打游击,出计谋,杀敌人,组织老百姓;他在森林中得到休息。森林仿佛他的母亲,他每次回来,都是感到怀有出征得胜的儿子的心情。他不觉欣欣然地向孙保董们说:

"你们好好看看吧,抗日联军是不是像你们说的那样,是匪贼!抗日联军一定要洗刷九一八这耻辱,救中国!"

这天晚上,孙保董叹息了:

"早知如此,何必当初呢!"

"我早就说,惹不起,你老固执呀!"

夜深了,森林愤怒地呼吼着,山风一阵一阵掠过去。

一九四〇年八月二十一日于延安

选自《燃烧》,新中国书局 1949 年

◇朱 媞

小银子和她的家族

天才黑下来。

隔壁的小银子的娘又在扯着干枯的嗓子唱起来了。和着低哑的五弦琴,像敲动一面破锣似的,让人听着说不出是什么感觉,只疑惑不是人的音韵,尤其不是女人的音韵。

唱过了淫靡的《桃花庵》这一段据说是得意拿手的小调之后,紧接着就是大改作风地喊起《天涯歌女》来。

简直让我看不下书去,推开放在面前的果戈理的《密尔格拉得》,我用手指塞上了我的耳朵,声音却奇迹地从四面八方直向我耳朵里钻,使我不能不诅咒起我的环境来,我很后悔我没有遵守古有明训的"择邻"之道。

穿过纱窗子,吹进来五月的风。

  天涯呀

  海角

  觅呀觅知音

  ……

  小妹妹唱歌

  郎奏琴

郎呀

咱们俩是一条心

咬着小字眼，沙哑的声调里故意透着情趣；还没等唱完，有两个粗嘎的男子的声音喊起好来。听着两个声音仿佛一个就是小银子的名义上的爹于瞎子，另外一个或许就是龙会长。

虽然叫作于瞎子，可并不是瞎子。而且，他的眼睛几乎比我们大一倍那样凸露着，叫他做瞎子的原因，据说因为他视力总似乎不很佳，就是在街上遇见了他贤内助小银子的娘和别人一起靠着膀子走，别人问起他来的时候，他也说没看见。所以别人就给他一个于瞎子的绰号。他呢？他可也就自己承认了这个绰号。他怕"没有绰号不发家"。

另外，龙会长是于瞎子的把兄弟。于瞎子对别人说他和龙会长可以说是莫逆之交，而龙会长呢？有一次我在分会的屋里领啤酒票的时候，听见他的粗嗓门正在夸说着他的大侄女小银子怎样怎样风骚，怎样怎样和他说笑，厮缠……

果不然地，方才拍巴掌叫好的正是龙会长。他又提起粗嗓门极温存地说着难听的口调：

——小银子，你唱一个给大叔听。

——……

——唉，小银子……

——……

大约于瞎子是有点憋不住了，小银子竟越来越胆子大，敢违抗起他的把兄弟来。

——我说，小银子，快唱一个！他妈的，越大了越不识抬举。看你是个豆芽菜，长来长去水蓬蓬……

到底是于瞎子的话有力量。一段小过门拉过去之后，小银子的有点委屈了似的颤抖着的歌声就随着五月的夜风飘起来了。

仿佛是《天涯歌女》的第三支：

人生呀

谁不

惜呀惜青春

……

小妹妹似线郎似针

郎呀

穿在一起不离分

……

嗳——呀嗳——呀

郎呀

穿在一起不离分

……

于瞎子的屋子里起了一阵轰天的爆笑,笑得有点让人发毛似的,在笑声里包藏着一种说不出的野望的觊觎的发露。

沉重地,屋门关闭了一下,小银子跑到院心去。

叽里咕噜地,我虽然听不大清楚,隐隐地听见小银子在说:

——什么人性呢?没看看人家,看看自己……

我搬这儿来的第二天,认识了小银子。

都是走在向配给豆腐店去的道上,那正当一个冬天,道上铺满了一层薄薄的积雪,走着,走着,我听见我的身后尾随着一串咯吱咯吱的脚步声。

我回头一看,看见了一张俊俏的女孩子的脸。也许是为风给冻红了吧!

红得很新鲜,也很美丽。

——你是不是新搬来的呀?

我点了点头。

——那么,咱们是邻居啦!

——你在哪儿住?

——我就是住在你的隔壁的呀!

——你叫什么名字?

——我吗？我叫小银子。

从那天我认识了小银子，在院子里一遇见她，她总是笑眯眯地对我点点头，或是说两句闲话。

后来，妈妈告诉我，小银子并不是她爹和娘的亲女儿，大约是从什么地方穷人家买来的，她家里的生活现在就指着她晚间串巷子唱小唱活着。

我也知道了。一到晚上刚要捻开电灯的时候，小银子就穿上了一套整齐一点的衣服，在右大襟上戴有一颗红色的镂刻着蔷薇花的别针，头上卷起一堆很大的盘发，随着琴师向新天地那边去卖唱去。

我看见小银子在院心里等着琴师，我站在房门口问她道：

——小银子，你上哪儿去呀？

——我上小巷子去。

——你都唱些什么呢？

——唱什么？都得随着人家老爷们的吩咐，人家要唱东，咱们就得唱东，人家说唱西，咱们就得唱西。有一回他们还硬要我唱什么"潘巧云大闹什么的"。我说我不会，就挨了一顿臭骂。

——一晚上挣不少钱吧？

——挣多少钱也不给我花呀……

小银子低声得像不敢说高了声让谁听见似的，还想要开口，那个佝偻着腰的琴师已经走出来了，小银子赶紧迎上去就走了。

一直到夜半，才听见有人轻轻地叩着于瞎子的门，大约我想就是小银子回来了吧！

这么深的夜，又是冬天，小银子该是多么冷呢？躺在被里我越想越睡不着。这时身旁的华也没有睡着，他听见我左右转侧着，他问我为什么还没有睡呢？我就把这些告诉了他。

华像没有在意似的，笑了笑说：

——你还是睡吧！人家的事你也担心，那叫看三国掉眼泪……

——中啦！你别说啦！

我虽然不要华再说下去,可是我自己仔细一想,也是。小银子有小银子的命运,我又替她担心做什么呢?这样的人真有点傻气……

到春天,户外的时间一多,我和小银子见面的时机也越来越多了。

我做着饭的时候,或是白天我在房门外织毛衣的时候,小银子就从屋里跑出来,在我身边的地上坐下,一边看着我做活,一边和我谈话。

有一天,跑来坐在我身边的土地上。

——别在地上坐呀,地气有多凉呀!

——不凉。你不知道,我什么也不怕。

随着,就向我告诉起来她自己的事情;她恨不得一下子把她自己都赤裸裸地展示给我似的,她告诉我她怎样在小巷子里唱小唱,怎样客人借辞不给钱,怎样客人赏多了钱窑姐子吃醋,怎样钱自己一分也到不了手……

随后就谈到她的家。

——你知道呀!我爹爹那人看着老实,心里才坏呢!头些天他趁着我娘上街买鞋去,他就乱七八糟地和我谈了好多难听的话。我不用说也能明白吧!可是,我始终不答应他。你说:那叫什么人哪!可是我娘又要上朝阳镇了,他说等我娘上朝阳镇去再和我说,我,我要没有别的法子的时候,我就宁可去寻死……

我说什么呢?我什么也说不出。

——还有,我娘还劝我下水呢!我知道,早晚有一天,我非叫他们把我害了不可。我娘呀,你看像挺正经似的,她一到外城去怎么就能挣那么些钱回来呀?还不是跟人家男人在一起鬼混吗?有一回,她喝醉啦,她就有滋有味地讲起来怎么和县长的七少爷一块儿喝酒,七少爷怎么会体贴……还叫我爹给他一个大嘴巴,吵了两天架呢。

我听着小银子的话,想着围绕着她的这几个人,都是些什么人呢？

小银子张着大眼睛看看我，我没有话说，她就连忙把话头接下去。

——你看见过吧！那个龙会长，我的八竿子搭不上的龙大叔，不怪他们是把兄弟，和我爹脾气一点也不差。若是我一个人在屋里的时候，他总是嬉皮笑脸，动手动脚的，不是要带我出去吃饭，就是要领我去看电影，说这部影片是怎样怎样好，上海跳舞怎样流行，怎样夜总会开房间，说得有声有色的。等我都不理他啦，他就该来利诱啦！答应下回配给布票的时候怎么能给我想法从中拿出一张蓝毛布的衣料，再不，两双丝袜子也可以……你说，一个五六十岁的老头子这样来讨一个小姑娘的欢心是为了什么呀？哼，他当我不知道呢！男人对女人献种种小殷勤呀，都不是白白的。

听着小银子的这一大堆议论不由得我笑了。小银子却好像没有发觉我的发笑的缘故，怔怔地看着我，想要再说又说不下去，想问我为什么笑也不好意思，就这么样怔怔地看着我。

我这回不能不开口了。

——你岁数小，别胡猜乱想吧！

小银子听见我说她岁数小，有点不服气似的。

——我岁数小？岁数小我也都明白呀！小巷子里的窑姐子们跟我说过，她们说像我这么大简直和大人一样啦！她们还和我开玩笑呢……

这样无拘无束的自我剖视，我还是第一次遇见。我底脸微微地有点感到灼热，我深恐她再信嘴扯出什么更难听的话，我摆一摆手止住了她的话头：

——你明白就算明白吧！我可不喜欢你再说下去啦！

小银子以为她必是什么话惹恼了我，悄悄地站起来溜走了。

以后，过了好多日子。

小银子再不找我闲谈了。在院子里遇见的时候，虽然照旧和我打招呼，然后总是低着头走过去，看样子好像有很多心事搅扰得心绪不宁。

我一忙起来，也就把小银子的事扔开了。

不过，小银子每天按时串小巷子去是事实，每天半夜以前回到家里来也是事实。因为，她出入的时间都正是我工作的时候，我工作的屋子和她的屋子仅隔一张板壁，我若稍一留意就可以听得出。

是旧历四月十七吧，头一天刚给华过完了生日，第二天我和妈妈坐在窗前闲话，妈妈有意无意地说：

——还是人家小银子她娘有章程，快过节啦！人家又上朝阳镇去啦！顶少也得弄个千八百元的回来，人家也是个女人……

我突然记得小银子在春天告诉给我的话，这回她娘又走了，小银子自己可怎么能挨得过去？假如，小银子说的话都是真实的，那么，小银子的命运可真不敢让人信任想象是错误的了。

记得一部法国的影片里的女主人公在她生辰的宴席上，曾说出过她的感想：

——男性的残暴是无限的。

现在，这话给予我以极大的感动。特别是一个年轻的女孩子的家族里的最高地位的人，若也在对她施以不堪的蹂躏的话，她以什么方法能希图幸免这次灾难呢？

夜里，我倾听隔壁的动静。

一夜，又一夜。

这夜，我发觉小银子没有串小巷子去。琴师来了，又自己走了。由于反复地蹀叠着的脚步声，我知道有一个人在隔壁的屋内不断地蹀着。除此之外，没有别的声音，比往常静得很，一点声音也没有。

我想，也许我的多虑根本是不对的。

十一点钟打过去，我已经脱下了我的外边穿着的衣裳准备去安睡，这时候，华的鼾声诱发着我的睡意，我的睡意已经很浓了。

当我将要迈出这个邻接着隔壁的小屋子，由墙壁的那面传来了一声极端恐怖的女人的嘶叫，我的睡意竟完全为这一声嘶叫给逐得跑开了。我仅穿着一件衬衣贴着墙壁倾听着,这一声不太长的嘶叫之后,就是两个人开始格斗似的沉重地跌下去爬起来的声音,中间偶尔夹有女人的诟骂,由这诟骂我听出来正是小银子。

那么,小银子正在抗拒着必然的命运吧!

我不由得打了一个寒噤。这格斗虽然还没有停止,可是,在我的眼前,小银子的希望一点一点地萎缩了下去。于是,我起了求救的念头,我跑进了寝室,推醒正睡得很熟的华,我说:——你给想个法子吧——隔壁,小银子和于瞎子支撑起来啦! 于瞎子这个大坏蛋,你说可怎么办才能救救小银子呢?

华朦胧着眼睛。

——你又在多管闲事。咱们怎么能干涉人家的家事呢?

我有点急了,摇了摇华的头:

——不能那么说呀! 这是什么家事,你不能让警察来把于瞎子抓去吗? 要不然,小银子一定要被玷污了的⋯⋯

华张了张嘴打了一个哈欠,责备着我说:

——你越来越胡闹了。是打,是教,是什么,你都不能弄清楚,就要我去搜查犯罪,这真是笑话。我看你小心点别自找碰一鼻子灰吧!

说完话,蒙上头又去睡了。我又是气,又是恨,跑回小屋子再靠墙壁听一听,初听的时候,什么也听不见,继而听见了极微细的呻吟,喘息,和⋯⋯

我遭受了最大的绝望。我跑回床上躺下去,愤怒的感情向我底心上左一次右一次地冲击着,使我一夜也没有得到安睡。

那夜以后,院子里时常听到关于小银子的风传。

小银子却不到院子里来了。

我在房门前做晚饭的时候,隔着玻璃窗子有时看见小银子在屋子里呆呆地望着,等一看见我在望她,就赶快躲开,甚或把窗帘拉下来。

她越是躲我,我就越想看看她。

有一次，晚上，她还没有串小巷子去，正在院子里乘着凉，我从她的背后走到了她的身边。

——小银子！

她转过身来看见是我，惊愕地：

——……

也没有出声，点了点头就想走。我一伸手拉住了她的胳臂，悄声的……

——你到底怎么样呵？

她看了看我，眼睛里弥漪了泪水。

——我，我认命啦！

一边说用手捂着脸跑回屋子里去了。

一切的朕兆，都证实了我的揣想。

可是，小银子的事永远在我心上打转转。也许正因为她对我说过好多一点掩饰都没有的真诚的话，那些话，现在我才发觉它的可爱。也觉得小银子的命运小银子自己认识得很清楚，她是无可奈何才接受了她的命运的。

我盼着小银子能有一次幸运的好转。

盼着盼着地，幸运终久是不可期冀的吧！代替幸运而来的是不出半月的一个晌午，小银子的娘由外城回来了。

我和妈妈都在院子里一边乘凉，一边洗菜做饭。

小银子的娘像一条箭似的，三步并作两步地直冲进了她的屋子。然后，她的屋子里就起了骚动，似乎是抓住了小银子，夹杂着小银子的哀求和哭号之外，小银子的娘一边不知道是用什么暴打着小银子，一边破口大骂着：

——你这个小骚货，想不到你也竟敢勾搭上你的老子，欺负到我头上来了。我可是不受你欺负的呀！走南闯北的，我还没有受过谁的欺负呢！欺负我的人还没从他娘胎里生出来呢……

仅隔着一面窗子，我们在院子里听得清清楚楚的。

——你到底说呀！是怎么回事？要是你对的话，我就给你倒地方。反正我也是不过啦！我还有什么脸过日子？我的姑娘也来夺老娘的地盘了。

——……

——你不说，我今天就打死你！

——……

——你说，若是实在难受啦，街上哪一个小伙子还不行？怎么就非勾搭五六十岁老头子不可呢？今儿个，我非得问你不可，你到底说不说吧！

——……

小银子只是一个劲呜呜地哭，偶尔，为她娘打疼了的时候发一声惊叫，继续还是哭个不了。一句话也没有回答得出。

不多时候，于瞎子回来了。

好像于瞎子知道小孩子的娘今天会回来，于瞎子进屋，脚接着脚，龙会长嬉皮笑脸地也由后边赶到了。

龙会长一进屋，拉着他那粗嘎的嗓门：

——我说：嫂子你也不必上火着急啦！这个事，得听我说呀！小银子一个小孩子，为她上火万一急个好歹的不值事……

——我倒不上瞎火呀！可是，她龙大叔你说，世间哪有这样事，做姑娘的来霸占她的爹来啦！

——唉，这也不能怪罪我大哥呀！本来吗，食、色，性也，是最难渡的。可是，话又说回来啦！小银子可终久是不对呀！无论如何，不能做出这样犯伦的事情哪！这，这与将来于氏族中的血统有关哪！

——我也就这么说呀，你这小骚货，看我剥你的皮……

大概，小银子的娘又操起了什么要打小银子。

——别生气啦！放下吧！嫂子听我一句话，女大不可留呀，还是呀！把她想法子送出门去，也省得你为她操心。

——可是……

——嗯，可是怕没有人串巷子赚钱去了吗？这个，嘿嘿，我倒有一点主意……

——那么,你说呀!

以下,龙会长和小银子的娘的耳语,我怎么仔细听也听不清说的是什么。不过,我记得小银子说过龙会长怎么献过小殷勤,那么,他们的耳语一定是一种于小银子最不利的某种毒辣的密约。

耳语过去,龙会长和小银子的娘在痛快地笑了,笑里夹杂有无限的阴险和诡诈。小银子的娘笑止住了,冷冷地对小银子说:

——这回你该享福啦! 还不谢谢你大叔,从今儿晚上你伺候你大叔去吧!

——啊! ……

一声惊叫,沉重地,小银子昏倒在地上。

龙会长一边依旧笑,盏然地吩咐于瞎子去给叫马车,一边帮着小银子的娘贱声贱气地叫唤着:

——小银子,小银子!

小银子自从在昏厥里被背走之后,就再没有回来。

院子里的人都在忙着准备怎样过五月节,很少有人关心到这件事情的结束,即便是间或有人谈到小银子,也都是偶尔的根据,一点不太可信的谣传,有时夸大得根本让人不大敢相信。譬如说小银子做了龙会长的姨太太可抖起来啦! 龙会长单给她租了一所小洋房,有浴室,有客厅,出门坐汽车,看电影都得看包厢,没到五月节把西瓜都吃腻啦……

不过,由于小银子的娘的口风,渐次地可以听得出来小银子怎么能到龙会长手里去的原委。最初是龙会长用信把于瞎子和小银子的事连编带改地告诉了小银子的娘,所以小银子的娘马上就赶回来了。那次和龙会长的密谈结果,是由龙会长再给介绍一个学艺的女孩子来顶小银子串小巷子卖小唱,另外,龙会长暗地里送给了小银子的娘三个布票。小银子的娘把布一领出来,都给同院的人看过了一遍,一个是十三尺半的彩花软缎,一个是十三尺半的丈青色充毛布,一个是七尺的透着牡丹花的绒纱。

这些,就是小银子的总估价吧! 小银子的娘说得也很对,小银子值不了这些东西,不用说别的,就只一块十三尺半的彩花软缎也值五六百元呀! 小银子,小银子一个臭骚丫头能值几元钱呢?

五月节的前一天晚上,于瞎子从龙会长那里回来,也不是和小银子的娘说什么来的,小银子的娘又提高了沙哑嗓子吵嚷起来。

——人死了? 活该,你告诉他,趁早把他说的那个小丫头领来,要不然,哼,我才有法子让他认识我呢! 我告他别的不说,我先告他侵占布票,这可是有砖有瓦的地方……

于瞎子低声下气的,总算把小银子的娘的火给压下去了! 趁着吃完饭小银子的娘没有注意,夹着破旧了的黑呢帽子跑了出去。

五月节的那天早晨。我在外面剥粽子,不提防有一个比小银子小四五岁的小女孩子走到了我的身边。看着我在剥粽子,好像有点馋似的咽着涎水。

——粽子,好吃么?

——嗯。

我随手给了她一个。她拿过去,一口两口,贪婪地吃掉了。

——我饿啦! 爹娘还没有给我吃的东西呢!

——你是谁家的呀!

我随手又给了她一个。

——我就在这屋呀!

她指给我小银子的娘的屋子。我禁不住注意地看了看这个小女孩子,在她的眼睛里,和小银子一样流动着可爱的纯洁的光辉,她的脸长得也很美。

——你叫什么名字呢?

我依旧剥着粽子。

——我叫小莲。

我又看了看她的眼睛,她的脸。

说不出为什么,我怀着要哭的情绪,逃避开了眼前的叫小莲的这个小女孩子,跑进了房门。

妈妈看着我空手跑进来,奇异地问我说:

——粽子剥完了么?

——还,还没有完呢!

答着话,我的眼泪竟不由得顺着脸淌了下来。

选自《东北文学》,1945 年第 1 卷第 1 期

短篇小说卷②

小银子和她的家族

◇ 任 愫

管草甸子要马

领了地照，杨青山的心里就像开了花；批准了入党，就像又有了妈。

真的，怎能不乐呢！早先，一个棉袄穿十四冬，家里打爷爷那辈就没听说有过地，自己知道的，有七辈子尽给人家扛活了。

这回领了地照，心里想："马有领头，地有照哇！"心里真开了一朵大红花，不知怎样乐了。他又打开了卷着的地照：毛主席在上面还是笑呵呵地对着他乐，他也对着毛主席，不知怎的就是闭不上嘴。大会上喊的口号："别给毛主席丢脸！""管草甸子要车要马！"还很响亮地响在耳朵里，他在心里头可发下了狠：一定不能给毛主席丢脸，侍弄好地，管大甸子要马！

把秋垄放完了，杨青山和杨大嫂都下甸子了，一定多打柴火，再买一匹马。杨青山本来能干，给地主扛过十几年大活，割地三四十人没有能撵上他的，这回领了地照，又当了共产党员，他的虎一样的劲又来了，扇刀楂打得"溜齐"，趟子打得顶宽。

晌午，杨大嫂回家取饭去，他一个人干得更欢，天道像下火一样的热，顺他身上淌着像油一样的汗，他不觉得热，也不觉着累，只看着眼前的草,随着刀刷刷地倒下,他知道这大甸子上有马、有车、有金子……

杨青山头晌捆,下晌打,杨大嫂整天地"刷"草,见天早晨杨青山捆个四五百,捆完了还能打倒四五百,日头落后就把当天捆的都码起来,怕是下雨灌了包。

这北大荒的草甸子多,草长得又高又密,打起柴火来,真叫人越打越爱打。半个月的工夫,杨青山的柴火码子,像开春地里送的粪堆,一天比一天地多了,不算早先打的换米的羊草,光这回的柴火就有六千多了。

杨青山和杨大嫂一合计,把这些柴火批出去,再卖六七个猪崽子,买个马也就不大离了。再说快要割地了,割地以前还得起麻、堆粪、起土豆。

杨青山把柴火批出去了,六千多柴火整批五十万,六七个小猪崽又卖了二十多万。

红骒马买妥了,化八十五万。因为钱不够,把留着买夹袄的四五百鸡蛋也卖了,杨青山宁可不穿。

买马这一天,杨大嫂也去了。杨青山套上家里去年分的红骒马,拉一小车柴火,回来又套上了新买的红骒马,杨青山、杨大嫂坐在车上,乐颠颠的,闭不上嘴。

傍晚,杨青山的当院围了一帮人,都来看他新买的红骒马。东院张盛福的小子保太问:

"老杨大叔,你两个红马了,这个是搁那儿整来的?"

杨大哥笑着说:"管草甸子要的!"

保太扯着他爹的手,说:"爹!咱也管草甸子要去!"

第二天,杨大哥就套着两匹红马,往猪圈南边一车一车地拉粪,他预备过年除了豆楂外,全都上粪。晌午的时候,模范李金林从跟前走对他说:

"你这两匹马真硬,就是小车怕是不抗使了。"

"我早跟你大嫂合计好了,到冬底再多打几车柴火,紧紧裤腰带也要把这个小勒勒车，换个钢轴车呀！"他好像坐在钢轴车上，赶着两匹红马，手中的大鞭，往前一绕"啪！"的一声，甩出一个清脆的响来。

选自《新的气象新的生活》，东北书店 1949 年

◇华　山

俘虏的冻脚

　　三个担架队员到后院听炮声,忽然看见秫秸堆里,露出两只黑粗粗的美国橡皮大靴子。

　　"咱们军队不会穿这个,"他们说,"准是中央胡子!"拨开秫秸,果然躺着一个灰溜溜的家伙。

　　解放区的老百姓见了中央胡子就来气,一把抓住他的皮带,猛拖出来,他身子盖着的一支冲锋式和两梭子弹,也藏不住了。

　　那小子站不住,刚扶起来又扑地跌倒了。原来他叫王道长,是×团的文书。前天大清早,他跟着第一批辎重车从城子街往九台跑,出街十来里就叫咱队伍截住,打得他晕头转向,独个儿窜到雪地里,在雪窝子爬了十来里路,好容易溜进一个小屯子,可巧咱队伍也到了。他赶忙钻进秫秸堆,一躲就躲了两天一宿,把两条腿冻僵了。

　　担架队员把他抬上送到团部的暖屋里。我进去一看,他正巴叉着两条僵腿,斜靠着炕沿,光绿帽扣到眉边,棉大衣翻着穿,嘴唇冻裂出紫血,张着口转不动舌头。看着他这可怜相,几个同志就蹲下去,动手替他脱靴子。

　　靴筒灌满了雪,和脚脖子冻成一疙疸,脱不下来。有人好心好意地说:"上炕暖暖再说吧!"另有一个赶忙说:"不行! 一暖腿就掉了!"——你一句,我一句,大伙就想出很多办法来:给他泡热茶,给他卷烟抽，然后，等他身上暖了，就端上热腾腾的饭来："先少吃一点！"同志们说："饿了两天，猛吃要撑坏的！缓过来再吃晚饭！"

过了一个钟头，他的膝盖果然能弯了，大伙乐得嚷着："有救啦！有救啦！"靴筒里的雪块也融化了，几个人给他脱靴子，解裹腿。线袜冻沾在肉上，不能脱，就用剪子轻轻铰开，安慰他说："一双袜子不值什么。硬脱扯破了皮，就治不好了！"

两只脚冻得紫萝卜一样，浮满了白疱，小趾比大拇指还粗。泡到凉水里，脚尖慢慢地就拔出一层薄冰，换了三盆凉水，他的脚脖子能动了，脚趾也能动了。俘虏心里一乐，忍不住滚下泪来。他今年才二十岁，他说："早知道你们这样，我还会遭这罪吗？都是那边说的：你们逮住俘虏，不剥皮就是活埋。——要不是这三位乡亲看见了，这两腿准冻掉啦！一辈子的残废，才冤哪！"

团部借了一副爬犁，又借一床被子把他的脚裹好才送他到后方医院去。他在爬犁上向我说："你叫什么名字？我一辈子也忘不了啊！"

我说："你记住三位老乡的名字就得啦！刘春和、张庆林、王文举，他们都是担架队员，你的腿是解放区老百姓救好的！"

选自《战斗小故事》，东北画报社 1948 年

家

李二虎

打四平正赶解冻,野地湿漉漉的,傍擦黑又飘起大雪。担架队在稀泥汤里老打滑哧溜,颠得李二虎呼噜噜直骂:

"王八羔揍的吃冤枉货,好人都叫你们抬死啦!"

二虎打仗没说的,就是有个毛病,好骂人。偏偏腮帮又碰肿了,血腥味堵满一嘴,舌头麻糊糊不听使唤,任你骂啥总是听不清。多气人!腿胯上一溜三处伤,左肩胛麻酥酥的,大半也着了一下。浑身说不出是麻是疼,只觉得心头冷飕飕,眼珠子可烧得滚烫,透口气两只鼻孔像火燎。挣死挣活叫人弄碗水,嘴里老呼噜噜不成句话。担架员只管说:

"这同志还一劲冷呢,看他哆嗦的!快站一站!"

真是泥胎也气炸啦。你管我哆嗦个啥?嗓门烧得都冒烟啦!看那老头,又把棉衣脱下,盖到二虎头上来了。

"还怕闷不死我吗?"二虎骂起来,"你们闷死我得啦!"可是嘴里还是呼噜噜的,活像打哼哼。那老头又嚼舌根了:

"老大的雪呢,"他光着膀子说,"看同志们受这罪,都是为咱百姓哪!"

"可不是,"另一个说,"这两年叫'中央'糟践苦了,地都没种上。"

"真不善!都说是铁打的四平,同志们一天一宿就打开了。"

"回去分上几亩地,赶种大田!"

"你种大田我二虎可烧死了!不快走还嚼啥舌根!"李二虎生

成个火性子，就盼赶快到兵站去，那怕喝口凉水就死个痛快呢！可是这些新解放区的"吃冤枉货"，从黑天走到三星正，半宿摸不出二十五里。"道不好"啦，"走不开"啦，李二虎打四平一样蹚泥过水，烂泥坑没到小肚，一出溜也蹦过去了。想起前年撤出四平的时候，沿路屯子的大排打冷枪关寨门，有一次还追着要下二虎的枪。现在咱打胜仗了，这里也随和着叫"解放区"了，"新解放区就是国民党脑瓜，净会吃干饭！""磨洋工也算革命啦！"李二虎满肚子怪话说不出，窝囊气憋得鼓鼓的，担架猛一滑，又摔倒了。

李二虎牙齿嘎嘣一声，额头冷汗挣得豆粒大。猛记起腰里还掖着颗手榴弹，一把抓到手心，撩开被子，朝担架员面门打过去。只觉得浑身骨头散了架似的，那疼劲直蹿心窝，晕过去了。

红灯

李二虎眼前一片黑，天地老在翻个。耳边大炮轰隆隆……又打机枪啦？"老子豁出去啦！水也不喝了，还有个手榴弹，敌人上来就拼个蛋的！先趴在地堡根等着。"可是咋搞的，有人吆喝牲口？哦，对了，是花轱辘大车响的，鞭子"啪啪"用着，还听见连部卫生员说话：

"二虎，你挂彩了，我看看你的舌头。"

卫生员骑到二虎的身上，扒开他的嘴巴，用钳子把舌头夹出来，举到空中看看，忽然说："啊哈，是只说怪话的舌头，我给你治一治！"说着从兜里掏出一卷绷带，把舌头缠成个大布团，就塞进二虎嘴里去了。好憋气！仔细瞅瞅，卫生员头上戴顶洋毡帽，是演话剧里的那个特务样子。特务咧着嘴，露着金牙说：

"我们新解放区就是国民党脑瓜！你挂彩了，可叫我治住了。"

二虎干着急说不出话，正好指导员来了，乐得二虎把特务也忘了。"这可有救啦，渴不死啦！"指导员拿着朵大红花，迎上来说：

"戴上吧，二虎，开庆功会去！"

怎么不给掏掉嘴里那绷带团呢？二虎正着急，大红花忽然烧起来了。原来是一团火。红火团越烧越旺,烧得二虎腮帮热辣辣,喉咙冒出股黑烟。绷带团可堵满一嘴,难受极了。红火团还是一劲烧着,映亮了野地。呵,到处都是大红旗!戏台上挂的是,会场上飘的是,小孩子手里拿的是……大红旗在火光里呼响响飘着,映得云彩通红。人堆里挤出个老太太,端碗水过来说:

"二虎,你可到家啦!"

原来是王老太太。这可回到老解放区了,怪不得眼前红光闪亮。去年二虎到后方养伤,她老人家喂水喂饭的,比娘还亲。听她说声"到家啦",二虎又记起自己渴坏了。王老太太抱着他脑瓜说:

"怎的没养好伤就来开会?我喂你碗水。"

她从怀里掏出把汤匙,一勺勺往二虎嘴里喂。水顺嘴角流进喉咙,流到心窝里,又凉又甜。她老人家还是一劲喂着,笑眯眯地说:"放量喝吧,解放区水有的是!"水从伤口流出来了,淹到腰眼,没过脖梗了,二虎全身浸在水里,说不出的舒畅,嗓门也不烧了,嘴里的绷带团也化没了……

二虎微微睁开眼睛:眼前亮着一盏红灯。一个老太太凑到他脸上轻轻问:

"同志,还喝不?"

这是啥地方啊?红灯笼挂在炕头,刺得眼睛好疼。炕沿站着几个小同志。老太太脸面精瘦,认不得。一个小丫头端碗水坐在身边,两眼圆溜溜的,忽然尖着嗓子说:

"娘,同志缓过来了!"

"悄悄地,"老太太止住她,又摸着二虎额角问道:"还喝吧?"

一股酸味从心头涌上鼻尖,二虎忍不住滚出两颗泪珠来。眼前的红灯闪花花的,又化成一团红云,周围的人又颠来倒去地旋转开了。

"都是有德的人哪!"老太太叹口气说,"看他受这罪。丫头你伺候着,妈接彩号去了!"她拿上炕头的红灯笼,和小同志们迎着大雪出去了。

比爷还亲

在老太太炕上,连二虎总共三个重彩号。炕梢小张说:

"看护员怎的一天不见面?尿都憋坏了。"

老大娘正在外屋洗血衣。她拿个美国罐头盒子进来说:"医院人手少,换药都忙不过来。让我来吧!"

"那还行,"王班长说,"劳你老人家找个大哥来。""那怕啥的,"老大娘说,"我儿都三十岁啦——小丫头到外屋玩玩。"她一面安慰,一面揭开被子,"谁个没亲没儿?有病嘛!到大娘这就是到家啦!……接好啦,尿吧!大娘还有两个洋铁盒子,都锈了,回头用砂子擦干净,你们一人用一个。"

想得真周全:二虎脸上紧绷绷的,她就用块布片,蘸上温和水,擦着脸上的泥渍血印说:"洗洗脸身上也觉着松快些,不麻烦。"怕开水不赶趟,她就叫小丫头到西屋嫂借把快壶。怕水凉了,又到妇女组长家借只磁壶,坐在火盆上说:"喝水也保养人哪,多喝些温和水,缓一缓,吃饭也香。"小丫头说:"在锅里烧水得啦,炕怪凉的,夜来都冻醒了。"她就说:"小孩家懂啥?同志们流血的人,受不了热,受不了凉,早晚烧锅稀汤,让炕串点温和气就行。热炕伤人哪!"重病号一见心里就絮烦。她老人家又说:"缸里还有几片酸菜帮子,大娘切上点酸菜丝儿,拔棵嫩葱,火盆上炸点酱,给老弟们做口葱花酸菜汤,开开胃。"她老人家一天到晚不离身边,摸摸索索总有事儿干,就是说句不打紧的话,听起来心里也怪舒服。王班长说:

"你老人家歇歇吧!别累坏了!"

老太太说:"累啥,同志们多吃口饭,大娘就乐啦!唉,祖祖辈辈也没同志亲哪!大娘五十一岁了,他爹没给留下一垄一横,大儿三十岁也没挣间草房啊!咱队伍到街没二十天,咱家就分到三间砖瓦房,忙过这阵子还要分地呢!打搬进这房子,白天没人要账,半夜不愁胡子,大娘做梦心里也敞亮。前几天听说咱队伍打四平,大娘就对你大哥说:'你爹也没八路亲哪,快抬担架去,缸里还有半升米,小丫头野地扒拉扒拉,三头五天烧柴也有了。'"

哥儿们

正说着,她儿子回来了。赵大哥瘦高个,额头缠块绷带。老大娘说:

"怎的啦?"

"不碍事,夜来半道上叫彩号打了。"

二虎心里扑通一下,胸口结个大疙疸。赵大哥凑到炕沿问茶问水,就"老弟"长"老弟"短地叫着他三个,乐呵呵地说:"这一打可碰对了:那手榴弹也没拉弦,只擦脑门碰起个疙疸,当时有点迷糊,卫生员给上上药,在前屯睡宿也不怎的了。赶前晌往回走的,半道碰到个卖树棵的,上下估量约莫四五十斤,大哥花两千块钱买下,扛回街也没进家,就拉成桦子,糊成一挑,打个转卖了三千五。大哥穷半辈子,心里从没像这几天舒快。老弟们整天躺着心也烦,大哥去打上壶酒,哥儿们喝上一杯半盏的,舒散舒散血脉,睡觉也甜。"

赵大哥自小心眼灵,八岁起给聚仁堂放猪,十二岁放牛到十八,老掌柜着实喜欢,那年他爹死了,掌柜对赵寡妇说:"这孩子能下力,人实在,就是没家没业,可惜了个灵性儿。就在我这儿扛活吧,也不用说劳金啥的,好好干到廿五,我给你儿娶个好媳妇。"

掌柜看得起,赵大哥更下力,黑天白日心思全用在镶把上,每年打罢场,又到街上铺面做一冬木匠活,整八年没拿掌柜一个钱。熬到二十五岁,说亲的事掌柜一字不提,赵大哥又下苦力干了三年。三十晚上他再沉不住气,硬头皮到上屋当面问亲。掌柜满口答应说:"媳妇给你说了个好的,家去拿五万块彩礼来娶吧!"瞬时间像座碾盘砸到脑顶门,赵大哥半天憋出一句话:"聚仁堂好德行啊!"转身回到马圈后窝棚,卷起张麻包片没一扎粗。他对着麻袋问自己:我嫖啦?没有;我赌啦?没有;我给娘捎回二两豆腐皮啦?没有。那末这十年苦力就赚的这张麻包片?两眼直瞪瞪愣在窝棚里,掌柜跟到身后又说话啦："聚仁堂不和小家一般见识,你舍不得走,就住下吧!"赵大哥狠狠一跺脚,夹起麻包扭头就走了。

"只有八路向咱穷人啊!"赵大哥对二虎他三个说,"大哥不亲老弟亲谁?"他大早起空着肚子出去,劈柴桦子做个手艺,赚个钱就买些个鸡蛋、山楂、葵花子,给他三个消闷。赵家娘儿三个过大年吃顿饺子还是菱面的,这几天每晚破上两千元,给他三称斤白面做汤喝。王班长说:

"大哥你净花钱!一两山楂顶上四斤米啦!老弟吃着心里也不舒畅。"

"可别这样想,"赵大哥说,"老弟保养好了,哥就心欢喜啦!哥能赚钱,就有老弟吃的。闲着含颗山楂,多吃口饭比啥都值得。"

医院一天两顿面,赶开饭大娘不是炸个鸡蛋酱,就是炒个醋馏土豆丝,下晚作片汤不离葱花白面,做起来总要寻思个新鲜样儿。彩号心里一畅快,不觉过了五天。王班长能自己吃饭了,小张闲着就在被筒里唱歌,二虎的舌头也灵动了,小孩学话那样,亲着老太太叫"娘"。晌午赵大哥提溜只公鸡进来说:

"哥又赚钱啦!给老弟补养补养!"正好小丫头拾柴回来,乐得她晃着小辫子雀叫唤:"大哥们有新鲜菜啦!看,好嫩的洋葱!菜园子化雪了,露出个尖儿就像新长的。"老大娘没牙的嘴合不拢,擦着眼泪说:"这可齐全啦,咱们做个鸡丝洋葱片汤,一家子顶上过年了。"

"忘不了"

正乐和,看护员进来通知:彩号黑天就往后方医院转。二虎心里猛结个疙疸,半天说不出句话。赵大哥说:"又不舒畅啦?"二虎说:"心痒痒的,想坐起来。大哥扶扶我!"他撑着靠到墙上,忽然抓住赵大哥的手说:

"大哥,我对不起你,是我打了你啦!"

赵大哥可乐呵呵地说:"你还跟哥记仇呢!娘,李老弟也能坐啦!"好像他早知道那晚上谁打的他一样,把话岔到一边。二虎红着脸说:"都是我落后脑瓜……"

王班长说:"还是那二虎劲,把自己哥儿们也打了!队伍乍到关外时,要担架没担架,找向导没向导的,我出了关就像离了家,总觉着东北人不是好种。没打仗心里先发毛:'一枪打死革命成功;就怕不死不活,不叫老百姓扒皮也叫野狗啃了。'去年三下江南过后,回到江北就像回到家一样,和关里解放区不相上下。可是往南打心里总是没个底。现在才知道革命闹大了,家也大啦!二虎,你看赵大娘像不像江北王大娘,那个戴红花在庆功会讲话的?"

二虎说:"可是怪哩,长相不一样,瞅着就是一个人!头晚娘给我喂水,我迷迷糊糊的,就像到了江北王大娘家。"

红灯笼又点起来了,红光,映着满屋,水气,暖烘烘的。鸡汤味好香!二虎说:"娘,也给我双筷子!"

"看你这二虎劲,还没走呢,就不要娘喂了!"

"不的,我手指能动弹了,试试看会不会拿筷子!"

筷子在手指中间哆嗦着,老大块鸡腿肉,滑来滑去,终于叫夹住了。二虎心里一乐,就说:"又好啦!顶多后方再住半个月,就能回前方啦!"

门外一阵哨子,担架来了。窗前脚步声一阵乱响,就像踩在二虎心窝。半碗鸡汤端在手中,喝不下去了。

"又起风啦。"老大娘掌着红灯笼,里里外外转着,招呼他三个上了担架,掖好被子,把几张油饼放在枕头旁边:"道上饿了吃吧,记着让担架队烤软了再吃。"

担架动了,老大娘忽然晃着灯笼说:"等一等!"跑家去拿来那几个洋铁盒子,掖到被子里,叮咛担架员说:"可记住尿盒掖在这儿,用过洗干净,记住捎上啊!别丢了没使唤的。"

担架又动了。她老人家迎风站着,白发在红光中飘着,撩着瘦脸。二虎看她颤巍巍的,鼻子又酸溜溜起来:"娘,回去吧!风老大呢!"把头滚到被子里,就哭起来了。

“别忘了家来啊!”

“有口气忘不了家! ……娘回吧!”

声音透过血被,在风里卷着,一溜溜担架,从红光中穿过大街。

四月十八日于哈尔滨。

选自《东北日报》,1948 年 4 月 23 日

◇刘　平

挖水壕

前红旗村，是一个东西二里来长的屯子。黑绿色的榆树，围绕着屯子四周，屯当间是一条通到县上的电道，两旁住有二百多户人家。

今天晌午，从县上开来两辆满载着粮食的大汽车，停在屯子北头了。还有一辆漆黑的小汽车，也停在道旁。孩子们一窝蜂似的拥到车前，有的站在那里瞅着，有的扒着车窗向里瞧。

"这是黑漆漆的，多亮啊！"一个大小子边说边走到车子的后尾，像对着镜子似的照了照自己。

一个小姑娘喊道："前边还有两辆大的呀！"一群小孩子便跑了过去，老年人也跟在后面。

"装的都是粮食。"老太太瞅了瞅车上的麻袋。

"听说队伍今个就来给挖大壕。"

"可不，兵马未动，粮草先行。吃烧都运来啦，人也就快到了。"

"这车队不光在前方打仗，大热的天还来给咱们挖水壕。"老李头的话音刚落，老太太又紧接着说：

"要搁'满洲国'，挖大壕还不要劳工哇。在这农忙的时候，光要劳工也把咱们要踢蹬了。"

193

"这么咱的军队，可真是老百姓的军队。尽帮咱们忙。"

大家你一句我一句地谈论着，有些人唠扯两句便扛起锄头忙着下地去了。

这一带连着三年庄稼都遭水涝。眼下雨季已到，老乡们都担心着今年的庄稼。三四天前总听说省里派下队伍要在这里挖水壕，若是水壕挖好了，能把雨水顺下去，那庄稼地可就再不能受到水涝啦。所以，全屯子听见这个信，都高兴得了不得，成天盼队伍早些到来。

妇女们忙着把准备给队伍住的房子收拾好了，小学校练习秧歌准备欢迎他们。农民会上的负责招待的同志跑来跑去地打听着消息。

"队伍来啦，咱们接去!"一阵吵声，人们都向小学校跑去。学校的院子里，农会门口，电道上，到处都可看到穿着黄色军衣，背着行李，扛着铁锹的年青战士。妇女们抬着水桶，送到战士们的跟前，干完活回来的农民，也络绎不绝地赶来。

"有多少啊?"

"老啦，听说有好几个团。"

"这下子，这两万多垧地，可就不怕涝啦。"

他们拥到队伍的跟前，和战士们唠着今年的庄稼，唠着队伍上的生活，打听着亲人的消息。

一会儿，队伍分配住房子。"三大纪律八项注意"的歌声，响满了红旗村的各个角落。

选自《新的气象新的生活》，东北书店 1949 年

◇ *刘白羽*

涵庄的夜晚

　　我到达了村庄的时候，第一次看到他，在几棵槐树的绿阴凉下，——他银丝样的胡须铺在胸前，抱着一只长长的二弦琴，一手漫拨着……为了口渴，我向他讨一碗水喝。他扭过头招呼一个小娃跑去取来。他自己一动未动，弹琴的手也没有停止。那哀诉一般的锵锵的声响，是那样美，——它是最单纯而带着无限遥远意味的。我瞅他。他微闭着双眼，嘴抿得像两个接合在一起的树叶，旁人会感到他是渐渐在沉睡，但并不，琴弦永远是"咚咚——咚咚"的，响起来，响起来，使我静止，忘记了炎热饥渴。当那一根最紧的老弦，急切地发出一支粗哑的高亢声，响拔地高上去，高上去，高得有些悲哀了的时候，他的眉皱成一条线了，仿佛在叙说无限的人生的经历……然后，他停止了。他轻轻把琴竖在身旁，一手挽着，沉默了一瞬。然后，霍然地睁开两只那样巨大而光亮的眼睛，好像一切生命力量都从松弛中一下扭紧了。

　　我问："老汉，你弹的是……？"

　　"五更调啊。"

　　真奇怪，我不止一遍地听过五更调了，可是我从来没听过这样深挚好听的五更调。一样的歌，在不同的人的嘴里能传达出不同的申叙啊！

总之从这以后，我喜欢了他。在我住在涵庄的三个月中间，故事也就是这样渐渐开始了。

这里是一个寒苦的山村，人们吃硝盐和糠圪垯；因为山高，挑一担泉水要到十五里地以外，便不得不掘地窖，蓄存雨水，雨水永远含着沉重的湿霉的泥土气息。这就是人们的生活。

在组织这片荒凉的农民的工作里，我们走遍每一条山坎，每一家阴暗的小屋。自然我也走到一处山坳与四下隔绝的人家那里去。

"好——老刘！来喝一口！"

我瞅见他，他从一座豆棚下站出来，摇着手里的一只小瓦罐子。从矛散开的银发上，飘露出慷慨与热烈的表情来。这时，他那方脸是红的——磨光的红木一样。我笑了，从四周有些谷糠似的农民性里，我在这儿——如同在一捧细沙里挑出一粒细金，我感到了一种不同的气氛。这气氛充满这个家庭，由那满头白发的老太婆到几个年轻人，都一个型的是宽肩膀，大脸，厚而红润的皮肤，说话是瓮声瓮气。他们养着猪、鸡、牛……据我所知他们最爱惜的是一只乌炭黑的大猫和一只四方嘴巴，腿有拳头粗细的白狗。——我极力在这幅图画里索取最易捉摸的特点，那便是结实，朴质。他们手制的院墙和住屋也与众不同，它没有山屋的狭窄阴暗，它宽亮畅快，揩得干干净净的，栽着大扑拉的扫帚草和红喇叭花朵的胭脂豆。

谈话中叙说到一点上他声音低沉了："我们下面……听说闹得更糟呢！"

我知道——他所谓"下面"是指太行山下面河南或河北的意思。我一把抓着一根绳索似的说：

"那边给日本人占去啦！"

他点点头不响了。半天，再开腔比较愉快些了："我——这把年纪总算躲开了，眼不见，心不烦，虽然祖先扎根的地方，唉，……想也没用！"

涵庄上的人都喜欢他。在这些土地之子温流般的感情中，虽然许多纷争喧吵，却永远沾不到他老汉身上来。在几次农民大会上，我详细地看出了这一点，他对任何人都是和颜悦色，仿佛是一份一份异常均匀地分送着礼物，他笑，他和他们在一起亲密地说着地亩上的事情，山林里种植大黄（药材）的经验，……他们都跟他一起笑，一起拍巴掌。不过，我总从他回环地在人丛里慢慢负手走路的工夫，感到他——有一点寂寞，一点孤独。有时我觉他完全像是一只苍鹰。

由老农民的嘴上探听他的来历很容易，因此我决定到小酒铺里去。

那是一间小屋，其实只站得下三五个人，——充满一种酒和腌咸菜的混合气味。我进去，正赶上他出来，我停在门框中间，摆开一只胳膊说："来！我们一起喝！"

"不，还得到牧羊岭去有公事。"

他走了。一会我混到那里的人们中间，逗引起关于他的讲述。原来二十多年前，平原地上有一次水潦年程，他一只担子，一头是老婆一头是包裹，到了涵庄。那时他年富力强，凭着力气开荒山、种田地。从最初他就这样讲："一方土养一方人，谁是让饥荒赶定的？下面活不成了，到这里来，没别的，叔叔大爷们多担待点，咱也就在这方土地上扎了根算啦。"人们都为他这委婉的唱歌一样的话语所感动。在他为人本分，肯帮人忙，处处给人留着好感这些努力下，打破了畛域之见。但另外一方面，他直到现在，永远想着遥远的什么地方似的，在家里他尽量经营，保持了他山下人的作风，过年过节总在山坡上朝东遥遥地烧些纸锭。当纸灰蝴蝶一般翻飞在蓝天上的时候，涵庄的人都指着说：

"人是该这样，不忘根本的……"

他却望着纸灰，抚着原来光光的下巴，渐渐由黑发变为白发了。

说来说去，反正是一个很好的给人敬爱的人。我来了半个月的时候，和他谈了几次，也谈到动员工作的事。他这样讲：

"没搭说的……公众的事公众干，我，老啦！啊，人老珠黄不值钱……我的孩子都参加,没搭说的……"

果然他的儿子大虎二虎,两个精壮的汉子到了农会里来,——媳妇参加了妇救会,……他丝毫不加以阻止,而且时常说着鼓励的话。他自己也是有会必到,一面胁下挟着二弦琴,听人讲日本人的残暴屠杀,他胡须就多散起来。从眼光上——可以窥测到他内心的激动。事情发生在由他家乡忽然来了一个他远房的孙子的时候,他高兴得很。三十年来,由一点偶然传来的消息,知道家族还在那面留下一份骨肉,却没会过。现在他抚爱着这孩子的秃顶,毛茸茸的硬头发擦着自己的手掌,这孩子的胖脸面粉般的白,眼睛黑得两粒黑珠似的。这时,简直给他添来一种额外的生机,二弦琴不再多弹了。当夏天夜晚,凉风起来了,偶然听见他从街上走过,弹着愉快的声音。有一天他把这小伙子介绍给我:

"老刘,人留后世草留根,这是我的孙子,你看!"这话是圆润的,一切丰满地显示出他的适意来。

他的眼拉长了,满脸的皱纹都聚拢起来,一致为这喜悦而发光。

是的,他一把六十岁的胡须了,大儿媳妇过门十来年却没生个孩子,——他纳头不响。他从未轻浮地说自己要求抱抱孙子,他不,他的心思只在琴弦上奏出。真的,当这一支隔代骨肉出现眼前,虽说不是嫡亲的,但在这晚年他终究得到一种幸福的寄托了。人们也都为他高兴。他扯着胡须寻思,寻思了一会又乐起来,乐得声音是铜笛一样响亮。

我捉着那伶俐的孩子问讯。他靠在祖父身上说:

"……我十四岁啦,日本占啦,——爸爸叫我来找爷爷的……"

"你一个人走这样远?"我怀疑地扣紧了一句。

他摇摇头:"不——跟挑铁到杨城内的老客一路来的。"

如同我们欣赏着一件艺术品,老汉为孙子说话的清脆声,引起无限的欣快。这以后他永远携带着他,他把最宝贵的二弦琴交给他挟着。

人的生活,假如像一抹平的水滔滔地流去倒也平静无事了。不会。就以这老汉来说吧：晚年的幸福眼看可以美满地结束了，最后一点希望的果实，本来似乎没有也可以的，终于也实现了，终于他看到第三代人。儿子们成人了，是倔强的，茁壮的，有着父亲一切忠厚与朴质的优点。都参加到和他的仇敌——日本人的战争里去了。这不是平静吗？美满吗？好像春天一切美丽的生命细流，在他身世上漫过一切沧桑琐细，历历风尘，到头汇成一个安静而美丽的湖潭了。他虽然没有说，但在那改变了的，毫无激扬之声的平稳的琴弦上且诉说：只等待一个善终了。不过就在这时，就在这时……一天晌午，大虎从农民自卫队上下操回来，在就近一个水窖里拽一柳桶水上来喝了一气，没一刻钟的工夫，他暴卒了。

我跑到山坳里他的家里一看，大虎躺在地下，皮肤是青紫色的，七窍都流出发乌了的淤血。

如同一只箭"嗖"地刺到我心上，我劈裂布帛似的喊："中毒！"

这声音立刻打击了老汉。他原来是垂着两条巨大手臂，悚悚地屏息在我身旁，我敏感地觉得他机灵一下，——每根银丝样的胡须都在震荡，脸是苍白的，眼注射在儿子的尸身上，但那只是两注无望的火焰了。

"噢，这祸事终归到我们头上来了。"我压不着激愤而战颤的噪音。我发现我的死敌了。我说："这是日本人来下的毒药，日本人，一定的，……他在害死我们一切人，每一个人，每一个人啊！"

一时原来快乐与平静的地方，膨胀着无可比拟的哀凄，我看见连那个十四岁的小孩子在我面前也哭得脸蜡渣滓一样白，嘴唇是黑的，肩膀抖着，我立刻想到我的面孔一定过于狰狞可怖了，以致使这孩子犯了罪似的低下眼睛，不愿和我愤怒的眼光接触。

我忽然——从一切悲哀、愤怒、激动中跳出来，我往外走，我感到了一种预兆似的。我听见背后，老汉用锈铁似的喉咙磨出一种音响："我要为他报仇！"

事情很明白了。就在这一天里，我们涵庄三个年青力壮的农民和一个老太婆，都一模一样地结果了，——还有一只黄绒毛的大狗，横在石板铺的街心,两只无生息的玻璃似的眼突出着,望着人世。——忽然全村给一阵恐怖笼罩着,比秋天的臭雾罩得还严丝密缝些。谁都不敢再喝一口水,干得从嗓子里冒出烟来。自卫队分成几批,动员到十五里地以外去担泉水来饮用。这一夜我怎样也沉静不下来,我死死地坐在窗下的柳木桩上,脑筋里不停地响着噩怪的声音:绘着阴惨凄厉的形象,这些东西汇合在一起搅乱起来,海涛一样搏击着——倏地从这里面浮起一根颤抖的银丝样的声音。它从远而近,它在跳,在叫,在招呼,在哀诉,在怒咒……我跟这声音立起来,向前走了两步,每根头发,每根汗毛都竖立起来,而当这声音齿齿地锯着我的心,我悦然了,这是弦琴,弦琴,弦琴……啊,是那个老汉,在这漆黑的夜脚下,他尽自弹着那一根,那一根最紧的老弦啊!这代表他最高的生命的一根强韧的弦啊!……仿佛那些树枝,四周的山峰,山峰上的雾气,全村的牛、羊、猪、鸡,都在谛听着仇恨的歌,听着那幸福与悲哀一切综合在一起的最单纯也最复杂的歌。

多么倔强的人啊!第二天我看见他,他脸仍然是红的,不过像落照的太阳,红是红,却缺乏焕燃的光彩。

我安慰他,他笑了笑,——我觉得又一种更强的生机注入这垂老的生命了。一切到头的静止安稳被击破了。仇恨燃烧他,使他现在等的不是一个死而是更健旺的生。他要强,他集拢一切力量支持这意外的灾害,他在任何人面前都不露出被灾害的痕迹,实际上,对于他的真正摧毁也还没有到来。我告诉他,我们要安排这里的平静生活,水从十五里外挑来,存在村公所门前。他点着头,一点自家的事情也没说,只是漫无目的地讲说着公家的事。这次他虽无意拒绝我,但也并不期望我在他面前。我走了。他迟钝地带着他十四岁的孙子慢慢踱着步。很明显,这孩子是维系着他全部生活最后的一根线了。

又是夜晚。

星没有,云也没有。我坐在他对面。他倚着二弦琴默不做声。

好久的时光，我却从屏息中注视着孩子，他是不安的，在左右旋转，有时偷偷窥伺我，我更镇静地去看那天河。

忽然这孩子站起来说："爷爷！我去撒泡尿……"得到老汉点头允诺，小孩子急匆匆跑向黑暗中去了。此时我的心那样猛烈地跳动起来，我也站起来，悄悄走进黑暗。此时背后的弦子，又吱吱哑哑开始响起来，响起来，——像一点怀疑都不必要，我急急蹑脚向村公所门前走，我看见——一条黑影停在水桶旁边不动，我跳过去，一把捉着。我的心给胜利的感情激烫得火药发作似的紧张。恰好弦琴在此刻高上去，高上去。

一刻后，我立在他背后了，用人生中最不幸的报丧的声音说：

"看——你的仇人！"

他一惊，回过头，眼上闪着泪珠。他一看，立刻更惊讶地跳起来说："不是……你为什么？你？……"

那小孙子抖做一团。我把刚刚从他手上抓到的一包白色药粉送到老汉面前："就是他，他从下面，给日本人训练好派来的。"

"他是我的孙子啊！"

"不错，他是你的孙子，——他先毒死了你的儿子。"

老汉如同给风暴挞击的窗，重重地摇摆了几下，眼睛忽然火一样地红起来：

"不能，他不能，——我从没有做对不住这一方土的事，他不能……"

无奈地，我大声叫来许多农民，将树枝变为火把，他始终是颤抖的，但胸脯挺直，银须无顾忌地飘拂起来。仿佛是在审判的氛围里，他等待着一个贤明判断，是死是活，是黑暗是光亮。他紧紧捏着他的乐器。好像冷静实是茫然，听着这些嘈杂。但当着这些疑问的眼色，他三十年来在涵庄，从未接受过这种痛心的耻辱。他的血渐渐冷下去了，他固执地发出一种含糊的声音，发疟疾的人似的，一会，我们把那包东西，当众人面前和水给一只狗吃了，不久，狗那样凄厉的鬼一样号叫，如同敲打着扭劈了的竹篾；它东撞西撞地跌倒下去。……在这过程中，他脸一刻比一刻苍白，又转过来一刻比一刻红。——后来，他把手一摆说："乡亲们——我祸害了你们！乡亲们！我祸害了你们！"他一下跪在地当中，白发白须都披散起来，低垂了头，然后站起来悄悄走去。

小孩子给自卫队捕获了。审问的结果，果然是给日本人训练了半年负了任务而深入到这山里来的。

二虎不久逢到我愤愤地说：

"是这样，我说为什么迟不来早不来，单单日本占去两年，又跑来了呢！"

"老爹怎么样？"

"啊——他说他祸害了这里，他要走，他说没脸面在这里，他走到那里去呢？"

冬初的时候，涵庄包裹在薄薄冰冻的空气里。狼在山后嗥叫着。我临行时去看了他，他在这三个月中，不知给什么完全摧毁了，他变得那样瘦，但并不枯槁，他仿佛是站在树林当中，一下，树林都燃烧起来，他的希望——一条条从美满中跌落下来，他的周身都接触了火的烙烤，他看到最后的结果是什么了。他平静下来。他瞪着眼，看太阳从出来到落下去。他不大去弹他的二弦琴了，因为他弹不出旁的音响，除了一种激昂的仇恨的声音。

一九四一年

选自《勇敢的人》，东北书店 1947 年

回　家

这件事情发生在一九四七年奔袭双合堡的时候。

那时狂风整日整夜吹着，水就要结成冰了。夜里，一片漆黑，突击部队挑小路，走的尽是些荒山野甸，上山，山枝子钩衣服，下山，又有不少人落在泥沟子里。路上岔路很多，拿白石灰粉在岔路上撒了一道线，就没人往那面走，可是前面走得快，后面跟着呼呼跑，差一步就要拉当子，赶不上，找不着队伍。

战士李广和累得满身是汗，心里可高兴，从昨天，班上同志就俏皮他：

"老李，这回你到家啦！"

他只含笑说："干革命，啥家不家的，队伍上就是家。"

嘴上虽这样辩说，可是心里真盼望着回家。

李广和自从解放过来以后，好像住了两个世界，家里妻儿老小更是一点音信也没有了。乍解放，心里很不是滋味，只想有一天抽冷子开小差。那时他有一种思想，觉得在国民党那里，拿人当牲口待，活受罪，共产党解放了，就该让他回家，做房椽子的木料做不了房梁，他原本不是个拿枪打仗的料子。那时他对于回家以后，赤手空拳，无依无靠还不是再落到国民党手掌里，送去当炮灰这种情况，连想也不想，因为他想自己的小儿子金宝想得太厉害了，只想看一眼，就是死了也甘心。他常常约摸着小孩子长大了，只要一想，就瞧见那孩子朝着他笑，他就愈发伤心起来。解放后，他一看编成队往北走，向押队的人问问："到哪儿去？"说到后方去受训，就弄得他一肚子闷气，一边走一边心里叠好谱，到后方得想法争取机

203

会上前线,前线离家总近点,跑也方便些。可是到后方去的路上,走了五六天,就有一件事情吸引了他注意,下晚,阳光灿烂,照着一片绿油油田地,他望见好多人,拿了绳子,木橛子,洋镐,在地里走来走去地忙着丈量。他向路旁一个老乡问:

"修汽车路啊?——看那多好的庄稼都毁哪。"他摇头,叹着气。

路旁那个老乡看他穿的那身国民党衣裳就说:

"你真顽固脑袋,当还是'满洲国'时势,这是给穷人分地呢。"

分地!?——穷人能白白地分到地吗!?……

他心下有点怀疑,可是天天看人家这样分着。

有一天,下雨,他们早早找个屯子宿营了,泥里水里走了一天,心里没好气,他趁着左右无人的机会,就悄悄问那头顶上盘个圆头发绺绺的房东老太太:

"要是一个穷卖菜的,下顿不接上顿,你老看,也能分上地吗?"

那老大娘把手一拍,高声说:"你瞧,——张家小鼓,是个穷卖菜的,不是分了地吗!"

他一听眼睛也活泼起来,心里想:共产党这件事办得真是好,我家要是搬到解放区来就好了,可是他明白这是瞎想,瞎想不能解饿也不能解渴,家里那个要税的还不是要税,抓丁的还不是抓丁,还不是李昆山,皮二打腰,这一想他又泄气了,两眼又没神了。

李广和在补充团受训两个月,就自愿上前线了。

这时,他明白了些革命道理,不过,你有你的千条计,我有我的老主意,道理是道理,他无论站岗放哨,打野外,两眼直勾勾,还是只管想他的小儿子金宝。

跟上队伍打了两次小仗,他也没有开小差,你说没机会吗?也不全是,像那回打仗,他跟一班长去抓俘虏,荒草甸子里,枪一插,人一猫,要跑不也跑了,不过,这问题现在复杂起来了,——他自己心对心,口对口说:"等下一回吧,不能难为班长,班长对咱好。"可下一回又想:"不能难为指导员。"……有时,把枪抱在怀里,卷起根黄烟吸,也想:回去也是穷苦,只有把革命闹成功,大家都解放,——他希望有一天分到地,他就在家好好待弄地,不出来了。经过几次战斗,在部队上受了教育,他恨国民党恨得更明确了,——他说他们是"官胡子""是吃狗奶长大的""我看有一天这些人得点天灯"……

夏季作战,到了离他家五十里的地方。那一夜,他转磨转了七八十来次,想走,又舍不得,他想来想去,心里油煎的一样,末了,跑到伙房,看伙房窗上闪着灯亮,就进去找着上士,上士正帮助炊事员在案板上切菜。他流下眼泪来,平常上士跟他感情顶好,上士是关里来的老同志,这时就问他:

"有啥不痛快?"

他说:"没啥,——就是舍不得你……"

上士拉他到里屋说:"老李,你心事,我知道,——谁没个挂心的人呢?老李,要不是国民党打内仗,抗完日,我不是退伍军人,回山东家,领导个生产啥的吗!——现在我知道,压迫人的阶级不打倒,咱们没饭吃,努力干吧,老李,你打仗多打死一个,就能早一天回家,别说你家在东北,我家在山东,也一样,早晚是咱们的。"

从这以后,他真的改换了心计,他只要一想起小儿子朝他笑,他就瞄准器对准了准星尖,练习瞄准,准备多打死几个敌人;作战也勇敢了,虽不算连队里顶出色的,可是枪林弹雨下面,也闯进闯出,轻伤负过两次——血浸浸流了下来。别人让他上后方,他说:"冬天拔扎子,刮破不也是这样?"

昨天夜晚出发,指导员在队前动员,说是奔袭。

走上路,他一看三星,一对方向,他知道是朝自己家里走,他就快乐起来。一路经过荒山野甸,别人怕扎脚他不怕扎脚,别人怕掉在泥沟里他不怕掉在泥沟里,遇前面有人拉当子,掉队,他就在后面咋呼:

"跟上——跟上,……"

"快点走,——快点走,……"

有个脾气坏的,回过头摔他一句:"你媳妇在门口等你啦?!"

他不好意思地红了脸说:"我是执行上级命令,怕敌人跑了。"

指导员正在一旁暗处走,听见这对话,跑上来特别鼓励了他两句。

部队迅速前进,天空原是一片漆黑,后来从东面天边上露出一条红线,以后迟出的月光跟黎明的光同时交流空中,不知不觉,就闪出朦胧的白色。李广和的心,跟随这发白了的天光,突突跳起来,浑身一阵发冷。他展眼一看,但见大地上一片淡蓝色冷雾,落了叶的树林子空落落的,他立刻分辨出左前方屯子叫陈家洼,离他住的双合堡还有七里地,——可是,怎么天亮了连鸡都没叫一声呢?!——一种不好的感觉来到心头,他觉得这里好像是一片死地,好像是连一个活人都没有了,这种感觉,只占了几秒钟,就一下子过去了,因为紧急情况,已经摆在眼前。前边不远的地方,响着扑扑扑的机枪声,发红光的曳光弹,像流星一样一闪一闪的。李广和发现连长跟指导员从他身边往前跑,他也立刻跟着部队呼呼往前跑。七里地一下子跑到了,他一看攻打的正是他家——双合堡。他望见那土围子,那炮楼,碉堡,铁丝网,他就起了怒火,但马上一想,自己的小儿子就在里面,这时双方机枪像泼水一样来往射击,这枪炮子弹打到里面去,不会落在儿子的头上吗?他心里这样想,两手却拦不住别人,队伍一看见开火就发怒一样冲上去,他突然发急起来,要打就快打快结束吧!恰好指导员这时从身边过,就抓着他胳膊说:

"这回要瞧你的啦!"

"怎么说?指导员。"

"这是你的家,也是你受委屈的地方,你人熟地熟,到家门口还能让别人抢先吗?"

李广和一听这话,决心就大了,向指导员多要求了几颗手榴弹,说:"请好好瞧我打冲锋吧!"

果然,冲上去的时候,打破铁丝网,是他领先。从炮兵打开的缺口一下子冲进了双合堡,也是他领先。双合堡的街是东西街,他却穿小巷子,打破两层障碍,一拐弯,抄到敌人主力碉堡后面去了。他第三次打破铁丝网的时候,左手上挂了花,直流血,战斗到了最后最激烈的时候了,又是他领头先爬上去,往碉堡眼里续了几颗手榴弹,把敌人两挺机枪,整制得哑巴了。

在这一阵激烈战斗当中,他倒是什么也没想,这主力碉堡一解决,虽然周围还响着枪声,可是他朝四处一观察,他的心事又涌上来了,原来从这里往左手拐,过一条巷子就是他家。他就对战斗组长摆一摆手说:

"你从那面,我从这面,搜索,搜索。"

说完就端着枪往家跑,——这时心里跟翻箱倒柜一样,陈谷烂芝麻,都凑这一个时候一齐朝上翻。他无论刮风下雨,在这街上受过多少罪呀,单讲那一天,太阳落山了,他卖完菜担个担儿从街上回来,刚到家门口,顶头就碰上官胡子来抓兵,那当头的上来,不分青红皂白,一拳一脚就把他掀翻在地下,喝一声:"捆!"就捆起来了,原来这人就是本街乡绅,伪满协和会长,国民党警察所长李昆山的管家的皮二。李广和是个直肠子,平常顶看不得这种拍马溜须,吹胡瞪眼的人,常说人穷穷个志气,忍不住怒火,想争吵起来,可是一想全家四口活命,都操在自己手心里,也只好服软,央求:

"老爷,——一家子四口,缺上顿,没下顿,就靠我一个人,你不是不知道,按'满洲国'规定也不能要独子,高抬贵手吧!……"

"什么'满洲国',独子——委员长传下命令,就要你们这号穷棒子!"

这时早惊动了院里的人,媳妇正抱着金宝在烧火,沾着两手灰跑出来,老母亲也跑出来,头上还插着针线。她们一看他被捆被打,知道出了祸事,就哭着号着在这当街上,跪了一地,紧抓住不放,不准他走。

可是皮二还管这些吗,几鞭子呼呼的抽得金宝哇的一声大哭起来,这一声哭叫就像一把尖刀一下子扎在李广和心上,他急得跳起脚喊：

"要人人在，你打孩子做什么！"

那皮二冷笑一声说："这话有骨头，那就干脆点走吧！"就推搡着往巷外走。

可怜金宝他娘，才二十三岁，跟李广和结婚四年，只生下一个金宝，眼看肚里刚怀了第二胎，广和一走，她们怎样活得下去？她这时也无法想，只哭着跑回去，顺炕头捞了男人一双鞋，一面追出巷口，央求：

"老爷！老爷！——叫他带上双鞋吧，老爷！"

这时李广和叹了口气，扭转身，就媳妇怀里望了一眼金宝，金宝两颗小眼满含泪水望着他，他哭了……

现在端了枪往家跑，不想还可，一想起来还忍不住五脏六腑都要爆炸似的，可是走到家门口，他愣住了，——他寻思：走错了吗？不会呀！家呢？……他又向四处观察了一下，——一点都不错，是这个地方。家门口的门可没有了，进去一看，满地长满蒿草，给霜打得都发黑了，一垛山墙给雨淋得坍塌下来，窗户上没了木框。他大声喊：

"金宝他娘！""金宝他娘！"

没人应声。

这时，连四下里的枪声都没有了，一片沉静，只风吹得屋檐草呼呼响。

完了，他的心一下子冷下来了，他跳进屋，里面也是坍塌的土堆，长满青草，——这时李广和瞪着两眼站在那里，他脑子里又想起他的小儿子——朝他笑，朝他招手……

不知不觉之间，一阵狂风，天空里飘起头场雪。

李广和仰头看看，把牙一咬，脚一跺，转过身，失魂少魄地往外走。远远街上有集合号声，他正走着，突然一个人从背后跑来一把抓住了他。

他"呵"了一声，猛回过头去，原来是战斗组长。战斗组长在战斗紧张中，把李广和家在双合堡这件事情忘掉了，就半开玩笑说：

"你搜索到那儿去了？我当你猫在那家犯纪律去了呢！"见他未答应，组长认真地称赞他"你这回作战真有办法。"他还是没答应。

两人肩并肩走着，组长见他一声不吭，看他一眼说："怎么，吓掉了魂哪？"这时，已经来到街上，满天空白漫漫飞舞着雪花，寒风吹得透骨，街上挤挤碰碰来往着不少战士，有的是通信兵在收敌人电话线，战斗兵忙着在收集胜利品，卫生队在救护伤兵，大家都在寒风、冷雪下面走着，不过别人都是从外往里冷，李广和却是从心里往外冷。

两人踏着雪走了段路，突然看见迎面来了一个讨饭的瞎眼老婆婆，披散着白发，满脸污泥，穿着破烂夹袄，一手挂了一根棒，一手探在前面摸着，急急忙忙在人群中间挤来碰去。她不要饭，却在高声怪叫：

"老总！——你们是哪里来的呀？——你们是哪里来的呀？"

队伍上战士正忙着，谁也没注意这个讨饭的，可是李广和一听这声音，脸一下就白了，立刻跑了上去，叫了声：

"妈！"

老婆婆看不见叫的人在哪里，丢下棒子，只管伸出两只手在面前乱摸。

李广和拉着母亲的手说："妈，——我在这里。"老婆婆仔细摸着他的脸，才叫了声：

"是广和呀！"

她就一头栽倒在地下，昏迷过去了。

战斗组长站在一旁，突然之间，看着这母子俩相会的惨状，眼角已经冒出泪珠；这时就上去帮李广和把母亲抬了起来，没走几步正遇到连上卫生员带着一副空担架匆匆走过来，组长就把他们拦着，把老婆婆放在担架上，抬起走。李广和把身上棉军衣扒下来盖在母亲身上，组长也把棉衣扒下来盖在老婆婆腿上，他们就相跟着到了临时绷扎所。

他们进绷扎所，正碰上指导员出绷扎所，指导员十分关心地问李广和：

"怎么，你负伤了吗？"

李广和仰起头，他的两眼充满忧伤。战斗组长抬着担架帮他说：

"这是他的老母亲。"

指导员这时猛想起李广和的家在这里，赶紧说："快抬进来！"他自己也跟着回到里面来。屋里面有十来个伤号，等候着上药、绷扎，大家听说是家属，都忍受着疼痛说："先给老母亲医治吧！"经医生注射了强心针，老婆婆渐渐苏醒转来，一醒来就要广和。李广和跪在床前，她摸着他的脸，她说：

"孩子，我对不住你，我没保住你媳妇……"

"妈，先不说那。"

"不，广和，我要说，我说了你好记住，——你去了没三个月，那些个官胡子又来了，硬说你打队上开小差跑回家来，——说我们娘儿们把你窝藏起来哪，——把锅盆碗灶砸得稀烂，后来，那狠心的狼啊，说交不出大人就把孩子带走，我说广和没下落，就剩下小宝是李家后一代了……那鞭子，棒子像雨点一样下呀！我说我去，人家说要你这老棺材瓢子干什么，末了，实在没法哪，媳妇站出来说：'娘！我去吧！小宝往后靠你老……'我怎看得她走，她哭得泪人一样，他们死拉活拉把她拉走，媳妇临走回过头跟我说：'你老告诉他，我活着是他的人，……'家给区长剩了，把我撵出来。后来有人说那时候你在队上，你没开小差……"

这段话说得指导员在一旁忍不住他的愤怒，鼓起两眼。李广和记起来，他被抓走的时候，媳妇刚怀下第二个孩子，没好营养，脸黄歪歪的，穿着件破短袄，现在她好像就立在眼前望着他一样。这时，他看全班同志得到消息都来看望，他红着两眼站起来问：

"妈——孩子还有吗？"

老婆婆说："跟我走。"就挣扎起来。

全体战士跟了李广和扶拥着老婆婆出来,在雪地里走了一段路,走到一处破庙后面找到一间小棚,在里面找到一堆草,在草里面翻出睡熟了的金宝。李广和把孩子抱起来,指导员把棉衣给包裹了。李广和看到孩子,就像看到孩子的娘一样,心里有几句话想说,眼泪忽的一下流了下来。

这时外面一片人声嘈杂,他们出来一看,地上撒了一地大豆高粱,一批批穿得褴褛不堪的老乡们,从东往西的肩头上扛着粮袋,从西往东的挟着空口袋,都急急忙忙,嚷着叫着。这些人是到东头去分粮,原来这一带老百姓,还没到冬天就连糠也吃不上了。国民党早把家家户户粮食搜劫了来,像山一样堆在东头伪满仓库里。天空上虽然紧紧狂吹着北风,飞舞着雪花,整个双合堡却像死人复活,又忽然地活跃起来了。顺着街,到处一片喊声,一片笑声……指导员带着李广和抱了儿子,战士们扶了老婆婆,从人堆里挤出一条路,回到连部宿营地来。李广和母子团聚这件事情,立刻到处传播开哪,周围二三十里小屯子里,都在纷纷议论:"要不是八路来,那奶奶跟孙子也过不了这个冬天。""可是广和要不参加八路,这冤仇永远也不得报啊!"

老婆婆在连上诉了几天几夜苦也诉不完,年老眼瞎,究竟不能总是在连上住,再说连队迟早要开拔。

第三天,民主区政府把两间官房子,指定给李广和安家。

安家这天十分热闹,区政府发了救济粮,全连战士在连长、指导员指挥下进进出出,砍柴的砍柴,担水的担水,烧火的烧火,煮饭的煮饭,立刻把两间房子弄得暖腾腾,闹嚷嚷的。李广和这几天心情变化很大,时常想起金宝他妈,——不知下落? 不知死活? 一个人在灶火前低头烧火时哭了两回。现在,眼看着里里外外,全连同志,你来我往,街坊邻居,有跑五六里地,来看李广和安家的,也是出来进去满面堆笑,他的心自然暖和起来了,心想:无论在哪里,自己也没像今天这样,被人这样尊重过,于是几天以来嘴上第一次带了笑容。他们正忙得热闹的时候,忽然听见远远吹着唢呐,敲着锣鼓朝这里来了。李广和走出来看,只见远远一群人走近来,才知道原是区长亲自带领着一班吹鼓手,来给他挂军属光荣牌来了,牌上写着他的名字,还拿彩绸系了两个绣球穗子结在牌上。李广和这时像是一瓶热酒喝下肚,不知怎样是好。

区长是个二十几岁和和气气的人,亲手把牌子给钉在门框上面,然后走进来问:

"哪一个是家主啊?"

李广和向前走了一步,向区长敬礼。

区长庆贺他说:

"农会组织起来,再讨论分地给你,区政府先派人轮流来给老太太挑水烧饭。"

李广和站在那里,两手只管在膝盖旁抓着裤子,却说不出话,他在想:——这是做梦吗? 在江北的时候,一路看到要分地,分地,那时还问过人家:"穷卖菜的也分得到地吗?"没想到,这一天也落到自己的头上来了……他欢喜得笑着脸迎进区长,又笑着脸送走区长。天快黑了,金宝坐在炕上吃战士们给他烧的土豆子,一群战士围着他玩耍。这时,街坊四邻,也都道完喜,各自回家去忙着烧下晚饭去了。老太太穿着从李昆山家分来的古式青缎棉袄,坐在热炕头上,听着里里外外一片欢笑声音,心里一难过就对李广和说:

"广和,什么都好,就是不知媳妇在哪受罪呢! ……"说着又挂下眼泪。

李广和一皱眉头说:"妈,别提这件事吧。"实际他心里正刀扎一样难受。

指导员一看这情况,就走上去安慰着说:

"老大娘,你别忧心,我们已经请示了营部,决定把李广和留下照看你了。"

李广和一听这话,脸一红,忽然两道浓眉往上一竖,拨转身对指导员说:

"指导员,——你说的这是啥话? 你看我这笔账就算算完了吗!?"

指导员劝说了两三次,李广和坚决地一夜也不肯留在家里。他临走又把金宝抱了抱,在金宝脸上紧紧地亲了亲,就跟同志们一道回连队宿营地去了。谁知半夜来了任务,天似明未明,雪还纷纷地下着,部队在雪地上踩出一片喊喳喊喳的声音,双合堡的老乡们还在热炕上睡觉,队伍却冒着大雪寒天出发往沈阳那个方向去了。李广和经过这次事情,不常说笑,也不常抱着根小烟袋蹲在灶炕前想心思了,当他跟随队伍走出双合堡东门,往南拐的时候,他最后回过头来看了一眼,双合堡街上,几处房顶冒出一卷一卷淡青的烟,鸡声也在这时从双合堡街上传来,队伍就一刻不停地向南开去了……

一九四八年七月十日

选自《战火纷飞》,东北书店 1949 年

树

　　王老汉是我们六连的伙夫。他为人十分和蔼可亲。从他来了之后,六连的伙食和卫生两方面,在全团的检查里,都得了"第一"的荣誉。因此我们从内心里发出一种亲切的招呼,对于他永远是这样的。他工作之暇,也很喜欢和我们攀谈攀谈。那时,他伸出挽了袖口,给烫水泡得血管像几乎臃肿的蚯蚓似的右手,捧着小竹竿烟袋,撑起两只蚕茧似的眼皮,从一部清楚不乱的胡子下发出那么柔和的声音:

　　"来,同志,扯一扯乱谈……"

　　你假使告诉他说你现在要去做一件什么事,譬如要上文化课或者去接岗,那他会那么抱歉的孩子似的,微微弯下腰小声的:

　　"你去,同志,你去,……唉,……唉,工作要紧,天可热,要喝一口水吗?"

　　等你"噗哒噗哒"走去,他还笑着,扬着手,站在那里,——像目送儿子去上学的父亲一样,一会,转过头,得意地咕噜着:"真好,这小伙子——地道的河南土包子,嘻嘻,人可蛮结实,……五十斤铁打的一两纯铜呵!"他像背诵着,他是在分析,在力求了解,在充溢着普遍的热情。他忽而又挑拣一枚山药蛋一样,皱皱眉:"哼!他说暴躁一些……免不了,年青力富的时候嘛,要都像我这老烟袋锅子似的,可就泄了气,那日也不要抗,粮也不要吃啦,你说是不是?……"真的,他的确是了解我们的人。对于第六连,他就如同安置在灶上边的锅,盆,碗,勺一样熟悉。在他不经意的漫谈里,对每一个同志都能指出优缺点来。一天,我们政治指导员开玩笑说:

214

"你们小组会……嗨,还没有王老汉批评得清楚呢!"

他不但是我们的伙夫,也还是我们的安慰者,——要知道,我们在部队里过生活,也非一件简单事。同志们,东来的也有,西来的也有,五谷杂粮一样,放在一个簸箕里,可还是各种不同的味道。每一次战斗里,有的牺牲,有的挂彩;补充来的,多半是土头土脑的乡巴佬儿,真是浑身泥土味还没有洗涤干净,又加上股子枪药气息。每人脾气秉性也正复如此。这些家伙凑一起,那真是"麻烦事"了。一次,三班和四班的两个同志,争着你先喝一口水我先喝一口水,两个人吵起架来。恰好两个人都是酱紫脸膛,眉毛像两把扫帚,五尺多高,如同半截大树,讲起话来瓮声瓮气,好像吹口气也会叫你打两个寒栗。正在吵得不可分解的当儿,这个解难排纷的小老头儿,那么恰好地,一跳到中间,如同一只公鸡一样,晃着两手"叽叽咕咕"叫喊。两个人给他吵得一点办法没有,只好停着嘴。王老汉又钻回去,马上,一手一碗温温的米汤高高举起来:

"同志! 这事怨我,没给你们安排好,也难讲,大热天,你们辛苦辛苦的……"

"不,怨我。"一个同志霎着眼珠子讲。

"喝吧——喝吧,可得说回来,同棚子吃粮,受苦,就该热火兄弟一般样,点巴子事儿,一压,就是没事儿……"

两个小伙子水也喝下肚,气也没有了,便一搭一扯地谈起天来。

"咳,老汉,你讲什么吃粮受苦,咱们庄稼人可不懂,咱们是为了抗日才来参加队伍的呀!"

"好好,去吧,嘻嘻……"王老汉满眼瞧着两个人和和气气地走了,才舒了口气,放心了似的,又跳进小小的热气腾腾的伙房去,盛起米来,米糠飞来扬去,搅得他满头满脸都是,活像个小毛猴子。每一次从火线上下来,不管在如何艰辛危难的地方——不知道他是怎样设法摆布,总是安置得停停当当,等待着你从火线上回来,——那时:他站在一边,总是用那爱抚的,充满慈爱与情感的抖颤的眼色,打量着你,好像非常对不住你,你去冲锋陷阵,他非常抱歉呢!

每次大家都要晒得像紫茄子,大口喷气,嘴上涂个湿的圈,其余都满是尘埃。心里淤塞了什么,懒得讲话。这种时候,王老汉就如同没有他这么一个人存在似的,他连一口大气也不出,只管团团转着,好像在用工作来折换他的错过。人都静下来了——当然,跟着"嗡嗡"叫的苍蝇也静止了。这时,王老汉从那冒着浓烈的木材的黑烟,和那木材中偶尔夹杂的松柏木的香味中,走出来,烟袋插在腰间皮带上,两只圆眼跟寻着,观察着人的脸色,然后,移到一个他选择好了的对象面前缓缓地先收敛一下较短的上唇,露一下发乌的牙床说:

"肚子饿了吗?……哦,不坏,你闻闻,高粱是喷儿香的呢!可是……同志! 这次有牺牲吗?"

他无奈地把"牺牲"二字拖得那样长,那样沉重,他像很怕听这两个字所引出的结果,但他又期待着那是好的结果。有一次这个答复轮到我的身上,——按他后来的说法,我俩是很有缘分的,那一次,那么,就是这缘分的开始。恰好,那次战斗前五分钟,我们二排长,由火线左角上向斜刺里冲喊着,一下,一扑不响了。我一直到回来,眼前永远闪动着这个四川人左嘴角上有颗红痣的脸。他问,我便忧郁的声轻告诉他,我还向他解释:

"唉! ……老革命呢,听说北上的时候,还是个马夫呢!"

突然像夏天里飘来一块黑云,我从王老汉的眼睛里,看到针尖般的两颗泪珠,慢慢涨大起来。

一次在行军里,河北棕红色的土,给初秋的太阳曝得发焦。我是从两天前,就染了感冒,班长死也不叫上火线,派我担任后方勤务工作。在这工作的性质上说来,我感到不能上火线的委屈。然而,我却高兴,我帮助了王老汉。王老汉十分懂事地对我讲:"咳!同志,不用说啦! 你就不用动手呀,你病人,和我做做伴好了。"这天,前面已接火了。是有计划的夜间袭击。目标是向保定到正定之间的铁路线,为了配合铁路东,解决一个伪军的大队。黄昏时,我们得到连长命令,停留在一个小小的坟头似的寂寞的村庄上。这

216

天,从早晨起,王老头就问我一句话。此刻,他把担着的行军锅一放,又问我:

"——七连上不上呀?过去没有?"

"去看看……"

我倒着背了枪,和他并肩出来。他是那么难堪地沉默着,仿佛一只落雪天寻找点食物的饿狼,只管拿眼睖巡,——村边有着烟灰色的浮土的小路上,队伍一声不响地小河流似的往前走。忽然,我注意到他的眼睛,那么异样地燃烧起来,发着亮,伸出的手有点颤抖,声音夹杂着短促的气喘。他顺手拖着一个问:"几连呀?同志!""七连。"他可马上离开我这个"伴",他一钻钻到尘土飞扬的行列中间去。我听到他在大声喊着:

"王才宝呀——王才宝呀——"

不久,远远地有人应着:"有,在这里呀。"

为了好奇心,我不怕咳呛地跑过去,想看看是什么人。出现在王老汉面前——他正站立在一棵树下。那是和他一样大小的小人物呢!但是年青,黄昏里,还看得出灯笼般发亮的两颗眼睛,闪射着光芒。背有点往前弓,以致枪的上半截是脱离背脊,而孤立在空中的。手榴弹,在他身上是那么累赘,多余,他好像全身在为了拖这几颗手榴弹而努力呢!我心底骂着:"一个小丑家伙。"但是我瞧见王老汉却那么爱惜地歪着头,用一咱牛看护犊子的眼色一点不放松地盯着。还从怀里掏出两个白的东西塞给他,还讲了些什么,很亲密的,然后伸着脖颈,用眼望着这小家伙归回队伍。小家伙也一面跑一步便回头看看这老头,恋恋不舍地没进那要把大地也吞蚀掉的队伍里去。从这之后,很长久的时间,王老汉都不开腔。我知道,开火时间,一定在十二点左右,那么,我们睡觉到午夜起来烧饭,等他们早上回来,一点也不耽误,我于是凭我的经验及聪明,向他提出这正确的意见。我们便回到村庄上的住处里来。因为热伤风,我的鼻子是如同塞了两团棉花,又常常流下清稀的鼻涕水来。我实在想睡,便掷身在那厚厚堆积着的麦草里,却一时合不上眼,便想起来:"平时,王老汉是个多么愉快的人呵,他连眨一眨眼都不会呢,可是,今天,他这样沉闷,怪事!"这时他怎样呢? 我伸着头去看他,他嘬了小小的烟袋,坐在门外。这时,天空上一块云一块云地摸过那繁密的星群,空气自然十分闷人,远远送来庄稼气息。我从门内的黑暗里叫着:

"王老汉,来给我对个火!"我便一面窸窸窣窣从口袋摸出烟屁股。他进来,弯着腰,把烟袋递给我,在他头一摆的时候,我发现了两颗晶莹的小东西。咦,眼泪吗? 不,他也会从眼角里挤泪水吗? 他……我吸着烟,坐起来,扯他坐下。我先开腔:"今天那个小家伙,是个什么人呵? ——你的朋友? 还是你的乡亲?"

"哈——全不对,那是我跟前的孩子。叫王才宝,二十岁了。"

"噢,怎没听你谈起呀!"

"别谈了,都是秫秸比高粱秆,一样的苦命货,讲他做什么。"

我沉默了。我知道他心是给一种不可知的火煎熬着呢! 这个愉快的小老头儿,他另外的一面是说明着什么呵? ——但我非常嘴拙,我不会用语言去安慰人,使人愉快,使人舒适,那语言就像温贴的手一样,这本领我不会,不过,一颗同情的心是跳跃着。黑暗尽管黑暗,可是老年人的眼就像明珠一样会看透你的心呢! 他把烟袋一放,便开始了他完全那样阴沉的叙说,就像天空上一块一块的云一样,连你心中明快的缝儿也一下给挡着了。他这样开端的:"老弟! ……我老汉常讲这个道理,人生就譬如草,霜降一到,还不是伸腿瞪眼,可是人也有不同,也有各种遭遇呢! 就拿我这个孩子来说,谁想到他今天曾背了枪杆,连这个爸爸,也跟着来当伙夫呢! 同志,没什么,我说这是命运吗! 不,我不再信什么命运,命运的,唉!"他这短短的一声叹息,却像一阵小小的透骨的冷风,刺着我,让我有点发麻。可惜我看不见他的脸,却被一种没有间距的感情溶解着,不用看,也知道,他那蚕茧沉重般的眼皮,是向下搭拉着的,嘴是微张的。谁知这时我倒鲁莽地说出一句:

"你的家呢?"

"家！……"这个字拉得那样长，仿佛就在这个"家"上砌着他所有的仇恨。"是呵！有过一个，说是个窝，他挡风呵！——他妈的，其实还是没挡着，我的家在河北束鹿县××村，村外，就是一条大道，从大道那儿，你顺眼一望，就看见一棚伞似的，那一片松树，那是出名的王家坟！——多少拉骆驼打卦算卜的先生，都说好风水呵，你看，正当龙脉啊！俺们的庄上，也不知从那一代起就凑趣儿讲：'要得王家坟上的松树死，除非黄河九澄清。'乡亲们也以此向外处人夸口，说那是××村的一宝呢……这就是我家的祖坟，那二十棵树，那一般齐，得两三抱呢！也搂不过来。"他骄矜地回味起来，摇着头。我却不耐烦地想，怎么尽自说的都是树呢？他可一下又缩敛起来了，一腔骄矜一下敛没。悄悄说："俺家也是有田有地，地，我可爱种高粱，高粱熟了，你瞧吧！一颗颗珍珠宝石的红啊！一滴血的红啊！人家劝我在那块洼地上种棉花，我可摇了摇头，不，我要种高粱……"

"你又把话岔开了。"我试探着提醒他。他略略停了一下。

"还不是日本鬼子的缘故吗？——前年个，鬼子一打打到了我们那里，那还有什么话说，庄稼户，那里说得上逃，你人搬得走地可搬不走呀！起初还好，……同志，在这儿，我得说另外一件事，你才能明白，我们庄上有个豆腐房的张七，天生是个坏蛋，因为卖白面，给庄上人打了，滚他妈的蛋了，——谁知这时，他可大摇大摆地回来了，看那个臭样子，真他妈歪戴帽斜瞪眼，……有一天，我正和才宝吃饭，那高粱米粥呵，他进来了，后边随着两个日本兵，他进来，还拱拱手，叫声："呵——王老爹！久仰！久仰！"

"谁知说不上三句话，……我知道他是装着鬼胎来的，他说，皇军要在这儿修营房，要圈我那块地。地！我一听就跳起来：'张七——冤有头，债有主，你难道要生生把咱爷儿两个饿死嘛，不行。'我真是火啦！这还有人活的路，庄稼人就两把土呵——同志，我还活什么，你想，我就是拼了这条老命，也不能这样白白地双手捧送，——我狠狠地骂了他。这王八小子阴阴地笑两声出去了，我坐下来骂了半天，一想，不对，……地也没锁在箱子里呀！再说，他们就这样地乖乖碰个钉子，善罢干休。就叫了才宝，肩了锄头到地里看看到底怎样。出了门，往东一箭远，就是我的地，正是高粱熟的时候呵！唉，……你猜怎样？在那儿早插了日本旗子，我一看眼就红了，张七也在那儿指手划脚，我有个毛病，气一冲，手就发颤，也没有想就跑去，我喊着：'还有王法吗？我要我的地！'我一头向张七冲去，他，他打了我，后来我昏过去了，我还看见才宝爬在那地上做什么——好，好，我们的地，吃他一口也好呵！"

他低低地吹掉烟灰，咂了咂嘴唇。这时，一种难耐的愤怒使我头更疼起来。

"从那以后，我记得，在床上倒了半个月，我天天问才宝，才宝说那地里的高粱也没有砍。……我知道，修什么兵营，还不是给张七霸占了去啦，那土，是一块块给我这只老手揉碎的啊！那高粱，是爷儿两个一滴血一滴汗地叫它长起来的啊，你困了吗？老弟！不，听下去，——别忘记我那二十棵树啊，那知道，这龟儿子，连一条命根也不给你留啊，两个月后，我那二十棵树也就算飞了，没有了。"他说到这里，我听见他出气非常不匀整。我知道了老人的另外一面，和愉快相反的愤怒，忧伤，那用鲜红的血涂染了的一面呵！我想要安慰他，但连一个字也说不出，只嚅动了一下嘴，但这他已感到而且接受了，他重新仰起脖颈："才宝从八岁上死了妈就够苦了，我知道他不会长此下去的，坟上的风水不是这样呵——一年三百六十天，一切盼头都在这块风水上呢！……我也那么熟悉，满指望将来一旦撒手，一把老骨头，就在那松树下和我的老伴拼了骨呵！这树是从那一代祖先传留下来的啊！这土里埋了几代祖先，怎么会在我手上丢掉了，……你是急了吗？为什么？我告诉你，张七又来了，让我讲价钱，说日本皇军要买这木料，我气得脸跟紫茄子一样，我瞧见了才宝，……呵，才宝，这孩子，脸死人一样，是啊！反正一个死，别等着饿死吧。我在哭，可是哭不出，我在喊叫：'孩子，好，干吧！'可是，我喊不出，我瞧见才宝锄头举起来，就憋足了劲，打下去，打下去……可是'砰'的一声枪响，倒下的会是才宝，我还活什么？我一头冲去，却给两个汉奸兵拉着了，我动不了，一点也动不了，——我眼珠子要摘下来，打过去，我也情愿呀，可是，不，我眼瞧着张七把一些票子往地下一摔：'老狗，不识抬举，卖也得卖，不卖也得卖，这是四十块钱！'"

"他还啪啪打了我两个嘴巴，扬长而去……才宝没有死，也没有伤，是给那枪唬的，这会爬起来，还有什么呢！爷儿两个只有抱头痛哭的份了，我知道，反正是一个死，他妈的，钱，……这肮脏钱，我不要，我卖吗？不，是他们抢去的，四十块，哈哈，两块钱一棵，我不要……我拾起那票子，我撕成两半边，再撕，愈撕愈小，去他妈的，我不要，二十棵树，哼，我知道，这日子是挨不下去的，——连你的命都是活不成呵！要不，干嘛日本鬼子来打中国呢？就是叫你死，你说是不是？同志！……怎么样？好办了，地也没啦，树也没啦，那坟要它干吗呢？我买了些纸钱，把祖宗牌位挟在怀里，带了才宝到坟上去……树，在黑漆漆的夜风下，那样难受地叫着，叫得我眼泪忍不着冒出来，我烧了纸，叩了个头，我暗暗地祷念：'不怨你子孙后代没出息，是日本人逼的，……你子孙后代忘不了，有一天还回来！'我抬起头，我瞧见火那样旺盛地烧着，带着青草的坟头，在火光一亮一亮里，好像朝我眨着眼，我想起来了，我扭头就跑，才宝就追，一跑跑到家，我就在柴堆上烧了起来。他见我烧，他也烧——为什么白白地留给敌人呢，烧吧！火，烧吧！火……"

我简直感动得心在跳。我觉得"对"，愉快。是这样，我简直要用手去抱着王老汉。

"那以后，你还用问吗？——可是有一件，我的祖宗牌位在那一次南关战斗里，我，丢掉了，丢了也就算了，祖宗在天之灵，还会怨我吗！同志！就是这样，快，就是两三个月时呵！我现在还有什么，就是一个才宝，我就盼他早日打走日本，赶得上回去，报仇，那有乐子的时间，我是看不见了……才宝也怪可怜的，我又怕他……我想不会，那里那么巧，你们打仗有经验的，你说是不是？枪子也有眼呵!"

我只含胡地安慰他:"我知道不会,你放心吧!"

夏天的夜,也渐渐冷起来了。我很快地睡着了。——我知道:王老汉他没睡,实际,他也睡不着,他摸摸索索地去吸烟,去点燃着柴,去淘米,去煮饭。他常是这样的,这几天和他在一起过生活,几乎每一夜他都是这样,鬼一般的,在黑夜里摸摸索索的。在黑夜里他是不是也像白天那样愉快地笑呢?那我可不知道,我可不知道,因为我呀,当然,我是睡着了。第二天,清早,我爬起来,揉着眼睛,他就悄悄走来,笑着说:

"伙计,起来吧,炮声紧紧地响了一夜呢,哈,地都要震翻呢!"

"……"我只惊讶地应酬了一声,就跑出去了。

和往常一样——你看吧!一切安排得那样妥当,有秩序,行军锅里放着滚过的白水,那是小米饭,那是菜,这是两桶准备给战斗之后洗下火线上带来的灰尘的洗脸水,从上次战斗之后连指导员说:"王老汉太辛苦了,以后不要预备洗脸水,同志们到井台上洗洗……算啦!"可是现在他好像忘记了,他照常预备下了。太阳从树梢上照到飘着烧火炉灰的草地上,鸡叫着,又是响朗的晴天,空中连一丝云彩也没有。到快晌午头上,从火线上下来的队伍,就陆陆续续地回来了。从他们那布满灰尘,酱紫色的,而且露有微笑的脸上,看出这次战斗是圆满地解决了。王老汉像迎接远来的稀客一样,迎接这些洋溢着汗臭气的,从饥饿中跑回来的同志们。同志们看见他,当然,也正如黑夜看见一颗亮的星。他经常那么耽心,偷偷地,小声地挨到谁的面前去,打着招呼问讯着:

"咳——这次有牺牲吗?"

那个人摇摇头,仍旧贪婪地喝他的水。旁边,由人丛里,却有人搭了腔:"听说七连有一个。"

"七连?——一个?……"

我难以忍耐地跑过去,像要扑灭一把已在燃烧的火一样:"王老汉,只一个,那里那么巧!"

　　但是，他立刻淡然安静下来了。一会，默默向人家笑笑，一会摇着头，朝路上望望。我的眼一刻也没有离开他的眼。在他眼里，有着微妙的笑和哭，悲伤和愉快，难以决定的表情。一会，第七连的同志来了。他马上像一条鳗鱼从捉鱼人手上溜下去一样，只一溜就不见了。我也放心不下，便丢下锅灶上的事情跑出去。就在七连的尾巴上，两个棕红面孔，喘着大气的老百姓，抬着一付担架。我加紧两步抢过去一看，哦——就是那个小丑家伙！我的心腔马上抽紧了一下，再也伸张不开来。我想："最好不叫他知道。"可是一抬头，王老汉来了，我只好把身子闪开，用粗大的手扶着他。当他的眼睛一证实他的幻觉，我的手上感到一阵通过电流的颤悸，好像整个天地都在颤悸里。我没有看见眼泪，我只看见了顿然一切希望都绝灭了的脸色，如同你吹熄了两只蜡烛，从两眼里，露出一种恐怖的死的黑色光芒来。担架上，那小家伙，王才宝，脸如同一块削下来的方方正正的白桑树皮，上头掘了几个洞洞。眼，鼻，嘴，都深深凹下去，凹下去，我的眼总觉得它该凹一下又鼓起来，但是没有，只是艰难地喘着气，从嘴叉上流着亮晶晶的唾涎。很多同志围拢来，王老汉只是看着儿子，一句话不响，一会，一颗黄豆粒大的汗珠从苍白的鬓角上，倏地滚下来。我那时最难过，因为只有我晓得他那另外一面，以及埋藏在那一面里的二十棵树和希望。他问：

　　"伤口重不重？在那里？"

　　"小肚子。"

　　但我没听说话人的字句，我只看他的眼色，我感到寒心了。——在王才宝胸前，高高凸起着什么东西，好像他难过，我想掏平它，一伸手却触着两个馒头，我记起昨晚王老汉给他的东西，我低下头，没有动，把手缩回来。我知道，王才宝还有游丝般战颤的知觉，这知觉会紧紧地抱着这两颗馒头啊。因为他的眼已看不见爸爸的胡子。

　　后来，王老汉只那样重复着一句话："什么都是这样快。什么都是这样快！"

王才宝送到野战医院去了。个把星期后送来的消息是"有希望"，但这并没打消王老汉的忧虑，的确，太快了，一切的变动对于他都是太快了。——不久，从野战医院里，王才宝给爸爸送来一件礼物，那是在封皮上写着："赠给荣誉战士王才宝同志"，下面签着我们支队政治委员那小长虫一样的名字。王老汉那么愉快的——这是新生的愉快，用微抖的手指，把它放到自己荷包里去。同志们都传说着那荣誉的事迹：那晚，战斗最紧张的当儿，队伍要袭击一个小车站的堡垒，王才宝首先带了浑身的三颗手榴弹钻进去，来决定了这次"拔钉子"的胜利。在他钻进去之后，人们还看见他如同掘倒几棵树一样，刺倒几个日军，最后，他也同样地在小肚子上插进了对方的刺刀。后来检查，在他手里紧握着的枪支，那刺刀刃都舌头一样卷起来了。"啊——就这小丑家伙吗？"我知道，在他心里是什么灸烧着他，叫他如此做的。……我们六连的同志们都常常对王老汉如此讲：

"老汉——打走鬼子，不只你儿子，我们全连都要到你家里去一趟呢！"

每逢这时，大家同志的亲切与友爱抚摸着他，他仍然是收敛一下嘴唇，那么愉快的嬉笑着！

一九四〇年

选自《勇敢的人》，东北书店 1947 年

孙彩花

　　孙彩花是一个农村妇女,她有着一般贫穷农村妇女的苦命运,七岁上,爹爹妈妈都相跟着去了世,以后,她就依靠哥哥过日子。哥哥是个驼背的老实汉,嫂嫂却不容她,那时,她赤着脚,为地主家放一群羊,在漫山遍野里过生活,不管是春夏秋冬,风天雨地,她不跑也得跑了。嫂嫂的薄嘴片像刀子,时常刺着她的心;有一次,她背着人到外面山圪坳里去流眼泪,她哭着,就睡着了,忽然感觉背后有个人在喘气,她猛一回头,见是哥哥,秃着头驼着背,朝她站着,低声对她说:"咱爹娘死得早,嫂嫂……人也是给日子磨成这个样儿啊?"彩花还小,彩花那时不过是十四岁的女子,她不懂这话的意思,但是她觉得了这话的暖和,便一声不响,脚跟脚地,跟上哥哥回去了。谁料第二年,这山地上又遭了不测的年成,仿佛是黑压压乌云遮满天,天可没一丝笑脸了,天好像和人赌气,先旱后潦,山上的树都黄歪歪,稀疏疏的。哥哥回来对她讲:"妹子! 谁让你生个女子,是水总要泼出门,是女子总要嫁出门……"从这以后,彩花黄焦焦的小辫盘成圆髻子,她做了孙学义的屋里头人。

　　孙学义家住在村下头的山崖上,门口有两棵树:一棵是胡椒树,一棵是山桃花。孙学义比她大三年,对她倒还实在。她有一天上山搂柴火,是秋天,风从草上吹过,吹翻她的衣裳,吹翻她头上包的毛蓝布。一个比她小些的女子告诉她,她是哥哥吃孙学义家三升谷子,才把她嫁过来的。她原来心想:哥哥不过是想减人少口,省得大家绑在一道挨饿,谁知倒是拿她换了粮食,去养活嫂嫂。她一个人坐在山坡上,心里不宽畅,独自落泪。风倒像小偷似的,把她捡的柴火,又一点一点吹散开啦,打成球,满地滚,她才背了半筐柴火慢慢回去。从此,她再没有回过娘家。孙学义家比哥哥家强,哥哥只一个驼背,孙学义家可是多一个人受苦呢!不过,也还是困难。公公做一辈子长工,留下一块巴掌大的地自己种。孙学义从十四岁上又给人家揽长工,天天把太阳从东面背到西面去;现在他长得高高的身材,一付黑脸孔上,有一只端正的鼻子,他爱皱眉峰,眼里常常射出深沉的光。苦日子就如同一溜黑烟,在这黑烟里,人们很少有快活。彩花的穷日子就是这样无边无际的啊!可是,彩花一心一意靠了孙学义,她就如同一只瘦小的红马儿,却也套着牛一道去拉犁,这小红马儿时常歪着头,用眼望望牛,牛奋着股劲,总比它拽得重,拉得多,可是,牛也没有快活。孙学义对她实在倒实在,不过,他可也是个没有底的口兜,那里就没装下一点幸福,又能分给她什么?有一次夜里,她醒来,他也醒来,月光落在窗上,她学着公公讲话腔调说:"穷人没有出头的日子呀!"他没言语,就把脸转到一边去了。这话,一直讲到抗战以后哪,民国二十七年春天,地刚要开冻的时分,有队伍开到这山地里来,这队伍打破了日本队伍的九路围攻,这村里,大家在纷纷提倡农民会、妇女会。一天,孙学义一夜都没回来,她熬灯耗油地等待,鸡叫第四遍,他举根燃着的柴棒子回来,很神气地站在那里,这样笑,就像花在太阳下绽了嘴。

彩花张着两只大眼,问:"熬着这样夜,又是抽税啦?"

他撇了一下嘴:"税?……你是给这些压怕啦!咱是开会,商议打鬼子的事呢。"

彩花一把抓着他胳膊,好像有什么鬼怪要抓了他走,她摇撼着,眼里露出害怕的眼神,嗓子压得低低的,吐出两个字:"抽……兵?……"

孙学义很认真,摇了摇头,他也说不清楚这些新鲜事儿。可是,旧年月在彩花的心里,装的都是些什么呢?除了挨饿受冻,抽丁纳税,她还知道什么?谁知世界在那里朝前面走,她没有听说过的听说了,没看过的看过了,——世界是在那里悄悄地悄悄地走啊！——孙学义参加了农会小组，人家队伍上的女同志下乡来了，孙学义就跑回来对彩花说："有个好妇女，住在上边孙积耕家厢房里呢！你去看看人家，……可能说会写呢，是马桶盖的短头发，有两只大脚片，干干净净，利利落落，你去看看人家！"这话，她跟孙学义这两年，学义可没用这甜蜜话说过旁人家女子，现在，你看，他说的时候，嘴咧得跟裂了的红石榴一样呢，他还把眉毛一挑一挑的。她生气了，她说："人家能说会写人家好嘛！人家利落是人家的嘛！咱们是乡下人，是受苦的，咱们是一辈子苦命注定了的！"

孙学义说："你可别这样讲，旁人也是受苦的出身。"

"旁人受苦出身，你怎么知道？别人好，你看别人去……"

彩花觉得委屈极了，她出来，她站在树下哭成个泪人儿了，可是学义还不知道她这样急呢，这样苦呢。后来，她举起自己手看看，手上沾的满是刚才推磨推的黑印印，低头望望，这脚上的鞋，像飞了花的破棉袄，透着窟窿……她没精打采地到打谷场上去翻荞麦，事情窝在心下，不时暗暗回头瞧两眼，一见学义走出去，她就一抽身溜到屋里，洗起手来，又花了两天功夫做了双新布鞋，要穿的时候，又害臊了；只一个人在屋里头，没第二个人瞧一眼呀，她的脸发起烧来，可是她还是穿了。孙彩花现在长大了，她的头发，不再是黄焦焦的，倒是黑油油的了，她的脸是椭圆的，有两条细而长的眉，大嘴，大眼睛。就在这个冬季里，雪花飘呀飘的落呢，漫山遍野如同撒了白面呢，风在山岗上撒野呢，战争第一次来到这左近山谷里。春天，孙学义肩了根梭镖子，去开会，她听到锣声敲得可紧响。妇救会小组长奔来，长吁短叹地一把拉了她就跑出来。会场上乱糟糟的，彩花只听说："日本鬼子来了！"就嗡地头昏了半天。一回家，看见学义，她一把抱着他不放手，说：

"你不能去！你不能放下活人去做死人。"

孙学义皱了眉，嘹亮着嗓子告诉她："从前咱们给人做牛做马，今儿个就是死，总算是为自己。"

这话倒一下说着了彩花，她的手不颤了，可是心眼里还含着恐惧。孙学义说："你看……从前世界是个什么样子？爹做了一辈子长工，我也做了六七年，可是，咱连一条新铺盖也没盖得上，咱吃的是糠，你懂得？"

"懂得。"孙彩花点点头。

"你看这一年呢，咱们自己的队伍来了，咱们有了农会，你也有妇女会，啥事都是大家商议着干，这日子可不同了，你看！咱们闹过减租呀！咱们从前是驮锅子上山，在背上有一大堆呀！现在可就轻松了，你懂得？"

"懂得。"彩花眼睛发出光来。

"你看，咱不得去保卫咱自己这个日子吗？要不，……咱又得回到从前，像驴驴拉磨，转不出第二个道道呀！"

彩花的眉毛悚悚地皱了一下，孙学义也皱了一下眉。他接着说："再说鬼子也不饶人，鬼子是杀人不手酸的，鬼子来了，咱们的什么日子都没有了！咱们的什么日子都没有了！……"孙学义一面说一面拿手理着梭镖子的红穗穗，望望她，还是走掉啦。彩花在后面跟，跟他到了门口，到了树下，到了再也望不见他的地方，那时，山桃花开败了，山桃花瓣落了她一身，她也不知道。

谁知后来，孙学义又拿起洋枪。就在他拿了洋枪的这一年，彩花怀了胎。怀了胎，有时候使她笑，有时候又使她急。孙学义倒是对她更好了。他自从有了洋枪，正式地不再给地主去受牛马苦了，脸上也就有了笑容，他做了民兵小队长，住还是住在家里，民兵就都在村庄里。他天天对她更好了，他逗她说："你生个小子生个闺女？"

她眼睛发亮，脸臊得有点发红，低声说："你想呢？……"他心里是在想，可是没说出口，她想学义是爱个小子的，公公也爱个小子的，生一个闺女做啥呢！哥哥三升谷子换了自己，这事到现在还伤着她心。她悄悄在心里讲："要个闺女做啥呢！"心里说的可瞒不了眼里，这却给学义看去了，学义可不老实，学义说："你想个小子。"

她说："我什么也不想。"可是她笑得那样快活。战争是可怕的，谁知战争倒使他们有了快活。这不是白来的啊，孙学义的洋枪,在这方圆百里一带,打出了名,是花得性命得来的。不管怎样,从前苦啊,从前逼得出不来气啊,现今,打仗虽是打仗,仗是给自己打,也就打得快活。孙学义和他的伙伴们,生活在山头上,三五个人,抱了洋枪,带了手扔炸弹,从山头上,盯着敌人,敌人在那面道路上安了据点。他们时常黑夜白天,就要住在外面放哨。他们时常哄笑着,在村庄的道路上,走过去,唱着歌子:"山头上,好风凉,为了打仗饿肚肠,打得鬼子唤爹娘……"

这天,天没亮,窗纸刚透出青汪汪的光来,孙彩花被一种声音惊醒,一滚身爬起来。她听见窗上有人在叫:

"孙学义,……鬼子出动啦!快起来!"

孙学义昨儿个夜晚下了哨,披星星戴月亮赶回来的,这会一跃跳下床,扣上衣服。彩花从门后把洋枪提过来,给他挂在胳膊上面。他出去,外面远远隐隐一阵机关枪就叫响了。不久,"嗒嗒——嗒嗒",许多人的脚步声在村上村下响着,沿了窗户,有人低声叫着:"转移啦乡亲!转移啦!"这是一道命令,就如同一道闪电,一下照遍了全村。彩花跑过几次了,心倒没有慌,可是肚子大啦,肚子像一张鼓啊,她摇醒了公公,公公"吭吭"地干嗽着。她却觉得自己动了一动,心却在怦怦跳呢,肚子有一点痛。等到天明,她们一大群人已经一股一股地在后山上爬着山崖了。

整天,一下东面枪响,一下西面枪响,鬼子队伍给民兵死死地在后面揪尾巴,在山上打转转。彩花她们一群人,转到半夜,才在一处草房里息下来,她眼睛前头跳金花,头里嗡嗡响,肚子一阵比一阵痛得厉害。孙学义一天没见面,晚晌才找到她,她小声说:"跑不动啦……"学义蹲在她面前,从手里倒水给她喝,她躺在那里,枕着自己一只胳膊,脸惨白,眼睛如同冒着火,看定了学义。学义小声回答:"放心,……鬼子不来了,那面队伍抓着了腿啦!"正讲着,恰恰在这同一个时刻,远处"乒乒乓乓"又响起枪声。学义说:"咱去看看!"他跳出去。枪声愈响愈紧,愈响愈近。从彩花身边,乡亲们都不安地站起来,他们中间骚动慌乱了一阵,他们不肯丢下彩花,他们都停在门口喘着气擦着脚,低声"唼唼"讲着什么。后来学义来了,说:"你们走吧! 你们走吧! 人多了回头可掩护不来呢! 你们走吧!"他把公公也推着走啦。公公哭了,说:"这是啥年月呀! 连养孩子也没个安生呀!"这声音慢慢远了……一下,四周都那样静下来,从那极静极静的一会,彩花的呻吟,一点一点高起来,有时简直短促地喊两声,以后,就又拖长了喊叫着……

鬼子军队一个小队,发现了这山上有人,他们是瞎猫扑麻雀,有点风吹草动的,就乱扑一气呀。

孙学义和本村的五个民兵,死守在山坎坎上,沉住了气。从那里,每一射击都打得住往上爬的人。趴在学义旁边的是海山,海山说:"学义,你去看看! 我守在这里,一步不退。"

孙学义来回来去地跑,像蚂蚁在热锅上,彩花从眼睛里泛出死人似的光,那是凝固的光,那光在蓝黑色的黎明光里,显得可怜。她抓着他手,她手发烫,她手抖得树叶一样呀,她嗳嚅着:"丢下我吧! 丢下我吧!"学义发怒地吼着:"丢下你不如丢下我,你说什么废话呢!"枪声又一阵子响,他又跑回山坎坎上。海山枪筒打得发烫了,海山黄脸绷得像牛皮,眼瞪着,见他来,就抓他的枪换着打。孙学义说:"兄弟们! 退吧! 我再钉一下子! 破锅破摔吧!"可是谁也没动。海山说:"我们要等彩花,大家谁也不能丢谁。这年月,活活在一道,死死在一道。"敌人的火力集中,敌人好像从这面发枪的方向摸出路道来了。天,一刻比一刻发蓝,发白,从趴着的土地上透过一阵寒冷,刺着人,仿佛寒冷的不是土地,就是他们的身子。火力实在抵不着,他们往后退一步,又占一个山坎,又打着……再退,就到草房前面了。这时,枪子儿像冰雹打在草房外面墙壁上,孙学义弓着腰,往后跳两步,张大眼,朝四下望望:山头,山头,在蓝色的黎明中出现了。不远,他们刚刚放弃了的山坎上,他看见几个人形,弯着腰跑,又一下不见了,他们是找到合适的掩蔽地形又趴下了,又继续放射了。就在这紧急的时候,他突然听到了一种声音,这声音让他惊讶,这是含满了热情的狂喜的声音,叫着他:"学义！……"这声音甜蜜地落在他心上，他回过头，瞧见彩花，彩花跪在他身后面，眼睛在这清冷的黎明空气里闪光发亮。他一下狂跳起来喊："兄弟们！咱们转移个山头呀！"他们集中地放一阵排枪，随后，他们不从路上走，他们从满是荒草和荆棘的乱山上向山后面去了。彩花在这灾难里当了母亲，彩花在这灾难里，手弯里抱着自己温暖的小小的孩子。她抱他抱得那样紧，那样稳。

雨落起来，一落就是好几天啊。

拿了洋枪的人，在风里雨里，站在前面山头上。彩花她们一群人停在一处山崖下临时搭的窝棚里。棚外，支两块石头架一只锅，黑烟缭绕在上面，棚里地下铺着草。——大家是一个家，大家不再是你的我的分离着，大家融合在一块了。彩花的孩子哭啦，"哇哇——哇哇"的，张着小嘴，扇动着粉红色的小鼻子，那像小猫的鼻子，张着小眼睛，眼睛向前面看，他可看不到世界，也看不到人。他一哭，棚子里的人都围拢来，笑着，叫着，有的伸一只手在他脸前晃着，他的小眼珠可不动呢，大家都爱他，——母亲抱着他，母亲笑了。她记起那天绕到后山岗上，天已大亮，就落起雨，雨落得潇潇洒洒的，她一跌一滑，在山坡上艰难地爬着，头发淋湿了，衣服淋湿了，她只剩下胸脯上还有块温暖的地方，那里是干燥的，孩子睡在干燥的地方。他们一口气爬上山岗，喘一口气，彩花坐在学义的旁边，她大口地吸着清凉的空气，赶紧悄悄告诉他：

"是小子呢！"

那时，学义笑得黑脸上闪着水光。可是他不敢动孩子，他好像觉得只要他的手一捏，孩子就会死掉似的，孩子是细小得那样可怜，那不是什么孩子，那是小小的活东西，小小的，可是呼吸着热气的活东西。

公公每天低下带有长胡须的脸，公公每天点着头说："这小子长大了呢！"

彩花这时就感觉到很光荣，她说："可不是吗！长大了……你看看，这脸蛋像面鼓呢！"

"喂，"学义提着枪抬起头，"是肉长的，可不是嘴吹起来的泡泡啊！"

彩花又笑着说："你不信，这小子可一天比一天重呢，瞧！吊在我手上，就像个秤锤！"

"算了吧……算了吧！挂在秤钩上还压不着秤呢，你就喊重呵，重呵。"可是他走过来，他轻轻地把手抚在小孩子的身上。小孩子身上裹着妈妈的破毛蓝布裤子，小孩子睡得十分香甜。而今，彩花是一个新崭崭的人，彩花是一个母亲——可是彩花才十九岁啊！这有什么关系呢，实实在在的，是她那样叫喊过，痛苦过，在那黑暗阴湿的草房子里，外面打着枪。她生养过，她生养的仿佛不是孩子，是什么光啊，这光照耀了她的全身，也从她身上照耀了那灾难痛苦的日子，也照耀了她那长长的一溜黑烟似的十九个年头；从前她觉得寒冷，是从自己身上觉得，现在她觉得寒冷是从孩子身上觉得啊！从前她觉得饥饿是自己肚子里，现在却是孩子的肚子里啊！她改变了，她哺乳着孩子，她瘦了，她的眼睛显得很大。从前，生活把孙学义压得不大言语了，而现在在战争，战争带来无边际的动乱，骚扰，土地上染了血，血深深地，深深地浸进土里。不过，彩花生产了，是在战争里，学义当了小队长，是在战争里，公公脸上有了笑容，是在战争里；他们的租税减轻了，是在战争里……彩花初开始的恐惧心渐渐少啦，她不再听一点风吹草动就得跑出去听半天了，她不再做噩梦，梦见学义血丝糊拉的给人抬回来了；她每一次，把枪给他挂在肩膀上，看他走出去，她觉得他不是长工，而是另外一个人，一个小队长，一个英雄。

这次扫荡，在雨里又坚持了半个月。雨勾上了山水，山水冲了崖，冲了路。路断了，鬼子在泥沼里挣扎，他们的接济断了，在泥沼里是弄不到一粒粮食的，倒常常挨了炸弹。炸弹在水的旁边，在门背后，在炕上，轰一下就开了花，鬼子摸不着头脑，鬼子魂神不安，到处画着白圈，写上"炸弹"两个字，可是偏偏打没写字的安全地方一走，土地从脚底下崩炸了……一个晌午，出去两天的孙学义，带了民兵小队到下山崖的棚里来："大家回去了！大家回去了！"彩花抱着孩子回到家，回到那有一棵胡椒树一棵山桃花的家里来。

秋天去了，冬天来了，大雪落在山谷里，世界一片白茫茫的。早晨，正面传来消息，村里人来不及远跑，就分成好几股往后山上各处去躲，彩花她们躲在一处深山洞里去了。孙学义和三个民兵兄弟在一个山头上监视敌人，谁知半天没一点动静。学义放心不下，爬上最高的石崖。瞭望瞭望，猛一回头，后山上冒出小黑烟，他情知不好可没声张，只说："我去后山望望，鬼子来了，你们得扯着打！"就觅小路，从山梁梁上跑到后山岗上，从下面山洞地方，黑烟冒上来，辣辣地刺着他。他三跳两跳往前奔，一看，七八个鬼子兵正在烧山洞，烟浓得很，大块大块的卷在山壁上，冲到洞里去。他刚把枪顺过来，要射击，突然，几个人影从山洞里冲出来，他还没看清，一犹豫，他看见了彩花——彩花紧紧抱着孩子，如同疯狂的野兽，打头扑出来，她扑出来，跌跌撞撞的。另一个妇女昏迷似的，一跌，倒在地下。另一个向前急跑，从后面，一个鬼子兵挺着刺刀刺过去，她也倒了。一个鬼子兵追上了彩花，他夺着她的孩子，她紧跑不放，她惊叫，她坐在地下……学义来不及放枪了，他从崖上一下跳下去。鬼子兵回过头，就用刺刀和他搏斗起来。几个妇女倒在血泊里号叫着，彩花挣扎着爬起来，她要扑上去。可是孩子呢，她转过身，她想把孩子放一个地方，就这一瞬间，她忽然听到"砰"的一声枪响，震得她浑身抖了一下，心向下一沉，她猛然扭过身，她看得清清楚楚，她看见学义刺刀插在脚下倒着的一个鬼子的胸脯上，可是他自己，一手按在胸上，他像一棵粗壮的树慢慢倒下去。她又看见，是那边，不过，一个鬼子兵，恶狠狠地又把枪口转向她——她这时感觉到孩子，孩子贴在胸口上，她紧紧抓着孩子，她瞪大眼睛，她听到第二枪，可是这枪没打在她身上，那边那日本兵，倒头撞在山上，脚伸得直直的倒下去了。几个民兵弟兄从崖上跳下来，第二枪是他们放的，彩花没有空想什么，她两步跑到孙学义跟前，她弓下身，她看见，学义头歪在雪里，胸脯上，满是血，一只脚踏在他刺死的那个鬼子的脸上。学义死了。学义胸口像打烂的泥浆,分不出衣服和肉和血。她再伸手摸着他的脸,脸是凉的,从微微张着一点的眼缝里,还露出灰白色的迷糊的眼珠,她又摸他嘴唇——她跪下,她把孩子放在土地上,她两手摇撼他,他头摆来摆去,在雪地上摇了两下。脖子挺不起来了,软了,像是一根绳子,联结着身体和头颅,那不像是脖子。

彩花颓然垂下头,她趴在他脸上……

雪落着,一阵比一阵紧,雪落着,一阵比一阵紧——学义的胸口上,冻结了雪花,雪堆积着,雪好像要把他和彩花,和这世界,都温柔地埋起来。

雪这样可怕,它一点声音没有,雪可那样猛,它像堵着了彩花的喉咙,她觉不到自己在喘息,她觉不得那是雪,她只觉得她一点一点离开了世界,世界都完结了,世界在一场大雪里完结了。

很久……突然一种极微小的声音,可是那样新鲜的声音,烧着她,她惊了一下,她赶紧挺起腰,她寻找,她两手摸着。她抓到了——啊,孩子!啊,孩子!她赶紧把他抱起来,偎到怀里。

彩花从孩子那得到了一种力量,这声音把她从那完结了的世界里引出来,她站起,她从几个死尸旁边绕过去,她把每个都摇一摇,好像他们还活着,可是,那个都没动。她继续寻到山洞里,她摸着冰冷潮湿的石墙,她什么也看不见,洞里浓辣的烟还满满的,她摸着,摸着,走了一段路,很久,眼睛才变过来,在洞里才影影绰绰看见东西,恰如,她正站在公公面前,公公那样慈祥,长长胡须铺撒在胸脯上,头微微向后仰,靠在洞壁上,眼微微闭着,他像睡着了的孩子那样平静,像个菩萨,她嘶哑着嗓子叫唤:"爹!……"他没醒,她只有这一个亲人,一个依靠了,可是他没醒,她又提高一点声音:"爹爹!"她伸手去摇,就给她摇倒了,像一截冻硬的湿木头,一下滚在地下。

她明白了,公公在那一会,在她给烟呛得心脏都要吐出来那一会,她忘了,她拼命奔出去,他就再没有看见了;原来他是一进来就坐在地下喘得喉咙里"呼呼"的响啊，彩花一切都失望了，就在这短短的一会时间里……彩花就垂了头，两手抱着孩子一步一歪地悄悄走出来，她的头发散乱了，她的眼失了神，前面是一片茫然的去路。她仰头望望天，他们好像都从她望着的天上去了，想了想又转过身走进去，把公公连拉带拖地抱出来，放在学义身旁。她又四下看看，和她一道从山洞里冲出来的人都横竖地死在雪地里了，痛苦得把腿拉得长长的。她又把她们一个一个都拉在一起，她又数了个数儿："一起是八个……八个！"她又一个一个从头看了一遍，最后，她弓下身去摸了摸学义的头发，把他的衣服整了整，手就给吸在他身上了，她又跪在他身边了。

这时，民兵回来了，他们逐走了敌人，他们从村庄里带了锄头铁铲来了，谁都一声不响，谁都沉在痛苦里面，有的围在四周低下头，有的一面掘着土，一面落下眼泪。

彩花爬起来，把孩子交给刚跟民兵来的一个妇救会员手里，自己从人家手里要了把锄头，气也不哼一声，在学义身边挖着，如同老鸦啄着石头，土冻结得像一块石盖，不露一点缝儿。她累了，手臂酸了，外面冻着里面热着，顺着脊梁沟滚汗啊！她一只腿跪下来，咬着牙齿，继续挖。

把死尸掩埋了以后，天已经快黑下来了。她抬起头看见海山，海山低着络腮胡须的脸，低着红眼睛，站在她面前，想说话，又没说，转过了头去。

地上还丢着两个日本鬼子的死尸。有的主张把它丢下沟去喂狼吧；有的主张就丢在这里，等鬼子再来，给他们瞧瞧自己的命运；还有的主张把他们的头割下来，解解恨。海山皱皱眉走过去，他沉重而又平稳地说：

"在那面，离咱们人远些，这些，就在那坎坎后面去吧！……挖个小坑坑，埋了他吧！"

彩花喂奶给孩子吃，孩子躺在温暖的胸怀里，舒适地吃过奶，睡着了。她最后一个，跟着这群人回到村庄里来。她走到门口怔着了……她慢慢推开门,她走进屋,屋里那样清冷啊!她摸摸炕,那里睡过人的呀!她摸摸门背后的空墙,那里放过枪的呀!她把孩子放在空落落的炕上,她突然觉到浑身的汗毛都在扎着,从脊梁骨冷透到心眼里,她轻轻说着:"怎么会啊!怎么会啊!"她到处看着,摸着,都一点没变动,可是什么都不同了。她又走到门背后,她停在那里——她记起一件事,一件活生生的事,一件快乐的事:是去年了,春天野鸭子在巢里孵了蛋的时节,是那次选举村长——她从妇女主任手里拿回那张选举票子来,她一直没有动它,放在灶王爷香炉下面。学义说:"你别落后哇!你怎么不选个好村长呢!"她撅着嘴说:"咱不认字两眼一抹黑呀,咱就不选,咱没资格!"那时学义又笑了说:"不识字,你拿根香火,在你选的人名字下烧个洞洞儿,就算数。""你说选那个?""那咱不管,这叫民……民主,咱不管。"学义笑得嘴咧得开开的,在灶上烧了一根香火递给她说:"去,去那门后面选吧!咱不看你的。"他就坐下去劈柴。彩花带了根香火,捏了张名单,走到门背后黑影里,她"扑哧"笑了,她心跳,她闭上眼,心里祷告着:"天王菩萨!咱选……"她在旁人告诉她听的一排名字中,选好一个,就在纸上截了一个洞洞儿。可是,现在门背后空落落的,他呢?他呢?……他去打仗了。他最后一次离开这家是前三天,那时,照往常一样,她从这里,把枪挂在他肩膀上,他在她手里看看孩子,就走了。——可是他永远不回来了……她的痛苦沉重极了。她刚才一直在走来走去,她摸他,她把他埋掉,她都没想这是永别,是他再也不活在人间,再也不管她了啊!可是,这会,她一下趴在墙上哭了起来,她尽性地哭,耸着肩头,头在冰冷的墙上撞着,她想死,可是孩子的小鼓似的脸又出现了,她就更厉害地哭。她哑了嗓子,她走到炕边上,趴在孩子旁边,炕上半截地上半截的在那里哭;这一哭,她一点劲儿都没有了,像一切都松散了,她就昏昏沉沉地趴在那里不动弹了。

彩花再抬起头,眼前一片漆黑,看看外面还亮着,她摸了摸孩子,她轻轻把他抱起来,一手摸着前面,摸出了屋门。她走出门口,她停留在树下。一会,她又不自觉地走到她每一次再也望不见他的那个地方去。——远处,近处,在这快黑的时候是一片灰白色,彩花望望这边,再望望那边,突然,她看见脚下一个人影子,她猛一跳转身,心里浮上一点喜悦,可是什么也没有啊!又转一次身,什么也没有啊!再低头,才知道是自己的人影儿,贴在脚底下。她抬头,哦,雪停了,天晴了,天是冰冻的,一层一层蓝白色的云,如同冰窟,在那上面漏了一处洞,有一轮月亮正在那里现出,可是它更白,它更寒冷,它看着彩花,它用冰冷的眼光,射得彩花心里也冷起来,也发亮起来。是的,他永远也不回来了,可是她得活下去!她应该把孩子养大,她——孙彩花,村里的人都曾用眼望着她,她会怎办呢?她活下去!她为的要把孩子养大。以后不要哭了,哭给谁看呢?从前,要是哭,学义会骂她,公公会把手杖捣着地皮,现在没人骂,没人捣着地皮,可是她不要哭了。她想着,她低下头,她看见孩子,孩子在梦中仿佛是笑,孩子的笑传染了她,孩子的笑在她死气沉沉的周围,闪出了一点火星,她仰起头微微叹了一口长气……是的,她还得去劈那劈柴,她要把自己喂饱,孩子要吃奶呢。

第二天,天未亮,她爬起来,一开门,哥哥正驼着背坐在门口,见她起身,悄悄咳嗽了一声站起来。

"哥哥……"

"妹子,你不要伤心,有了孩子就有了根,孩子长成人,你就有花戴有衣穿呀!"

彩花摇摇头,冷冷地望望哥哥,他的背好像更驼了,人更瘦小了。是的,彩花用不到谁嘘口热气,她也不能够把热气去嘘旁人。

从那以后,她得到了妇女主任的帮忙。妇女主任是个三十几岁的小脚妇女,白面孔,说话声音特别响亮,她脑筋可比彩花开通,她叫彩花识字,她叫彩花做这做那,她有一天把彩花叫到她家去,一手拉着彩花,肩膀挨着肩膀坐在一起,她说:"彩花啊……你男子死也死得好样,你可得记着!他是土里爬大长大,看人眼色吃饭大的,他爱新政权,他在民兵小队常说:'咱今天死也值得,从前为人家,今天为自己!'他懂得新道理,民兵小队那一个不念他。"彩花点头,彩花温暖。她又说:"比如海山,那天回来就讲:'咱家也不要了,不把鬼子一个个杀净,保住咱们新政权,咱家还不是猫巴掌下的耗子,知道那会完啊!咱不能忘学义哥!'……你想,往日,妇女一辈子,还不是屋里灶头,就糟蹋了,彩花,你到年才是个整岁数!你不走进新路,老路那天完呢!"正说着,村长来了,这村长就是彩花在门背后,心下祷告着菩萨,用香火选的。他一进来,一眼看见彩花,眼可就发了亮,笑嘻嘻说:

"正好,正好,彩花嫂也在,县上来了话,咱政府奖励你呢!彩花!"

妇女主任站起来,彩花也跟着站起来,妇女主任问:"怎么个奖励法?"

"彩花是妇女英雄,彩花永远受咱人民的优待。"

彩花可感动得下了泪,她说:"村长,妇女主任!咱男子死了,咱可没想死,咱可就想在屋里受把苦,把小子拉扯大,总算一条根。咱心里恨鬼子,咱口里可不会说……咱细想小子长大,咱有支枪,咱就有好办法了。今儿个心里可明通通的了,往后,有啥工作做,村长,妇女主任只管叫。咱常常想……从前他爹在,虽说也教咱懂下新道理,心,放也不算放不下,可是一有风吹草动,那些不牵肠挂肚呢!现今也好,现今咱倒无牵无挂了,倒放心了。"她一路说下来,眼泪像珍珠,珍珠挂在鼻尖上,一摇就落到地下去啦。话说完,她牵起衣裳,擦了擦眼睛。这倒闹得村长,妇女主任都好好安慰她一阵,又鼓励了她一阵。

说也怪,战争怎么来得这样残酷,战争可也就把人改变了。就拿彩花来说吧,她活了十多年就苦了十多年,战争来了,到刚刚喘下一口气,她得到了一点幸福,新的痛苦又把她往水底里打,她打落了再起来,打落了再起来,现今到底走上一条新的道路。从前,好几次啊,孙学义夜晚里说:"孩子妈,你也把头发铰个短短的。"她可不肯干,她说:"那,咱不干,秃尾巴鹌鹑似的,像个什么样儿,再说，将来队伍走了，咱还不是过咱的日子。"她想望个什么日子呢？给苦日子压得扁扁的人了，她的希望还有多大？一颗芝麻粒又能榨出多少油。她却总有个盼望，这盼望现今就打得粉粉碎。旧的碎了来新的。旧的不碎，在彩花脑子里倒是一层障碍。现今，孙彩花就走上了新的道路，她笑着要妇女主任给她铰头发。妇女主任开玩笑："你可别后悔，咱会铰，可不会安上啊！""咱不那样落后了！"从此她头发剪得短短儿的，两只大脚片走起来，短头发一荡一荡，可利洒呢。在村庄的会议上，全县大会上，她都讲过话，她讲的是一样的话，动听的话："咱男子为了打鬼子死了的，咱们性命还是他抵来的，咱也不能落后！"

孙彩花度过了二十岁，如同一棵树，现在正当阳。她把先前那一抹黑的日子，丢得远远的了。先头，她还只在村子里活动，她走到那里，旁人眼光就跟到那里，手指指到那里。她在众人心里就像颗太阳，照着金晃晃的光亮。旁人说："瞧，彩花！真是名不虚传的女英雄，一个人孤零零拉扯了小子，还种地，还工作，有一回，那样大风大雨，她从青寺村开会回来，一回来，她衣服也没拧拧干，就挨家挨户收鞋子。她讲：'队上没鞋穿呢！……民兵够苦了，民兵是咱们的家人，嫂子！你手动快一点，好不好？'"

这话是确确实实的，彩花又好耐性，她总是笑容满面的，从来不让旁人脸上过不去。可是轮到自己头上，她是什么苦都是吃得下，做得来，只要妇女主任讲一声，她就不声不响地去了，从来不像旁的妇女摸摸索索的。她无牵无挂啊，拿起腿来就走路。旁人鼓励她，她笑笑说："咱没有人绊手绊脚，你不同，你家里事多要人做。"她有时候，早晨喝点稀粥，下顿或许天黑还没有吃了。她走回来，从门环上把铁锁打开，悄悄走进去，屋里，火早就一星都没有了，只有一只蟋蟀在灰灶里"吱吱——吱吱"叫得人心慌。她把小油灯点上，一抹昏沌的黄光，半明不暗地照着屋子里，如同一层黄色灰尘，她从背上把孩子解下来，孩子细细的颈脖儿歪着，睡着了。她轻轻放下他，到缸子里摸出两块凉玉黍饼子，一面嚼，一面把灯移到炕上,她就坐在孩子身旁做起鞋底来,在这样的夜里! 她偶尔也想起学义,那时间,她停下手里的活,抬起头,望着窗户发呆,呆了很久很久,可一下,谁提醒她似的,她又去忙着穿针理线了。

有一次,又是敌人赶着秋收来扫荡了。民兵守着山头,打了整整一天,没拉下火线。天又瑟缩地落着秋雨,他们湿湿的很难过,肚子又饿得慌。村里男子都到山头上去了,雨下得路滑滑的,谁也不能出去。孙彩花听听枪还在响,她自个下了决心,到山头上去。

妇女主任急得到处跑,动员也没谁能够动了,恰恰彩花迎面走来说:"我去一趟,给送点粮食,带上几件干燥衣服。"

"你可行?"妇女主任把孩子抱过去,喜得歪着脑袋问她。彩花点点头,把包袱绑在背上,一手提了一个罐罐,就从山梁下去啦。

好容易爬到前面的一个山头上,那儿,海山带着七个弟兄打仗。海山一回头望见她,高兴地叫:

"好了! ……彩花来了!"

她爬到海山跟前,那是一个小草棚子,是临时用树枝草叶凑来搭的,低得很,只能在里头躺下。海山留她在这里,自己弓着腰到前边去。那是山岩边上,几个人冒着雨在打枪。一会,四个庄稼汉回来了。其中一个笑眯眯叫:"彩花嫂,我们可饿得眼发蓝了。"另一个说:"彩花嫂,真是模范。"第三个说:"咱们整天转了五个山头了。咱今天是绷着劲了,咱抓着鬼子一条腿,今晚,那里正规军好下手!"第四个没说话,粮食已经塞满口。彩花望着他们,——这一个是张老疤的大小子,从前是揽长工的;那一个是孙德,他家倒有三十几亩山坡地;还有那瘦脸的麻子,家里原是开小酒铺的,也有五十亩田地;还有那个,才十七岁,原是放牛娃儿。可是现在他们都是打仗的人,手腕上挂着支枪。放牛娃儿顺着前额上头发往下流水,他忽然说:"要是能烧一堆柴火烤一烤就好了。"显然他浑身精湿,不大舒服。彩花眼里发亮了,回手就拉出一件干燥的衣裳来,扔过去。他却摇了摇头:"没用,回头一会还是湿啦。"他们都不肯换,他们急急忙忙弓着腰走了,彩花没停下,跟着爬出草棚来,用手

紧了紧头上的包头布,随后,爬到山岩边上去。她挨在放牛娃儿身边,她向山岩下看,是一片湿漉漉灰蒙蒙的烟景。放牛娃指给她:

"那里!"

隔一会,从那里枪声"砰"地响过来了。她发现在远远的一个山坡上,枪是从那里打过来的。

彩花很快伸出手,一把抓着放牛娃子的枪:"给我!""不行!……你没用!""行!给我!"这时,她简直从心里发抖,她要打一枪,可是放牛娃死也不肯给她。

彩花回到村里,妇女主任正坐在窗口等她,小孩子在旁人手里不舒服,"哇哇"地哭叫。妇女主任说:"喂喂,喂喂,饿了吧,小东西饿了吧!"她喂过奶,又找了粮食,到别一处山头去了。

从这以后,她常常在打仗的时候,往前面的山头上溜来溜去,有时也跟民兵一道转山。彩花背脊上背个孩子,可以一步也不落在后面。慢慢,村上民兵们都在纷纷夸奖她:"彩花嫂子顶得上一个男子汉呢。""比那些窝囊废没用的人还强呢!"有时,民兵们去吃饭了,她也替放放哨。彩花那样平静,好像把自己也忘了,就是为众人的事情忙。她不在山上刨地种地,就在村里村外张罗着工作。她红光满面,她笑的时候,厚厚的嘴唇张开着,美丽地动着,她闲时把孩子举在手里,逗着孩子笑……她满意这新的日子,她一点不孤零零。政府优待的金黄谷粒,堆在缸里,盆里,她真正感觉到这世界是她自己的。一到代替放哨时候,她把一支洋枪靠在自己胸脯上,眼睛一眨不眨地盯着前面,她可就乱想起来,她盼望着那里有一个日本鬼子再现就好了,她幻想一枪把他打倒就好了。孩子慢慢长大了,他会咧开小嘴笑了,他会抓手了……她心里总觉得孩子那样像他死去的爸爸,有时他笑起来皱着眉头,她就轻轻用手心把他眉毛匀开,还笑着说:"别学你爹这个样子吧!你爹自挎了洋枪,也就不再这样皱眉皱眼了。"可这孩子也乖,就长得挺结实,他是她的一切希望——她希望更美丽更光辉的日子,她希望孩子在那日子里做个英雄。可是原来她的仇恨种得那样深,这种仇恨心和对孩子的爱情一齐在生长。是的,她有时也这样想:孙学义是为了她为了孩子,才拼掉性命的,旁人还那样念着"学义哥",她在怀念里却含着一种犯了罪的心情,要不是为了她为了孩子,孙学义也许不会……起码那一次不会死啊! 她把这话跟妇女主任悄悄讲过,妇女主任批评她:"你瞧! 你落后的,他是为你,也是为大家,还分得开吗! 他要不当民兵,像你驼锅子哥哥把头扎在裤裆里,死不了。"彩花给她几句话说开了心底,两个大声笑了起来,笑了老半天。临走彩花正经地说:"听你话,咱不想了,想就耽误了事情,你说是不是?"

在一个春夏之交的晚半天,太阳的金光照亮着每个山头,天绿得像翡翠似的可爱,中间飘着几条浮云,浮云像几条发亮的红色火链。彩花心里畅快,站在离村五里半路的山坎坎上一棵树背后放哨。突然,——她望见,清清楚楚,一个日本鬼子兵在那前面的道路上出现了。她心底下的火,通的一下喷上来了。她两只手在紧紧抖动着,可是她马上恨起自己来了,她咬着牙,把自己稳定下来。海山的话在脑子里响起来,"要是鬼子来了,你就赶紧跑回来报告,你记着,不准乱打呀!"可是现在鬼子来了……她脑里一闪:"跑?"她不能,她记起另一种声音:"咱今天死也值得!"她不动。日本鬼子探头探脑朝这面走,彩花不动,彩花把身子歪着紧紧靠在树上,把胸部压着,气都喘不上来了,脑子里又一闪:"跑?"她咬咬牙,把枪慢慢端起来。她的眼珠不动了,她的细长的眉毛向上挑着,眼瞪得那样大。孩子在她背上睡着了,她听哪,听见他小小的心在噗通噗通地慢慢跳着,微微跳着。日本鬼子走近了,走近了。她的气闭着了,她的喉咙眼里发干。日本鬼子一个,两个,三个……她觉得气往胸里闭塞着,她要一下把它爆跳出来,一下吐出来。她心往下一沉,手指在枪机上用劲地往后狠狠勾下去。

"砰"……

她的眼瞪着,她看见那打头的日本鬼子把手一扬倒下去了。她又放第二枪,枪闷头闷脑的没有响,子弹,卡在枪膛里了。她把枪丢了。

她什么也没听见，她只觉得一阵火光从对面跳过来——她一把把孩子从背脊上拉下来，抱在怀里，她把整个背部转向敌人，她用整个身体护着孩子。她清清楚楚，她知道自己倒下了；她似乎听到自己倒下地的声音：她清清楚楚，听见孩子在疯狂哭喊；她清清楚楚，看了孩子一眼；可是身上在灼烧，忽然仿佛自己头在涨大，涨大，一阵海浪激荡似的，一切便混乱了……等到她醒转来，先是朦朦胧胧，好像在黑茫茫的夜里，一片荒原上，只见一盏小小的孤灯，一盏小小的孤灯，而后一种声音引着她向前，向前，那光就愈来愈亮……她看见这是面前的一盏灯，一盏火穗子跳得很长的灯。她又看见孩子，孩子在一个庄稼汉的手掌上，那人是海山，海山俯身向她，孩子正用那样洪亮嗓音在哭，这洪亮的声音像在向世界上宣告着新生命的光辉是永远也熄灭不了的！彩花才听清楚了刚才朦朦胧胧听到的声音，那愈来愈响亮的声音。这哭的声音立刻使她忘记了那疼痛，她想动，可是浑身又在火烧火燎地刺痛起来。她宁静了一下自己，小声说："他饿了！"海山说："彩花嫂，你别操心吧！好好养自己的伤吧！孩子大家照管是和自家照管一样的，你为大家受了苦……"海山说到这里激动得眼睛发湿发亮起来。那放牛娃却从他背后伸出头来，脸红红的，嘴有一点抖颤。这时，彩花看见屋里站满了人，有孙德，有张大疤的大小子，有村长，有妇女主任和看也看不清的人。妇女主任站在她面前柔声地安慰她说："咱政府一会就送你到医院！没大要紧，擦上药，养上两个月就好了！……"这时从孙彩花的眼睛里忽然滚下两颗又大又亮的泪珠，——她看到了一种美丽的红色的光芒，她自己像躲在给中午太阳晒得发出浓烈的香气的谷草堆上，那样美，那样舒服，可是这里没有学义，没有公公，而是更多更多的人，在她的凝了泪珠的眼里露出微笑了。

一九四四年

选自《勇敢的人》，东北书店 1947 年

无敌三勇士

一、一场不团结怎样闹开头

有些人把我们当战士的想得太简单了。

以为我们就是打打仗,睡睡觉,实际上不是那么一回事。

我们在连队,就像在家里一样,不同的是这个家一会在战壕里,一会在老百姓干草堆上。一家子有一家子的和美,一家子也有一家子的家务事。

不要讲旁的地方,现在就讲讲我们班里吧。

前些时候就发生过这样一件事,我们欢迎一个战士归队,这不是一桩喜事吗?结果却闹了一场不团结。

我们欢迎的是个战斗英雄,伤没好利索就跑回前方来了,我们觉得这是真正值得欢迎的战士。晚上,全班围坐炕上。他一路担心赶不上队伍,这会一下子给大伙围着,那高兴劲还用提吗?他指手划脚,津津有味,说他一路坐火车来,如何如何帮翻身农民抓地主,不断引起大家哄笑。我们大家也就你一言我一语说连队上的事。末了,一个同志说:"你走了,我们可想你,这些日子,你的英雄事迹在团里到处传,到处讲,可吃得开了,团首长还号召大家学你呢!说你是孤胆英雄。"这样双方正在十分高兴,谁料突然之间插进一个战士来,他多了也没有,只讲了一句话,由此就闹开了不团结。

二、阎成福

阎成福是这个故事里的主角,也就是上面已经介绍过了的战斗英雄。

阎成福家底子怎么样，那时咱不知道，可是一看就是穷朋友出身，平时在班上有个二虎劲，打起仗更是虎了巴叽，勇敢得很。

这次作战负伤，在医院床上磨屁股磨腻了，回了一趟家，看了看翻身光景，身上有衣，槽上有马，门外有地，心中真是说不出的愉快。晚上农会小组欢迎这前线回来的战士，他干脆讲："告诉你们，你们心里有底，仗是打好了，没问题，我回来瞧瞧你们斗封建斗得澈底，我心里也有底，往后，睄好吧，我在前方决不会丢拉拉屯的脸。"天没亮，再找就不见了。阎成福回到医皖，往病房里一个一个看了看战友们，就往前线来了。

再说他不在队上的时候，大家都宣传他的英雄事迹，一个传两个，两个传三个，愈传愈广，那简直就跟神话一样了。要论实际情况，也确实有个讲劲。那天我们跟敌人打了个遭遇战，阎成福在火线上，一个人突击前进，一下子跟部队失了联络。敌人机枪、六〇炮打得到处喷烟冒火，他妈的，我们合计阎成福算是革命成功——完了。连长气得飞飞的，瞪着两只红眼珠子，带着部队突击。你猜后来怎么样？——在最紧急紧急的时候，敌人内部忽然乱了，敌人一松劲，我们可就通上去了。原来阎成福三摸两摸，不知怎样摸到敌人临时指挥所里去了，我们一攻，他就丢了个手榴弹，敌人自然乱了，这会他就拿枪押着一个肥头大耳的俘虏下来，说还是个"团级干部"呢！阎成福直嚷说刚才就是这家伙在指挥队伍。这地方拿下来，我们立刻向纵深发展。一会工夫，阎成福又上来了，还一面喊："我，阎成福又上来了！"大家一听，十分高兴，那时我们班又担任了突击任务，正在紧急关头，不久他就受了伤，昏迷不醒。连长叫我们背他下火线，到那边树林子里交给了担架队。

三、老油条

老油条是我们给李发和起的外号，叫来叫去，大家就好像忘了他的真姓名，连指导员有时也这样亲热地叫他。

老油条是个老战士,也有人管他叫老不进步,他也不十分在意,"八一五"以后参军,跟他一起的都有当排级干部的了,他还是个战士。他倒还自在逍遥,别人问他,他温吞地笑笑:

"我自在,——我省心。"

这人就是自由主义,吊儿郎当,大纪律不犯,小纪律不断,可是当兵一当三四年,打仗总打了百十回吧,身上一根汗毛也没碰断。不用说,他有一手狠的,就是打仗在节骨眼上,他有办法,——动作快、猛,能出点子。可是政治不开展,生活纪律坏,一个牌牌也挂不到他头上。现在,让我们拉回头来讲吧,那晚,欢迎阎成福的时候,就是他,冷丁子说了一句话。本来他一直在旁边卷黄烟吧嗒吧嗒抽,当人们那样称赞阎成福的时候,他忽然推开别人伸过脑袋说:

"我瞧你那英雄牌是碰上的。"

这话一说,阎成福炸了,马上把脸一虎问:"你说怎么碰的?"老油条慢腾腾望他一眼:"我大小仗总经过百八次了,浑身上下没给枪子打过一个眼,这才是真功夫;你英雄倒英雄,战场动作可还不大入门。"

这瓢冷水一泼,大家也扫兴,班长说天不早了吹灯睡觉。从此阎成福跟老油条就谁也不理谁了。

四、赵小义

这纠纷若就在阎成福跟老油条身上展开,也还简单,现在又横着加上了个赵小义。

赵小义是解放过来的战士,才十九岁。夏季攻势解放过来,说他岁数小,中毒不深,就没往后方送,立刻补充了。赵小义表面上活泼、单纯,肚子里可有鬼。讨论会上他从不发言,他是瞪眼瞧,他想:两虎相斗,必有一伤,将来看谁占上风,咱就往谁那边靠。因此在连里,他抱定宗旨:不积极,也不落后。他处处爱挑眼,一点小毛病,就骂:"什么优待,优待,那都是鬼吹灯——瞎话。"五班是模范班,班长抓得也紧,可是石头虽硬,也还有个缝儿,赵小义呆久了,自由主义这一点，自然就跟老油条十分靠近起来。那天晚上，老油条跟阎成福闹了个满脸花，他就暗暗同情老油条，他听阎成福什么翻身呀，斗地主呀，英雄呀，心里就不十分得劲，第二天便跟老油条拉近乎。可是老油条有老油条的原则，跟小赵对抽一袋两袋黄烟还可以，至于谈谈感情话，那犯不上，他想：我是关里来的，你是俘虏来的。小赵感情上得不到安慰，于是又转回头找阎成福。在阎成福跟前就放一把火，说老油条说了：

"阎成福算啥，下次打仗瞧吧！"

讲与阎成福有关系的话，阎成福自然听下心去，从此与老油条关系更加恶劣，一见面，就向后转。

可是一讲到小赵自己心事，阎成福就不来了，这怎说呢？

阎成福觉得我是解放区翻身战士，你是蒋占区的俘虏兵，他这种优越感可就给小赵来了个大扫兴，小赵情绪从此十二分低落。

这样一来，四五天工夫，模范班就变成不模范班了。

五、急坏了班长李占虎

在纠纷发展过程中，可是急坏了班长李占虎，他一手创造的模范班，眼看就垮了台，他怎能不急呢？

李占虎是个好班长，班上有什么困难都是他先承受。你要知道领导一个班不是一件容易事，十个人十条心，要把十条心变成一条心，才谈得上领导。李占虎从来不对战士们吹胡子瞪眼。他是关里来的老战士，耐心说服教育，真让人挑大拇指头。自从班里发生不团结现象，在行军作战中，就遭遇了十二分困难：这三个人彼此不谈话，你让他们挨着班站岗吧，谁也不跟谁交代任务；你让他们在一块吃饭吧，阎成福朝东，李发和就朝西，永远脊梁望脊梁；你让他们睡在炕上吧，李发和睡下，阎成福就吭一声抱起背包睡到地下去了。这天李占虎一个个找他们谈话，先跟阎成福谈，谈了半天，阎成福说：

"我为人民服务，我可不受谁气，有种没种反正火线上见吧。"

站起来走了。

再找李发和，李发和一面抽烟一面听，听班长话说干净了，他说：

"我反正是为人民服务到底，没问题。"

班长又找赵小义，小赵末了说：

"咳，班长，从前我不明白，解放过来，现在可接受教育啦，我为人民服务，还说啥呢？"

闹了半天，原来三个人还都是"为人民服务"，班长一肚子热情换了一肚子苦恼，自语道："这三个家伙好像商量好啦！"他真是一点办法也没有了，哭哭不得，笑笑不成。

这时，恰好团上领导进行诉苦运动，有些兄弟连队已经展开，诉苦诉得大家哭哭啼啼。从前五班是个团结友爱模范班，指导员就打算把五班当个对象，花了几天时间来推动诉苦。谁知一深入了解，指导员直摇头，这一来李占虎急得眼泪都出来了，一把拉着指导员说："指导员，五班还是有希望，你给三天期限吧！"期限讨下来，班长想：怎么办呢！？他下决心来个"围歼战术"吧！他一下子把三个人找在一起，几句话把他们不团结的事挑开啦。那里知道，三个人在他面前异口同声说："没啥，班长。"班长一听倒乐了，于是把五班要争取模范谈了一番。谁知第二天一看，三个人是原封不动，谁也不理谁，这一下子班长可急了，气得背着全班人狠狠哭了一阵，第二天进入战斗，忙着准备战斗就过去了，至于团结，还是没一点进步。

六、一块骨头

第三天打了一仗，天阴落雨，打完仗，李占虎带着全班走下战场，经过一片乱葬岗子，他低着头发现地下有一块骨头。

他停住脚步，弯身取起骨头看着。班里同志都奇怪地望着他，他可提出问题了：

"你们说这是什么人的骨头呀？"

大家站在雨地里纷纷讨论开了，一边说是穷人，一边说是富人，末了，李占虎张嘴说话了：

"我看这是穷人骨头，地主富农有钱人，死了有棺材有坟，怎么也不会乱丢在这里；穷人活着没饭吃，死了也没地方安葬，给风吹雨打，还不是东一块西一块，到处乱丢，穷人有谁管呢。"

回到宿营地，战士们忙着铺草烧水，李占虎瞧了瞧，只有阎成福、李发和、赵小义没有在，一直到吃饭时也没见这三人。他就往屋里跑，原来小赵回来就一头扎在炕上没起来，班长以为还是跟老油条跟阎成福闹别扭，就安慰他："唉，小赵，——人就是这样，在一道怨一道，不在一道想也来不及了，起来吧！"就爬到炕上搬小赵肩膀，谁知小赵一翻身，呜的一声扑在班长怀里大哭起来。

哭了一阵，小赵跟班长讲了一段故事，两个人连说的带听的都哭起来了。

班长立刻跑到连部去，一五一十报告给指导员，指导员也听得十分难过，嘱咐他回去，好好照顾小赵。李占虎就顺路把自己三百元津贴掏出买了几个鸡蛋，带回去给小赵煮着吃，小赵一端碗就哭得呜呜的。究竟小赵说些什么，班长听些什么，还不到宣布的时候，这里就暂且不讲了。

七、再说阎成福跟老油条

阎成福心里难过，想找个清静地方呆一会，就往后院粮囤那块走去。老油条却低着头，也往这个地方走来。要不是听到脚步声，两人险些儿鼻子碰了鼻子。阎成福一仰头瞧见老油条，老油条一仰头也瞧见阎成福，好像谁叫了一声"向后转"，各自扭过头就气呼呼走开了。

转来转去，阎成福就转出村子。

老油条卷了一根烟抽着，低着头，找没人地方，顺着墙边蹓。

阎成福从那边走过林子，老油条从这边走过林子；阎成福从那边到了河边，老油条从这边转到河边，一下又碰上了。

阎成福火了，心里直骂娘，要不是不能先跟老油条讲话，他非骂他一顿不可。

正在这时，班长寻来了，一下，一手挽着一个拉了回去。

回去，两个人谁也不肯吃饭就睡了。

八、晚上点着一盏灯

晚上点着一盏灯。班长在炕沿下检查了每人的鞋子，从中挑出两双破烂了的鞋，然后班长在膝盖上搓了根麻绳，就补起鞋来。补着补着，小赵起来了，争着要补鞋，班长不准他动手，笑嘻嘻安慰他："你好好睡，你不舒服，天亮说不定还打仗呢！"一会阎成福扑棱一下坐起来，把班长吓了一跳，阎成福伸手夺鞋子，班长不但不给还劝说他："你颜色不正，不舒服，日后怕没你干的？睡吧！"阎成福怔怔呆了一阵躺下了。忽然窸窸窣窣一阵响，李发和又起来了，他悄悄说："你睡，我补。"班长笑了说："要是往常，你不动手我还叫你帮忙，今天你不舒服，休息吧！"可是一下子全班都起来了，原来谁也没睡着，起来你看看我我看看你，小赵一下子呜地哭了，他哭着哭着把那天讲给班长听的故事，又说了出来：

"我爹放猪，丢了猪，挨地主打，气死了，爹还没埋，我就给国民党抓兵抓来啦！

"我哭我闹，他们皮鞭子蘸凉水，打得我死去活来，我说我就是死也要再瞧爹一眼，国民党说：'你爹死了顶多臭一块地，还瞧啥。'到现在两年了——我爹没人埋，也没地方埋，风吹雨打，还不是东一条胳膊西一条腿……"他说不完就哇哇哭起来。

这一来阎成福一下扑上去抱着小赵说：

"我对不起你，小赵——我从前看不起你们是蒋占区的，我不知道你也是穷人，也是苦人。"

阎成福不说则已，一说就止不住泪水长流，他也诉了自己的苦：

"你给地主害死爹，我给地主害死娘。我十八岁，爹抓了劳工，娘给地主下毒药药死，哥哥给地主拿钉耙打死，我偷偷看见了，没等找我，我拼命跑出来。我跑到辽河边，我望着那条河，真想一头扎下去算了，我又想，爹不知死活，阎家就我这一条根，留下这条根早晚好报仇，死了，地主更称心，从那往后，我要饭就要了一年整的呀！夏天苞米地里掰苞米，冬天看人家熄了灯，偷偷爬到猪窝里睡觉……"这时全班人，李发和都呜呜哭了，平时讲团结谈友爱，可是还没这阵大家以苦见苦，大家真的是亲人了。小赵望着阎成福，阎成福望着小赵。阎成福说：

"听了你的话，我知道穷人到处一样受苦。"

小赵说："你说得对，听了你的话，我才知道共产党八路军真是穷人帮穷人，我前些天心窍不开，我对不起革命也对不起自己。"

班长李占虎说："诉吧，有苦不诉给自己人听，诉给谁听。"

日头落了夜黑天，这世界上有多少人睡得甜甜蜜蜜，有多少人想着自己的苦，一滴血跟着一滴泪往下流呀。一个诉完一个诉，五班里这一夜苦水就倒不完，这一盏灯也就一直点到天蒙蒙亮。

九、李发和怎么办？

李发和心事沉重只是不开口。这一夜晚他坐在旁边，可是他没吭气。他思前想后，愈想愈恨自己："人家是穷人，难道自己是富人吗！？"他想起年轻在家乡，喜欢扭秧歌唱大戏，地主就利用他出名的浪荡，三下五除二，把他的家当弄了个干净，临走连条遮羞的裤子也没落着，给赶出村，丢下女人在村子里，这几年不走道也苦死了。从那以后，李发和只有自甘堕落，连报仇的火辣劲儿也没了，要不是碰上八路军、共产党，这一辈子也就完蛋了。可是当战士四五年，从关里当到关外，想起来真对不起革命，对不起上级，也对不起自己。从那晚以后，虽然没说一句话，可是暗中下了决心："黄连苦我比黄连还苦，再不下决心还等什么时候呢！"这时他想到指导员，那是老上级，从没错说过自己一句说；想到班长，那是老战友，事事让自己；想到小赵，那一样是个苦命孩子；想到阎成福，——他真想跟阎成福去拉拉手说合了吧，可是话到嘴边，又想："好坏不在一起,瞧着吧!"

十、火线上生死抱团结

隔了没几天,部队又投入了战斗。火线上打得红光一片的时候,这个连队加入作战了。原来四班是突击班,谁知十五分钟工夫就把建制打乱了,这时一道命令下来,五班赶紧顶上去。李占虎两眼瞪得溜圆,捏着两只拳头说:"同志们!别忘了咱们前天晚上诉的苦,别忘了小赵的苦,别忘了阎成福的苦,给父母兄弟姊妹报仇的时候到了!"他们像十支火箭蹿向战场。指导员爬过来,亲自看看五班,李占虎说:"首长给任务吧,五班的仇能不报吗?!"阎成福参加了爆破组,担负了炸开突破口的任务,他抱着包炸药上去了,全班趴在地下望着他,——眼看着跑上去了,还有几十步,一个倒栽葱他跌倒了。李占虎还没说话,小赵从他身边箭头一样跑上去了,小赵离阎成福两步远,一下又摔倒下去了,他还挣扎着爬,敌人火力拼命封锁,他不能动弹了。这全部时间里,李发和一样样都看在眼内。这时,前面火力交织着,简直子弹碰子弹,打成一片了。他突然对班长说:"这任务交给我,给我一支冲锋枪,我要救下他两人,完不成任务不回来。"敌人拼命集中火力情况下,按道理是不能险往上送菜了,因此,全班眼光跟着李发和,李发和一会忽然卧倒,一会忽然疾奔,全班这时紧张得喘不过气来了。李发和终于跑到阎成福旁边趴下来,李占虎才举手把眉毛上汗珠擦下去,继续望着。这时候,他们三人,上,上不去,下,下不来,就像子弹卡了壳。阎成福肩膀上负了伤,血直往外涌,炸药还紧紧抱在怀里。他俩默默望了一下,千言万语,都在这一望之下弄清楚了,李发和把阎成福抱到一片洼地问:"怎么样?"阎成福一咬牙:"说啥也只能向前不能退后。"这时李发和又爬到小赵跟前,小赵大腿负伤,血流了一地,他把小赵抱到一旁问:"怎么样?"答:"腿坏了。""还能打枪吧?""能。""那么你从这里打,我从那里打,咱们掩护阎成福,死也叫老阎完成任务,好不好?"小赵点了头,李发和身上沾满鲜血又爬过

252

去。这时候，双方炮弹、机枪集中猛烈地对射起来，每一寸土地都烧着火，小赵头发烧焦了，李发和裤子上直冒烟。这时班上见他们不动，李占虎难过地当他们三个人一道英勇牺牲了，预备再组织爆破。突然前面枪响了，李发和的冲锋枪叫啦，小赵咬着牙也打起来，只见阎成福浑身是血，一下爬起来跑上去了，一转眼，哗的一下闪光，紧跟着轰然一声巨响，碉堡崩炸了，卷起一阵黑烟直上天空。这时我们阵地上忽然响起一片鼓掌声音。突破口打开了，部队在一片喊杀声里冲进去了。

十一、奖章作总结

打了胜仗，敌人一个师歼灭得干干净净，光五班就抓到五十八个俘虏。不久，就开了庆功会，指导员叫我们好好组织个音乐队，结果请来三位老乡，加上四个同志，吹喇叭，打腰鼓，拉二胡，锣鼓喧天的响成一片。

现在专讲阎成福、李发和、赵小义，三个人肩并肩站在队前，指导员介绍他们是"无敌三勇士"，然后走到他们跟前，把奖章一个个给他们戴到胸脯上，红奖章一闪一闪地发光。

阎成福看了一眼李发和，李发和又看了一眼赵小义，大家这时劈劈啪啪鼓起一片掌声。到作典型报告时，三个异口同声说：

"这是班长领导的。"

李占虎站起来说："我们是穷人，我们有苦处，苦变成力量，团结起来就能天下无敌。"

一九四八年二月二十二日于哈尔滨

选自《无敌三勇士》，东北书店 1948 年

希　望

　　杨云中,是×团里的模范排长,他脸孔红红的,听他排里的战士讲:"排长要是在打仗的工夫,脸就更红,红得像一团火。"平日可看不出他是那么硬性子的人,就是觉得对人文文静静,喜欢笑,笑起来,嗓眼里"咯咯"响;喜欢和老乡谈家常话,务庄稼的事情,好说起来,都头头是道的,因为他本身就是放牛娃出身,从十四岁上起,就跟着爸爸拉大犁了;拉犁拉得肩膀上磨出疤,杨云中可就这样懂得受苦人的苦处,也懂得受苦人的好处。真是,从队伍上到庄稼汉,一个字儿说:"杨排长是个老好人。"有一回,七个民兵队上精壮的小伙子缠着了他,正谈论间,一个惊叫起来,指着他的帽檐口:

　　"这好险呀,你瞧瞧!"

　　原来帽檐上斜排着两颗子弹洞洞,大伙一眼瞧见,都倒吸了口凉气。

　　"这怕啥,"他把帽儿揭下来,取在手上笑着,"咱在火线上,子弹飞来飞去,那能不磕碰一点点呢。"

　　杨云中那回生下病了,医生叫他歇歇,他满肚子不高兴地拿鼻孔"嗯"了一声。医生前脚走,他后脚就一骨碌爬起身,抓块手帕帕蒙在头上,就溜出外面来了。卫兵拦着他不许走,说连指导员有话吩咐过。他就笑了笑,来说服这个人,他说:

　　"好同志哩,咱去见见太阳,这是顶卫生的事情,你过细想想,你这杆枪在屋里歇两天要长锈吧! 咱硬邦邦挺在那炕上可怪不好受哩!"

　　那个卫兵就让他走了,他走没几步又回过头来说:

254

"咱不远走，你可……不准去报告指导员。"

他走到大太阳地里，一扬头，瞧见那边李生荣家的地上，只有一个妇女在收麦子，他心里就盘算起来：人家李生荣家是个抗属，咱队伍帮助老百姓，不帮他家帮谁家呢。就悄悄走回去找出一条麻绳，又悄悄唤了两个战士，带上镰刀，跟他到李生荣家地头上帮助收麦去了。等到指导员喘呼呼地跑来喊叫："杨排长！医生叫你休养一下，你瞧，你又跑出来！"这一来，可难为了李生荣的老婆，她慌慌张张把镰刀扔在草堆里，就扎着手膊跑过来，两手一拍："嘻！好老杨，你有病呀！你这是干啥吗，咱转轴子磨针，慢慢来嘛，天晴个朗朗的，咱也不忙，要忙，咱到你那块喊叫一声，怕咱队伍不来抢急嘛！……"这会儿，杨云中像犯了啥错处的娃儿，手上还抓着把麦穗穗，走过来说："指导员，咱不怕……""你就是不科学！"他赶紧把麦穗穗递给李生荣老婆，对指导员笑了笑："咱劳动劳动出身汗，身子骨倒松动些，在屋头可憋闷人呢！"这会儿，他仰起脸，热花花阳光下，红脸上热气腾腾地罩了一层汗珠子。他还是和指导员肩并肩地走了；走不远，就彼此谈着，又哈哈笑起来了。

那以后不久，在攻打侯家岩战斗里，他打头跳岩，冲寨子，一连气扔了十二颗手榴弹，可把一只左脚跳伤，一直都没好，走起路来一歪一撇的。

这天黎明时分，四周围突然发生了情况，看模样，敌人是大扑大搞的来啦。队伍立刻做了紧急的战斗准备。天还黑乌乌时，冷得人打寒噤。一阵阵鸡鸣，从远厢里飘来。村街上黑地里，摇来摇去满是游动哨的影子。连指导员在村边找到了杨云中，他们在黑地里彼此敬了个礼。指导员说：

"杨云中同志……你脚拐啦，不行了！我们想让你跟团部行军，必要时好安全转移，你听着！抗战不是就打这一遭，下一遭就不打了，眼往远处看。你勇敢，同志们都知道……"

杨云中听得按捺不着，特别是"安全转移"四个字刺着他的心，打了个立正："不。我不能到团部去，我的脚有啥吗？饭照样吃，事照样做，仗就打不得吗？再说，……平常日子在队伍上，一作战躲到队部去，这，影响不好。"

"是的，……我看你太硬性，要是团长下命令……"

"不。团长不会这样下命令，团长从来没有下过这样的命令。"

两人沉默下来。黑夜里的凉风，也没这一阵来到的刮骨头，如从地上冒冷气呢，你站在那里，脚底板都会凉透哪。左近，那个放哨的战士，没声没响地走来走去。天上的星星，没有亮光了。

指导员用手整了整杨云中背包的带子，缓缓讲："你还是考虑一下我的意思！"

"咱还能行，咱要是不能行，就不会妨碍……"他的话声有一点颤动。

"好。"指导员敬了个礼，转过身，又停了一下，问："你那支枪怎么样？上次打侯家岩，有点卡子儿，收拾好没有？"

"收拾好了。"

两人分了手。杨云中往村里走，去找民兵小队长伍天佑。——这是一个满面胡子的庄稼汉，是个在战争中翻了身的受苦人，从前家里穷，吃上顿没下顿，天天靠打野兔过生活，练了一手好枪法，今年春天县上开战斗英雄会，伍天佑的枪法出了名。他眼光极亮，机伶，活动。这会儿，正在村上组织老百姓转移，他一瞧见杨云中，转过身说："杨排长，这回敌人来得突兀，你瞧咱赶得及赶不及？"

"老伍，赶得及也赶，赶不及也赶，敌人来了咱掩护，可也要快！"

"差不离啦，这回，咱这一队担任掩护，中队长带他们转移。"

一辆车从他们身边赶过，这会儿天已蒙蒙亮了。一个跟车的小娃，突然停着朝杨云中敬了一个礼，杨云中笑了，拍了一下小娃的肩膀："你去坚壁粮食吗？……好，好，去埋得结结实实的！"小娃严肃地点点头，跑了。杨云中又转过脸问伍天佑：

"真的吗？"

"哪个哄你，咱跟你一道打一气，杨排长，你瞧咱能行？"

杨云中没说甚，低下头，心下可是蛮舒服。就这一眨眼的工夫，一个通信员跑来叫杨排长。杨云中就跑步到团部里去了，在那里，他得到了命令，要他带本排到向阳岭上去。情况是十分紧急的："敌人已经层层包围了，现在已经开始搜索了。"

杨云中和全排战士，一口气攀上一带群山顶高顶险要的向阳岭上，黎明红琉璃似的彩色，照到山顶上来。杨云中爬得脸又红又涨，到了上面向下一看，村庄还沉在灰尘里。他刚把队伍展开，南面——不远，枪声"啪，啪"响起来了。敌人的进攻开始了。杨云中弯着腰在那起伏地上奔跑，他伏到地下，伏到战士一起，他细着两眼往下瞧，下面正有八九个日本兵往上爬，借着山半腰的一些小树棵子当掩蔽，蛤蟆似的往上一跳一跳的，爬在前面的，像是一个官长，不时朝后面招手。杨云中身边一个新战士急着要打枪，他一把抓着枪筒，制止了他，他瞧着……下面的敌人，愈往上爬愈吃力了；他偏过头，对战士胡文低声说："你，把那个打头的送回老家去！"——胡文第一枪打下去，那个官长一仰身骨碌碌下去了；他接着又"啪——啪"两枪，两个敌人又驴粪蛋样的滚下去啦……这个小队敌人，从这岩前撤退了。没一会，那面枪声又响起来。太阳一个劲儿往上升，照在山凹凹里，有水深的地方就亮得像面镜子。四处都是枪声，山下还有机关枪叫着，战斗就这样愈来愈激烈了。杨云中带了他的一个排，在这山海里，到处冲撞，那里有敌情，他就赶上去。中午过了，向阳岭上还静静的，没有给敌人踩上一脚呢。

杨云中从火线上带下一个班来休息。他们坐在一处山坳里面，饥饿就火一样燎起人来，将近一天的战斗，一个排只剩下两个班了。这会儿，敌人那面的枪声稀落下来，杨云中留下一个班在前面警戒着。杨云中脸上掠过一阵微笑，仰头望望天，说："咱们打到黑夜，就好转移了，这一天，敌人损失不小！"一个战士抢着说："刚刚一阵就滚下七个。""乌龟一样费劲地往上爬，咱早也不打，那太便宜他了，等他汗出得差不多，瞄准一枪，他妈的，驴粪球一样滚下去！""打不死，滚下去也摔得个烂柿子似的。"……说着，怎么一下沉默起来,大家都觉得想说另外一件事,杨云中觉得好多只眼睛望着他……可是,他们又压下去了,只狠狠地各自咽了一口唾沫。杨云中知道这是饥饿,饥饿……就这会儿,一个战士不安宁地站了起来,软软地向那边走去,大家的眼光都跟着他,他站在那边,没做什么! 突然匆匆忙忙,两手挽着裤子带紧紧地打了个结,然后慢慢走回来了,脸上十分安静,还带着战斗中的兴奋。这时从大家眼里一阵饥饿的火光也跟着慢慢改变了。偏西了的太阳,把红的血浆似的光照在山坳里,他们都坐在这红光下面,杨云中脸上的微笑更明显了,他站起来对大家讲话:

"同志们! 咱们的时间快到了,努力吧!"

他心里清楚:敌人最厉害的猛冲就要来了。在每一次战斗里,敌人都企图在天黑以前消灭我们,因为他知道,天一漆黑,那世界可就不再是他们的了。他懂得这一点,他看看太阳光,"差不多了"。心里说着,他招了一下手大家重新进入阵地。在路上,他们顺着一片熟了的麦地的边沿走,熟了的黄麦穗,在晚风里朝他们点着头。前边,一个战士忽然伸手捞了一把往嘴里塞去,后面,一个跟一个,都照样做了,杨云中走在最后面,也不知不觉地伸手捞了一把,塞进嘴去;一股生麦子的青草气味刺激着他的喉咙,——他突然感觉到饥饿,饥饿立刻擒着了他,他又赶忙捞了两把,拿手掌心搓了搓吞下去。平常,他是不允许自己同志碰坏群众的一根麦穗的,可是此刻他并没有制止,他考虑着:打完了仗,他要走去告诉这块地的主家,他们是怎样给饥饿压得难受,可是没一个同志提一个"饿"字,他说,他允许他们吃了生麦粒了……不过,他自己又伸去捞麦穗的手停止在半路,又很快地抽回来了,一直到走进前面的阵地,他还在思想着这个问题。等到一种尖锐的声响把他惊了一下——敌人的冲锋号此起彼落地吹着,机关枪也跟着叫响了,凶猛的暴风雨展开了。

敌人集中火力朝向阳岭上冲——敌人的目的:占领向阳岭,控制整个山地,消灭我军;我们的目的:守着向阳岭阵地,尽量延迟时间,掩护转移。这样两种不同的目的,极明确地印在杨云中脑海里。他站在阵地上下了最后的命令:分散开,打麻雀战,让敌人到处挨打。他自己忽儿东忽儿西,拐了两脚奔跑着,叫喊着,他这时只拿一句简单的话告诉大家:"守着——不许退!"他的声音响到那里,那里的战士就增加了力量,努力地瞄准,打。这会儿,整个山山坎坎,到处是尖锐的子弹爆炸声音,到处瞧见战士奔跑着,射击着……

杨云中从一处阵地,经过山背后,进入到另一处阵地去,在那山背的出口,却给敌人机枪火网所控制。他只能够一会跳跃,一会儿匍匐前进的,当他一次伏下来,正准备跃起的时候,突然一下愣着了——面前,三个负了伤的战士倒在地下,没有呻吟,可是他们给痛苦,饥饿,流血,弄得一点力气没有了。他们中间的一个正把拉开导火线的手榴弹高举过头,要摔在石头上,一起死掉,那人闭紧嘴巴,眼睛疯狂地射出极勇敢、镇定的光,另外两个从地下抬起头瞪着四只红眼睛,含着一种希望,希望炸弹的爆炸。

杨云中拐着脚猛喝起来:"住手!"

那个战士立刻吃惊地把手停住。

杨云中匍匐过来,抓着他的手膀,把手榴弹拿过来:"同志——这是炸敌人的。"

那个战士眼里突然发亮起来,说:"排长,我们的革命完成了,你还有命令吗?排长!"

杨云中沉默了一下说:

"你们跟咱走……只要咱还活着,咱们应该冲一条路出来!"

在最后的晚霞的回照里,杨云中的脸完全像一团火了,他的两眼射出一种命令似的光来,这光挨着扫过三个战士的脸,立刻,从三个负伤的战士的眼里也起了一阵火光的反应,他们没做声,从地下爬起,把身下的枪又抓起来,套在身上。子弹密集的蜜蜂似的在空中飞着,叫啸着。杨云中在前边一下跳跃,一下匍匐,三个战士跟他到了不远的前面阵地。在这儿,杨云中对一个战士吩咐:"你带三个负伤同志退到后面山崖上等我，——注意节省子弹！"天快黑了的时候，他们也转移到山崖上来，这山崖，已是向阳岭最后也是最高的一块峰顶了。四处开始发乌，只这峰顶上还留下一抹淡淡的金光。

团部的通信员冒着子弹跑来，叫杨排长到团部里去。杨云中临走，召集了仅剩下来的一个班，叫胡文站出来，他把手抚在胡文肩膀上说：

"你代理我负责！——同志们，只要咱们还有一口气，鬼子不用想占向阳岭，这是我的命令！"

他走到团部去，天已经黑下来。山上很多处闪烁着枪火的亮光。敌人最后猛冲的企图，没有能够实现，天带着极大的安慰给我们，黑下来了。

杨云中在团部指挥阵地上，见到团长。团长正垫了背包在写一个纸条子，一个通信员等候在他面前。杨云中一瞧就知道，团长是在部署夜间突围了。这会儿，极沉寂，前边，枪声稀稀落落的。这里很匆忙，却没有一点儿紊乱，只是叫他感觉到紧张，比在火线上冲锋还紧张，多么吵惯闹惯的人，到这儿也会鸦雀无声。杨云中靠着墙站了一会儿，突然觉得浑身疲乏极了，他就找了一个空子弹箱坐下来。——一坐下来，饥饿又来找他的麻烦了，他有着找一点什么东西吃的欲望，他觉得肚子是那样空，空得仿佛肚皮已经贴到脊梁骨上了。可是，他拍了拍发昏的额头，又坐下去，他想："同志们不都在那里饿着吗？独自个想到后面来吃点东西吗？……"他忽然想到刚刚下午原是吃了什么来的，想了半天想不起来，他想起原来是那半青半黄的麦粒子，他自己轻微地笑了。就这时，他听到团长转过身来招呼他。他一下什么疲乏、饥饿都抛开了，他站起来，敬礼，挺直胸脯，眼睛望着团长。

团长沉重的声音唤他："杨云中同志……"

"……"

"敌人重重地包围了这山地，你知道！"

他点头,他清楚这一点。

"这里的老乡大部分来不及转移上山,咱不能丢下群众,走,咱要掩护群众一起突围!"

而这话,正说中了杨云中的心坎,如果团长要问:"你的意见?"他准备这样说的。他觉得这是顶重要的事,他在山上拼命打仗,一直惦记着这里的转移,他几次想回来问一问。可是团长没问他的意见,团长懂得他,——他站在那里脑子里一下突然闪过几个熟习亲热的面孔,满嘴巴胡须的伍天佑,民兵队上的小伙子们,甚至那个跟车的小娃儿……团长继续谈话的声音提醒了他:"决定:团部和主力掩护群众突围,可是,能不能突围成功,关键在那个山头,那连着一带森林的山头,在谁的手里!"团长指着和向阳岭遥遥对立,一处黑兀兀耸立高空的山峰。

"白天,三连长守那面阵地,敌人打了一天没打上去,那,因为你们向阳岭的目标吸引了敌人主力,……现在,三连长给掷弹筒打中负伤了!……"

杨云中明了这个任务,他希望这个任务,而且觉得团长会马上说出来:自己挺起身来担负这个任务。可是,团长想了想,把话又转到山头的问题上去:"这山头控制着咱们突围的路线,占领他,而突围成功,就保存了这些老百姓的生命。"

"咱去,团长!"

天空上,远处升起一颗照明弹,"哗"地闪亮了一阵蓝光,团长望着那亮光倏然灭去,回过头断然地迅速地说:

"我命令你,你带你的一个班死守这山头,掩护突围,不能放弃!"

杨云中点着头,沉默了一下,没言语。

他抬起眼睛看团长,他和团长相跟已经十年,他们一直在战斗中,患难中没离开过,开初他还只十五岁。——团长也在看他,他的眼光和团长的眼光交碰在一道,团长的眼光快活,发亮。他看了一会儿,杨云中知道紧要的时间到了,他突然轻轻喊了一声:"敬礼!"

举了举手,一转过身就走了。

杨云中有一种习惯,就是心里重复诵念着自己要去干的事情。当他一逢到新的情况,他心里就这样自己安排起来——要是团长下来的命令正合乎自己的安排,就很高兴,不一样的时候,自己就牢牢记着这个措施。这会儿,他脑筋里就在计划着:怎样完成这个严重的任务?他沉落在这思想里面去——他愉快,慎重,当他想到这个任务联系到那么多群众的生命的时候,他懂得团长那样的眼光,他开始相信起自己来。

他一面想着,一面走着,却给谁迎面一把抓着了:他吃惊地把手伸向肩膀上去摸枪。这时,他听见一个人熟悉的可喜的声音:

"老杨!要突围啦!咱等你半天啦,咱们是跟你掩护退却,咱两个人,听你摆布。——走!"

杨云中给这突然而来的兴奋,弄得眼泪水都有点要流出来呢,一把抓着伍天佑的两手,紧紧握着说:"伍同志,……咱看,咱去掩护就够了,你们保护突围!"

"那不能成,老杨!"

"咱看……"

"你怕咱们死球,是不是?那怕啥,你们掩护老百姓,老百姓就不能相跟上出点力吗!你们平常讲队伍是鱼,老百姓是水,到这会儿,可就不高兴咱碍手脚了!"

杨云中一见伍天佑发急冒火了,他就把他的手抓得更紧说:"好,跟咱走。"他们急急忙忙走进黑夜地里去了。

杨云中和他的一个班,从向阳岭移到这面山峰上来,一直在激烈战斗中。现在是半夜之后,敌人才从东边冲到山腰。这会儿,跟在杨云中身旁,一个班已只剩三个人:胡文,伍天佑,和另外一个农民。大部分同志都牺牲在刚才争夺山腰阵地那激烈的一场战斗里。这会儿,他们每个人身上都挂了两三条枪。杨云中蹲在临时拿石头和泥土叠的工事后面,他的左面是胡文,右面是伍天佑,他们把所有从牺牲了的同志身上解下来的子弹带,集中在一起。他镇定地指挥着两个神枪手。是黑夜,可荡着稀薄的星光,面前是一片黄色的斜坡,他叫谁打那儿出现的黑人影,那个黑人影便会猝然倒下去。胡文已经打到第十二个,在他们的阵地前,鬼子的死尸隆起一个小丘丘来。

敌人的子弹,在空中稠密地向这面飞着,叫啸着,打在石块上,爆裂着火花,在黑影里爆裂着火花……杨云中突然机警地从人堆里跳起来,侧耳听了一下,他弯着腰往后面一处山岩上跳去,他趴在石岩上,他瞧见了——那远远的地方,有红红的火花在闪亮着,那是很大的火,那一块天空上翕动着这巨大的火影。他喜欢得一下扑回来,低声喊叫:"好吧——他们已经平安突围出去了,你们瞧!"他们这会儿都兴奋得狂跳起来,从工事后伸出脑袋。他们的眼,都瞧到那红火光,那面"轰隆——轰隆"响着炮声。他们的脸都笑呢!他们喜欢得心都跳着跳着,跳成一颗心呢!就这会儿,他们中间的一个人,他忘掉了一切,向前伸着上身,他朝那远处扬着手,——突然一颗子弹呼啸了一下,他急促地喊了一声,就栽在杨云中怀里。杨云中两臂抱着这个人,这人正是胡文。胡文还能喘气。杨云中低下脸一瞧,忽然内心里感到一阵痛苦,全身都冷了一下,他低下头喊叫:

"胡同志!……胡同志!"

胡文用了极大的力气,咬紧牙,一声不哼。杨云中懂得,他是疼痛的,可是他是在忍耐着;他们每一个人在挂彩时,都是不愿在紧张的战斗里,破坏一点战斗情绪的。胡文忍了一响,他像要爆炸似的,突然浑身狠狠地震动了一下,他睁大眼,模糊地说:"他们冲出去了!……排……长!……"

"是,胡同志,咱胜利了。"

听了这话,胡文的头就慢慢地,慢慢地,栽倒在他的手掌里了,他的手掌捧着这沉重的头,头已经冰凉的了。

杨云中慢慢抬起头来,——天上漆黑,只有北极星虽已经到一边,可是明晃晃发亮呢。他知道胡文刚刚满二十岁,原是给人家地主拦羊的,终年吃不饱,穿不暖,受苦受得干瘪瘪的了;那一次,他饿着肚子走到队伍上来,杨云中答应他参加部队的。他从无数次的作战里,成了团里的头等射击手。杨云中站起来,抚抱着胡文的尸身,迈着沉重的脚步,朝石岩后面走去;他很久很久——拿手摇着,拿土和石块,掩埋着这个年青的同伴,因为他心里想:不要死掉再给鬼子戳两枪刺吧!

杨云中堆好土,起来……他最后瞧了瞧这个地方,转回身。一转身,他瞧见剩下的两个农民立在他背后,低着头。杨云中听听枪声,他从身上把三条大枪取下来,慢慢抚摸着它们,瞧着它们,仰起头说:

"同志们! 咱一人身上留一条,剩下的把它埋起来,你们瞧好不好?"

大家说:"好。"

他们三人跪在地上用手掘着,在石岩下掏了一个空隙出来,一面掘,杨云中说:"咱们枪和弹药都是困难万分的,咱们就凭赤手空拳,从敌人手里夺来,武装了自己。"

七条步枪塞进石岩下面,然后拿石头塞得严丝密缝的。

他们三个,杨云中和两个农民,站在这山峰的最高石岩上。这会儿,三面给敌人封锁了,只有背后,绕过那缠绵不绝的山脉和森林,才能抛开敌人的包围。可是,到那里,要冲过左侧面敌人的土屹塔上的射击火网。杨云中下了"撤退"的决心,镇定地,重新蹲下来,趁着黎明的微光,向四处瞭望了一下。他立刻吩咐,三人重新向东面集中射击,做出像要从那面突围的模样来,果然——这一下把几处的敌人引向这个方向,密密地射击起来。随后,他们三人一步步退进那森林。

杨云中留在最后,拐着脚跑路,不远,他听见脚下有"汩汩"的流水声,他停下身,摸到是一条细细涧水。他——猛烈地感觉到喉咙干得如同冒着火,他趴下,大口吸起凉水来,凉水落到肚里"咕——咕"响。他仰起头,觉得肚子不那样空了,仿佛是清凉的水

264

扑在打瞌睡的人的脸上。他们三个把手向前伸着,摸着走路。

后面,敌人从他们放弃了的石岩朝树林边放照明弹,一下亮起来,照耀着,刺着他的眼睛,一下又熄灭了。他知道敌人还会来搜这个树林。他想快些把两个老乡引出去,可是又分辨不出方向。走了一阵,自己的腿又开始沉重,拐了的脚一阵阵刺痛起来。

照明弹很高地在树林的边沿上冲向天空……

敌人的搜索部队从后面跟上来了。杨云中首先有了这种感觉,他轻声喊:"准备!"

伍天佑说:"老杨,你还有多少子弹?"

"十五颗,你呢?"

"我比你还多四颗。"

伍天佑正要转过头去问那个庄稼汉,一阵机关枪声,旋风一样恐怖地扫过来。杨云中手一推,伍天佑和他一齐伏倒在地上,他急促地说:"你要节省——打不上不打。"同时,那个庄稼汉,却喊了一下,沉重地跌在身边。杨云中爬过去,他模糊地瞧见:那个庄稼汉窝在树底下,脸侧朝着天空,一种平静的似笑非笑的样子,露出在那冰冷的脸上,一只手摆在身下,一只手长长地伸开来。——杨云中很敏捷地联想起,这个死的样子在那里瞧见过一次,记得那样深,可又是那样远了,好像一个人马呀牛的辛苦了一辈子,最后在一阵极舒服的感觉中死去了。他伏在他旁边想着,……突然记得这是爸爸。那时候,自己才十六岁,在家乡,父亲打死一个收租子的人,又被人家打死的时候,就是这个样子:一种似笑而非笑的闪光凝结在脸上,那以后,他参加了队伍的。他此刻脑筋里闪出一条光线,这光照过他灾难的幼年,他现在在和敌人搏斗,而且他打得好,这一天一夜,他两次都完成了任务守着了向阳岭,又守着这个山峰。那最后的时刻:从这条闪光,他又想到,他们突围出去了,那远处的火光,那在黑空中翕动着的红色的巨彩,他笑了。

接着,又一排子弹从头上掠过。他拉了伍天佑一滚,往旁边树丛里滚去。

天发灰白了。

杨云中望了望说:"这边来!"

他从一个大岩上爬下去,又爬过一条洞沟。这会儿,抛开那机枪所在的地方就很远了。瞧瞧黎明已过,天上已闪出早霞金色的波浪来。他瞧了伍天佑一眼,伍天佑满脸是泥灰,浑身的衣服都刮得一条条稀烂了,两眼暗红,显得过度兴奋的疲乏。他说:"老伍——我们先躲起来再瞧。"他俩找到一个破岩洞就钻了进去。突然伍天佑惊叫起来:"老杨,你身上有血!"

他一叫,杨云中一低头,瞧见一条裤子都染得红糊烱的,血从胁下流着。他立刻一阵头昏就晕过去了,他失去了力量,他太饥饿,太软弱了,但他听得见心在"扑通——扑通"地跳。他挣扎好半天,他又恢复过来,安静一下自己。他一下又闪着脸上的红光,对伍天佑说:

"你快冲出去! ……你不出去,咱埋的枪就没人知道了,咱们队伍没有枪啊,是多困难……"

伍天佑低着老实的庄稼汉的眼睛,没有动,跪在他的旁边,说:"老杨,你为了大家,咱怎舍得丢下你,你会给豹子吃了。"

"够了……我们的血没白流,流在一道,流在土里,你去吧!"

"老杨,咱等一等……"伍天佑心下想:他要是死了,再说;要是活着,怎样想法弄出去。

杨云中又恢复了一下力气,瞪起眼睛:"……你不应当放弃革命的利益,同志! 咱革命是不怕牺牲一个人的,你记着,这是我的命令!"说这话时,他把头仰着靠在潮湿冰冷的土屹塔上头。说完,慢慢闭上眼再不睁开了。他的脸显得严峻,冰冷,但这颜色刺激着伍天佑。伍天佑给他的坚决打动了,站起来,瞧了瞧他,只好转过身走出去。杨云中听见伍天佑走出去的脚步声,才又睁开眼睛,他瞧见太阳光已经明亮地照在岩洞外的草地上;他瞧见伍天佑高大的背影,这是一个满身带着生命力的人的背影,他沉着而勇敢地向前走了。杨云中安心地笑了笑,他等待着血流尽了的最后的牺牲。

他慢慢地，把枪拿到面前瞧了瞧，摸了摸，然后他把枪放在旁边，自己挣扎着翻过身，胸脯朝下，扑在自己的武器上面了……

伍天佑往前走——他心下很难过，仿佛是犯了一桩罪，他没有把杨云中和自己一样，一起活着带回到自己队伍里去给团长。可是，他又记着杨云中给他的任务……为了报告这些枪埋藏的地点，他不能不设法脱险。他忧愁，还是急急的，一会躲藏起来，一会又弯着腰跑。他是一个猎户，他懂得怎样选择树林走路，这样，他找到了民兵上放哨的弟兄。他们都不认得他了，那会儿，他满身衣服都褴褛得一条条挂着，满脸胡子，泥垢，只露出两只由于焦虑红起来的眼珠子，背着枪。他们给他一点水喝，他们给他衣服换，他摇了摇手，一声没响，到团部去了。见到了团长，团长正趴在桌上，桌面铺了一张地图。伍天佑报告：

"团长！咱们的枪埋在那山顶上，一起七条枪，你拿个纸条条记下吧！"

团长依他的话写完，仰起脸，他看见团长愉快地笑着走近他，把两只大手放在他肩膀上，安慰他：

"好，老伍，你们干得不错，你太辛苦了！"

可是这安慰的话叫他更痛苦了，他羞惭地低下头去，耳根在发着烧，再抬起头时，他瞧见团长的脸很难过，团长一切都明白了，他是多么难过啊，伍天佑一眼就瞧出来了。

"团长，杨排长，老杨……"

团长歪着头，机警而注意地瞧着他，见他说不下去，就讲："你瞧，还有希望吗？唔……他已经牺牲了……你太累了，你应该吃一点东西去！"

"…………"

伍天佑疲乏地坐在团长的床铺上，把枪夹在两腿中间。勤务端来的菜饭摆在桌上，他吃了两口，怎样也吃不下去。

团长沉默起来了，在屋子里走来又走去，不停地走……

突然，伍天佑站起来，这使团长吃了一惊，赶紧走到他面前来。

伍天佑瞧见团长眼里似乎噙着薄薄的一层眼泪水似的。伍天佑说："有……希望。"他不等团长再问话，就急急跑出来了。

他原来在路上，一直考虑的一个问题，在这一会儿决定了。团长是熟悉他的，从他最后的说话声音里感觉到一点，他在心里责备自己刚才的难过，沉默，让伍天佑不安了；他赶出门外来叫着伍天佑，说：

"老伍——你不要离开村子，我还有事和你商议！"

伍天佑愣着了，低下头，一声不响。好半天，他懒懒地走到街上。——天由蒙蒙的，黄瞳瞳的颜色，慢慢地发黑起来。他一面走一面唱：

　　"……一天两顿饭，

　　两头日头不见面，

　　白日里山头转，

　　黑天里屹钻钻①……"

他把末了一句重复地唱了两遍。他想起杨云中，这个黑漆漆夜晚，一个人屹钻钻在那个岩洞里，他就不唱了。

在岩洞里，饥饿和痛苦，把杨云中弄得失去了知觉……不知过了多少时候，他忽然从昏迷中感觉到喉咙有一点湿润，他咽了一下。他模模糊糊觉得东西流下肚子里来了，他就用尽一切力量，不停地，贪婪地吮着咽下去，吮着咽下去了。慢慢地，他觉得有人在摸他的脸和手，他很久很久把眼睛睁开了一条缝，可是眼前一片漆黑，他什么也看不见，这是黑夜，他什么也记不起，他仿佛做了一个梦，什么都似乎记得，可是什么又隔得很久很远了……第二天，他发觉血停止了，伤口也给布扎得紧紧的，虽然还是没力气，可是饥饿不再火一样好像要慢慢把血熬干似的了。他又看见洞口地上的青草，草上常常有蚂蚁和一些红色的小虫子很忙碌很紧张很有意思地爬来爬去的，他不知不觉，回想起夜间的事情，发生出一种希望，

屹钻钻是蹲在山岩上放哨的意思。这歌唱的是民兵生活。

是一种顽强的生命的希望;现在它代替了前一天一夜完成任务的希望,那会儿,希望中的是很多人的生命,忘却了自己生还是死,现在就不同了。这会儿,有一连串的思想:昨晚来的是什么人呢?希望他再来,希望自己活下去。天黑了很久以后,他还在等待,果然他先听见远远一阵窸窸窣窣的声响,随后,他听见轻轻的脚步声向岩洞来了;一会儿,他发觉有人在摸他,他的希望马上转为怀疑,马上提起一种警觉——他觉得摸到他身上来了,在向上移,一会儿,摸到他脸上,他惊讶地发现了这是一只柔软的娃儿的手,轻轻的,怕碰疼了他似的。立刻,那娃儿送了吃的东西到嘴上了,他闻到那小米稀饭,他吮吃起来。吮吃了一阵,他问:"你是谁?"

"咱是庄上的拦羊娃。"

"你知道团部情形吗?"

"不知道。"

"谁叫你来的?"

这次娃儿没有回答他,又给他喂起吃的东西来。

第三夜,第四夜,都是这样,虽说没有点个火亮照照,他可模模糊糊觉出这是一个瘦小的娃儿,这娃儿很少讲话,喂饱了他就走了。——他的希望一天比一天增长着。第四天,他开始能够拿两手撑起来,翻一个身,侧躺着了。可是这天,从天亮起,远远地方机枪整整叫响了一天,直到晚霞的金光落在岩洞外的树林上,树林给照得通通发亮起来,好多雀子喳喳——喳喳地噪着,像发生了什么喜事似的。树影子在岩洞口上摇摆着,突然,他吃了一惊,他瞧见一个人从树林里出现了,就朝这面跑过来。他喜欢极了,他瞪着眼,招着手:"指、指导员! ……"

这时,连指导员爬进岩洞,跪在他的面前,紧紧抱着他的肩膀:"杨同志! ……"杨云中刚刚要说什么,他瞧见后面,伍天佑也爬进岩洞来,后面跟着是一个娃儿,他一瞧就知道是黑夜晚来的娃儿——他瘦小,尖下巴,两颗大眼睛望着他,站在岩洞口,一面举手敬了个礼。这个手势,一下提醒了杨云中,招招手要娃儿过来,他一把把娃儿抱着说："你……你是那晚坚壁粮食的娃儿，我认出你来了！我认出你来了！"娃儿坐在他面前，喜欢得小脸蛋红起来。连指导员一面递干粮给他，一面笑说："这是老伍救了你，……那天他回去，一下找着了这娃儿，他们秘密商议好，连我也一直瞒到今天呢！……因为有一条小小山路——谁也摸不到，就是娃儿拦羊踩出来的，那也有半里路要在地上拿手爬才爬得过敌人的封锁线，他可不怕，天天黑夜晚，给你送粮食来……"

伍天佑他们把杨云中架起走出岩洞。杨云中一到岩洞外，立刻感觉光线十分刺眼，头脑都发涨起来，可是他笑了，他问：

"咱们的反攻怎样？"

伍天佑抢着说："咱把敌人在峡谷一打垮往下一压。鬼子绷不住，就退下去了……连指导员一把拉着娃往这里跑，我一瞧背了枪就追，哈哈，还是把娃儿落在后头了；娃儿就拼命赶，一到山里小道口上，咱可又落了后，就让娃儿占先啦！……"

一九四四年十二月

选自《勇敢的人》，东北书店 1947 年

喜　事

——旅行中的一段记事

　　……我在没膝的草地上,乘着马车前进。我可以说:从来没有在这样丰腴的草地上走过。马一面走,一面自由地嚼着鲜草。太阳很柔和(因为昨晚落过雨),于是这草原显得十分耀眼,天边一朵朵小的云彩,发亮着,草地里伸出一朵朵紫色的花朵,也发亮着,一种土地、阳光与草的气味混合如淡酒。忽然水池里一只野鸭扑剌剌的,在我头上绕一匝飞了。嫩黄色小鹰,掠着草地飞翔,好像时刻都要停止。

　　草原是这样无尽无休,像海,但是它雄壮而不寂寞,草似乎永远复杂,神秘。

　　我们也穿过很多泥泞的地方。

　　小马夫把草帽推到后头,急速地扬着鞭子——鞭子弧形地闪动着,马奋急得似乎要跌倒,又挣扎跃过了。它不喘息,不喷气,而抬起一只后腿踢赶着一种尖嘴的蝇子。这种蝇子甚至也常常刺疼我们的脸或手,而让你感到讨厌,但,也让你感到这是春天,甚至中午有些枯燥的热风了。这样不久,我就给一阵什么声音催眠似的瞌睡起来,左右摇摆着,但是心中觉得:"我没有睡着……"直到这辆马车突然停止,我睁开眼:面前是草地中间的一片空地,有一只白色的狗好奇地立在车轮旁边望着我们。

　　"你不渴吗……马可是渴了……"

　　瘦小的小马夫和另一个车夫开着玩笑,跳下车去,从井里汲清洁的水给马饮。

我向一间用草搭的棚走去,那小棚——因为早晨铺上的叶子晒干,晒细,不能遮着日光。可是一个在酱紫色脸膛之上有着银白色头发和胡须的老人,张罗着叫我和他坐在一根低矮板凳上。他穿着一件稀布的短褂,比他的笑容更清显的是他的沉默。我喝了两杯水以后,才看见一个女人,站在案子的一头上,她刚才好像弯着身在烧水,甚至用嘴吹着火过,现在我才清楚地看到她,第一个印象是:她想跟我说话。我又去喝茶。不久,我又看她,奇怪,第二个印象还是:她想跟我说话。

这时,她就突然说:"我们分到一垧地。"好像——刚才我曾经问过她似的,不过,她确是早就耐不住了,她像对自己的亲戚一样,她得说出在她们之间已经发生了一种重大的事。

神妙,奇异而又幸福的事……

她的大胆和勇敢让我永远记下她。

她是一个纯粹东北型的年青女人——略为扁平的头,梳着一个圆发髻;细而弯的眉毛,细长的眼睛,薄薄的嘴唇有一点皱,因此常常像是在微笑,也就有一点美。她穿一件白布的长袍子,皮肤是发黄的。立刻,她像要求原谅似的,用眼望着老人,那眼光好像是说:"真是……啊,我又先说了。"

老人给我问了一句:"好呀,一垧地吗?"

他点着头。

我又问的时候,那个女人又在纵容似的笑,笑得细长的眉毛展开来。

"是呀,"老人沉重的声音,"……我们不是这儿洮河的人,我们是锦州人……"

"姓金。"女人说。

"是呀——锦州。"充满怀旧的语气,老人的话又断了,他动手取一些枯草去烧水,女人忙抢着去做了。

我的同伴——一个麻脸穿军衣的人催我走,我却不能遽然离开这一小块空地似的,好像一张电影片刚看一个开头——刚接触到一种英雄的暗示。我在这个曾经十几年是灾难的海里，变成一个感情最易波动的人，我常常领受到，觉感到一种气质，它深厚、雄健、富于情感、有诱惑性，但最大的特点是真挚。不过，我还是坐上车去，有趣地想着那个女人——她身材苗条，甚至让你觉得她软弱。谁知在五六百码远的地方，突然一种冷风从草原上掠过，原来在我们休息的时候，多变的草原气候，潮湿而低垂起来，现在雨点立刻暴跳着打我们——地平线上暴跳着尘雾似的，发出一种半透明的灰色，这时我的同伴环顾各处……熟悉草原行程的小马夫却把怒跳的马扯转，马就又向那块空地上跑回来。

那女人头上顶着一片布，用两手张着前面——正在路上遥望我们……

"回来吧！回来吧！"

她热心地招呼着，我跳下来，看到雨水顺她脸颊往下流。

这时，草棚空了——老人大概刚刚走回家去了。草棚遮不住雨，可是马车可以张起油布，我们就留在那里面。女人却让我到她们家里去——她用各种鼓励的话希望达到目的。我便也学着她，把一件上衣顶在头上，跟在她背后，朝一条斜径走去。这时，她又谈起那话来："你回头就要看到我们那一坰地，是好地……我们的房不好（她不是用羞涩语气说），可是躲躲雨，还行……农会主任那天量好了这一块地，走到我们门口大声嚷：'老金家，这就是你们的地！'那时，他爷爷都哭了，因为我们没有地……你也许不知道，我们没有地；他爸爸就跟着去看了四至（地的四方至于何处叫'四至'）。他回来，一夜没睡，就是抽烟。我说：'你这是怎么啦？'可是我也睡不着。半夜他拍拍屁股走了——我就悄悄跟上。他是老实人，可是他怎么变得这样，他可一下跑到村政府里去……"

正这时，我听到牛的鸣叫，一种烧焦的高粱米气味。一个模样和她一般的小女孩张着两手从对面跑来，递给她一块麻袋片。她把麻袋片给我，我拒绝了，她也没遮，就抱了小女孩跑过一个草垛去。我看见一只有红顶的白鹅，站在屋檐下一只半破的筐子上……雨下大了……

我在那屋门口又看到老人，他张罗给我烤衣服。我不烤，坐到他们的炕上。

阴暗，狭小，污秽——在炕的上空横着一根木杠，系着绳子吊着一双元宝形的木摇篮，一个小孩露着深红的脸在里面睡眠，苍蝇落在绳索上。

外面草地上似乎正在进行一种神话中的雨神的交战，风雨，云，雷轰然齐鸣——让我想到：如果黑夜，是多么荒凉，可怕。电闪是银白色的——镁光似的闪烁，摄人魂魄。雷声由近而远，仿佛在向地平线那面追逐去了。此时，雨已少停。我要求去看看她们的土地。老人叫儿媳领我去。他独自一人，在外面草垛旁观望着天——像在等待什么？……我走了不远，就看到一个精壮农民，赶着一只红色、一只白色的瘦马，努力拽着犁，在潮湿的土壤上耕种，大片土地只剩下最后一小块了。这时，这个人的影子，衬在背后原野上一片从阴云中漏出的金光上，似乎充满新鲜愉快。突然那女人喊叫：

"喂——爸不让你耕那胡桃树旁边的地呀！"

"留着做什么嘛。"他像耕起兴趣似的，不忍遽然释手。

"你留着……"女人哀求与命令的混合语气。

这样，那男人过来了，女人牵马回去，在她的瘦肩上背着犁，我和男人谈起来。

"我们——五年前在锦州，一次我给抓了劳工，修街，上千的人都给抓了劳工……爸给抓去，给劳工队烧饭。这时候，修街把我们房子平了，乡下又来了日本开拓团，把我们的一天地也占了，这些事都是接连几天来的。我们就什么都完蛋了！我给磨得失去了人形，她一见我就吓得叫起来。爸是故意不看我。从那时起他添了个毛病，就是摇头。一生气就是摇头。他天天吃不上饭，饭做好，劳工队就蝗虫一样一吃而净，他就没有吃的。有一天，我突然说：'爸——咱们走吧，趁这两天下雨。'走那去？谁也没想。那时，我一天——想着中国时候的日子，苦也苦，这些小鼻子（日人）可就不拿我们当人——当牲畜，牲畜也不如，反正得跳出地狱。那时雨也下得不小，是秋天，连阴天——这晚，半夜，爸走到雨地里去，忽然不见了。我到处找，找不着，心里一动，他也许到地里去，和妈的坟告个别吧！……我就黑天摸地地，踩着泥泞，往那里去。还有一段路，突然'啪啪'两声枪响，尖锐地从头上过去，像火蛇，妈巴的！一定是开拓团打的，发现我了——我赶紧趴下，半天，突然看见爸在我前面急急忙忙地走，身上扛着一个不大的麻袋包我才放心。也没言语，就跟着他走。这天天没亮，我们就往西钻，钻到这草地里来……"

"他扛的什么？"

"妈的骨头，他不愿把它丢在那里，给人铲除掉。后来才知道那枪是朝他打的，不是朝我打的。现在——你看这块肥地，是小鼻子占的地。现在政府说分配敌伪土地，我们还不信，想没那个命。一天真的分了满满一垧。那晚上，我就找村政府主席去了，我说：'你瞧！我种什么好呢？你们给个意见，叫怎做就怎做。'从那天我就跟别人换工。这几天，人家这两匹灵牲，轮到该我用，我怕换了地气，下雨也想耕完它。"这样说时，我看到他又去欣赏他那土地，黑色的浇了酱油一样的土地。

这时，一片橙黄透明的亮光，突然闪眼地照得草原发出光锐的蓝色。

一个人赶着一小群灰白色的羊从山路上走过去，用歌唱的调子，向这男子招呼。

"金大哥，地耕好了吗？明天我帮你忙呀！"

"现在真是可怜穷人呀。"

这时我若有所悟地明白了——那个女人为什么对我们这种城里来的，穿着政府工作人员灰呢制服的人会这样关心、亲热，这种亲热把千百年历史封建的拘束都扫得干干净净，她忠厚，她总以为应该替像我们这样的人尽些力才安心。这时我听到我的马车夫在喊叫，马在清新空气中"突噜噜"地啸叫着，我刚要起身，忽然——

我看见那老人，身上扛着一只小麻袋，手上拿着一只锄头；儿媳悄悄在后面跟着——从她那完全不注意我的眼神，我预感将有什么严重事故发生了。老人径直走向胡桃树下掘起剩余的一小块未耕的空地。因为渐渐掘深，他跪下一条腿去——儿媳几次要求掘，他拒绝了。儿子也只是站在背后。这时，我悄悄走过去，儿媳向我暗示地点头，我也屏息不语。很久以后，老人跳下去，试试深浅，满意地爬上来，突然他的酱紫色脸膛上那白色的眉毛紧紧蹙起，他谨慎小心，像怕把病人弄醒似的，抖着那麻布口袋的底，凑到穴洞边沿上，轻轻倒下去。这时我突然看见儿媳在哭泣，很伤心似的抽动着双眉，握着脸。

这时阳光灿烂，把胡桃树干照得一根根红珊瑚似的，好像透明起来，那样可爱。

我那个小马车夫发狂地在喊我，我只好从这里走开。我发现那女人跟了我来，她埋怨我不吃了饭再走。她好像一切的招待不过从此才开头。是的，她的一切都是才开头的。我坐上马车，走了老远回头看，她一条细细的白影子还在那里。风似乎把她的衣服吹得飘拂着——而那小风，草原上的小风，是多么欣快啊！这一次，我像刚刚参加了一次葬仪，不，快乐的喜事，才回来。我们的马车，一直走到月亮上升到那石绿色的天空中，才到了白城子。

一九四六年九月

选自《东北文艺》，1947 年第 1 卷第 2 期

血　缘

　　秋天雨水勤，乌云一凑合就哗哗地下起雨来。陈启祥从家里出来，大车火车过了几天几夜，这日来到一个站头，刚刚好对面开进来一列军车，也停在站上。他伸出头一看的时候，只见一伙队伍上的同志，坐在闷罐车门口倒挂了双脚，都披着子弹袋，有几个战士还挂着枪在站上走来走去。陈启祥看在眼里，心想：我钻天觅缝找不到，还不如这里打听一声，要是上前方的，参加就是了。主意一定，陈启祥就从自己车上跳下来，朝对面那列军车走去。当他斜插着走过站台，不防正和对面车箱里跳下来一个战士撞着满怀。陈启祥扬头一看，那战士细高挑儿，黑圆脸，看样子粗里粗气，实际上心地平和，只见他那一笑就知道了，他问：

　　"你干啥呀？"

　　陈启祥说："来参加的。"

　　那战士立定脚跟又端详他一眼，见是个一说话脸就红的青年农民，他又笑了笑说："还有坐火车来参加的？"倒也高高兴兴把他领到指导员坐的那节车箱门口来。指导员高高站在车门上，两手攀着车箱，陈启祥站在下面说明来意，指导员心下一考虑："咱部队行动要保守秘密，没道理半路头留个生人。"一考虑停当马上就拒绝了他："你要参加，回你们县上报个名，也好训练训练。"陈启祥一听挣得脸红耳赤说："我找的是上前方打仗的队伍，要不，我干嘛起五更爬半夜跑到这儿来！"指导员还是拒绝。前面火车头喷了一阵气，猛可之间，汽笛响起，战士们纷纷爬上车箱。雨又下大了，天空白茫茫，真是抬了海来啦，哗哗响成一片。陈启祥眼看车走了，急得

277

眼泪要流出来，也算一时情急智生，一头扒上车去，两手紧紧抱着指导员的腿。指导员一时拦也拦不迭，车开动了，也不好推下去伤了他性命，就严肃地板下脸孔，告诉他必须在下一站下车。指导员说完就回到车箱一个角落里蒙起头睡觉了。陈启祥没地方呆，就蹲在门口给雨浇着。过了两站，指导员醒来一看，陈启祥满脸浇得精湿，还是怪顽强地蹲在那里不肯下车，天也渐渐黑下来，他就把他叫来跟前，盘问了个多钟点，他愈说，指导员脸色就愈对他同情起来了。最后指导员就半开玩笑半认真地说：

"你不能跑了吗？"

陈启祥立刻发誓："我要是跑，上前线，头一枪就打死我。"

指导员到营部车上去了一趟回来，答应他跟着部队走。陈启祥一听，心满意足，几日疲劳压倒他，立刻倒在地板上打起鼾。天黑下来，那个细高挑儿，引他来的战士，望了望他，把自己一条毯子给他铺盖身上，陈启祥从此成了战士。

到了前方，陈启祥编到二排机枪班。这天他辞别了指导员来到班上，正赶上开下晚饭。

他到班上，一进门就看见那个细高挑儿、黑圆脸，那天车站上引他见指导员的战士。头回生，二回熟，反正在这里无亲无友，陈启祥见他就像见了亲人一样。那战士正在灶下烧火，仰起照耀得通红的一张面孔，看是他来，也自十分高兴；一下子从小口袋里掏出一张票子，向房东老大娘买了半碗大酱，一把生葱，摆上桌面，算是他一番敬客的意思。陈启祥看在眼中，心下十分感激。可是看看桌上摆好大堆碗筷，一盆热腾腾高粱米饭却放在桌下角的炕沿上，新来的不知道手应该往哪儿插。他张望了一阵，看别人团团转，自己正不知怎么办好，忽然那个战士把他一推推到炕头上。他待要挣扎换个位子，早给左右几个同志按着了，再看那个战士却独自守着饭盆坐下，陈启祥吃一碗，他就给盛一碗，还一面让菜。陈启祥心下寻思："学徒还三年满师，看这样那里像当兵，简直像乡下待娇客了。"

吃过饭，战士们都蹓跶出去了，那个战士打开自己挂包，取出一

条崭新毛巾和一块肥皂,递给陈启祥说:

"这慰劳你吧!——我叫马成荣,往后你只管我叫老马。"

陈启祥想不接过手,可是看马成荣那样诚诚恳恳,难道人家伸出手还能抽回去吗?陈启祥把东西暂放一旁,两人就唠起嗑来,才知道马成荣是机枪射手,陈启祥就编在他这挺枪上当弹药手。马成荣说:

"你真算有眼力,你参加的真是地点,俺们这个连可不简单,是个老主力连呢!你打听吧!到东北来那回胜仗没俺们的份?……往后掉了队,遇见队伍上的人你只问一声:战斗突击连往那面去了?就没人不告诉你。这个连队是指到那,打到那,打到那,胜到那,从连长、指导员起,没一个干部不挂上奖章,就战士当中,战斗英雄也有六七个子。"

晚上,值星班长溜着窗外"吱吱——吱吱"吹了熄灯哨子。陈启祥这一下晚工夫,早把屋里看好:这屋子里外两铺炕,里间屋由房东老大娘带几个孩子住下;外间屋一铺炕住不下一个班,地下摊了一床干草铺。陈启祥一看,心中就叠好了谱,现在哨子一响,他站起来就抢路往干草铺那面走,可是给马成荣抢过来一把拦住了,回身往炕上一指说:

"同志!这儿没你的份,你的位子在那里!"

陈启祥一看炕梢上果然腾出空位子来了,再一看马成荣抱着自己毯子送到草铺上去,炕上给他留下一条白被单。陈启祥正站在那儿磨不开,还是两个战士把他拉过炕上去睡了。熄了灯,不大一会儿工夫,炕上炕下就呼呼响起一片鼾声,陈启祥躺在炕梢上可就一直没合眼,脑子里翻来覆去想:"在会云屯二十年,那里给自己安个位子?!"热泪不免潜潜流了下来。又想:"现在跑在外面,倒是找到家了。"就好像风雪黑夜,扛着八十斤重担,累得筋困脾乏,好容易到达目的地,一下倒在一截热炕上,那心情就不用说啦,他心地一宽,慢慢也就朦朦胧胧睡着了,这一宿有人上哨下哨他就一点也不知道。

下半夜天又变了,刷刷下着小雨。马成荣带哨,把件美国雨衣送给站岗的,回来一看,小风飕飕地顺着房檐往屋里灌,睡着的人一个个袒胸露背,早把毯子滚向一边去。他怕他们受凉,就一手放下窗子,一面给他们把毯子盖好。盖到陈启祥面前,只见陈启祥挤在炕角,缩成一团,做出害怕样子抱着双肩,嗫嚅着睡语:"……狼叼了猪哪!……狼叼了猪哪!……"马成荣望着陈启祥,忽然记起自己两年前遭遇的事,一时之间回到草铺上,心里还有点难过,可是究竟火线生活过了两年,情绪压一压也就落下去了。

马成荣是辽宁省北镇人,金山堡战斗被解放过来,只这两年工夫,他成为三连里的老战士,特等机枪射手,还是团结模范。刚才他看陈启祥睡梦的苦样子,无端引起心事,原来在北镇县他家里,他还有个兄弟,也像陈启祥这样大小了,从前他一家就靠他一个劳动力,养活着六十多岁的瞎爹和十六七岁的兄弟。一九四六年初,国民党抓丁一下子摊到他头上,爹叫他躲到山里去,半夜来抓人却把兄弟带走。他一听到消息就赶进城里,一瞧兄弟被打得死去活来,已经不像个样子,他想:让他将来饿死,也不能眼瞧着打死,就一跺脚报出自己姓名。刚才看陈启祥睡梦样子就想起兄弟。平时,遇到三连里有战士闹情绪,泡病号,马成荣总拿自己这一段悲惨历史比说比说,把事情说完,一面默默抽着烟,一面慢悠悠说:"咱们这里参军出于自愿——在老×那边都是拿小绳捆来的,咱们受天大罪是为了自己……"

他还常说:"当兵的比亲兄弟还亲,亲兄弟离得那样远,你在火线上受伤,他能拉下你来吗?"

那天在车站上,看陈启祥坚决参军的态度,就从心底起了爱惜的意思。后来他又发现陈启祥平常默默少言,做事认真刻苦,年轻,心眼灵敏,眼力也过人,确实能培养出个好射手。他就几次把这意见提到指导员面前,指导员本来没一定主见怎样安插陈启祥,陈启祥自己是一再要求下班,马成荣就跟连长商议商议,决定这样办了。从此,陈启祥在班上一切事便都有马成荣张罗着,人们说:

平时相聚一年半载，不如当战士一个炕睡，一个锅吃，一个火线上出生入死相处一天半天。陈启祥跟马成荣在连队里如同亲手足兄弟一般，马成荣决心把自己全套武艺交出来，陈启祥也一心一意跟老马学本事，压梭子，拆卸机枪，瞄活三角，一个是日夜苦练，一个是不断指点，不觉一个多月过去了。这时全连范围举行了一次弹药手比赛，陈启祥闭着眼压梭子又快、又利落，竟出人意料取得了第一名。这一来把马成荣欢喜得合不拢嘴巴，陈启祥倒没什么特殊表示，他到达前方的目的，反正是一心不二用，就等着作战。

谁知连里有两个嘴尖的，欢喜拿眼犄角看人，见陈启祥整日不谈不笑，不打不闹，一说话脸就红，割柴挑水、练兵上课处处走在前面，马成荣特等机枪射手又这样加意照顾，心里就有点不服气。他们两个人一嘀咕，从此当面叫他陈启祥，背地里叫他"那个来历不明的"，因为他既不是补充新兵补充来的，又不是解放了争取过来的，只是部队搭火车从东满到西满，半路头跟上来的。那时指导员就因为他来历不明，拒绝收留他，那时他不是脸都挣红了吗？……枪出手，话出口，大家在一个连队里过集体生活，那里能有不透风的篱笆呢。虽说大多数战士都觉得陈启祥是个好战士，可是"来历不明"这句话，风言风语，一传也就传开哪。马成荣很快也就知道了，他低下头一寻思：这话里有怀疑意思，让陈启祥听见，心里结个疙瘩，一定闹得大家不和美，影响团结。可是别人的嘴巴自己也没法一张一张去堵着——这事只有报告指导员，看上级怎办吧。可是眼看到了连部门口了，马成荣心里一转又一寻思，别人说来历不明，我就先了解了解来历吧。

冬天了，树木都发黑了，雪还未落，干叶子在林子里积了两三寸厚。这天下晚，陈启祥在树林子里跟马成荣坐在干树叶子上讲出自己的来历。

陈启祥是江北会云屯的一个小猪倌，他从小没见过自己的爹娘，在草甸子里放猪的时候，别人挖苦他是"属孙猴子——从石头缝里蹦出来的"，他只有把猪撵到一边去落眼泪。在屯上除了雇农

老李头,没人叫他的大名。有一回他问老李头:

"你老知道我爹娘怎死的?"

老李头望他一阵说:

"你人还小,打听这干啥。"

陈启祥一直到会云屯头一回斗争大地主孙云廷,才翻了身。秋天分地的时候,农会小组讨论,一致认可:全屯论劳而又苦,那人家陈启祥真顶得上头一份。老李头在斗争过程中当选了农会主任,他说:"人家三辈子都是好成份,没话说。"结果分给他一垧半好地。这是一九四六年,第一次分地,会云屯是全区分地分得最早的,那天前半晌分地,老李头在前,陈启祥在后,走到地头上插了橛子。那是一片踩一脚都冒油的好地,庄稼一抹齐札札,给太阳照得亮堂堂的,种庄稼的人,看啥还能比看庄稼高兴?可是老李头打了皱的老脸上淌下了眼泪,转过身问:

"启祥,你多大啦?"

"我二十了。"

"廿是好岁数,启祥,你长大了,你也翻了身,这地属你的啦,我的话也该告诉你啦!这话在我肚子里存放了十五年,我打谱有两种说法,一种是我快咽气,不得不说,就顾不得你好受不好受了,一种是等你成家立业像现在这样。十五年前,我跟你爹都没来到这北大荒,我们都在江南,给人家打零,扛活,你爹的性子是一根扁担抬到底,手艺好,就是干耿直倔出了名,你娘是个好秉性女人,又能下气力干活。那年年成歉收,早就没粮吃,到年底东伙算账,我在跟前,地东勒了扣,扣了勒,你爹火上来,一句话得罪了人家,大年三十夜晚,抽地、抽房、没饭吃、没处去。你娘正怀第二胎逼得没法,就舍了你爷儿俩,跳了冰窟窿。从那往后,你爹就无精打挂,一下子再也仰不起脖来,是我们一道带着你到这里来。不久,你爹也没了,启祥,你记住!你原不是没爹娘的孩子,你这二十年受的挖苦是冤枉哪。"

陈启祥一句一句听到耳里,就跟老李头回屯子里去了。第二天,陈启祥又分到手一匹马,他拉到这匹马,忍不着滚下热泪。他这样爱这一匹马,他做梦也没想到自己也有了马,屯上人真是一心一意成全这个孤儿成家立业。那知陈启祥心中早打好了主意,打听出贫农王景发老婆分到一块花旗布,他就拉上马跟他去换那块花旗布。老王大嫂劝他半天,末了,没法,就把布换给他,老王大嫂还说:"牲口先拴在槽上,日后再讲吧。"陈启祥花旗布到手,立刻求人做了件小布衫穿到身上,别人都摇头说:"露腔露了二十年,单这几天,爱起面子来啦。"

那知当天夜里,陈启祥上农会主任老李头家去啦,坐在炕沿上说:"我的地由你经管着,我要走了。"老李头一听这话大吃一惊,好容易刚翻了身怎么又说走呢?好说歹说劝了一阵子,末了陈启祥还是非走不可,老李头知道他这脾气秉性,就像他父亲也无法再劝,只问:"地我经管,那粮怎办呢?""粮也由你使用,——等我革命成功回来再说吧!"这时,老李头开了一张证明给他,鸡叫第三遍,一个人影儿出屯往南,陈启祥从此就离开了会云屯。

马成荣听完陈启祥的话,眼圈一红只说了一句:

"小陈,你不说,我还不知道,咱们这缘分,都是血换来的。"

当天夜晚,马成荣把这件事情报告给指导员。指导员听了很生气,说:"我知道陈启祥的来历——那天在火车上,我不是考察了半天,陈启祥把他农会的证明交给我,——我还把它交到了营部呢!"指导员下决心,要查清"来历不明"这话是谁说的。他还跟马成荣商议,抽个时间叫陈启祥向全体军人报告报告,才有教育意义。谁知就在这天下半夜两点钟,紧急出发作战的任务来了。

出发的时候,陈启祥装了满满一袋手榴弹,挂在身上,因为自己一心图革命,眼看战斗来到眼前,心中不免过分兴奋、激动起来。马成荣看穿这一点就说:"同志,上阵,猛要猛在节骨眼上——不要慌,要镇静,瞎碰可不行。"马成荣又关心地把靰鞡草帮他絮了絮说:"老弟,光嚷打仗打仗,打得上打不上,可全靠两只脚做主啦,八路军的脚是铁打的,你知道吗?"后来,马成荣又怕陈启祥把他平时所教的怎样利用地形地物,怎样冲锋,怎样射击忘记了,抽烟的时候又谈讲了一阵,末了两眼望着陈启祥紧叮了一句:"到火线上,你跟着我就对啦!"陈启祥回答得也十分干脆:"你到那,我到那。"

雪下得很大,白茫茫一片望不见人,趁这场大雪掩护,黎明时光,部队向公路上敌人发起冲锋。

"啪""啪"——清脆的两声枪响以后,敌人机关枪就一口气不歇地哗哗打过来,战士们在深雪内奔跑着,三次冲锋,把敌人从公路制高点上驱逐下去了。指导员在突击队后面,甩着匣枪指挥冲锋,把马成荣这挺机枪掌握在身边,可是没用上。陈启祥一面紧跟着跑,心里纠缠着两种矛盾:枪一响,他心跳起来了,可是他极力制止自己,又觉得不能冲到顶前面去十分可惜。这时,他们爬过雪沟,跟随指导员到了刚夺下来的制高点阵地上。陈启祥看见一堆堆敌人尸体,倒在雪沟里,炸弹留下很多黑坑,血染红了雪,新雪又忙着把死尸掩盖起来。敌人最后据守唯一一座小山头,把自动火器一股脑儿集中向冲锋上去的人交叉扫射。连长在那里挂彩了,倒在地下还喊着:"前进!"陈启祥扭过头看指导员,指导员把眉毛一竖,甩着匣枪跑上去,马成荣紧紧跟上去,陈启祥又紧紧跟上马成荣,他们猫着腰前进,子弹在头上"吱""吱"地叫着,他们一会卧倒,紧紧贴在雪地里,一会又跳跃着往前跑。陈启祥这时心不跳了,脑子里却没闲空想什么,只是紧张地动作着,他看见敌人是钻在小山头雪沟里露着半个脑袋放枪。

马成荣眼尖,看见连长在前面,敌人阵地上却像有动作的模样,就忽然喊了声:"坏了!"

指导员一看,敌人果然打反冲锋了,四十多,忽的一下从雪沟里爬出来,往山下冲。我们冲锋的战士没留神连长倒下,一看没人,以为连长下去了,骤然之间,一动摇,退却了。

指导员急了——连长一个人还在凹地里向上爬呢!……

马成荣是机动而坚决,用不到谁下命令,立刻不顾一切抱着挺机枪跑到侧面三十米达外,一处微高的山垴上,把枪脚杆一插就呼呼朝敌人猛射。

敌人受这意外袭击趴下了，马成荣将敌人阻止了很久，连长发觉敌人已到面前，他借着马成荣火力掩护爬下来了。敌人爬起来，又喊着，冲过来。马成荣一瞧连长虽然救出来，自己和敌人距离可是太近了，来不及往下撤了，同时他知道，如果他从这里撤下来，全部阵线就要崩溃下来，于是决心一下，他咬着牙，把脸贴到枪身上，紧紧震动着全身，打着。陈启祥趴在指导员身边，现在抬头一看：敌人迎着马成荣的机枪子弹，有的把手一扬一扭身倒下去，有的却直向马成荣那里冲过来。陈启祥看得很清楚，子弹像无数雨点，在马成荣上下左右纷纷飞舞，突然之间一颗子弹打在马成荣左肩膀上，一下把他撂倒，甩出老远去，可是马成荣挣扎着起来，又爬过去，拼死命抱着机枪打。陈启祥眼红了，这时他一点畏怯心理也没有了，只一心一意，直觉地要救下马成荣。他迅速地从身旁死尸身上又捡了几颗手榴弹，塞在怀里喊了一声：

"指导员！我上去了！"

就一直跑了上去，他只觉得火花在头上一飕，"啪""啪"一阵响，他已经扑在老马跟前，老马尖锐地喊叫："别动！"

陈启祥紧贴在雪地上，侧过脸一看，马成荣肩膀上棉袄都给血湿透了，血顺着手腕流到机枪上，又顺着机枪流到雪地上，可是手紧紧把着枪把子一动不动。陈启祥看在眼里，感动地说："老马——把枪交给我，你下去！"马成荣在这危急关头，看见陈启祥奔跑了来，十分高兴，掉转头亲热地笑了一下，又赶紧把头贴到机枪上，一面发射一面说："先不要动！"陈启祥弓着身子，向前移动了两尺远，又觉得一阵子火花从脊背上空飕地穿过去，又是"啪""啪""啪"一阵响。马成荣跟陈启祥相望了一下，——马成荣一面瞄准射击，一面说："有炸弹吗？""有。"马成荣还是忙着发射头也不回地说："有炸弹就好，小陈，咱们是八路军，咱们人在枪在，你先救这挺枪要紧，把炸弹留给我，我掩护你。"陈启祥奋不顾身，一心上来是为了救马成荣性命，马成荣这话一提，在这紧急万分的节骨眼上不

但稳定了陈启祥的紧张心情,同时也教育了他,他脸一红,把手榴弹一颗颗拿出来,把盖拧掉,放在马成荣手边。马成荣嘱咐他:

"敌人打枪,你赶紧趴下,不打了,就跑,这挺枪交给你啦!"

"你放心,我在枪一定在。"

马成荣把机枪又扫了一阵交给陈启祥,陈启祥抱在怀里就想起身。给马成荣按着了:

"这样就暴露了,你把枪顺着身子,提着把手,拿大衣盖了,再跑。"

马成荣教陈启祥,陈启祥就照样办了,把枪紧贴在左侧身子上,爬起来就跑,没几步,敌人机枪就叫了,这一下他就知道马成荣教的办法的好处了。他把枪紧贴在身上,很灵便地趴下,顺着斜坡滚了几步,子弹一打过去,他又爬起来猛跑,——步枪子弹呼呼地在头上穿,落在他的前后左右,他的大衣上三处着了火,他没畏惧,他一心一意,按着马成荣的话,坚决把机枪带回来。

敌人给陈启祥突然上去突然下来,如入无人之境的勇敢所吓倒,所迷惑,迟了半天才发喊一声又冲锋了。陈启祥扭转头一看,吓着了。

眼看敌人冲上来了——敌人在山坎下,马成荣在山坎上,可是马成荣紧紧伏在雪山坎上,一动不动,陈启祥急得头上直冒汗珠子——他死了吗?眼看就要到了呀!……陈启祥第二次要上去,给指导员按着了。

敌人在雪窝里,为首跑着的五六个离山坎眼看二十步远了,突然一声轰响,一阵黑烟,那几个人倒下了。

陈启祥这时也不顾隐蔽,翻身坐起来,张着嘴看,这时他暗暗佩服老战士,在火线上镇静、勇敢,觉得自己太急,太慌张了。

第二下炸弹响了,一阵黑烟:第三下炸弹响了,又是一阵黑烟……

指导员已经把散漫退却下来的战士们组织起来,掌握在手里。与第三声炸弹同时,指导员喊了一声:"冲呀!最后歼灭敌人呀!"

自己首先冲上去了。部队像捏紧的拳头一样一下子打过去,陈启祥是跑在前面的第三个人,他箭一样飞跑到马成荣身边就趴下来想救护马成荣。马成荣激怒地从雪地里仰起上身,涨红了脸,瞪着两眼喝呼陈启祥:"你上啊!你在这里干啥呀!……"陈启祥拔起脚又往前冲,马成荣还在背后喊:"你消灭几个敌人呀!——你消灭几个敌人呀!"部队一下子冲上来,敌人慌乱了,来不及撤到雪沟工事里,就在山坡雪地上就歼了。陈启祥扔了两颗手榴弹,冲进雪沟,看到一个敌人抱着一挺美国轻机枪顺着沟跑,他就一面追一面把手榴弹高举过头顶大喊:"我揭盖了!""我拉弦了!"结果,那个"中央军"就翻转身噗通跪倒雪里,把轻机枪高高举起,交给陈启祥了。

战斗结束以后,马成荣、陈启祥各记了两大功。这时那两个嘴说"来历不明"的早就钳起嘴巴不作声了,因为指导员在全体军人大会上号召大家学习马成荣和陈启祥的时候,不但把陈启祥讲得来历分明,还指出老战士新战士亲密团结就能胜利。谈到这里,指导员引用了马成荣那句话说:"同志们!……我们都是劳苦人,……我们的团结是血换来的……"

一九四八年七月十二日于哈尔滨

选自《东北日报》,1948 年 7 月 25 日

勇敢的人

　　从出发时起,就望见我们所去的方向上有火光。半夜到了饮马河——河床给雪掩盖得平地一样苍白,要不是河边有一丛丛小树棵发着黑色,我几乎走过去还不知道。河的彼岸火光烛天——战争的光芒啊!——我在雪里艰难地走着,雪灌满鞋筒,后跟上打了"钉子"(雪粘结在上面愈积愈厚尖尖突出着像根钉子),愈走愈近,就到火光跟前来了。整个村庄熊熊燃烧,风把火星呼呼地从我们头上吹过。已经下半夜四点钟,黎明前的寒冷及困倦,把我弄得极为疲乏,到了朝阳川,部队在休息,我看见一家点着灯就走进去了。

　　烟把灯光遮得十分黯淡,炕上地下全是弯曲的身躯。

　　"同志——卷支烟吧!"

　　战士们扬着手中小烟口袋招呼我,很明显他们暖和过来了。

　　"你们那一部分?"

　　"同志,往西走的不都是咱们一部分吗?还问什么……太冷了,我们指导员看看表说有二十分钟时间,带我们进来抽支烟,太冷了……"

　　这时我才发觉我满身是白霜,嘴巴旁支起的领子上冻着厚厚的一层冰,那怎么能抽烟呢?皮帽子跟皮领子粘结一起,取也取不下来了。我往有灯光的地方走去——我在杂草上挤了一个坐位,把手套脱下来。忽然听到一阵喧闹,有的笑,有的喊叫:"这个宝气——你怎么不等太阳出来再来呀?""外头挺风凉的,进来干啥呀!"……我抬头看见一个战士粗鲁地转动着身子,挤着别人,带着大团冷气,一拐一瘸地跑进来,显然他是掉了队。他还歪着头粗野地

288

喊叫：

"妈那个×,老子不走了。"

"老王！你来了！"

在这喜悦和蔼的声音后面,我看见一个人站起来迎接那个战士。

那个战士把枪放下,把不分手指的棉手套拉掉,他的棉军衣全是冰,好像落在水里又捞起来,把帽子扯开,头上立刻像打开的蒸锅,呼呼冒着热气,——他拧了一把鼻涕摔在地上,通红的脑门上流着汗珠……迎接他的人拉他并肩坐下来："老五,你的靰鞡没絮好吧。"粗野的声音又锣一样当、当、当响："不是,不是,司务长是吃稀饭的吗？ 我说我这双靰鞡不合适,我一只脚大一只脚小,你不能把脚剁一块下去呀！ 吹牛嘛,什么牛皮靰鞡,猪皮,猪皮……"大家哗地笑了。

"你脱下来我看看,要是不合适就该想办法。打仗,鞋子顶重要了。"

那个战士嘴里嘟哝着,仍然依顺地把绑带解开,费了很大力气,抱着条腿把靰鞡才脱下来,像一块生铁"砰"地扔在地上。这时好多人围拢上来,好像老王这双靰鞡里会跳出什么活玩意儿来。我也站起来看看。谁碰碰肩膀悄悄说："看指导员纠正他！"指导员果然拿了靰鞡凑到灯光下去,那靰鞡看样子肮脏、乌黑、发臭,我看见指导员把手伸去,在掏什么？ ——怎么？ 靰鞡草掏不出来吗？ ……大家都等候着大笑一阵。指导员忽然转过身挥挥手：

"同志们,你们坐下去休息吧,天亮赶上敌人还有一场仗好打呢。"大家退回杂草上去。

他又坐在战士老王身旁。我知道他一定发现了这双靰鞡里的秘密,可他不愿给老王难看,他独自对他说：

"你摸一摸！"

"我摸什么？"但他终于伸手进去。

指导员脱下自己的靰鞡递过去："你摸一摸！"

这次老王伸进去的手好半天没拿出来，然后，他低下头，笑了。

"这得教育教育大家——这是个实际问题……"

指导员让全体同志休息，只找几个班长来，他让他们轮流摸了两只鞋。这时我也好奇地走上去——草粘成坚硬冰冷的一块，顶在靰鞡尖上，再伸手到指导员那只里去，草是松软温暖的。不久，班长从自己背包里取出粗粗一把靰鞡草，帮老王絮起靰鞡来。这时指导员往我身边走来，我拉着他的手，我尊敬地叫他："指导员同志。"我看见——他矮小而结实，圆圆的黑脸上，两眼非常有神，总之他是一个健壮而又快活的人。他坐在我身边，谈起刚才在全村给火燃烧的地方进行过的那场恶战，敌人是新一军，当我们占领村庄后，他们用烧夷弹把房子全烧着了，战斗是在黄昏之前进行的，火一直烧到现在。他突然吐口口水说："他们很多地方比日本人还残酷，还残酷……"我从声音听出他的愤恨。一会，他机警地指指刚才喊换靰鞡的战士对我说："你看——他打起仗可顶事，就是个二愣子。"他赞叹地笑起来，点着头。忽然他注意起我的脚来，他一把掀起我的腿，他摇摇头："不行……不行……"他去了半天，把一双半旧靰鞡丢到我跟前："你换上吧！"我拒绝了，因为我知道一双鞋对于战斗部队有何等重要。他忽然小孩子似的笑起来，他开始说我：

"这双鞋，——是一个伤员同志坐在担架上交给我的，他说：'我不带到后方去了，留下给谁吧。'你穿上一双战士的鞋子，有什么不光荣吗？"

"不，"我分辩，"这是……"我不知道说什么好。我赶紧脱下我的日本皮鞋，我抱歉地说："你简直没休息。"

当他耐心地帮我把草絮好，穿上，把带子绊好，一个传令兵进来传："出发了！出发了！"这时我发现，几乎全部战士都重新整理过靰鞡。

我走出去，又转回到他的队伍面前，他正跟司务长说话，叫司务长再发一份靰鞡草给老王。我问了他的姓名，我记着说他叫"林深"——这是部队大家所熟知的一个名字呀，因为上次战役中，他负伤三处，追击敌人，得了最高的英雄奖章。

三下江南战役结束以后，我们转移到松花江北岸——在这时，春天来了。江水泛绿，大家好好休整了一下，部队里都传说"又要打仗了"。那天晚上一个军区剧团来演《白毛女》，从技术条件上讲不能算演得好，可是不知怎么，它是那样动人——台上演一段唱一段，当演到地主奸污喜儿以后又要谋杀她的时候，她走投无路一面哭一面唱，不知怎么，台下一个地方一个人哗笑起来。突然有人从楼上大声叱骂：

"奶奶个屁——笑，笑你奶奶个屁！"

我和师政治委员坐在一起，我立刻朝楼上望。

一个人——两手抓着楼栏杆，前半身紧张地往前倾伏着——他，他不是林深吗？他好像受了冤屈似的，我看见他眼圈里噙着眼泪……

师政治委员往上望了望，揩了一下眼睛。

戏剧演到最后一幕，白毛女终于翻了身，地主被群众围起来。我又发现林深，他简直发了狂一样，好像火把他烧着了。他扬起手臂挥动，不停地喊着口号："打倒地主……打倒坏蛋……"仿佛他亲身参加"白毛女"这场斗争，而他自己受着极大的冤屈。他斜着身子扬着手臂的姿势，他那紧张的脸，张大的嘴，愤怒的眼睛，给我重覆了比第一次更深刻的印象：他是一个浑身充满力量的人，我想现在，他从情感到肉体都给阶级仇恨燃烧着。直到幕布闭拢，他还狂呼着口号，立刻暴雨一样，全场的人都跟他喊起来，这声音的怒潮，一直卷到戏园子外面来。

在街上，我又看到他。他过来跟我拉手，他说：

"不行，——你看咱们是什么队伍？是穷人的队伍……他还笑……"

不知是月光的关系还是怎样，他的脸有点苍白。

第三天，我骑马跑了十八里路，到×连——就是林深那一个连，去参加他们讨论"白毛女"的座谈会。

291

根据团政治处报告，因为那天夜晚，从戏院回来，有的班里战士们纷纷谈论，一夜没睡。林深就抓紧战士情绪组织了这个会议。会是在两间宽大的农民房屋里开的，炕上地下都坐满了人，一个接一个地发言，——我在小本子上记录着他们的谈话，也记录着他们的情绪，比如悲苦、愤恨……突然一声："报告，我说。"我一看是战士老王，我悄悄问身边的林深，才知道老王名字叫王明理。王明理站在炕上，说一句话右手就作一个手势——他忽然停止了半天，他说不出来，他把要说的话忘了。他直挺挺站在那里，我真替他着急。他突然又说起来："那是白毛女一个人的事吗？我们都是穷人，我们在家没受过欺负吗？……"他讲述他幼年怎样在大年三十晚上，落大雪，给地主老爷赶出屋门，他爹怎样吊死在地主老爷门上，——忽然这个平常粗野、莽撞的人，像小孩一样耸起肩膀来。无数战士的脸变了颜色，有的烟卷悄悄熄灭了还粘在嘴巴上，他们都纷纷抢着倾诉起来，穷人的苦楚是说不完的，一个比一个声音激动，一个比一个声音昂扬，屋外的人曾以为这里面在吵架，实际上他们再也没有谈白毛女，他们谈的是他们自己。

林深站起来，一挥手，就响亮地提出大家心窝里的话：

"我们要给白毛女复仇！"

立刻满屋震动起来，有的鼓掌，有的呼叫。

"你们说得都对——我们的父亲，我们的母亲，我们的姐妹，就是给地主统治者压迫着的，——我们常常嘴里说为人民服务，什么叫为人民服务？就是为我们父母服务，还为别人吗？——我们手里拿枪干什么？就是给他们报仇！……"

当我们几个人经过村外一片小树林的时候，他变成那样活跃的一个"调皮鬼"，他攀着副连长的脖子开玩笑。

我却在想：对一个战士应该仔细了解，一个战士不是一个简单的人，像王明理这样，你从外表能明白他吗？……

突然，林深扯着我："你知道我们部队为什么这样勇敢？"

这问题似乎容易回答，但是一下子又找不出一句最恰当，最具体的话来。他继续说：

"就因为我们有这样多苦楚。"

我说："比如王明理……"

他点点头："比如——比如每一个人……"

这晚上我就住在连部里，我很想努力了解这个政治指导员，可是他除了跟文书统计弹药，跟司务长商议干粮问题而外，还和连长"搬轱辘"（角力），后来副连长跟副指导员都参加进来，从屋里一直跑到屋外——连部的夜晚，充满热闹、活跃的空气。关于他自己，睡觉以前，我只知道一件，那是谈起师政治委员时讲的——林深还是一个十几岁小孩子时候，他就到部队里来了，那时政治委员还当团政委，他就在那个团里当宣传员。有一次他生了病，政委跑来了，把脸贴到他额角上试他的热度。他说那时他哭了，他觉得很舒服，因为从来没有人那样体贴过他……后来病好了，他画一幅画，画一个高大的首长把脸贴到一个小小兵士头上，他把画挂在自己睡觉的地方。

次早，我顺便到团政治处主任那里，主任盛赞林深的勇敢与爱兵。他讲在山东打胶县，那时部队非常困难，打开以后，他叫战士把刺刀收起来，他自己点了支蜡烛在手里，在刚刚占领的敌人营房里，把衬衣、鞋子找出来堆在一起，喊战士进去拿，——他自己帮他们照着亮。回来以后战士们太感动了，大家商议，从胜利品中选了一件最好的衬衣给他送去。团主任送我出来握着手还说："他现在是我们团里最活跃的一个指导员了。"那么，我所知道关于林深的历史材料也就是这些了，不过临行时我曾经问他一个问题：

"为人民服务那句话，你是怎样想起来的？"

他很率直地告诉我："我的母亲就是一个劳苦人，我的弟弟就是放猪长大的——我常常这样想，我为人民服务，也就是为他们服务，这一点也不奇怪呀！"他就那样笑起来了。

这次夏季攻势，他们就是带着那样饱满的复仇情绪，渡过松花江，走上战场。那夜下大雨，在满是桲罗棵子的四平郊外，部队住得满满的,我好容易在一间房里找了一个睡觉的地方。黎明,我起来,下炕时,看到王明理弯曲着身子把枪抱在怀里,睡在炕沿底下,睡得十分甜蜜,显然他们是半夜才赶来的。我找林深没找到就走出来,外面一面是灰蓝的天,一面还落雨……突然草囤那边跳出一个人,连蹦带跳跑过来拉着我。我一看是林深,满身满脸是草梗子,原来他昨夜把草囤掏了一个洞,钻进去睡了半夜。我们笑了一阵,走上一条岗。从这里远远望见四平的黑色水塔和楼房,我们站着了。在战前,人们很容易兴奋地谈起关于这次战争,我们俩也就谈起来,不知怎样他忽然谈:

"我希望光荣牺牲……"

我惊讶地望他一眼,这样一个蹦蹦跳跳的怎么说这样话?我想他是说笑话。

他却严肃地卷了一支烟塞到嘴里吸着:

"和我一道入伍的几个人都牺牲了——王智在山东拼刺刀牺牲了;李春和也在山东打据点送炸药,半路给子弹打着,他也完了;李锦泉去年在大洼作战牺牲了。一个给日本帝国主义打死,一个给汪精卫打死一个给蒋介石打死——现在就剩下我……"

我不同意,我和他争辩"我们应该想活",他却不争辩,他唱起"我们的连长何万祥":

> 我们记得……在西北高原上,
>
> 告别了你的牛羊,
>
> 走进毛泽东队伍,
>
> 从此一生在战场……

这天下午开始总攻,我就到了前线指挥所。从此开始,我们阵地上每天要挨一百发榴弹炮,黄昏从掩蔽部跳出来,大家见面都笑着说:"伸伸腰啊!"第二天黄昏,我在阵地附近树林边走过,看见他们那一营正在前进投入战斗。林深勇敢地走在连队前面,一会就不见了。这是什么战争啊,简直是翻天覆地,火从总攻的第一分钟起一直到最后,黑夜白天不停地烧着,黑色烟雾整天悬在上空。炮兵把炮弹像把成吨钢铁往那里倾倒，从始至终，在这样的战争里面，步枪声是听不见的，轰响的是炮，在比较清寂时可以听到自动武器的密密的声音。我从指挥所里，差不多每隔一小时，就可以从电话上得到正确的报告——每一小时，我们的勇士都在前进。×营投入战争的任务，那天我看见司令员在一张平面图上，用红铅笔画了一条弯曲的箭头，他们得夺下一座坚固的楼房工事——这是我们击碎敌人全盘工事的重要关键，攻击时间是晚间九点钟。当夜，我站在我们战壕前沿平地上，望着前面一团一团的火光，血一样红在闪烁，炮声在轰响，红光绿光子弹紧张地划着长线，又是火烧，又是爆炸，乒乒乓乓，简直像是一只溶铁的锅炉在那里滚沸了……我披了雨衣，一直守到将近黎明的时候。我想林深正在那里奋战，不知为什么我总不安，——也许因为林深那天说"我希望我牺牲"那句话影响了我，因为我想他一定一点也不考虑生死，他一定无畏地前进，英勇地突击，但我又想起战士们的信心：勇敢的人常比胆小的人打死的要少些。我一听到电话铃响，就跳回指挥所去。那里点着一支蜡烛，光很暗，司令员捧着耳机子：

"啊——啊，一十五分钟，攻进去了，占领了红楼吗？——啊！在继续扩张战果——谁？噢，林深……噢……"

我紧张得喘不过气来，我眼睛盯着司令员的面孔。

最后他放下耳机，高兴地说："林深一直带着队伍在前面进攻，完成了任务。"

消息就这样多，再多没有了。那么他自己怎么样呢？我最后肯定：他一定是勇敢地前进，作进一步发展。

我立刻写一份新闻稿，报导这一重要发展——我带着罕有的热情，迅速地写他的英雄事迹，写完，我最后再问一遍："几点？几分？……"

突然铃声又响了。

"啊——什么？——你再说一遍！——你再说一遍！……"

一种不好的感觉刺激着我，司令员一放下电话就严肃而沉痛地说：

"他牺牲了——他带着两个战士再前进，他又突入一间房子，敌人用火力封锁了那间房子，房子烧了，以后就情况不明了。"

我沉痛地在稿子的末尾加上"×点×分钟，战斗英雄林深光荣牺牲了"。

拂晓时我跑到团的阵地上去了，那里利用敌人现成地堡构成团的临时指挥所。团长到×营去了，政委疲劳地睡在地上，政治处主任是熟人，把他瘦小而有力的手伸给我，他用眼睛沉默地望着我。我们坐着的时候，子弹不断打在地堡顶上，如同雨点打在房顶一样。黎明从枪眼上渐渐放光，一个激战的夜晚过去了，一个激战的白昼又开始了——飞机在这一带投着炸弹，火药气息让你觉得这一块地方都烧焦了，还夹杂死尸气味，不断吹进来。突然一阵脚步声，高大的团长弯着腰从交通壕一下冲进门口，他高声喊着：

"你们看——你们看！"

在团长身后出现一个人，浑身衣服烧焦，脸上全是黑灰。我几乎跳起来。政治处主任早跑上去了，扬着手臂张罗着，一边喊：

"你坐下，你坐下！"一边喊："警卫员喊医生来，喊医生来！"

一点也不错，这人是政治指导员林深。

团长凯旋一样，满面神采奕奕，鼓着他的胸脯，露着白牙齿，望着林深。林深一口气饮了两茶缸冷水才喘了口气。医生来了，用酒精在他脸上揩着，贴了药膏和纱布。我看着林深，我说不出我的喜悦。团长叙述他昨晚得到消息，跑到×营阵地，然后走进那座红楼，他一面走一面想："拿下这红楼的英雄现在牺牲了！"他从炸毁了的窗口望着敌人火力封锁的那间房子，六〇炮弹一个紧跟一个地爆炸，"问题的严重"（团长的口头语）是那间房确实烧着了……他想：我们就不能到房里弄清楚吗？他于是指挥×连的战士冲了三次，都退回来了，战士退回来气得流着泪——他知道他们一定要把他们指导员救出来，他们绝对不相信他已经牺牲了这句话——"这就得出点点子（出办法）才行。"他就指挥两个班奋勇攻击另外一间敌人还占领的房子,这一来六〇炮弹便吸引到这一间新发生了情况的房子来了,他就带着一个组到林深那间烧毁了的房里来。他进去的时候发现林深坚决地守在一垛墙口上——他已经一半昏迷了,但他还机械地射击着,不准敌人冲进这里来。两个战士一个给炮弹炸伤,一个给倒塌的房顶压着烧死了。林深的头发都烧着了,他还坚决要求继续前进,最后团长向他下命令,才把他带下火线。

林深耳朵给炮震得有些聋了。我慰问他,他摆了摆手。我问他牺牲战士的姓名,他两只手揉了揉说:"王明理。"

"啊,王明理,就是那个大三十夜晚给地主老爷赶出来,爹吊死在人家大门上……"

"是啊——是他!……"他轻轻地说。

黄昏的时候,师政治委员突然出现在这里,他事先并没打电话给团部说他要来阵地上视察。他一进来,就严肃地对大家还了礼,坐下来就说:"你们这里怎么样?阵地情形呢?……那么,你估计没问题吗?嗯,是,主动地打敌人,这是好办法,这才能保存已得的阵地,可是为了消灭敌人,有时甚至让出一点地方——是,问题在主动……"这时,他才转过脸来问林深的伤怎么样。林深坐在我身旁,因为我已经把这个烧伤了的人麻烦一天了,我要求他把他作战经过告诉我。当政治委员又转过脸去的时候,林深突然小孩子一样用肩膀碰了碰我,下巴朝政治委员一翘,小声说:"你瞧——他的头发有点灰白了,三下江南以前还没有呢!……"师政治委员详细地问了一切问题之后,他要走了。他走到我面前,他没有看林深,他对我说:

"你要写,——这是一个勇敢的人,你说是不是?"

一九四七年八月廿四日

选自《勇敢的人》,东北书店 1947 年

在旅部

——纪念一位朋友

黄昏来到的时候,含有雪意的风更寒冷了……我把头上的日本皮帽拉得紧紧的,牵着马,顺了一条冻滑的小路,下降到夹谷中来。夹谷中间的冰河上,掩着今早的落雪,马颠踬着,好几次几乎把后腿滑倒,才算渡过来。跟着河边弯曲的路向里走,两边夹峙的山岗,完全给雪严封起来,只有一处,被几十棵细细松柏突破,这些树卫士似的挺立在山岗上,俯视河这边一片彼此杂乱依靠着的房屋。天完全昏暗了,一只狗在近旁吠起来。不久,我走到一个穿皮大衣肩膀上竖着枪支的站岗同志的面前。

我被人领着往半山坡上去,这时已看不清楚房屋,只有各处窗口像眼睛似的由黑暗中投出恍惚的光。

我到了一间屋里。看见煤油灯微黄的光线照着一个人。他把上半身俯到桌上,一心一意在读书。我恰好站在侧面,看到他圆圆的白脸上皱着深黑的眉毛。等他转过头来,一对微微嫌小的眼睛,射出极尖锐的光。他笑了,把我递过去的一封介绍信还没看到底,就转动着束在棉军装领口里的胖胖的脖颈,把一只温暖而柔和的手伸过来握了我那冰冷的手掌,花了很久时间摇撼着。不知是否因为整天走在荒凉山谷的缘故,此刻,一股感情的暖流,热雾一般裹了我。其实,他这屋里并不温暖,倒嫌有点清冷。

一座土炕占去房屋的一半,桌子塞在炕头空隙里,一盆炭火在桌脚下半明半灭。

他朝后退一步,两肩耸了耸,双手插在裤子口袋里,歪了歪头望着我：

"哈，同志——早就听说你要来啊！"

他一面听着我的回话，赶紧弯下腰去拨炭火，一只脚把火盆推到距我更近的地方，马上又把一杯浓茶递给我。

说话中间我偶然去翻他刚刚掀着在看的书——他把椅子一拉，笑起来，笑的里面含有几分羞涩，放平了声调，向我解释：

"这是本好书，同志！这里头都是我们的斗争，我们有过这样的事，同志……在西康草地的时候……"

我很惊讶，这书原是我从前带在身旁的一册《铁流》。我一掀那书的里封面，指着我的签名。他一下站起来，眼睛闪着发亮的光，笑着，嚷着："哈，是你的，是上次到你们那边做工作报告，由一科抢来的！"他顺手把一枝纸烟递给我，自己把另一枝烟在大拇指指甲上轻轻顿着。我仔细看他，我感到亲切。他把军帽推得有些向后，棉衣敞开着——他们常常是这样：不管是在沉思还是在想一个问题，就在这沉默的一刻，决断着他所考虑的事情。——他这样继续有五分钟，退到椅子上，把炭夹上来点烧着香烟。他才徐缓地对我说：

"你们有文化，你们能写……我们过着的是这样生活，同志！斗争呵，可是写不出……"

等到特务员提了盏马灯进来，说旅长要我们到他那边去，他又一下跳起，那样亲热地拉着我的手走，一直不放松，到了一个黑漆漆的院落里，捏得我的手都出了汗。

旅长是一个个子矮矮的，多血质的中年人。脸是红的，下巴上满是胡须，两只圆眼也是暗红的。比他的豪爽更丰富更可爱的是时而流露出来的机警。他原是和我在总司令部那边就熟识了的。此刻，他老朋友一样跑过来，把两手往我肩膀上一拍，翻着眼睛说："呵，同志！……总部来电话说你来了，我当是半路上给狼吃了，原来躲到我们这个胖子那里去了。"

他十分亲昵地朝政治部主任杜成做了个手势。

我对于旅长知道得蛮清楚,他最喜欢讲笑话,有时会胡闹,十分喜欢朋友,为了朋友会自己下厨房。到他这里来的人,都会因为他的招待——特别是愉快的说笑——多住几天,或停留下来。

从点了两枝洋蜡烛的方桌旁边,站起一个身材瘦长,黑面孔的人。旅长指给我:

"这是我们的参谋长!"

这个人除了淡漠的握手之外是毫无表示的,他仿佛故意同我保持着某种距离,一声不响,一支香烟接一支香烟,不停止地吸着,喷着……

旅长坐下没谈几句话,又踱起步来,烛光把他的黑影,照在钉满军用地图的墙壁上晃来晃去。这时他那稍嫌嘶哑的话声压倒一切,他似乎不愿把机会让给别人,他总是不停,中间夹杂热闹的笑话,不断地引起共同的笑声。政治部主任杜成尖起喉咙,笑得那样多,那样自然,笑得时间最长久。参谋长却只勉强地掀掀嘴唇,不愿过分发泄自己感情,有些拘束;这融洽的空气,好像时常给他破坏了一点。很明显,杜成对于旅长是绝对信仰的,旅长热闹的一举一动,都吸引他静静地凝视着……

突然,电话铃声在对面房屋中响起来。一会那面有人大声喊:"杜主任!杜主任!"

他跑出去。旅长立刻全身扑到桌上探首过来,机警地闪烁着眼珠子,微笑着告诉我:"你想!他是一个品质很好的同志呢!"

杜成回来报告一件工作的时候,旅长忽然像把华丽羽翼收敛起来的雄鸡一样,扭歪着发红的脖颈,听着,又是那样认真那样严肃了。杜成的话说完了,他又那样笑起来。旅长是兄弟一样爱着他的政治部主任,这是没问题的。因为他表面上有时做得很粗鲁,实际是一个细心的人。听说每次作战,他根据情况布置之后,命令下过了,专等明日拂晓开始攻击了,那时,参谋长就疲乏得一只口袋似的倒到床上去打鼾。他却要悄悄起来好几次,高举着一枝流泪的洋蜡,立到墙壁的地图前,细心地一再考虑,往往就一夜不闭眼地过去了。我无意中打了一个呵欠，旅长便停了一下对我说："好啦，我们到睡觉的时候了……对了，你先在旅部住一时吧！了解了解，再下团去搜集材料也好。"我们出来，我的住处安排在政治部，夜里星亮着。杜成一面走一面孩子一样地说：

"告诉你，他叫我们走开，他可不睡，他是在想心思，要一个人考虑许多问题，他比谁都要累呢。"

在旅部里住了一个星期了。这里充满一种很深厚的融洽空气，我很喜欢。比如高个子的参谋长，虽然初见时，好像合不拢来，慢慢熟了，却最亲热，他有着人与人之间极宝贵的朴直与倾心的感情。他是一个工农干部，安徽人，远在一九三〇年就从农村里出来参加队伍，原来一个字都不识，完全是从这军队里教养出来的。我想到当我来以后，他为什么那样淡漠。后来他也告诉了我这个缘故：

"同志！……旅长说你是个文化人，什么文化人呢？我想一定怪得很，就不敢同你讲话哩！"

"不都是一样吗！"

他笑着想了半天，点了点头："告诉你，同志！我们是顶需要文化的。"

我凭着直感的冲动，本会笑出来，但当我的眼看到他嘴角坚定地向下曲着，和那认真的眼色，我忽然一把去捏着他的手，我明白我不应该那样看那样想，革命改造了他是比改造了我多得多了。我俩熟了以后，他很快把天真的一面全交给我，——因此从他这里我知道了顶多的生活。他告诉我：他原有一只头号派克金钢笔怎样给旅长换去了送客人。旅长兴趣却不同，几年对日作战中，他从无数胜利品里只搜集了大大小小十几把倭刀；政治部主任却什么都没有，只有他那一套磨破了封皮的《列宁选集》。参谋长和旅长在我们聚会时，在我的要求下，很欢喜地把过去历史告诉了我，因为只有这是他们唯一的财富。旅长最初两眼平视着，鲜红的嘴唇紧紧闭在胡须丛中，一只手慢慢摸着另一只手臂，突然记起什么似的一拍掌叫着：

"我在香港，上海，……那时做工作，比这时有趣！"

"那时，你穿了洋服，也有这把胡子吗？"参谋长喜欢这样问。旅长除了军人生活之外，还有那一段隐伏在过去的秘密生活，参谋长对这件事最感兴趣。

在这种场合，我与政治部主任是听众，我们总是默默的，也更从没说过一句话，似乎他的全部历史没有一点动听的故事。他只是好奇地倾侧了头，听，极其纯朴地笑。

一天清早，他走到我屋里来。——因为在整个旅部里，他最节省，他那屋子是最冷清的，我不常去。这次，我很敏感地看出他极其倦乏，眼角上蹙起一些细纹。

"你怎么？"

"我失眠了……"

我没等他说完，就觉得这是不相称的话——对于这样一个年纪轻，精力强壮，身体结实的人。——但是，他坐下来，低低打了一个呵欠，笑了笑。

"失眠是没法子的事，同志！"他讲下去，我才知道，原来在他与旅长参谋三人中间，失眠似乎成为一种共同的习惯。自然，不是由于他们身体衰弱，相反是身体过分强壮，精力过分饱满和过分的劳碌，他们过不得长时期安静的日子——旅长失眠才是厉害，他一夜烦躁地橐橐地转来转去。第二天，他却比谁都早地在看电报，他从那眼睛的光彩上，看不出一点黯淡的东西。——在当时，他们强烈地要求着战争，战争一来，他们把自身投进那火焰去，然后冷静了，他思索、决定，然后出发到火线上去。

很快，一个动机以电流的速度来到我的脑筋里。我问他："你怎样到部队里来的呢？"

他沉默着——他愈沉默，我愈觉得自己的唐突，想把话引到旁处去，但他的沉默，却宣告我的努力无效。

最后我勉强地说："你恐怕是求知欲太强了吧？……我看你学

习太用功了……"

"做一个革命战士,我是十分不够的,同志!"

他去吸烟了。我知道他没有真的吸,他只是喷着烟,让烟结成雾,又跳起来,喜悦地,眼睛闪着欲求的光芒,嚷叫:

"你教一教我,怎么写文章呢? 你教一教我……"

恰好此刻,参谋长一阵风似的旋进来,拖他一把:"走,走!"他不动,参谋长又一阵风似的旋出去了。杜成望着他那高大的背影,忽然机密地挤了挤眼睛说:"一定有新闻——我们去!"我随着他出来。入冬之后,一次特别晴明的太阳,和暖地照着我们。

在旅部冻结了冰的院里,两三个特务员晒着太阳在擦驳壳枪。由旅长屋里送出大声笑大声叫喊的声浪,旅长在嚷:

"胖子不来,这是他的好东西,——特务员! 去请政治部主任!"

杜成早抛开我跳进去了。我进去,立刻看到一个最愉快的场面:他们三个人各据一面地把桌子围拢,桌上摆着一堆书籍。旅长仿佛是把糖果撒在桌上,看着弟弟们去争夺,他微侧着身靠后一点,右手拿一只槟榔木的烟斗放在胸前,亲切地望着政治部主任。参谋长则故意地伸着两杆长手臂,用大手按着所有的书。杜成急得脸通红,极力想从参谋长手掌下抽出一册。在这里,我才懂得了书的最大力量。旅长看我进来,赶紧离开方桌拉着我一只胳膊,笑着说:"政治部主任! 我看你得用游击战,才能攻破这家伙的堡垒!"

终于杜成把一册洋装红皮的书扬到我面前,我看到上面印着金色字迹。他得意地翻开指给我:

"这是多远的地方印的啊,这是他们寄给我们的。隔着多少条火线!"

这时,我们的心,似乎都给最动人最崇高的快乐织在一起。为了这遥远的后方寄来的礼物,四个人发亮的眼睛,互相交换着笑起来。

一会,政治部主任不见了,参谋长说:"这家伙……他能一夜不睡觉,他会看完这本书,他会不吃饭,我就不看了,等他讲给我听好了。"他一面说笑,可是一面也夹了本书走出去。旅长慢慢走到桌前,把那包书的报纸和绳子往一边推了推,很机警地用烟斗在桌面上画着说:"这就是我们部队战斗力强的原因,大家都要进步,你说是不是?……同志!我们队伍过黄河时,他还只是一个宣传科科员,现在是我们全师最年青的一个政治部主任了。"

战争来了,我怕打扰他们,便极力避免接近他们。他们似乎把整个旅部,像细流归入大海似的,一切归纳到战争上去。旅长住的院子里,几天听不见纵声说笑,完全是静悄悄的,电话铃声不停地响着,参谋长一天一夜没离开电话机了。旅长站在凳子上,眯缝了两眼,在墙壁地图上看着什么,寻找着什么……

一个清早,我还没起,参谋长进来说:"我出发了。"

我要起来,他用一个断然的手势制止我,他幽默地说:"几天就会回来,我还有一个任务,想带些好吃的东西回来。"

这晚有极清明的光,从东面山岗的松树背后升起了。一棵棵黑色的松树,十分静穆地立着。各处的冰雪闪耀着亮光。那条曲折冰河上,有一层淡淡的雾在游动着。天一黑,远处就有狼嗥叫的声音。

杜成写了一个条子邀我到他那里去,我便匆匆去了。拐过一棵花椒树,我看到他窗上并没有灯光。我一面怀疑着,一面仍然走过去。原来他站在一垛墙的阴影里,看我没发现他,他走拢来,拉我往沟边上走。

月更明亮了。

他一直是闷着嘴不做声,在思索什么,一会他仰起头来,月亮照着他那虔诚的圆脸,两点漆黑的眸子闪着亮光。他轻轻说:

"同志!你不是问我的历史吗?"

我没做声,让他平静地说起来。

"我是一个上过高级小学的人,我的父亲是农民,大革命的时候,他由参加农民协会,而参加了北伐的军队。我记不清楚,他是怎样的。我只知道，后来有一个时期难过的日子，他逃跑了，我不能再继续念了。我十四岁，去放牛，恰巧认识了一个比我大五岁的农民，他从前也参加过农民协会。"停了停，他说："可惜这个同志后来在一九三四年一次战斗里，为了他的理想牺牲了！"

这时，我和杜成已经顺了冰河远离开旅部所在的村庄。一点风都没有，月亮更高更光辉了。我们折回头走，他接着说下去。

"从那以后，我们俩开始到处打听消息。"

不知怎样，他说到他母亲身上来，他的声音有点轻微的抖动："母亲很爱我们，战争从她那夺去了丈夫，她不允许再夺去她的儿子，母亲把一切希望都寄托在我身上，我注意的却是另外一回事。"

我懂得那是什么样的事。

"一天，我们听说离家五十里的山上，出现了军队。大家都高兴起来，以为过去了的日子又来了。"

"母亲脑筋是简单的，她不许我再出去。她只是陪着我流眼泪，我骗她说：'爸爸也许在那里面。'"他沉吟了一下。

"不久，一天黑夜，军队的枪声在村外响，我和那个朋友一起逃走了。"

他不做声了。我想谈话一定是结束了。我从口袋里掏出烟斗，停下来吸烟，他立在那里等候我，我一声不响。再走的时候，我稍稍落在后面一点，看见他的脸给月光照着，是刻了仇恨的情感的，两嘴角朝下弯着，鼻梁上耸起粗粗几条皱纹，如同割破的裂纹，使看见的人感到一种痛苦。在冰河的一个转折处，他把我的烟斗要过去，狠狠吸了两口把烟吐出来，才松缓了些，说："我就是这样参加了军队的，因为人家说是个知识份子，就在宣传队上。"

"再没有回过家吗？"

"你听，我就要告诉你，一九三〇年，我跟着作战部队到了那里，队伍在河这边，我游水过河想看看母亲……"

"看见她了？"

"不！……我逃走以后，她在村上住不下去，给人家逼问拷打，一天夜里吃了十来盒红火柴头。同志！因为除了死她什么都没有了。"

以后，她一直沉默着。看看到了旅部，站岗的卫兵远远喝问起来，我们一面答应着走过去。我看他一眼，他也正在看我，似乎他很奇怪：为什么我也这样沉默。他很抱歉地笑起来，那圆脸上的黑眉毛簌簌抖动起来。恰好迎面走来是他的特务员，说旅长派人找了我们好几次了。他立刻拉着我朝旅长院里走，一路还说："……很奇怪，我时常想，也许我那个父亲，也在这个队伍里，不过，他不会认识我了。我也就不可能碰到他……"这时他完全是笑着的，像在说一件旁人的有趣的事情。

从旅部下团里去之后，我直接回总司令部去了。大约过了六个月，秋末时节，这个区域里，一次大的反扫荡战斗开始了。我渴望去参加战斗，便立刻考虑到那一部份里去，最后决定到杜成同志那里去，因为他们担负了主要的战斗任务。一路上想着，和他们一起在火线上行动，一定是最有趣的。我骑着马急急跑到那条夹谷中来，涉过淙淙流响着的河流，一直奔驰到旅部院落的门口，才跳下马来。

一打听，谁知前一个夜晚，旅部移动了。

我环顾着各处，各处都静悄悄的，我问："政治部主任呢？"

一个鼓眼睛的兵士，摸着胸前的手榴弹，不耐烦地说："他自然也在那里呢！同志，你是那一部分来的？"

我把一封介绍信送给他，他翻来覆去地看了好一会："你是总部来的吗？好，明早和我们一起走吧！我们是最后一批。"

因为有这样一个转折的麻烦，我更想快点找到他们。第二天黎明出发，晌午，就听见迎面方向送来沉闷的炮声了。我意识到自己是到火线上去的，而且意识到第三个人和那融洽的气氛。翻过山岭，已近黄昏，离目的地还有十几里路。走进一个山峰上的小村落，忽然，由树底下灰蒙蒙的光线里，看见一排排的兵士，抱着枪支坐在地上，但一点嘈杂声也没有。我听说旅部就在这里，我赶紧打听在哪里。一会,到了一家农舍外,篱墙边站了几个特务员,他们静静地点点头让我过去。我走进充满潮湿的羊粪气味的院落,我相信,在透出暗幽幽灯光的窗里一定是旅部;我相信他们一定会从那里跳出来,我相信他们会立刻允许我一起到火线上去。我是喜欢把感情压抑一点的人,可是我的心在跳。我敲了敲那闭着的木板门,里面,旅长发出沉重的声音答应:"进来!"

我进去,看见旅长很沉闷地靠在一张满是灰尘的桌边,眉毛稍微皱着一点。参谋长的身材在这矮小阴暗的窑洞里显得很委屈,没有伸直头颈的可能,他正站在旅长的对面,重重地说:

"旅长!——我现在就出发!不要等到明天,就今夜,你下命令!"

我意识到前面战争一定剧烈,他们也许在作战决定上有什么争执。稍稍看了一下周围,我靠了一口盛谷子的缸立着,想等他们争执完了再开口。

旅长翻了翻那两只完全红的眼珠,摇摇头。

他看那高长的背影又朝墙壁去立着了,他侧转身对我说:"我们也是刚刚从火线上赶了来的。"

"噢。"我想敷衍几句,即刻到政治部去,比较妥当,所以不多讲,很沉默。

"你知道了?"

旅长见我沉默,惊讶地问。

我不加思索地回答:"你们战斗十分激烈!"

突然,参谋长很快地转过身。我看见在他那黑面孔上,两只大眼瞪着,眼角上挂着晶莹的泪珠。他粗着声音说:

"他牺牲了!"

我一惊,跳到了他们中间来。

旅长告诉了我下面一段话:昨天下午,战斗便激烈地展开了。旅长和参谋长到前面去指挥作战,杜成留在临时的旅部驻扎处。一直到夜晚都收到他们的电话,半夜里,突然一切消息都断绝了。他

307

感觉到一种不可预测的事将要发生似的,半个钟头之内,派出四个通信员去联络,还都没有消息。他在旅部房里走来走去,极其不安宁。当时,就在静止的夜空里,"吧——吧",尖锐的两声枪,一声紧接一声响了起来。他一惊,跳出来查问,得到报告是"敌人包围了村庄"。此刻,杜成果决地把身边一个通信班派到村边上去。他简单地吩咐:"抵着!"

枪声一打响就是一片爆豆似的。他仍然努力设法与旅长、参谋长联络,实际已很困难了。

一个连长光着头,手上拾着枝驳壳枪,喘哮哮跑进来就说:

"政治部主任,……我们守不得了,我们趁这黑夜还可以转移,我们差不多有一个班的牺牲了!"

杜成把两手插到裤袋里说:"我们再支持一下——如果我们退出,那么旅长和参谋长怎么办呢? 他们的后路给切断,不是很危险吗? 我们多支持一下,他们可能退下来;再说,我们如果把敌人吸着,他们那边压下去,你想!"

他坚持着。他不想放弃这里,他希望能牵掣着,延迟一个时候,缓和一下,不让旅长他们马上受到背后的袭击。

枪声稠密极了。他动员了直属队所有的人员,他努力掌握他们,把他们运用到火线上。他自己走到最前面——一会尖着喉咙出现在这里,一会出现在那里。他以极大力量注意着机关枪阵地,后来他一直在它旁边。——他知道他不能失去这支机关枪,他要在黎明前,凭着它的火力最后冲出去。他的计划完全做到了。在一阵排枪的火亮里,他急速地看了一下表,是三点半钟。把旅部重要的部门,如电台,电话队,还有文件箱,都一批一批安全地撤退出去了;然后,他给连长一个任务:掩护直属队工作同志退却……连长不肯离开他,要他先退出去。——他马上又抓着连长发烫的手,简单而果断地说:"出去——你立刻派人去告诉旅长,参谋长,说我们万不得已,已经安全退出,一定,必要时你自己去! 我们革命军队是不怕牺牲的,这是我的命令!"

这以后,他带一个通信班,一支机关枪,伏在一间石屋旁的土墩上打着。

只当他知道直属队一个未剩地退出去了之后,才微笑着跳出来,跟着他,十来个人都跳跃着走去。他看到东面天空已闪出淡白的曙光了。

在冲出村庄,需要穿过一条并不深的山壑的时候,紧跟在他身后的特务员,见他上身一倾斜,突然,扬起右手急急挥了一挥,猝然倒下去。特务员从后面用全身拥抱了他,听见他在喊:"同志们,不要紧,你们快走! ……"他们停下来,机关枪射手伏下了地面,以阻击敌人。他们听到他焦躁而粗野的狂叫:"放下我……你们快走!"特务员终究背了他退出火线,跑了十里,到了这山峰上的村落。他一直忍耐着,面孔苍白,汗珠一颗赶着一颗,沿了太阳穴往下滚,他连哼也不哼一声。到晌午,生命无可奈何地衰弱下去了,衰弱到极点的时候,他摆着头,最后安静下来,张开两只眼睛问:"旅长,参谋长,有消息吗? ……"停一下又说:"我的革命任务完成了,你们努力吧! ……"不过嘴唇微笑似的扭着,声音模糊得听不清楚了。

…………

我听着,我的心一直是向下沉落着,所有疲乏,焦躁,恐怖,都倏然没有了。

旅长最后朝里面一伸手:"他在那里!"

此刻只有一种最单纯的声音在召唤我,要我走过去。

我转过盛粮的席囤,小小的油灯,点燃在焦黑的墙壁上,在那微弱的颤摇的灯光下,一个人那样静静地,静静地,躺在木板架的床上。旅长跟过来,倒背两手,稍稍低了头,立在床旁边,一动不动。我仔细看,在那躺着的缚过纱布的胸膛上,满是紫黑色的血渍。我在枕边看见,——那单纯的,可爱的,圆圆白脸上,两条黑眉毛舒展地分开来,头微微倾侧着,似乎在最后的痛苦里,经过一阵剧烈的摇摆,就不动弹了。嘴是乌黑的,脸上异常平静,平静得仿佛把该做的事都做完而一下安眠了似的。

我抬头望了望旅长，他忽然转过头去。

参谋长走过来，原来他满身是灰尘，帽子歪推到后脑上边，两手紧紧抓着腰间的皮带。一种是盛情，一种是军队纪律的服从，他把刚才激怒的声音缓和下来，问着攻击命令如何下法：

"是今晚？……是黎明？……"

选自《勇敢的人》，东北书店 1947 年

战火纷飞

连部小屋里

天黑了的时候，排里派出一个组到铁路桥头去接哨。王喜从下午就站在桥头掩体里面，现在他看见换班的人来了，弯着腰从里面走出来，态度严肃地把枪竖立胸前，把手平举到枪口敬了礼。这时，南面炮声像沉雷一般轰响着，顺着铁路线一堆堆枕木燃烧出熊熊火焰，随着风势忽高忽低，远远看去，有如一条飞舞的红龙。王喜向来人仔细交代了一下应该注意警戒的方向、道路，然后带了自己小组的陈海，袁兴山走回宿营地去。还没走到宿营房舍，突然有人迎面跑来，一把拉着王喜，把王喜吓了一跳，仔细一看是班上的小胡，小胡背后出现了全班战士。小胡机密地小声说：

"老王，好消息！"

王喜心跳了一下赶紧问："什么好消息？"

"战斗任务来了，你快到连部去，班长都去了。"

"全班同志都在这里，一定讨下突击任务来。"小胡紧张地瞪着眼睛，好像别人已经把突击班的光荣拿去了。

这一刹那间，王喜把心事全兜上来了，他是上一战役挂了花，到后方回了一趟家，伤口还未平复，就坚决要求归队来了。从后方好容易盼到前方，——现在敌人就在眼前，第一枪就要打响了……

小胡跺着脚提醒他："五班战斗英雄于江刚过去。"

王喜一听于江过去，心里就发慌了，因为谁都知道三班跟五班是七连的两只猛虎，一个是战斗模范班，一个是战斗突击班，王喜跟于江又是夏季攻势全连得纵队英雄奖章的两个战斗英雄。他心里"扑通"跳了一下:"晚了吗?"

小胡一把拉起他就走,指给他看:

"你从这树后面抄小道跑——快跑! 快跑! ……"

王喜把冲锋枪挟紧,朝树林后黑地里拼命跑去,十几分钟他就跑到了连部。

他跑得哧呼——哧呼直喘气,脸也红了。

他一脚跨上连部门口的台阶,听见连部里面人声嘈杂,他的心更是扑通——扑通跳起来。他不管三七二十一,一面大声喊叫:

"报告!"

没等回答,就撞开风门,冲了进去。

战前的连部,里里外外挤得水泄不通,决心书像雪片一样送到这里来。班长、战斗英雄都满头是汗,带着战士们求战的热情到连部来,要求主攻任务。人们把灯光遮得严丝密缝的,连长在那里? 指导员在那里? 王喜一点也看不到。他急了,他不顾一切,拿手推开旁人,许多战士屁股后面挂着硬邦邦的手榴弹碰来碰去,挤得他腿都疼起来了,他终于还是挤进去了。他这时看见班长孙有手里拿着一叠战士们的决心书,因为好多人讲话,王喜只见班长嘴动,却听不见讲啥话。灯光照在指导员田文俊身上,他两脚叉开站在炕沿上,挥着手。王喜使尽一切力量霹雷一样大喊一声:

"这回突击班是三班的! 我送炸药……"

于江落他后面一步,恰巧在这时也一面喊一面闯进来:

"我是共产党员,我送炸药,指导员! 这是我的任务。"

王喜一听这话,颜色突然改变了,他扭过头看着于江,从自己脑子上掠过四个字:"共……产……党……员!?"王喜从前不知道什么是共产党员,这次挂彩在后方医院,医院政委问他:"加入组织没有?"他把"组织"错听作"主力",就说:"什么主力,——咱不是主力谁是主力。"政委笑了,才告诉他什么叫"参加组织"。回到前方他慢慢研究着,才知道班上有好几个党员,常常一个跟一个出去开会了，——他剩在班上心里就不舒服，想提出要求，又赶上进行诉苦，王喜诉苦诉得又是痛苦、又是愤恨，诉苦的泪还没干，就出发作战了，因此始终没落得提。

田文俊在纷乱之中，很敏感地发现于江这一句话给王喜很大刺激，他便挥了一下手说：

"同志们！你们要求任务我们接受，只要你们准备好。"

王喜的性子是宁折不弯，刚才好像兜头一瓢冷水，他忽然一下子脸腾地红起来。他迅速而顽强地敬礼，那意思是：你不让我说我也得说。孙有听了于江的话以后，也热望王喜能再说句话取个优势，但见王喜半天不响，心里十分着急。指导员怕王喜急得冒出一两句不相当的话撞冲别人，在这严重的战前动员关头上影响火线上的团结，但部队里民主生活保障，他也无法阻止王喜不准发言，只集中一切注意力耽心地望着王喜。

王喜说："报告连长，指导员，打大仗报大仇的机会到了，我身也翻了，没啥要求，——就要求一个主攻任务，这一回，"他的眼泪都要冒出来了，他的声音激动得深深刺进每个人的耳鼓，"这一回，你让我牺牲吧！你叫我抱炸药往坦克底下钻，我也完成任务，指导员！"

他的话，得到全场欢呼。

因为他讲的不是他一个人心坎里的话，经过阶级教育之后，那是每一个人心坎里的话，现在由王喜嘴里说出来了。每次战前虽然决心书也雪片一般送来，连部里也挤满要求任务的人，可是这一回，战士们的每句话，每双闪亮的眼睛都与从前不同，因为他们从前有过多少泪，多少恨是压在心里，现在认清了阶级敌人了，就都化作仇恨像火焰一样燃烧起来，千百条心变成一条心——报仇的心。现在连部这个小小的屋子里的空气，就是一片庄严的报仇的空气——王喜眼前突然之间出现了爷爷，叔叔，他们脸上带着血凝眼望着他，他现在就是拼命也要争取在这第一战里，为自己亲人讨回那一笔血债。田文俊突然感动地拉低了帽檐，连长站起来区分作战任务的时候,田文俊没有注意听,因为干部已经开会讨论过怎样区分任务了。

田文俊伏身在炕桌上,借着麻油灯光,在一张纸上沙沙写起字来。

他刚才站在炕沿上,听着王喜的话,自己感情一时之间就像万马奔腾——现在他冷静下来了,他在纸上写:

> ……这次我连担任光荣的主攻任务,我一定坚决执行上级命令,上级指到那打到那,我坚决带突击排,打开突破口。我从参军以来由关里到关外,我的缺点是骄傲自大,这一回我的眼睛是真正亮了,真正认清了阶级弟兄也真正认清了阶级敌人。我要坚决克服我的缺点,火线上战士到那里我到那里,同生同死,一心把阶级敌人打到底,为了报仇,为了革命胜利,我抱定了牺牲决心……

写到这里,田文俊突然停止,他毫不迟疑,一只手从衬衣口袋里掏出三件东西:一张是他的相片,一张是记功表(他把它当作党证一样看待)和一块英雄奖章,这三件东西,便是田文俊的全部财宝。他从来没有个人积蓄,在火线上没捞过一块表,没捞过一块钱,公家发的保健费,发下几天就给连上战士们解决困难了。现在他摸着这三件东西,这三件东西还带着他身上的体温,他的手指微微地有点颤抖。但他立刻坚决地提起笔在信上又加了一行字:

> "如果我牺牲,这三件东西就留给党做纪念。"

这时连长区分完战斗任务,一排担任主攻,三班是突击班。

指导员作了简短而有力的动员之后,高声朗读了他自己的决心书。

班长,战斗英雄们很快把他信上的言语传播到班上去了,战士们纷纷说:

"上级都下了这样大决心,咱们到火线上见吧!"

说完这话,战士们坐在地下用力地、仔细地擦着刺刀……

王喜为了完成任务有把握,悄悄召集了他的战斗小组,坐在露水淋得精湿的柴垛上开小会。王喜望了望袁兴山，想起前两天，袁兴山的哥哥袁恒山，为了看望兄弟，特地报名参加了战勤队，到连上来看他，可是也带来一个消息，就是斗争恶霸的时候，他们的仇人溜过松花江，逃往长春去了。王喜现在说：

"老袁——你报仇的时候到了！"

袁兴山见战斗组长这样挂念着他的报仇大事，他十分感动地说：

"组长！你的仇就是我的仇……"

这时一阵急促的脚步声，王喜听见指导员的声音在喊："王喜！——王喜！"

王喜知道不是发生了什么意外严重的事情，指导员是很少用这样急迫、颤动的声音来喊叫谁的。他赶紧一下跳起来，指导员已经站在他眼前，——手里举着白花花一张纸片……

王喜问："这是什么？"

"慰问团从矿山医院带来的一封信。"

一种不好的预感爬到王喜心上，他想这一定与小万有关系。小万和王喜是一个屯上长大的，他的父亲，康德八年在大地主孙家扛活的时候，给日本宪兵队长森田喝醉酒轧死了，寡妇妈拉扯他长大，他还是顶父亲的缺，到老孙家当半拉子，一直到"八一五"光复，八路军来了，妈说扎咕一双鞋带上也等不及他就去参加了，队伍上嫌他小，他哭了半个钟头算参加上了。去年冬天就在连队里当卫生员，他跟王喜两个人，无论谁找到一把黄烟，也找在一道抽，去年冬季作战，小万从火线上救了王喜一条命，今年夏天里打四平，两人又一道挂了彩，王喜没伤筋动骨，能蹦能跳了，小万左腿伤损了骨头，恶化了好几次，动过两次手术，没见好，还躺着不能动弹。

这回来前方，临走那晚上，王喜去向战友告辞。

小万仔细地望着王喜的脸色问他："你要走啦？"

王喜知道这消息是顶伤小万的心了，可是只怪自个儿心窝里掖不住一点事，心里一想脸上早露出来啦，给小万冷不丁这样一问，他也不得不如实说：

"我不能等你啦。"这话一出口，心下有点热呼啦的。

窗外远处，矿山上的磨电车发出音乐似的喇叭声，响了过去。

王喜说："你好好休养，别在床上瞎捉摸。"

小万猛挣着抬起头来，对准王喜说：

"你还不知道吗？——我这两年到了前方，就是狠着劲地干，想起从前下雪天耍单小风一飕那日子——我就是怎么样也过得来，三下江南那日子，咱们都挺过来啦，现下我能落伍吗？——你告诉指导员！我对那旗子下过决心……"

一条汗珠顺着小万涨红的脸颊流下来。王喜按着他的肩膀。

"……能爬，我也要爬回前方……"他疲乏地喘着气。

现在，王喜问指导员："小万怎样？"

"小万……你走后第九天，牺牲了，他很勇敢，没喊一声，没哭一声，就要求告诉我，告诉你……"

王喜一听这突然而来的噩耗，浑身像通了电一下子麻木起来，他怔怔站在那里，低着脑袋，——最后和小万告别的影子又浮现在眼前了，他耳边响着小万说的话："……我爬也爬上前方啊！……"现在他爬不来了，他永远爬不来了……王喜心里像刀子绞着一样，他忽然仰起头，他和指导员两眼默默相望着。

第一夜

野外，一丛黑森森树林，几个警卫员在那下面走来走去。树下一片漆黑，眼看不见，只有拿手摸摸得出一条曲曲折折的交通壕，从那儿一直伸到一间掩蔽部。

掩蔽部四壁是潮湿的黑土，顶子是拿枕木和钢轨筑成的，小型炸弹掉在上面是炸不透的，——工兵们把进出口那儿修筑得拐了一个弯，遮着里面的光线不至泄露出来。夜黑如墨的夜空，果然有两架战斗机在盘旋，想发现一点火光。在这一刹那间，炮兵按着规定时刻，突然一齐狂吼着发射，炮弹像千万条游龙一齐奔向前方，一团团烟,一团团火,在粉碎着敌人,钢骨水泥的地堡群,铁丝网,和战壕。在掩蔽部这里,人们始终感觉土地在颤动,要崩塌似的,掩蔽部四壁不断嗡然轰响,——但举在团政治委员手上的蜡烛一点也不颤动,黄淡淡的光线射在一幅城市地图上,年轻的团长的眼光、政委的眼光、参谋长的眼光都落在地图上。

电话铃不断响着,——参谋长皱着眉头听电话,他知道一时之间还没有什么令人兴奋的消息,一切都正按照预定计划进行。

政委和团长在慎重地重新研究上级早已确定的作战计划。

他们面前不是一张纸,也不是一张地图。

团长冷静地看见的是敌人的兵力、火力点和层层密布的工事网。敌人在建筑这种军事设备时,绞尽了脑汁,——想真正做到"永久"或"半永久",团长现在考虑的是如何把敌人永久歼灭在这里面。在政委的眼睛里,敌人占领的这个城市是充满恐怖与法西斯罪行的地方,——他好像听见千万群众从那黑暗地狱里透出呼唤我们的声音,我们的行动不是单纯军事目的,而更有意义的是我们要打破这牢狱的大门,让光明照到里面去……

团长拿着枝红铅笔,考虑着。

政委问:"怎么样?"

团长望了政委一眼,坚决指着一条蓝色小河附近的阵地说:

"七连这里一定能突破。"

这语气在我们火线指挥所里是常常听到的,每当火线上刻不容缓,紧急万分的关头,一个指挥员经常带着极大信心这样镇定地说话。团长当过三营营长,他对七连——这一个老英雄连队是了解深刻的,因为他跟他们一起打过不知多少次仗,每在紧急关头把七连使用上去,必然奏效。七连出名的战斗作风是顽强,勇敢,这和团长作风密切相关,但他从来不承认,他说那是七连老连长陆金生的缘故,他说陆金生牺牲在山东半岛,但整个七连都变得像他一样勇敢,顽强。当新闻记者来采访时,团长总高高兴兴地说:"到七连去看看吧! 同志,你去问问他们,从我们这里了解不到多少东西啊!"

他经过这几天慎重地考虑来考虑去，拿七连打突破？还是留着打纵深呢？最后他决定把突破任务交给七连。

现在，他迅速地在地图上画了几个红箭头。

里面有一支红箭头从外围突破指向市中心，这是他领导的团，另一支红箭头迂回地从侧面插向市中心，这是兄弟团，——市中心是敌人指挥所所在地，是最后粉碎敌人的地方。

团长望了望政委，政委微笑着点点头。团长迅速地站起来伸手去取大衣。

政委一把拦着他问："那里去！？"

政委自从和团长合作以来，每次作战他有一个特殊任务，就是监督团长不让他到处跑。团长这一个老脾气是出名的，枪一响，司令部就找不到他了，你到战斗最激烈的地方去一定会看到他。为了这个问题，政委与团长中间引起几次争辩，政委认为指挥员应该亲临阵地实际指导，但是现在大规模作战，指挥员要亲自侦察，但是也要随时掌握全面情况，才能应付随时可能发生的变化。所以今天政委这一问，团长小孩子似的笑了笑，把手又缩了回来。政委说："我去看看。"自己弯腰走出掩蔽部，爬出交通壕。他的警卫员在树下一发现他就跟上来，——自己的炮还向前面轰击，那里已经火光熊熊，黑烟缭绕，——陆地上空无声地飞着红光子弹拉着长长的尾巴，……政委笑着，通过开阔地时，十分有兴趣地一面望着，一面弯腰跑着……

炮兵开始射击的时候，七连连长稽长发和指导员田文俊就把队伍带到冲锋出发地了。

冲锋出发地是一条自然沟沟口外洼地，队伍一到那里，连长把手招了招，战士们都趴在地下了，一点声响也没有，极其肃静。

冰凉的小雨点落在王喜脸上，王喜向左右看一看，看见他组里的袁兴山和陈海一边一个趴在那里，他才放心。

这时自己的炮弹跟流星一样从头上掠过去，在敌人那面爆炸，敌人炮弹也就纷纷落到这边来，炮弹碎片带着奇怪的哨音"吧嗒——吧嗒"落在泥土上。

王喜这时一心一意就是怎样掌握他的战斗小组。他先想起袁兴山,——刚才从那条自然沟前进的时候,突然砰的一声吓了一跳,原来旁边是个炮兵阵地,正在开炮,袁兴山粗着嗓子喊:"喂——伙计! 好好打几炮,瞧着咱们冲锋呀!"他欢欢乐乐,没有严重的战前畏惧,王喜听了十分高兴,那时几个炮兵弹药手弯着腰从树枝搭的棚子下走出来鼓动步兵说:"同志们——没问题,你们加油呀!"这样想着的时候王喜对袁兴山放了心,他就把身子往右挪了挪,凑到陈海面前,小声说:

"陈海,决心下了,兑现的时候到了。"

陈海是个沉默不言的老实人,这时他躺在潮湿的地上说:

"老王——你放心吧! 蒋介石抓我当兵的仇还没忘,火线上你到那我到那。"

"你到那我到那"这个保证,让王喜大大兴奋起来,他知道只要袁兴山跟陈海都坚决,勇敢,作战就没问题。

政治委员那绿色军衣,被照明弹的光照成灰色,他悄悄出现在第一线战士中间,顺着洼地的边沿,很快地找到指导员问问战士们的情绪怎样?

指导员趴在地下回答:

"我们下了决心,首长! 完不成任务不回来。"

政委微微一笑说:"不,应该说:一定完成任务回来。"

指导员也笑了。政委默默观察着,他知道这种微笑在火线上是十分有用,它能够让人拥有信心,于是政治委员又弯着腰向左翼部队跑去了。

田文俊向前看了看,炮火激烈程度达到顶点了,面前有如一片火海。他迅速地跑到担任突击组的三班这里来,跟孙有讲了几句鼓动话,然后卧倒在王喜附近,他冷静地一动不动观察着前面,——火光或照明弹熠熠的光亮里,他一眨不眨地看前面一〇〇米远开阔地,他努力辨认那里的每一处地形、小河和黑色的铁丝网,……他两眼紧张地瞪圆，只等候一个信号，他心里不可否认地有点急躁，他唯恐信号一闪过去，自己没看见。

突然在照明弹蓝光里，他看见王喜拿两肘向他那儿爬动，他就悄悄叫了一声：

"王喜！你有啥话吗？"

"指导员！我在想，……这回完成任务，我要求做一个共产党员。"

田文俊听了这话他从心里爱起这个战士，因为从这句话里他知道王喜心中考虑的毫无个人生死问题，而考虑的是自己和整个的革命事业，——这是多么好的品质呀！……田文俊突然靠近王喜，望着王喜的眼睛想说几句什么话，王喜看出来了，那一定是热情鼓舞的话，——可是，正在这时，突然，两个人同时都震惊了一下，他们发觉孙有那样不顾一切，在拼命跳起来，他们也跟着跳起来。

王喜抬头一看：

头顶的天空中——一连串五颗绿光信号弹……

在这一刹那，他是什么思想什么印象都没有了，只知道怎样跑过这一〇〇米远开阔地。

炮声一下子静止了，有一秒钟时间天地突然显得清冷无声，然后敌人从他的前沿阵地拉开机枪呼呼地封锁当面这一片开阔地了。

好像整个土地在脚底下"突突"跳。王喜只看见指导员那洗得发白了的衣裳在前面闪动闪动，……火光一闪一闪的，六〇炮弹在左右前后轰然爆炸着，——炮弹在空中尖叫，子弹在空中尖叫，土地被崩裂着，土块，烟硝，雨一样纷纷然落下，一个排的战士在这样稠密的炮火下跳跃奔腾着前进，——十秒钟，王喜扑倒在小河这岸的一条浅浅的土坎下面，回头一看，袁兴山，陈海都上来了。再看看前面，——小河里水在火光底下发亮着，小河上好像漂浮着一层油，黑森森密如蛛网的铁丝网就竖立在那边岸上。子弹像雨点一样"嗖""嗖"钻到水里面去。指导员也在河边上趴着眼看着前面的铁丝网，——突破口打得开打不开，就瞧一两分钟时间内，三班这把尖刀快不快了，如果突不破，这个地方也站不着脚，那么，进攻就破产了。王喜见前面没动静，他从心底下突突地冒火，他在破口骂人。正在这时，孙有一跃起来跳进小河，几个战士也跟着"噗咚——噗咚"跳了进去。王喜拉了陈海一把，自己先跳进河水里去，河水马上把他的绑带，鞋子湿透了，水一直淹到他大腿根，他把枪举起来，很快地荡着水接近了铁丝网。

不知是河水哗啦——哗啦地响，还是子弹电火里看见人影，目标暴露了。骤然一阵冷风擦王喜头皮掠过去，他赶紧把头一缩，"咔咔咔咔"一阵清脆而响亮的美国机枪子弹声音爆响起来。

目标一暴露就困难了，突然突破的可能没有了，现在只有强攻，硬攻。敌人果然集中火力封锁这三二十米的河岸了，子弹联结一片像火油一样，把这一块地都烧红了，王喜从水里抬起头看看，水皮上空荡荡的，人都趴在水里面了。

破坏铁丝网是前面一组的任务，王喜全身浸在水里，急得浑身冒火，忽然他听见袁兴山在附近说：

"老王，得上啊，这里呛不住呀！"

前面一点声音没有，王喜急得想爬上去，这时前面一个黑人影，一直奔上河岸，高高举起铡刀就砍，可是两手一仰给敌人子弹打倒了。还没喘息一下，第二个又上去了，从水中摸起铡刀砍下去，——又被打倒了。第三个，第四个都倒在河里了。这时王喜的意志就跟火上浇了油，从水中猛爬起来，——他扑过一个一个倒在水中的战友，他们一声不吭地拿眼睛望着他，他从水底下摸出铡刀，这时子弹在他左右前后飞舞呼啸，红色的火光突然闪亮起来，他趁这机会一眼看清铁丝网接笋的地方，他猛然跨开两腿，站起全身，把所有力气运到两只手臂上来，"吭""吭""吭"——伟大的一刻在这儿决定了，前面的铁丝网干干脆脆地斩断了。

王喜抬了一下手。

指导员好像尖锐地叫了一声，就带着一班二班跳进河水，赶快前进。

王喜冲近铁丝网，眼快手快，一发现敌人机枪阵地立刻就扔了几颗手榴弹过去，趁着轰轰轰一阵猛烈爆炸，敌人意志昏迷的时候，王喜摆着冲锋机，一个箭步就蹿进敌人的战壕，——他面对面看见了敌人，一时之间所有千仇万恨都突然升起，他的眼红了，他看见三四个戴钢盔的敌人拿刺刀朝陈海刺去，他一转身一梭子弹，那几个人便歪歪扭扭倒在战壕底下去了。

敌人放弃阵地顺着战壕溃退了，王喜他们追赶上去，一直追过敌人第二道防线，用黄色炸药炸毁了密布的地堡群。当王喜从指导员手里接过一面红旗，用力抱着，奋勇当先抢上围墙的时候，——晨风飘着这面红旗，黎明的光照耀着这面红旗，三道防线密布的外围突破，火线上的第一夜过去了。

决定的关键

第二天下午，七连进至距离敌人指挥所三百米远的地方，占领两层楼房。

这一天，敌人组织了五次反冲锋，向他们阵地上猛冲，不但被他们打退，而且他们前进了。一天一夜的功夫，这个城市烧着烛天大火，烧焦的气息弥漫在战场上，微风一动，一种黑糊糊的云便在整个战场上空搅动着。巨大的榴弹炮弹带着吓人的声音在阵地上到处落下。七连阵地上的两层楼房只是一个代名词了，炮弹把上面一层已经完完全全爆炸干净，只剩下一部份断垣残壁，剩余的危悬的墙壁，让你觉得只要你一跺脚就会纷纷倒塌，但它却一直孤悬在那里。下午两点钟，连长稽长发从掩蔽部出来，跑向三排阵地的时候，给一颗流弹打在胸部上，正在这时敌人动了第五次反冲锋，他拒绝别人的救护，他挣扎着，右手高举着匣枪，呼喊着："坚决打呀！同志们，坚决打呀！同志们。"他神志不清了，但他那拉长的发颤的声音，却一直留在凭据工事固守的战士们的脑子里，一直到把那一次反冲锋打下去，眼看着敌人遗弃十五具死尸在阵地上。指导员才喘着气跑来，不顾连长挣扎下命令把连长抬了下去。

天还未黑的时候,团部来了一个通信员叫田文俊到团部去。

田文俊从阵地的这一头跑到那一头,督促战士们加深工事,重新布置了火力点,而后把临时指挥任务交给了副连长。

团部,实际就在这个主力营后面一百米远的地方。不过五架美国飞机正在怪声叫啸着扫射,投弹。田文俊跟那个通信员不得不曲曲折折从废墟当中找寻一条道路,跑到一座钢骨水泥地堡里来,他弯身走进去,看见团长与团政委正坐在橄榄色的美国子弹箱上面,脚边堆着敌人遗弃的钢盔,纸烟匣,罐头,美国鸭绒被,照明弹的光不时从枪眼上照进来。

团长问:"你们那里怎么样?"

"五次反冲锋打下去了,首长放心吧!没问题。"

团政委陈思宗看着田文俊,很明显田文俊已经带了两次花,脑袋拿纱布捆绑着,脸上衣服上还有血渍,帽子歪戴着,可是他蹲在那里(地堡里是直不起腰来的),他的战斗意志十分顽强,陈思宗就说:

"你代理指挥全连,今晚,全连突击,突破敌人指挥所,——这是最后解决战斗的关键了。"

团长伸出手腕,夜光表的针闪着好看的绿色。

"已经十点钟,——突不破指挥所,天一亮,这样多队伍挤在那里,就要遭受杀伤,你们坚决突,突到最后一个人也突。"政委的声音是十分宁静的,正因为宁静就显得特别有力,坚决,不可动摇。

黑暗中看不清田文俊的脸色,他的英雄劲儿上来了,他吭的一声站起来说:

"好,我是共产党员,保证坚决完成任务,我带着七连突,我在头里突,坚决突开往里打,完不成任务,不回来见团首长,团首长,握握手!"

团长、政委都站起来热烈地跟他握手,然后政治委员把一个纸卷交给他,叮嘱他:"这宣言在攻击前应该念给战士们听一听。"

田文俊热烈地举手敬礼。

陈思宗宁静地说:"祝你们胜利!"

田文俊一扭身冲出去了。

他回到距离前沿阵地不远的时候,就听见自动武器响一阵停一阵,再响一阵再停一阵,这说明情况无变化,只进行小的火力威胁。他一跳进战壕,干部战士看见他,都十分高兴,他立刻召集了一个火线上的干部会议,传达了团首长的命令,然后他在昏暗的微光中打开宣言,——那是拿鲜红油墨印的,他就朗读起来。战士们猫着腰,一个一个从战壕的远处凑拢过来,屏息静气地听着。这是人民解放军宣言,这是大反攻宣言,宣言里那一句一句的言辞,在此时此地,就像每个人想说的话一样。当指导员朗读到:"我们是伟大的人民解放军,是伟大的中国人民领袖毛泽东同志领导的队伍,……"一个个战士眼睛都发亮,笑起来。指导员知道再用不到什么鼓动话了,这一张纸的力量是比几千颗炮弹还大的,——几个战士把宣言抢去,分头跑回自己的掩体里去,一张张红色宣言,在战士们手上传递着,指导员顺着战壕走,不断听见战士们在耳语:"反攻了!""反攻了!"……他自己在思考刚才拟定的"先夺下左侧那间红房子,然后进一步突入敌人指挥所"的计划,他清清楚楚知道要夺下这红房子他得付出多少代价,因为必须通过敌人一条战壕和一层地堡群,据白天火力搜索,敌人已经暴露了有四挺机枪,交叉火力组织得十分严密,要想从正面硬打,这是不可能,代价太大,会无力继续攻击,但不可能又怎么办呢?……田文俊还预计到突入指挥所那决定关键的战斗会十分激烈,因此不愿把力量在一开始时就受到削弱。他顺着战壕走向最前沿,想最后侦察一下敌情,看有没有办法。他心思沉重地从许多战士身边走过去,走到前面,把头探出去观察,——这时火线上相当沉寂,他把全身紧紧靠着泥土壕墙观察。

突然,他发现有人紧靠在他的身旁,他一心一意注意前方,没留意这个战士是谁,战士却悄悄招呼他:

"指导员!"

"噢，王喜。"他看见王喜头上扎了厚厚的绷带，他不知道他什么时候负了伤。

"指导员——今晚上的任务来了吧？咱们该前进了，指导员。"

"为什么!?"

"你听呀!"

一天一夜炮火轰鸣把田文俊耳朵都震聋了，这时他耸耳细听，果然听出在敌人背后那远远相对的方向上，枪炮一齐响起来了。

田文俊知道这是担任袭击敌后方的兄弟部队动手了。

田文俊看看王喜，两个人相望着笑起来了，但立刻又皱起双眉观察前面。好像王喜猜中了指导员心事，站到指导员跟前悄悄而又严肃地说：

"指导员，我观察了一下晚，我摸到一条路，要是从那里摸过去，就能从背后先整掉敌人这个顶主要的机枪阵地。"

田文俊一下子跳起来：

"真的!?"

"真的。"

田文俊心上罩着的一摊子乌烟吹跑了。

王喜确实用尽心机观察了一下晚，——他考虑到，今晚冲锋是个关键，眼前这几挺机关枪不知得打死多少阶级弟兄，现在打仗真正是给自己打，为了大家，也是为了一人，他下决心一个人来担当大家的困难，顺利完成全连的夜晚进攻。田文俊在火线上发现了战士这样高度的自觉性，他又高兴又惊讶，听完王喜的计划，他立刻同意施行。

十分钟以后，七连的进攻布置好了，可是这是听不见枪声的一次进攻。

指导员带了一个最优秀的机枪射手，跟着王喜绕到战壕的一端去。指导员把所有战士留给一排长指挥，一个战士准备两颗手榴弹，任务是冲过战壕，夺取红房子。王喜把冲锋机挂在脖子上，怀里揣着几个手榴弹。他们一点声音也不响地爬出战壕，顺着战壕外面一个一个的炸弹坑爬着，从秋季淤积的雨水中爬过去，从许多尸身上爬过去，沾了一脸湿糊糊的鲜血。王喜停止了。田文俊和机枪射手埋伏在一处不很深的炸弹坑里，准备必要时拿火力支援王喜，在这一秒钟时间里，田文俊和王喜在黑地里紧紧地紧紧地握了握手。

王喜继续顺着炸弹坑爬，——这时只剩下他一个人了，他把冲锋机抓在手里，侧着身体，用胳膊和腿悄悄地移动，这时他知道只要弄出一点声音，只要碰掉一块土垃块，他就完结了，——路上发光子弹几次从敌人阵地上亮了起来，他就紧紧贴伏在地下，但是他想着在他背后的全连战友以及摆在前面全连的胜利，全连的光荣，然后他就再向前爬，他爬了不知多少时间，但这样时间在火线上是显得悠久而又悠久的，他绕过敌人战壕，从一处炮弹崩塌了的院墙下悄悄钻过去，最后他安然爬进半截残破墙脚下，隐蔽在那里，这时他已经到达敌人主要机枪阵地地堡的侧后方，他把冲锋机放在面前，把三颗手榴弹一个个揭开盖子放在手边。

战斗骤然之间爆发了。

先是自己阵地上机枪叫响了，紧接着一阵火花，敌人的机枪叫响了。

王喜知道战友们要冲锋了，就瞧他这一下子了，他咬紧牙，那样欢乐的心情激动着他，他眼睛瞪圆了，他清楚敌人这一支机枪在这一下晚要了几个战友的性命，也就是这支机枪严重地擦伤了他的头部，让他昏过去五分钟，他的牙齿咬得发响了，他一跳起来就箭一样奔向面前的敌人机枪工事的地堡，现在他再不顾虑什么敌人的射击了，他一颗接一颗，把手榴弹续进地堡里去，——整个机枪阵地崩炸了，机枪哑巴了。敌人哗乱了，一群人从地堡、从战壕里往外逃跑，他一刻不停，转过身，抢开冲锋机朝他们身上打。在黑暗中，他忽然听到一片脚步声，首先他一眼看出指导员那洗得发白了的军衣，——"前进呀！……占领红房子呀！……"指导员挥着匣枪，高声喊着。一排排手榴弹轰响，红光，黑影，到处突突乱跳，空中六〇炮弹像火中的鸽子一样飞着，——激烈的最后的争夺战展开了。

王喜打破一扇窗户，跳进了红房子。

"前进呀！为阶级弟兄复仇！"

王喜跳进红房子就打了一梭子子弹，房子里是黑漆漆的，王喜发现走廊的头上有一挺轻机枪在打单发。他一个箭步蹿了一丈多远，跳到一间房门口，脚一沾地就打了几枪，那挺轻机枪不响了，立刻地板上一片咚咚——咚咚的脚步声。战士们一拥进来就跟敌人单对单地抱在一堆撂跤，王喜两手紧紧地把着冲锋机站在房门口不敢打了，怕黑模糊糊的打坏了自己人。这时他听到有人在不远的地方低低呻吟，那声音听起来挺熟悉。

突然，窗外闪进一阵火光，他看见斜刺里冲出两个敌人。蛮子口音哇拉哇拉叫着朝有人呻吟的地方跑去。那个挂了花的人一翻身坐起来。王喜趁着火光一眼看清那是袁兴山，大概冲进红房子负伤昏倒在这里了，现在他脸色惨白，高举一手，手上捏着一颗手榴弹，他是决心炸弹一响同归于尽了，——王喜准备撸一梭子子弹把敌人撂倒再讲，可是手指一动，头上忽地出了一层冷汗，原来梭子空了。不知从那里来的一股子力气，他身上每处伤口都疼得火烧火燎，但时间是不允许再考虑了，敌人会开枪射击，袁兴山就牺牲了。他猛然一步跳过去，举起冲锋机把一个敌人脑瓜捣烂了，又来打第二个，第二个跟他抱在一起滚在地下扭打起来，那个人蛮劲很大，在地板上翻来滚去，翻来滚去，王喜伤口裂裂，血流如注，他渐渐地没有力气了，眼看敌人要卡着他的嗓轴子了，——袁兴山从血泊里爬过来，拿他那颗手榴弹当槌子把这个蛮子的脑袋捣烂了，敌人撒开手，王喜翻身坐起来。

占领红房子以后，敌人立刻投了许多燃烧弹过来，白色的耀眼的电火"刺——刺"地闪烁着，红房子几处喷起火焰来。

战斗迅速向敌人指挥所发展，王喜的左腿和胸部又负了伤，当他扑向敌人指挥所时,他一下昏倒在地上了。但是坚强的战斗意志马上唤醒了他,他坚决要冲上去,——最后报仇的时候到了! 在这一瞬间,小万的面孔出现了,——他又想起过去的悲惨生活,又想起家里的土地和马,……他非常悔恨,眼看着最后歼灭敌人的机会来到了,自己却在这一刻负了伤,不能一直参加到底了,他试验着站立起来,站了五次,又都瘫倒了,——最后他听着跑向前面去了的战友们的脚步声,望着前面的火光,他无可奈何地伏在地下大口大口喘着气,他心里火烧一样,干,渴,这时他毅然地下了最后决心:往回走,去找绷扎所……

短短一段路程,历尽千难万苦,他才到达下晚他们那两层楼房工事背后一〇〇米远地方一间地下室,他在这里找到临时绷扎所。

伤兵不断从绷扎所的门口送进来,地下铺着临时收集起来的美国毯子,美国被子,六七个伤员躺在那上面,微暗至极的灯光照着他们。

医生和卫生员跟随作战部队前进,都几天几夜没合眼了,他们穿梭一样来往伤员之间,有的注射血浆,有的绷扎。

王喜跛着条腿走到一个卫生员跟前,粗鲁地说:

"来,同志,先给点水。"

他把冲锋机夹在两腿中间坐在地下,咕嘟咕嘟喝了满满一茶缸水,然后喘了口气说:

"来,快点!"

那个卫生员把他两处伤口仔细地消了毒,上了药,缚了绷带,卫生员愈是小心仔细他愈是不耐烦地催促着。最后卫生员告诉他他可以步行到城外去找担架队,很明显,几付担架要抬这几个重伤号,这时他一眼瞧见袁兴山的哥哥袁恒山,这个为了探望兄弟自动报名支援前线的农民,在火线上奋不顾身抢救伤员也一天一夜了,他现在两眼焦红,满头是汗,但是充满严肃负责的精神,他也一下子看到王喜:

"同志——我驮你下去吧!"

王喜摇着两手："不要，不要，"他忽然想起袁兴山。

"你瞧见你老二没有？"

"刚刚把老二抬下去。"

卫生员怕王喜因为没让他坐担架而发火，过来解释。

可是王喜"吭"地站起来把冲锋机挂到肩膀上大声说：

"同志，咱往前走，不往后走。"

几个医生，卫生员，伤员一时之间都停止了手上的工作，惊讶地目送他一步步爬上台阶，走了出去。

这时整个夜空给火光照耀得如同红布，——处处房屋残骸，森然耸立……

前面枪声紧急，响成一团。

王喜一下子又跑回火线上，火线上到处打得烧起火来，敌人被压缩在最后的堡垒里顽抗，王喜一眼看见指导员在那面，他喜得发狂一样跑了过去，喊：

"我王喜又回来了！我王喜又回来了！"

战士们一听到他的声音，都欢腾鼓舞起来了。

指导员拉着他的手，望着他满身污泥血印，绷带上透出殷殷红斑，两眼却充满旺盛的战斗意志的时候，指导员高兴地咧开嘴：

"你知道我们现在的任务？"

"指导员，我赶来就为了最后歼灭敌人。"

团政委陈思宗正在那面跟参谋长组织最后一下子攻击，听见讲话的声音，扭转头看见是王喜，他立刻朝他们这里走来。

王喜突然向指导员严肃地立正，坚决而愉快地请求：

"我能做个共产党员吧？"

团政委敏捷地走到他跟前，已经听到他的诚恳要求的声音。团政委知道王喜早就是七连吸收入党对象，这次诉苦，政委又全部审查了他的历史，政委立刻转过身，对战士们扬手一挥。他的声音高出一切枪炮声在火线上划然震响：

"好，同志们！……王喜同志两次突破敌人阵地，负伤三处不下火线,坚持战斗到底,——我代表团党委,在火线上批准他作一个中国共产党党员,我们要学习王喜同志战斗到底的精神!"

王喜朝红布一样的火光严肃立正。

这时,从王喜的脑子里升起不是旁的,是毛主席巨大的身影,诉苦那天,他就是站在毛主席像下诉的苦,现在毛主席屹然站立空中,一手指着前面,——是的,他是中国人民的救星,是中国人民的光荣,他领导着人民英勇前进,粉碎一切枷锁,消灭一切敌人,他领导中国人民走向胜利,——这时,从王喜身上,一切旧社会的悲惨,痛苦都洗掉了,一切穷人的泪水、苦水,这时在王喜身上都化为力量、快乐。

政委继续奋臂高呼:

"前进呀! 同志们! 为阶级兄弟报仇呀! 刺刀见血呀!"

王喜把冲锋机挂在背上,从地下拾起一支上着白晃晃刺刀的三八式,跟在指导员背后,跟着无数战士一起,在清澈的黎明的微光中,他看见指导员像一面旗子在火光里不停地招展,他们冲锋上去……

一九四八年六月八日夜深于哈尔滨。

选自《战火纷飞》,东北书店1949年

政治委员

团政治委员吴毅，身材不太魁梧，面色还有点黄瘦，虽然处事严肃，态度却十分和蔼，令人愿意接近。

他只有一只右臂，左臂在一九三六年，给阶级敌人的子弹打断了。那时，他还在红军里当班长，手上一支汉阳造，口袋里七颗子弹，再披一只老羊皮，渡过天险黄河。一次鏖战之中，他在危险关头向敌人猛冲，决定全军胜负，自己却昏迷在火线上。醒来以后，躺在医院，从医生的表情，他就明白了，他没讲旁的话，就只问："怎样能快些上前线？"于是他忍痛把左臂割掉了，从那以后，他就一只手持枪作战。

"八一五"后部队出关，他因为负伤，还躺在关里休养。现在经过遥远旅途，来到东北，他是怀着满腔热情，奔赴战场，一路之上，不断传闻着东北战争胜利，把他弄得兴奋万分。

到了哈尔滨，组织上跟他谈过一次话，——临末尾，露出一点口风，为了照顾他身体，准备留他在后方工作。

可是吴毅急了，因为他有一种牢不可拔的思想，认为——他只有在前线才是有用的人，何况他的老部队正在前方作战。

等候分派工作那几天，在那间白色洋房里，他过得很不舒服，甚至苦闷。每天展开报纸，首先跳入眼内，总是前方战争消息，他就急得转来转去。有一回，他在树荫凉下坐了半天，把自己的事左思右想，——自从十四岁放弃放牛娃生活，在湖南参加革命起，没那天不在火线上斗争，十年前在三原桥头镇，换下"五大洲"帽子（即红五星帽，三七年，为了抗日统一战线换了帽子），哭得那样窝火。现在自卫战争，最后打倒蒋介石的时候到了，自己能够在后方蹲起来吗？这样，简直是对不起在火线上奔走的同志们！……晚上，他走去找组织上再谈话，他表面似乎很安宁，半天不响，最后有点愤愤不平地说：

"我落后了……"

组织上说："谁能那样说你呢？"

斗争把他炼得沉默，刚毅，不过这时，他的眼睛似乎蒙了薄薄一层泪水。

终于，组织上同意了，同意他像每个军队干部一样派到战斗部队里去。因为他虽然比一般人少一只胳膊，可是从思想到行动，——他从没有一分钟时间考虑自己，他考虑的是整个革命斗争，党正需要这样的人，到尖锐的战线上去担负最重要的工作。夏天，有着淅沥小雨的傍晚，他登上火车，他高高兴兴走上前方。他的通信员李宾，这几年来等于是他的左手，可是这回，他的行李是这样简单，以至用不到他的通信员，他的一只单臂一抓就走了。临行之前，他把熟人送给他一套茶绿色毛质军衣送回去了，他照常穿着关里带来，连队上常见那种洗得发白了的布军衣，束紧皮带，整齐而且清洁，他觉得这样才像个战斗部队的样子。

一到前方，谁知领导上又照顾他，预备留他在纵队直属队工作，他从熟人地方听到有这种消息，他就不安起来。第二天，他在村庄上骑着马，遇到司令员，司令员看到了他，他也看到了司令员，他不但没下来，反而急驶而去，——马是一匹调皮马，发怒地扒起蹦子来，他坚决地拿一只拳头紧握了缰绳，另一只空袖筒在风中急急拂动，……不错，他在马上露出他那英勇的身姿是十分动人的，司令员把手搭了个凉棚，站在那里，朝红霞灿烂的地平线上，两眼追踪着，担心着瞭望了好半天。

一个晚上，司令员约了他去。两年未见，从前的师长现在的司令员，脸上有了皱纹，三十几岁的人看起来就像四十几岁了，这无疑是关外两年作战的辛劳，总不免留下点痕迹，可是司令员爽朗的笑声和长沙口音,让他觉得还是十分亲切。在这间农民房子里,点着洋烛,桌旁还站着一个不认识的人,——高大,红脸,正在挺有劲地讲什么,这是纵队政委。政委和他紧紧,紧紧地握手,司令员把一杯酒和半根干香肠推给他,随后,他们根本没谈什么工作问题,——因为正处在难得的战争间隙之中,他们乐于纵谈起从前的生活和现在的生活来——谈这个熟人和那个熟人,与这有关系不免谈到什么时间,他们不说几年几月,而是说在山城镇战役或者兑九峪战役后如何如何,正因为他们都共同熟悉这些,也就容易谈到现在跟过去的比较,——吴毅仔细听着,一方面他想了解部队,一方面他深以未一贯跟随部队作战为遗憾。只在最后,他们已经站起来,政委正式以征询口吻对他说:

"已经请示总部,你到×团去,怎么样?"

他点了点头就愉快地接受了任务。

"政委还有什么指示?"

"去吧! 你比我还熟悉,——有些干部问题你好好研究吧!"

吴毅敬礼,转身走出来,——一科长来报告什么,司令员举着蜡烛往贴地图的墙边走去,——他立刻把这次会见总结了一下:这个纵队首脑部,比从前还镇静,还乐观,这说明到东北来以后,他们仗打得是不坏的,司令员现在指挥的不是一个师而是几个师了,突然他记起司令员从前在战斗中常爱讲的话:"看准了——狠狠揍他!"看样子,这两年一定把敌人干了个痛快。

吴毅不但到了×团,而且已经参加过两次作战了。

第一次作战的时候,——因为是阻击的任务,从铁路线桥头开始,最后,敌人密集一处山岭上,战斗就达到剧烈的高潮了,团的指挥所在小树林里,子弹打得树叶纷纷落下……

团长——当过出名的刘志丹红军的战士。此刻,他很费力地在电话上吵嚷了一阵,把电话停止,听了听,前面一片紧密枪声,他迅速伏身到军用地图上来。根据敌情,他下决心,把原来掌握在二梯队的,一个顽强善战的营,从左翼加入战斗,——他觉得这个时机已经到了。他征询政治委员的意见，吴毅毫不迟疑地支持了团长的决心说："决定吧！同志。"（虽然他心里觉得自己对于部队了解还很不够），团长把拳头向下捶了一下："那么——下家伙了！"又伸手抓起电话筒下了命令，这些事都在五分钟内做完，而后，他一阵风似的跑到突击部队那里去了。政治委员笑了笑，抽身走出树林来。望了望，距离不太远的山岭上烟火烧作一团，声响稠密，差不多听不出什么间隙了，——可是他已经预见，在二十分钟以后，战斗就要基本解决（这一点，虽然没有交换意见，但与团长简单对话时，他们双方是完全默契了）。

他呼了一口空气，昨晚落过雨，秋天的野外，空气是那样清爽，有潮湿的树叶气息。刚才他觉得他还不了解部队，实际并不是那样，不过他总在细心考虑：——当自己离开部队时期，部队有了一些什么变化了？自己又有了一些什么变化了？从前打游击战小兵团作战的经验现在用得上吗？……他这种细心谨慎，是出于以下这种心情，就是他觉得：在这样光荣的部队里，是一种特殊的荣誉，他不能叫这种光荣在他手里，有任何一点损失，因此，就特别谨慎。这一个团，其中有一个连，还是从井冈山时代就开始战斗的，十九年辗转在火线上，尽管不但在这个连，甚至在这个团，也没有一个那时候的人了，这个连却保存从那时就有了的光荣传统：顽强善战，——政治委员认为这种作风，是毛主席直接带出来的缘故。刚才团长决心投入解决战斗的那个营，就包括了这个连，所以政治委员非常放心。现在，子弹扑哧——扑哧在周围地下直响，他从口袋里掏出怀表，只有十分钟时间，他现在自己应该到火线上去了。

可是他还没有到达，当他穿过山岭的小树林的时候，战斗结束了。

战场上，阳光枯燥刺目，他和蔼地慰问着每个战士，在一棵杉松下（五分钟前，是敌人指挥所主要的机枪阵地）与团长会在一起，吸了一支香烟，他很满意，他的老部队比从前还勇猛善战了。

第二次作战的时候，仗打得非常顺利，可是解决战斗前五分钟，敌人一度反冲,一直冲到营指挥阵地前一百米远。这时,政治委员正在那里,——敌人把冲锋枪集中在前面,呼呼扫着,喊叫着,那火力、声势都是十分凶猛怕人。政治委员在那里一动不动,营长提着匣子枪,呼喝着往前面跑,三步以外,一扑倒下了,政治委员还是未退一步。正在这危急关头,突然,一个连长本来在侧翼运动,没得到任何命令,机动地带领部队,斜刺里扑向敌人,一声不响,一齐挺起白晃晃刺刀,——敌人经不着这勇敢的压力,一下,哗地崩溃下去了。在火线上,政治委员就对营教导员赞不绝口,战斗结束了,他问清那个连长的名字,在日记本上写下"文希岗"三个字音,可是他抬起头,十分爱惜地对教导员说:"你不要把我的话告诉他,——你回头叫他到我那里去一趟!"两个钟头以后,那个短小精干的山东人文希岗到了他这里,他们总结了这一次文希岗在战场上的机动,勇敢的成功之后,政治委员微笑着,把自己思虑很久的一个问题提出来问这个连长:

"你作战隐蔽身体不?"

"不。"

"不,好不好呢?"

"不好。"

政治委员给这天真的答案,弄笑了。

在政治委员脑子里,从来区分出两种人,一种勇敢,一种怯懦,对勇敢的人他希望他能更多注意战术动作。

"你怎样也应该隐蔽一下,——你想,把你打了,——你的连怎么办呢? 一个指挥员不只是个人勇敢,今天,你是对的,最必要的时候呀! ——可是平时你得注意隐蔽,永远不能拿过去经验代替现在经验,这就是一个具体的战术问题,你记着:勇敢加上技术,才等于胜利。"文希岗先望着他那光彩焕发的快乐和蔼的脸庞,又望着他那甩动的空袖筒,文希岗在想:这个人不知从何时起就把少去一只胳膊这件事忘记了。

至于政治委员却在想:——自己说话太多了,本来一个勇敢的连长,用不着对他说这样多,他自己也应该在作战当中学会,问题是现在还有不少人认为指挥员如果隐蔽身体那是丢人的事。他这时确定要把这一条到处去宣传,去教育,才对。

他们以后就坐下来吃饭,政治委员很灵巧地用一只手吃着,他忽然问:

"战士觉得现在生活怎么样?"

他举眼望着,等候回答。文希岗连想也没想就说:

"有的人,怎样他也觉苦,有的人,再苦他也熬得住,——在我看呢,现在算不上苦,比关里打游击战吃树皮好多了。"

不知怎样,政治委员很喜欢这样回答,——他不欢喜虚伪,比方对上级报告,总是顺口编造:"我们那里每个人都好,没问题。"那时他就要追问:真的每一个吗?……那么,个别战士也没什么思想问题了,干部就没什么事可做了吗? 不,打仗不是那么简单,有的时候是苦的,很苦,我们承认这种苦,问题是真正好战士,他经过思想斗争,他明白为谁而战,他仇恨阶级敌人,他就不怕苦,只有战士都是这样,那队伍就最强最有力量。停了一会,他想起什么重要事似的说:

"你还记得——咱们一支枪,只有五六发子弹,谁都舍不得放,还咋唬:打炮啦! 打炮啦! ——可是统共才有三颗炮弹……"

"怎么不记得,现在不是没人捡子弹壳了!"文希岗笑了。

他这一笑,很引起政治委员注意,——政治委员觉得在他的笑意里,包含两种意思:一种是过去斗争的光荣,一种是对于现在某些浪费子弹的不满意。政治委员很高兴,吃完了饭,他轻轻地说:

"对,不要忘记,——论起来,现在真是享福了。"

文希岗觉得政治委员十分了解他,像一起蹲了多少次战壕的同班战士一样。他跟每一个同志一样,从这里出去,总比来时还兴奋,还有信心,还快乐。

但这不久以后,团里一个严重问题提到他面前来了,二营教导员沈克,在他的工作岗位上表现了搞个人享受,消极怠工。

政治委员先了解了沈克的情况：一个在农村里当过小学教员的人。抗日战争中还负过一次伤，可是现在，半年之内，他已经三次写信提意见。组织上分配旁的工作给他，他又不接受，而且他直截了当提出要离开这个团。到那里去呢？政治委员心里明镜一样，知道他是要到后方去工作，因为他公开到处广播：过战争生活过腻了。最近他又第四次提出要求来。根据政治委员政治工作经验，——他是了解，长期战争，战争是要死人的，现在战争更加频繁与残酷了，这都是事实，可是革命胜利就决定在这关头，个别意识薄弱的人，存着"不知那天牺牲"的心理，就不能提高战斗性，时刻进取，而开始厌倦，疲塌起来了，加以到东北以后，周围环境影响，这种人首先在生活、作风上也露出弱点，……他面对这疑难问题，他决心和这现象做斗争，甚至他觉得作为一个政治委员，这是他最重要的工作，因为这是敌对的阶级意识，跑到我们队伍里来作怪了。

作战之后，经过一段艰苦行军，从行军汇报上看，二营竟发生了减员现象。住进房子，政治委员到二营营部来，沈克正坐在老百姓的炕上，带三个通信员玩"骨牌扑克"。政治委员问：

"营长呢？"

"到五连去检查减员情形了。"

"副教导员呢？"

"到机枪连去检查减员情形了。"

政治委员是无法原谅这种人了，他的眼睛闪着威严的光芒，他在那里站了半天，但他终于控制了自己的感情。

这一天，在营里他发现沈克闹个人享受的问题十分严重，这次作战他还给通信员一巴掌，通信员哭了，——全营都闹起来，战士舆论纷纷，说上级太不像话，违反政策，还打人呢！说教导员的洋财可老鼻子啦……

傍晚，政治委员回到团部，——他和团长坐在点燃一支洋烛的小桌旁，他把一只单臂搁在小桌上，他吐了一口气，他觉得既然见到团长，他可以诉诉他的苦衷了，于是他望也没望团长，自语着：

"我真看不得这种人，——党把那样重要任务交给他，可是他在那里腐蚀党，他简直想出卖我们的光荣！"

"你说沈克吗？"

他抬起头："老曹，我看得考虑，我问了战士们的意见，我看一人吃鱼，一锅沾腥，——开始减员，后来就没有战斗力，再后来，你想？……我们不要右倾，我们答应他的要求！后方是不能去，我们还要尽我们的责任，争取，教育，把他调到团部来工作，你看怎么样？我们大胆提拔新人，我们需要真正为战士，不是为自己的人，来做政治工作，——我给师打电话，我建议提拔副教导员代替他，我好久就在了解他了！"提到副教导员，他脸上换过一层喜悦的颜色，他才兴致勃勃了。

沈克调到团部，营里从战士到干部，对这种处理，都有一种好的反映，可是他自己，见到人还是说："咱们当思想干事啦（那意思是说因为他思想有问题）！"

实际，他不能忘记，他调到团部那一天和政治委员的一段谈话，——他进去，政治委员正朝着墙上的地图在想什么，好半天时间，转过身来，望着他，政治委员的脸全部是严峻的，一只空的袖子静静地垂在左面。他缓慢地开了口：

"你要好好在团部工作！"

隔了半天，沈克讷讷地说：

"我要求……休息……"

"什么？休息？——我们根本不应该提这两个字，我们是在斗争，不是在休息。"

但，沈克是陷在个人主义的苦恼之中了。他觉得自己负过伤，自己为革命尽过力，一点福也没享着，革命快胜利了，别打死吧！可是这又怎样对政治委员说呢？说我负过伤，可是政治委员是连一条胳膊都丢掉了，……他就一点声音也没有地站在那里，他用沉默来反抗一切。政治委员突然走近他，他望见政治委员眼中的光辉十分和蔼，热情，甚至柔声和他谈起来：

"同志，——你负过一次伤，不错，革命不会忘记你，可是正因为你负过一次伤，你要想一想，你想想，你流过血，……我也流过血，难道我们白流了吗？现在人民翻了身，更大的胜利就在面前，——还有什么比革命到底再光荣，你想想看！"

实际，政治委员并没有严厉地责罚他，而是又耐心又和蔼，这打动了沈克的心，在他思想中投了一把火。那以后，他好几次下了决心，一直跑去找政委，到了门口还在咬牙、生气，可是每一次，政委态度都是那样和蔼，他也就一下又松了劲。加以那时正赶上部队进行阶级教育，展开诉苦运动，政治委员和多数战士一样，在诉苦当中，深深回味着自己从前和现在。他觉得这对沈克有好处，一天从连队回来，就把沈克派到警卫连去，沈克明白：名义上是帮助工作，实际是让群众教育他。他就抱了成见，天天吃完饭没事，到警卫连院落里一蹲，人家是诉苦，他是混日头。人家说："苦，"他心里说："苦算什么，也值得说。"人家流了泪，他心里说："革命军人流什么泪。"可是不能不听，政治委员抽冷子就喊他去"汇报"，——一次，政治委员轻轻叹了口气望着他眼睛说：

"革命这么多年，好像革蒙懂了，原本大家都是穷人抱团结，闹革命，——可是直到现在，听罢大家诉苦，才这般清醒：我自己是苦人，我们部队千千万万都是这样的苦人。"

本来，从东北解放区土地改革中，大批翻身农民涌入部队，——他们从前用来受苦的两只手，现下拿起枪，这是天翻地覆，一点也不简单的事。久而久之，沈克也想到广大农民的苦楚，甚至也想到自己，——他家虽是中农，前十年山东闹天灾，不一样吃树叶，啃树皮，饿得一张脸上只两只眼还有一丝活气，娘在那以后闹水鼓症胀死了，还是后来八路军来闹减租减息，闹生产运动，才慢慢变为富裕中农。人就怕不前思后想，沈克脑筋这样一开闸，渐渐也就不抱反感态度了。他觉得自己不能忘本，革命这多年难道会跟着富人背后走？从前，自己眼睛在那些洋表，洋笔，金钳子上转，就看不见旁的了，这也是自己不好，不过想来想去，一碰上自己疼处，他就不能拔自己那老根子,——那是说不出口的一个生死问题,虽然他自己对自己也不肯承认。另外他还有顾虑:闹到这样地步,难道再回到营部去吗?天天还是行军,打仗,开会,总结,然后又是行军,打仗,又是开会,总结,多么枯燥,多么麻烦,再说回去又有什么脸面呢?想到这上,他又烦恼了。因此,他就如同秋天的气候,时阴时晴,晴阴不定,在他一天又一天,反覆思想斗争着的时候,他不愿看见政治委员,虽然有时也豪壮地自慰:有什么就见不得呢!? 不过总是尽情规避,——可是他差不多天天都看见了政治委员,政治委员就永远那样愉快,满身精力,永不倦怠,在那里忙碌着,而且生活得那样艰苦。他几次到团部,他听见政委在责备他们的炊事员:“你给我们又弄了一顿好饭,谢谢你,可是以后不要弄了,——我们不能享受,多少农民吃不上饭,战士也很苦。”又一次,他和供给处长说:“有好的不要往我们这里送,——送到连队里去,你眼睛里要以战士为主,不要只看见首长。”诉苦运动以后,这些特点也就愈发明显了。政委这样艰苦生活,十分地感动了他。而且每次还朝他笑,谈话,他知道政治委员在等待着,可是这种等待使他十分痛苦。

这天夜晚,有消息,黎明前要行动作战。沈克的思想就矛盾到极点了,——走呢?不走呢?必得弄个清爽。——纠缠的结果,他无论如何不愿在这里呆下去,不如干脆提出“退伍”,以后就什么问题也不考虑了,是陷坑也就踩这一下吧。他下了决心,立刻向团部走去。

团部窗上,灯光闪闪,人影幢幢。

他立刻停着脚,——他想:政委在那里工作。

不错,人们在里面谈话,——讨论问题,——政委大声哈哈笑着,他在一一解决问题,电话铃不时“丁零零”响一阵……

沈克望了半天,就要把“报告”喊出口,忽然,一阵冷风苏地吹透全身,心扑通跳了一下,——就像一个人顺着又黑又湿的井口往下沉落。他觉得这时只有政委是光明的,他永远不息地前进,——自己呢,只隔着一层窗纸,就这样黑暗,“黑暗!?”他几乎惊叫出声响来,他仔细嚼着这两个字:"黑暗!?"——从脑门上他撸下一把冷汗……

正在这时,他听见政委在讲电话,然后政委大概跟团长高声说话:

"好,——一营向团党委要求主攻任务,你记着! 一营所以是一营,就因为他永远走在前头。"

团长声音:"你等着,不会差五分钟,还有呢,老吴!"声音里含着无限热情与信心。

立刻在沈克眼前出现了他的营部,他似乎看见连队要求任务的信一封跟一封送到他手里。一听打仗,战士就活跃起来了,连部这一晚不会睡好觉,班长,战斗英雄,挤着进来,跑得满头热汗,惟恐旁人跑到前头,争去突击班。然后连的干部中间争着谁带突击排,争得嗷嗷叫,……他似乎还在那里,而且蹲在一道,分享着那英雄主义的快乐,和营长一封封拆着这许多热情的,战士笔迹的信,他感到十分兴奋,这时自己就该伸手抓着电话机了,因此,站在窗外他竟然出奇地着急起来,为什么这样慢呢?

突然,屋里又在讲电话,他静静地听,政治委员先笑了,随即严肃地说话:

"二营吗? 你们要求主攻,……对,对,我知道,好好鼓励战士,忘不了你们。"

二营就是沈克原来所在的营,——他想讲电话的可能是副教导员,从前呢?

他不能再站立,也不能再听下去了,他转过身急急忙忙走出来,——北斗星冷冷高悬空中,黑夜庄严而且冷静。他经过每间屋,窗上都闪着灯光,他知道所有人都在为了这一个战争进行准备,只有他自己,……自己好像向另外一个地方走,那么黎明一来,——一,二,三,他心里计算着,还有五个钟头,他们就往前走,他就往后走,他就离开他们,——不错,离开他们,又怎样呢? ——从此部队上再也没人理,到后方,后方的干部,都要上前线,回关里,识字班妇女问起来怎样说呢？……

他忽然对自己说：

"你，仗也打过了，血也流过了，——你这样下去，你到那里去？脱离革命，革命还是往前走，你就落伍，就腐化、堕落。"

这时他一次又一次，一回又一回，想到他的营，连，——战士们在一炕上睡，在一锅里吃，在火线上一起奔走冲杀，你帮助我，我抱着你，他想到自己过去的错误，——自己享受，疲塌，没好好领导部队，没好好作战，自己一个人的错误，已经影响多少人牺牲了……想到这里，突然浑身战抖了一下，一股热辣辣的火，从心里冲上来，最后每一个每一个战士英勇的面孔从他眼前飞过，政治委员单臂，昂头，在枪林弹雨中前进，——"你，真的出去，算什么人呢？——谁还是你的亲兄弟，……"他眼窝一热，竟落下泪来，他了解自己从前所想的原来就是死路一条，他觉得路应该朝前走，不应该朝后走。他哭起来了。

战争一来，政治委员便完全投身于战争之中，而把沈克的思想问题暂时忘掉了。

开始是攻坚，×营的×连，伤亡了一部分，因为紧急情况，立刻又转移到另一个地方打援。×连以他们顽强善战的意志，写信给团党委坚决要求任务。团长刚刚骑马从师部赶回来，掀下帽子，一头热汗，威严地小声地说："老吴——决定立刻干！"政治委员笑嘻嘻把手上的×连请求书递过去，团长愉快地哈了一声，转身就走，政治委员阻止着："那去？""去×连——开始攻击！"政治委员坚决地说："我去，你来主持整个团的出击，我们拿下山头，你们立刻插！"他作了一个迂回的手势。——这天，落着小乌拉雨，政治委员口袋里揣着这封请求书，顺着泥泞的小路，往他们已经守了一夜的山上走去，而且他带给他们攻击南面那一座被敌人占据的大山的任务。从他们那里攻击，一上一下五里地，可是这一次战争的全部胜利关键就在于能，或者不能，夺下这一个险要的山峰。政治委员觉得自己亲自到来，是比一切话还都清楚，他们的任务是庄严的。攻击是下午三点钟开始的,第一次,第二次,第三次,都被敌人密集的火力打下来了,——可是连队发怒了,这里攻不动,从那里攻,那里攻不动,从这里攻,他们一刻不停,顽强地在各处冲杀,他们要不就拿下山头,要不就不能回来了。枪弹炮弹把那一条山岭打得烟雾蒙蒙,什么也看不清楚了。

政治委员原来从小山上,用望远镜在仔细观察。

太阳西下了,战事发展到最后一刻,就是说,如果攻不下,他们就要对峙,甚至比对峙还坏,因为敌人援兵也许赶来,这一团就吃不动了。他转过身,把望远镜交给通信员李宾,他的空空的袖子摆动着,他走下小山,又走上大山。跟他来的干部两次拦阻他,他也没看是谁,只把手推开,照样向前走去。

六〇炮弹"吭""吭"在他周围把土和石块崩炸着,……但他是镇静的,他利用每一次短促的间隙,迅速跑上了山,一直往前走。子弹在他头上"嘶""嘶"刺着空气,发出一种奇妙的音响,他好久没听这音响了,——他奇怪地抬起头望一望,但他从未停止一下脚步。负伤的战士在他旁边地下躺了一溜,都目送着他,没一个人在这时喊叫一声。一上去,他就从一个干部手里抢了一支匣枪,他现在要带领冲锋了,他要用他自己的力量,和战士一起最后摧毁敌人了,——就在这时,一个人从他身后跑上去,他简直连看也没来得及看,——但是他停了一下,他听见那人在大声叫喊:

"冲啊! 拿下山头,打垮蒋介石啊!"

战士们跟在这勇敢的人后面,一拥而上,一下就冲上山峰,——短促的,不过五分钟吧,肉搏战,敌人溃退了,战士们狂热地喊叫着一直地追下去了。——站在山峰之上,他叫号兵吹了一次号,这是通知团长:"山头拿下来了",政治委员从后面,顺着那到处是敌人尸体的斜坡走下去。山的那面枪声大作,出击的部队显然按着预定计划,顺利进行。二十分钟以后,战斗结束了。他满脸是尘土和热汗,他骄傲地走到×连的战士那里来,他才看清,原来那一个带头的人,不是旁人,却是沈克。政治委员在这一瞬之间,他在回想,他没发觉什么时候,沈克曾经跟在他的身后边过。他是每一件事都要思想一下的人,现在他相信是自己那时太紧张了,一心一意只注意着这眼前战事的展开,他没注意自己周围的某一个人,现在他心中甚至暗暗责备自己太紧张了。这时,他仍然像每一次战斗之后一样,他走过去,战士围拢上来,他和沈克站在一起,吸着烟,他笑着小声说:

"平时我认识你们李四张三,——在战场上,我可不认识你,我就看谁在那里完成任务……"

选自《战火纷飞》,东北书店1949年

◇刘志忠

打开了脑筋
——一个农民的思想转变

吴长发今年二十六岁,是王家屯村的村主任。去年腊月前,闹平分土地运动,村屯干部一律停职,由全体贫雇农来审查。有些干部消极了,啥也不敢干。只有吴长发没有歇火。他心思,"脚正不怕鞋歪",自己反正要为人民服务到底,啥时候都不能往后退。

村里的事,比方说,有很多木料分给贫雇农是件好事情,但是小学校里却没有一张桌子,在早读书写字地主儿女有份,穷家子弟是睁眼瞎子,现在穷哥们也要文化翻身,因此他一遍两遍地提出意见,说服大伙不分木料,留给学堂里做桌子板凳。像这些普通事他都想得挺周全。王家屯村的穷哥们没一个对他有意见的。他虽然停了职,但是在打地的时候,众人觉着还非得吴长发不行,一合计又举了他做评地委员。王家屯村分完了地,大伙寻思:"人无头不走,鸟无头不飞"呀!得举谁做头行人呢?大伙心里一合计,第一个就是吴长发。

吴长发现在是翻了身,脑筋也开了,思想满进步,挺坚决的一个人了。但是在早他可不是那样的。下面就是他过去的故事:

吴长发和天下穷人一样,喝够了眼泪吃饱了苦,数也数不尽,倒也倒不完!十二岁死了父亲,给人当猪倌,十七岁给地主家扛大活,吃人家饭受人家管。牛马还得吃个饱,吴长发一年忙到头,也吃不饱穿不暖。有时自个打心里寻思："这日子啥时候熬到头呀！"

解放了，吴长发还给东大院老王家扛活。割秋的时候，屯子西头来了一帮人，有挂匣枪的有背三八大盖的。这些工作队召集全屯人，要穷人翻身，向大粮户算账，有冤伸冤有仇报仇。吴长发蹲在地上哼也不哼，就是自个寻思：那有这号子事？地主掏钱雇的劳金，人家钱不是白化的，有啥账可算的？！

第二天，一帮二流打挂歪戴帽斜瞪眼的人出头露面了，他们直吆呼，说什么"现在咱们翻身吧，去斗地主呵！"于是领着稀稀拉拉几个人到东大院王家去"斗争"了，在大院里直叨咕，王家给倒出了两条破被子、几口破柜、几件衣服、几根木头。那帮人又一招手说："现在咱们穷棒子才算翻了身，地主斗倒了，咱们分果实吧！"比较好的衣服那帮人留下自己拿了，剩下破柜烂木头随便分给了几家人。这些"果实"谁也不敢要，把破柜好好放在屋里，等工作队走了再还给东大院。没有衣服穿的人，偷偷地拿乌叶将衣服染了才算敢穿上。

工作队走后，半晌午有一大队人马从远远的东头过来，数不尽看不完的八路兵队。吴长发心里有些发毛，听人说："八路军是共产党，共产党是共产共妻杀人放火。"这咋整呢？赶忙跑到东大院，看看东家有啥招。——进大院东家也忙做一团，东家老王见吴长发进院忙招呼道："赶紧把马往大河套赶去，八路来了他们要马要车，见人就抓，快套马走。"吴长发骑上了一匹棕色马，牵着另外五匹，飞跑到大河套。河沿边一片黄绿色的苇子高过了人，马钻进了苇子，吴长发躺在河沿边，眯盹了一阵，就被那微风吹响了苇子的呼呼声音惊醒，站起来看看不是八路过来，困乏了又眯盹起来了。一天过去，肚子饿得咕咕叫，裤带勒紧了也扛不住，喝了一肚子清凉冰牙的河水，几泡尿就完了，直饿得一身无力眼睛发黑尽冒火星。挨了三天，吴长发再也扛不下去了，寻思打总比饿着强，同时已经躲了三天，八路也该走了。于是牵上马往回走。谁知八路还没走，屯子里住得满满的，连东大院也驻上了八路。吴长发一想糟了,正要转回去,却被一个连长叫住了,他只好硬着脑瓜把马拴在马棚上。吴长发一瞅八路穿的军装不像样,有绿有灰,上身掉在屁股底下,跟伪满国兵很不一样;连匣枪挂的样式也和伪满国兵不一样,那么老长一根皮带,把匣枪拖过了膝盖了。眼看快到冬天还穿破带子缠着的布鞋,这真太不带劲了,这样军队那能打仗?这时,连长已经过来亲亲热热地问他姓啥叫啥。

这天八路军会餐,炖上猪肉也打了烧酒,硬拉着吴长发一同喝酒,连长很高兴,话也特别多。他问道:"这几天怎么没有见着你?"吴长发道:"割地去了。"连长问道:"白天割地晚上呢?"吴长发道:"晚上放马去了。——放马吃青草可以省料去火。"连长接着又问他家里几口人?扛了几年活?现在的日子过得怎么样?越问吴长发心里越害怕,寻思这下要掏底了,说走了板咋整?酒也没敢多喝,只吃了半碗饭,说声吃饱了就往东头下屋里跑,连长连拖带拉也没有拉住。此后吴长发见了八路见了连长就往远里躲。

不几天八路开走了,紧跟着又来了工作队。这帮工作队有些不一样,住处专找穷家小家。早前出头露面的二流子都给撸下去了。这个工作队带队的姓程,老百姓都叫他程工作。他找到了吴长发,唠扯了一些庄稼事,完了就问吴长发道:"咱们穷是因为咱们懒?地主吃好的喝香的是因为他勤快?"吴长发道:"那能,咋个穷人起早贪黑,劳累像牛马,地主打他从娘肚生下来就只动动嘴。"程工作问道:"地主不动弹为啥能享福?"吴长发道:"那人家命好,生的就是富命呗。"程工作拍着他肩膀问道:"老吴!你能侍弄几垧地?打多少粮?"吴长发道:"唯少要侍弄三垧半地,冬天、下雨天给地主干零活还不算。三垧半地平常年成可能打十四石粮。"程工作问道:"除了花消还余几石粮?"吴长发道:"除了吃喝和地主给的工钱,下剩九石粮。"程工作紧问道:"下余九石粮那里去了?"吴长发半天不吱声。程工作看出吴长发的心思就说道:"咱们穷不是咱们命穷,是大地主把咱们穷人血喝干了!他们尽是些臭虫!"

下晚,程工作把一伙穷人都聚在小学校里。教室里只有一张豆油灯,风从破了窗纸的洞里吹来,把灯光弄得飘飘摇摇的。程工作站在桌子上,一点也看不清,只听他说道:"我们要打开脑筋,算算细账,过去咱们穷人干了一辈子为啥穷一辈子呢?到底谁剥削了咱们?"下面众人谁也不吱声,程工作见众人都不吱声,就要吴长发向众人说怎样算账的。这下吴长发急眼了,庄稼人怎么能算账?算账是人家拿笔杆耍文的先生的事情。他吭吭哧哧地说了半天说他不会算账的理由,可是,意思还是没说周全,倒臊得他满面通红。末尾,程工作把白天他和吴长发怎样算账的情形说了一遍,才算全了这桩事。

过了几天,屯里要选代表到区里去开大会,资格限定老实正派的庄稼人,最好是扛大活的。众人一合计就把吴长发举上了。吴长发又恼又悔恨不该和程工作唠嗑,这一下唠出个漏子来了。他找到了程工作说道:"把我辞掉吧,我只会种庄稼,别的啥也不知道,不能说不能唠怎么能当代表?另换一个人吧。"程工作笑说道:"就是要像你这样不能说不能唠的人,再说这也是众人举的。"吴长发叽咕了半天还得去。

吴长发纳闷回家,刚进屋老母亲一把拉着他衣服哭个不休,连声说道:"儿呵!你别走,人家东大院老王说:'什么代表,就是扩兵呀!今天去区上明天上县里,后天坐火车就不知开到那里去了。'儿呀!这话不假,人家八路要你不识字的庄稼人去做啥代表?"吴长发也很生气说道:"是呀,我也是这么寻思,众人举的有啥办法!"老母亲道:"这是大伙坑你!众人都当你老实好欺。"老母亲已经六十三岁,多少年的劳累,使她老人家的眼睛已经快看不见了。她擦干了眼泪,勉勉强强把一件小布衫缝补好,又去收拾儿子的行李去了。

第二天早上,其他屯子的代表也都到齐了,和程工作一道坐上大车,屯子里许多人都出来看热闹,大车走的时候程工作向屯里人只是笑只是摆手。吴长发寻思:"这下你可乐了吧?咱们都中了你的圈套了。"代表中有个张海有,媳妇知道她丈夫当了代表,从昨天晚上哭到今天，两只眼哭成了一对小桃，一路上还是没有个停，走一步哭一步。吴长发本来很难过，看见张海有媳妇哭的那样，又看看张海有灰溜溜低着头的熊样，心一横，当兵就当兵，有啥好哭的？不由得又觉着好笑，可没笑出声。

到了区上，满街都是队伍，都是老百姓，八路军站得整整齐齐，每人手里拿杆小旗，大车进了街，队伍同志举起手喊着一色齐的口号："欢迎新同志！""代表是光荣的！"吴长发一听"新同志"三个字，寻思这下当兵当妥当了，悄悄地向程工作说："怎么样？你把咱们诳了（骗了）吧？要不，为啥叫'新同志'呢？"程工作还是只笑嘻嘻的啥话没说。

在区政府一间宽大的房子，墙上钉着红旗，下边是毛主席像，靠前一点，横梁上横挂着一条红布，一排白字，有认得字的代表，告诉吴长发：这是"四区代表大会"。再过来两趟桌子并排放，桌上放着茶壶、茶杯、纸烟。不大工夫开会了，区长区委都说了话。大意是说，现在是穷人的天下，代表是穷人的头行人，很光荣的，以后回去要好好领导穷人斗争地主，搞翻身运动。第二天会快完了，要举去县里的代表。在黑板上吴长发的名字下面画的白道道最多，又举上了吴长发当代表。

到了县里更热闹了。到会的代表足有一百几十号人，开会的第一天由县秘书说明召开全县代表会的意义，下晚吃饭是县政府特意摆的酒席。这酒席吴长发打生下来到现在都没吃过，八碗八碟，菜老鼻子啦，简直吃不完。在席上县长政委亲自给这些代表敬酒，这天政委特别乐，所有代表他都把酒敬到了。吃完酒席还是笑个不住说个没完。这一天吴长发一生也忘不掉。

在县上总共开了四天大会，代表们都算剥削账，渐渐发展到诉开了苦情。因为到会的代表都是些扛大活和贫苦的庄稼人，苦情是诉不完的，许多诉到半道哭得诉不下去了。四天的会给吴长发开了不少脑筋，认清了地主是穷哥们的死对头。

会罢，吴长发回屯，众人看见他回来，原来不是"扩"走了，都拥上前来问这问那。吴长发见了本屯子人也很亲热,把在区上县里做的啥事,吃的啥酒席,县长政委怎么敬酒都一一说了遍。这时程工作也凑上来说:"老吴,没把你'扩兵''扩'走了吧?"这句话把大伙都逗笑了。

晚上东大院老王家悄悄地把吴长发叫去,问罢了详情就说道:"你走后屯子里又举你当干部了,你别跟这般八路共产瞎胡混,你是灵心人,往后我老王也不会给你亏吃。"吴长发低着头没吱声。老王见他不吱声有些生气说道:"哼!这般穷棒子要翻身,让他们翻身,等几天'中央军'来了,一个个用扁担把胳膊横叉着捆起来,从房上往地下扔,让他们好好翻身!"吴长发从东大院出来,又是气又是怕,气的是地主狼心狗肺到现在还要压迫人,怕的是当了干部沾了包。屯子里谣言越传越多,说什么:"'中央军'已经到了五棵树乌拉街,眼下就过来了。""'中央军'有美国坦克飞机,八路军快完蛋了,都跑到佳木斯兴安岭大山里蹲着,不打也要冻死了!"屯里老百姓都离程工作远远的,连吴长发也避着程工作。程工作知道有坏人造谣,专门找吴长发唠了很久,告诉他共产党八路军是领导穷人翻身的,但是要翻身穷人自己不起来也是白搭(不行)。只要穷人抱团结,地主反动派没有不被打倒的。吴长发这些道理都明白,只有一点他放不下心打不开:人家"中央军"有美国帮助飞机坦克,八路军有些啥?打过来了一定挡不住,你们长了两条腿爱到那就到那,可是扔下了穷哥们怎么办?不都给地主杀个光?

日子过得不算慢,县上动员去前方抬担架。吴长发为了想到前方去看看八路军打仗倒是行不行,因此也报了名算一个。江南天气虽然比江北暖一些,正月天,雪也是老厚的。西北风像刀刮,嘴冻成了木头一样,张也张不开。担架直奔德惠,前方已经接上了火。"中央军"的俘虏总有好几千从前线押下来,他们那熊样子,穿着灰大衣把脖子拼命缩进皮领里去,好像怕人瞅见一样;也有头上包着裤子的,也有披着花毡子在哆哆嗦嗦像老鼠一样走着。除了这么多活捉的,沿途到处横一个竖一个地躺在雪地上,死了的也都是"中央军"。

担架队在江南一个村子住下,吴长发住的房东家是贫农。穷人见穷人分外亲,什么都唠出来了,话越唠越长,像松花江的水呀流不尽。一条江水两个天下,江北老百姓在共产党领导下搞翻身,江南边"中央军"就是胡子军,"中央军"到那个屯子那里小鸡一扫光。"中央军"给地主长威风,"中央军"就是地主军,老百姓都叫现在世道是"二满洲"。

第一批伤员同志下来了,担架队没等队长的招呼,都是一涌跑出了房门,你看那股热劲,抢担架、帮助包被子、问同志们受冻了没有?问同志们要喝水不?有的把衣服脱下来做了伤员同志的枕头,有的搭在伤员同志的脚头前。担架要走的时候,队长嘱咐步子要走整齐,不要一前一后担架乱晃荡。大伙都说:"知道了。这一点小小不言的都不懂还来抬担架作什么?"

吴长发抬的是一位山东战士,他参加过秀水河子战斗,四平保卫战,这次挂彩是第二次,他活捉过敌人六名,缴获了六支步枪一支轻机枪。在冲过突破口的时候腿上挂了花。他只有二十一岁,大伙都爱和他唠嗑。虽然挂了花精神却特别好。吴长发不明白,为啥家在关里有老娘有爹,要来东北卖命?寻思了好大一阵脱口问道:"你家在山东为啥要到东北来?"另一个老乡插口道:"这还用问,人家是军队不同咱们百姓民户,当官的下令要到那不就到那,军队讲的就是纪律。"山东战士冷丁被这一问觉得奇怪,但也很自然地说道:"咱们参加革命为的是全中国人民翻身,咱就到东北来打仗,为的是东北人民翻身。"吴长发被这一说,半天不吱声。寻思人家走了好几千里地流血流汗,帮助咱们翻身,咱们还前怕狼后怕地主怕"中央"不敢翻身?"中央军"又有啥可怕呢?"中央军"的虎劲也看见了,虎劲还不如猫大。

自打此以后,吴长发心里有了底,抬担架更积极往前干,在火线上不顾炮火的危险,靰鞡通了脚撑破也不管,大伙要他休息,他一声也不吱还是抬着伤员就走。三下江南战役结束,县上总结支援前

351

线工作，大伙一致举吴长发是担架模范，在评功大会上得了一面红旗，写着"担架英雄"四个大金字。

吴长发回来以前，屯子里老百姓早就知道得了奖，他到了屯前见一堆人，打锣敲鼓大人笑，小孩子叫，今天的狗也像特别高兴地到处乱窜，全屯一片欢乐声。吴长发一眼瞅见人堆里的程工作，忙上前去招呼一声，拉着袖子就往他家里走，程工作莫明其妙问他发生了什么事？吴长发说道："到家里去，我有一件要紧事跟你讲。"看热闹的人也跟着一大串，以为有什么不幸的事情发生了，要不为啥这么急？到了屋里，吴长发抓着程工作的手说道："我吴长发过去糊涂！死脑筋！怕前怕后怕'中央军'来不敢澈底斗地主。现在，我上了一趟前方，我啥都明白了，把我这顽固脑筋打开了。什么'中央军'呵，简直就是'破烂军'。我一定要和大伙把地主斗，坚决要穷人翻身！东大院老王家咋样？斗倒了吧？……"

程工作说："早倒了，你去了担架，大伙在家斗得可起劲啦！"

吴长发说："那好！东大院那王八头在早我可叫他糊弄了！咳，凡事得脑筋开了好办！"

三月五日于哈尔滨

选自《打开了脑筋》，大众书店 1948 年

◇刘桂森

向导队

一月三日夜,雪越发下大了,棉花片大的雪花,在凛冽的寒风中荡来荡去。

长长的队伍,在山岭上爬行。

伸手不见掌的夜,雪花隔断了视线,只好一个人拉着一个人的大衣角,一群人一起跌倒,又一起爬起来。根本就不知道走的是路,还是雪野。

然而队伍却能顺利地前进着。因为在奉法路上的任何一个村口都有翻身农民自动组成的向导队,这些向导队,给予了我们极其可贵的帮助。

我和一个坏了腿的同志掉队了,前边的脚印立即又叫雪花填满,只好向茫然的一片黑喳喳的目标前进,雪花落到脸上伴着汗珠流下来,两条腿简直酸得不行。但更主要的,怕是找不上队伍,这里离敌区很近,心里感到忐忑不安。

"喂!同志们!道在这儿呢!喂……"

在黑喳喳的那边一阵又一阵地传过来呼叫,越走就越近了。我俩跌的跟头已经数不过来了。跌倒了就爬起来,前进着,前进着。

喊话声更大了。前面有一个小红灯在摇摆着,一直把灯笼杆抓住,才看清了是一群带着白腕章的翻身农民,他们自称为向导队。

像这样大雪的冬天夜里,他们能够自动组成向导队,帮助带路、帮助追击敌人,他们对我们这样细心、这样热情,简直把我感激得连一句话也说不出来,反而有些感到惭愧了。

本来就想打听一下队伍前进的方向,自己去追,但他们坚决地要给我们带路,最后还是一个向导领着我们继续去追赶队伍。

他在前边走得很快,他很难知道我们的脚坏了。但我们还不好意思叫他慢走,我们一边走一边唠着,脚仿佛是不大痛了。因为风雪太大,没能把他谈话一一记着,但大概知道了:他们是法库第三区的农民,这几天在奉法路上过队伍太多了,他们原先不知道有这么多的人民解放军,更没有见过人民解放军用八个大马拉的大炮,而现在,在胜利的鼓舞下他们的斗争信心增高了,几天几夜不眨眼,白天闹翻身,晚上就出来带道。我们边唠边走,不知不觉已走出了六里多路,翻了两个小岭,过了一次小河……前面村口的灯笼和这个向导队的灯笼对了几次光,看样子又快到站了。

真的,这个村口,同样的是一群向导队,通信员也在路上等着我们呢,听说队伍大休息啦。

向导队们互相寒暄了一阵,我们只顾跟通信员去找队伍,忘记了向向导队道谢了。

选自《阶级的硬骨头》,东北书店 1948 年

◇ 刘德显

连续五次爆炸的英雄施万金

战斗在强烈的炮火中开始,三排担任着爆破任务,但送头一包炸药的任务,并没有交给施万金,他虽要求三次排副也未应允,因为这样他心里不高兴:"我受过爆炸训,炸药又是我捆的,为什么不叫我送头一包呢?"他正在想着,王文恒抱着爆破筒上去了,地堡里响起了敌人的机枪,爆破筒没有起作用,排副想再找个人送炸药。施万金看出了他的意思,便抱起一包炸药对排副说:"我送去,保险完成任务。"排副说:"好!你完成任务,给你记一功。"话刚说完,施万金冒着敌三座地堡的火力射击,一股劲上去了,他用脚使劲踏了个雪窝,将炸药紧贴鹿寨,一声巨响后,鹿寨被炸开五尺多宽的一道口子,连地堡的敌人也吓跑了。

施万金接受第二次任务,是要炸开前面的围墙,虽然爆破点是选择在两个地堡之间,有很大的危险性,但施万金却未当回事,他挟着炸药,爬到离地堡十余步时,纵身一跳把炸药送上去,完成了任务。接着他又将第三包炸药,在另一地方将第二道鹿寨炸开一个缺口。

突击班顺着爆破道路向前进。这时施万金在敌三面交叉火力下,左腿负了伤,他不顾一切,咬牙冲上去,以手榴弹打退了地堡前面的敌人。

部队插到敌人侧翼,施万金受领第四次任务要炸开前面的一道大围墙，可是有道铁丝网挡着，他便机警地将铁丝网上的一根细柱子折断，敌人刚发觉，施万金已钻过去了。他把炸药靠到两道墙的接头处，轰隆一声，丈多高的石头墙出现了五尺多宽的缺口，施万金也被气浪冲到一边，等突击班冲过去之后，他才清醒过来。这一个缺口，因为是在敌人两个阵地中间，所以仍两面受敌射击。施万金刚爬起来想找队伍，发现白生同志负伤在墙外，他不顾自己，把白生背到墙内安全地方。正在这时，忽听排副说："施万金我负伤啦！二梯队还没上来，前后都有敌人，你可要小心。"施万金未犹豫，便从排副手中接过冲锋式说："排副你放心，我死不了就能守住阵地。"这时他想起班副还有一包炸药，拿来把敌人大房子炸塌不就省事了吗！？但等他送上去，可惜没响，他又气又恼。这时张万发负重伤在敌火力之下，施万金冒着危险将他背下来之后，又去安慰排副。对面敌人打来枪榴弹，排副又二次负伤，施万金背上也打出了血，他对这些也没在乎，并对排副说："你放心，我们一排还能完成任务，我一定给你报仇！"这时前面上来一个敌人，施万金端起冲锋式，便结果了他。

二梯队顺着施万金炸开的缺口打进来，施万金也随着突击班从后面冲进去，道北一线敌人很快被解决，残敌被压缩在道南独立围子。指导员当着部队准备攻击时，便向大家宣布了施万金的功绩，经营批准当场授予他"勇敢"奖章。这么一来，倒把段保山惹得沉不住气，他抱起炸药就向地堡跑去。于贵林说："俺都是一块参军的，人家能得奖章，咱就不能得吗？！"在机枪掩护下，只看见段保山穿过五十米远开阔地，敌人固守的唯一的大碉堡被炸垮了。在最后解决战斗时，负伤的英雄施万金也俘敌一名，缴枪一支。

施万金是猛追大队二连的战士，去年四月参加我军，家中翻了身，得了果实，参军后一贯积极。战后经上级党委批准，又改赠他"英雄"奖章一枚。

选自《阶级的硬骨头》，东北书店 1948 年